周先慎文集

第十卷 散文随笔·演讲录

周先慎 著

目　录

教学与治学

感悟与人生

艺文杂说

序与跋

语文漫话

雪泥鸿爪

演讲录

序

我今年12月5日满八十周岁。用传统的典雅一点的说法，是到了杖朝之年；换成时下带点俏皮意味的说法，则是成了另类的“80后”。人已经活到了这个年纪，无论从哪种意义上说，都该是对逝去的岁月作一次回顾和对此前的人生行迹作一次盘点的时候了。从过去写的散文随笔中，选出一部分今天读起来觉得也还有些意味和保存价值的，结集成书出版，这也是回顾和盘点的一个方面、一种形式。

即使是生活在同一个时代，处于相似的大环境之中，人生也会各不相同。和一些人比起来，我没有他们的成功、荣耀、地位，以及因此而带有的绚丽色彩；和另一些人比起来，我没有他们的坎坷、沉沦、苦难，以及与此相伴而生多半会有的传奇色彩。我的一生只是简单的六个字：平凡、平淡、平安。平凡是出自本色，平淡是基于事实，平安是因为我的命好。

打从我成人开始，阶级斗争就一浪高过一浪。亲身经历而于我最为惊险的，是反右派斗争和“文化大革命”，但我都没有被恶浪卷走、淹死，而只在身上溅了几点泥水。刚入大学的时候，赶上过一段很短的好日子。1956年党发出了“向科学进军”的号召，广大学生热烈响应，掀起了很高的学习热潮。学校为了鼓励大家努力学习，第一学年结束后还进行了评选三好生和优秀生的活动。我因为在第一学年中全部课程都得了优等，其他方面的表现也不错，成为全年级八十多人中仅有的两名优秀生之一。可是时过不久，风向就突然大变。1957年春夏之交，在党号召大家大鸣大放之后不久，就掀起了来势凶猛的反右派斗争，我们年级在二十岁左右的同学中，竟划了八个右派分子，比例是十分之一。政治风向一变，我的角色也就跟着朝相反的方向转变。1958年，当时我还只是大学三年级的学生，反右斗争还没有最后结束，又掀起了拔“白旗”和批判“白专道路”的运动。在政治的风起浪涌中，我这个不久前的“优秀生”突然又变成了走“白专道路”的典型，并且还要在全校大会上发言，批判自己的个人主义和成名成家思想。第二天的报纸上报道说，因为走“白专道路”，周某人“险些陷入右派泥潭”。家人看了心惊肉跳，我却像吃了一颗定心丸，反而比较安心了。“险些”就是“险些”，直白地说就是“还没有”，这算是暗中给了我一个不会“再滑下去”的结论。不过因为思想“右倾”，还是被撤掉了团支部书记的职务，还受到了团内警告处分。

除了无可选择的家庭出身不好，这次又加上了我本人的“政治污点”，装进随着自己走到哪儿跟到哪儿的档案袋里，是一辈子都甩不掉也洗不干净的了。

家庭出身不好也罢，本人的政治污点也罢，虽然在我自身已经成为一个很沉重的思想包袱，但在那个阶级斗争的弦绷得很紧、政治上十分敏感的时期，对我却好像并没有什么大的负面影响。从四川大学毕业时，尽管我填报的第一志愿是到新疆（当时这样填报的人不止我一个），却被分配到了北京大学中文系工作。这样近乎鬼使神差和阴差阳错的安排，若不是因为命好，怎么都无法解释。

那时候的北大（其他院校也大体一样），人才的培养和使用，基本上都是“近亲繁殖”，也就是师资几乎都是清一色从本校的毕业生中留用，不像今天有了硕士、博士培养和博士后流动站制度，可以实现全国的大交流。像我这样从外校分配到北大来工作的本科毕业生，除了这一年，可以说是史无前例。幸运的是，我到北大工作后，没有因为是“外来户”而受到歧视，更没有被调离，而是一直心情愉快、顺顺当当地工作到2001年退休。这当然是受惠于蔡元培校长所开创的北大“兼容并包”的历史传统。

更加幸运的是，在“文革”中被下放到江西鄱阳湖畔的鲤鱼洲“五七干校”，环境十分恶劣，劳动极其紧张，两年后我竟又平安地回到了北大。那里大堤外的水面比大堤内我们居住的房顶还要高，时常有惊涛骇浪令人闻声色变，也确有人被恶浪吞没而葬身湖水，而我也同样幸运，没有被巨浪卷走。开门办学，同行的师生中有两人因为翻车而罹难，我因坐在另一辆车上又与死神擦肩而过，安然地躲过了一劫。细细想来，这一切好像都是因为有上天眷顾，真的是命好。

从1959年到北大中文系担任教职，至今我已经在未名湖畔的燕园工作和生活了半个多世纪。集子中的这些文章，清晰地记录下我在未名湖畔留下的人生足迹。

全书按内容的不同分为八辑。前三辑主要是直接写在北大的工作和生活情况，其中既有鲜活的生活场景，也有终生铭刻不忘的内心感受，还有我在教学和学术研究中的切身体验。可以看出，几十年的熏陶和濡染，在我的灵魂中留下了北大精神的印记。“感悟与人生”以下各辑，虽多数不是直接写北大的，但也都与北大的血脉相通，都是从未名湖的思想清泉中流淌出来的。

文中所写其实都是有关我生活的这个大时代的内容，只是个人角度、个人视野、个人体验。这当然不免琐细零碎。但特点和优势正在于这“琐细零碎”四个字，因为从中可以看到历史的细部，也会感受到历史血脉的搏动。中国的史学传统，个人撰著的野史笔记，向来是官修正史的补充和重要参照。我的这些“琐细零碎”的类似笔记的记录，对于研究北大的校史、中国现代教育史，以及研究知识分子的生态和心路历程，甚至对研究这个时代社会思潮的某些侧面，或许都不无小补。

写于2015年10月20日

定稿于2017年7月15日

燕园回眸

融进一滴水

——为北京大学建校一百周年而作

未名湖是燕园中的一道风景线，是远近闻名的幽美的自然景观；不仅如此，现在未名湖区还是国务院颁布的全国重点文物保护单位。作为自然景观和一个区域文物群体，未名湖是以自然风景、古建筑群和历史遗迹等构成的实体，虽然其中也包含着丰富的历史文化内涵，毕竟还是可见可触的。但对北大人来说，未名湖还有其不可见、不可触，而只能用心去感悟和体认的另一面：她还是一种象征。作为北大和北大人的象征，她体现着一种传统、一种精神、一种境界，甚至一种韵调。其间的含蕴非常丰富，说不清也道不明，但北大人都能感受到，或者更准确地说她存在于每个北大人的心中。

从自然景观的一面看，未名湖并不很大，也并不很深，要是从高空中鸟瞰，如北京电视台从直升机上所拍摄的，只不过是绿树红楼环绕中的一勺水。但作为北大象征的未名湖，却是广阔的、浩渺的、深邃的，她涵容丰富，茫无际涯。在北大人的心中，未名湖既是秀丽的湖，又是壮美的海——精神和思想的海。

我从 1959 年来北大，到今年，已在未名湖畔整整生活和工作了 39 个年头。我的前半生，也就是我的生命中的一多半，已经在这里度过；不管还有多长的我的后半生，也还将在这里度过。今年是北大的百年华诞，在百年的漫长历程中，我竟有三分之一还多的时间是同她一起度过的。想到这一点，我不仅感到充实，感到欣慰，而且感到幸福和骄傲。

一个人的生活道路，常常是由多方面的因素决定的，但有时也靠机缘。我能到北大来工作，成为一个北大人，就完全是出于一种机缘。北大当然是我最向往的学校，高中毕业时参加高考，填报的第一志愿就是北大。考试的成绩，据中学的班主任告诉我（当时学生本人不能得知具体的成绩）也相当不差，但不知道为什么竟没有被录取，却进了成都的四川大学。记得当时虽有遗憾，却并没有失落感，因为那时除了知道北大是中国的最高学府外，对她的了解和认识还非常浮浅；而四川大学也是全国的重点大学，也很有一点名气。到了大学毕业分配工作时，要人的单位意外地竟有北大，虽然心向往之，但我填报的第一志愿却是新疆。那时争取去边疆是有觉悟的表现，是一种光荣，这样填报的不止我一人，大多出于真心，并不是装装样子。但宣布时我却被派到北京大学。这自然令我喜出望外。这种情况对于今天的年轻朋友来说，可能有点叫人不敢相信：我是服从组织分配才跨进北京大学大门的。没有经过争取，没有经过奋斗，应了一句俗语："得来全不费工夫。"这不是机缘是什么？

不过这机缘的"得来"有偶然也有必然。偶然的一面，是这一年北大文科恰由四年制改为五年制，没有毕业生；而四川大学和其他的一些全国的重点大学却是从第二年才开始改的。这就留下一个可以容我走进北大的机会。必然的一面，是由于政治风暴对北大的冲击。1957 年开始的反右派运动，延续到 1958 年，北大中文系的年轻教师中有许多人被错划为右派分子，师资队伍遭到严重破坏，急待补充。所以 1959 年同我一起被分配到北大中文系来的，还有南京大学、武汉大学、山东大学、南开大学、吉林大学、厦门大学等多所重点大学的十几位年轻人。外校的毕业生一大批同时蜂拥进北大，这种情况，在北大中文系的历史上可以说是空前绝后的。

从我被分配到北大工作这样一个既偶然又必然的机缘可以看出，北大的百年历程，至少在我所经历的这一段，并不是一帆风顺的，政治风雨的冲击留下了许多斑驳的印记。我到北大不久，就被下放到京郊的斋堂去养猪（这一次是我自己申请争取的，这是北大下放到斋堂劳动的第三批），以后又是北大自身的社会主义教育运动，又是到农村去参加社会主义教育运动（又叫"四清运动"），接下来就是十年动乱的"文化大革命"，在北大真是遍地烽烟，揪出了一大批所谓的"牛鬼蛇神"，横扫所及，如季羡林先生所记述的，连草木也不能幸免。我到北大以后一直到"文化大革命"结束的 1976 年，17 年间真正搞教学和研究学术的时间只不过三四年。虽然平心而论，这段生活（特别是下放京郊劳动的一年）对于我也是终生难忘的，其中许多人生体验极其宝贵；但这对整个学校的教育事业和学术事业的破坏，对每一个人学术生命的浪费，也是不言而喻的。值得庆幸，也值得骄傲的是，经受了如此严重的破坏和冲击，由未名湖所象征的北大的传统、北大的精神，并没有被彻底摧毁，更没有从此中断。在长时期历史发展中形成的这种传统和精神，由历史本身证明，她的根底是既坚且深，是富于生命力的。

我在北大工作了将近四十年，同时也在北大学习了将近四十年，既做教师又做学生。梁漱溟先生没有到北大来念过书，而且连大学之门也没有入过，而眼光高远、胸襟开阔、提倡兼容并包的蔡元培校长聘他为北大教授。他在九十五岁时写的一篇回忆文章中感慨颇深地说："我是由蔡先生引入北大而得到培养的一个人。"在北大教书而得到培养，在这一点上，我同比我年长两辈的梁先生的感受是完全相同的。我所得到的培养，一方面在课堂上，另一方面在课堂外，更多的是精神和风调方面的熏陶和感染，包括做人和做学问在内。

我到北大的最初几年，也就是"文化大革命"前的那些日子，教学秩序相对比较稳定，许多我心仪已久、闻名全国的教授都还在开课。我先后听了王力先生的"古代汉语"、游国恩先生的"左传研究"、杨晦先生的"中国古代文艺理论"、吴组缃先生的"古典小说研究"和"红楼梦研究"、林庚先生的"唐诗"、季镇淮先生的"中国文学史"、朱德熙先生的"现代汉语语法研究"、王瑶先生的"鲁迅研究"等课。他们渊博的学问、严谨的学风、诲人不倦的精神，甚至他们各具特色的教学方法、仪容风采，或平实或流畅或幽默的语言，都给了我极深的影响和感染。那时候教师之间的关系不像现在这样各忙自己的一摊、彼此间疏于往来，而是不同教研室、不同年纪的教师之间也多有接触、交流。记得我不仅向王力先生、游国恩先生和王瑶先生等都请教过问题，而且还不时有机会同他们"闲聊"。我同游国恩先生就曾在图书馆和系资料室的书库里聊过好几次，话题涉及面非常广泛，但中心总是围绕着读书、做人。这样的谈话非常亲切，所获的教益又是在课堂里得不到的。

这里我要特别提到的是朱德熙先生对我和当时相当一批年轻教师的指导和帮助。我刚到北大时还不在古代文学教研室，是教写作课，属于写作教学小组，编制在汉语教研室。负责指导我们的就是朱德熙先生。他对我们的最大教益是帮助我们培养起对语言的敏感，识别什么是好的语言，什么是不好的语言，学会看文章、改文章，自己实践并在教学中帮助同学建立一种健康的文风。他特别重视文章的准确、鲜明、生动。他的文章就是写得准确、鲜明、生动的典范，他是北大中文系研究语言而文章写得富于文采的著名教授。教写作的人首先自己的文章要写通、写好，这是朱先生对我们的要求。我后来能有一定的语文修养，文章写得还算文从字顺，明净而不芜杂，有一点点文采，就得益于在朱先生的指导下几年认真的写作教学。不仅是我，当时我们写作教学小组的许多同事，都是受益者。后来写作教学组撤销，分散到不同的教研室，有好几位成为全国知名的学者，文章都写得很漂亮。我想，这同朱先生的教导和这一段的实践，恐怕不无关系吧。其实老中文系的人都知道，过去北大、燕大和清华的许多著名教授，远到冰心，和以后的浦江清、吴组缃、王瑶诸先生，年轻时都教过大一国文，其性质就大体相当于后来的写作课。据我的体会，刚毕业参加工作的年轻教师，先教几年写作课，在写作的基本功上打下扎实的基础，是很有意义的。很可惜，如今的中文系已经取消了写作课，而且我想，要再组织起一个像当年在朱先生指导下那样敬业的写作教学班子，大概已经不可能了。

我在北大得到的培养，当然不止学术和写作方面，思想和精神方面受到的熏陶是更重要的。"文化大革命"以后我转到了古代文学教研室，主要是跟从吴组缃先生习研中国古典小说，学术方面得到的教益和启示不用说，单是吴先生的人品和人生态度，就对我有很大的教育。先生辞世后，我曾写过一篇文章来纪念他，题目是《淡泊为人，严谨治学》，那里面记述的几件事情，都曾令我十分感动，给予我极大的影响。吴先生的风范不只是属于他个人的，而是北大精神的体现。

从更大的范围来看，某种政治和学术的氛围，是培养人的最佳环境。整个北大，无论是学生还是教师，深厚的爱国主义热情，以及由此而产生的建立在对国家民族命运热切关注基础上的庄严的社会责任感和使命感，对真善美的追求，对假恶丑和种种腐朽黑暗势力的蔑视和痛恨，还有五四以来就一直高扬的科学和民主的精神，学术思想的自由和开放，严谨求实的学风，等等，都构成了北大精神和传统的主要特征。

令人难以忘怀的，是我们系里一年一度春节时到老先生家里去拜年，难得的两代（到后来是三代）学人聚在一起，无拘无碍，亲切地谈学术，谈政治，谈生活中美好的和不那么美好的，谈大家关心的一切的人和事。特别是到王瑶先生家，他是全国政协委员，了解的情况多，眼光又极锐利，谈吐又极诙谐风趣，谈笑风生中洋溢着充沛的爱国激情和对学术事业的执着追求。这时候，我就总是切切实实地感受到在北大无时无处不在的那种氛围，感受到未名湖所象征的北大的那种精神、那种境界。

曾经教育和影响过我的许多老一辈的著名学者、我的敬爱的师长，如今已有多人先后作古，想起来不免令人伤怀；但一想到他们的道德文章，他们所创造的精神财富，丰富和发展了北大的传统，在我们这一代和我们的下一代身上正得到继承和发扬，又感到欣慰和鼓舞。

做教师是幸福的，在北大做教师尤其是幸福的。每当自己经过钻研，在学术上有一得之见，在课堂上讲出来，从学生的眼神和表情中得到一种会心的交流时；或者当看到自己教过的学生出去后卓有成就，对社会作出贡献，为北大赢得了荣誉时；而更重要的，是当感受到自己的学术、思想、精神都同广大的教师和学生产生交汇、融合，成为北大精神和传统的一部分时，心中便不禁涌起一种作为北大教师的幸福感。

回顾我在北大将近四十年的工作和生活，大约经历了这样一个过程：从用眼睛观赏未名湖的自然景观，到用心接近未名湖所象征的精神，再到从精神上融进未名湖。我觉得我是从许许多多我的老师和我教过的学生身上感染、领受到北大的精神，进而从中吸取营养，然后自己也凝成一滴小水珠，再融入未名湖这一浩瀚的精神之海中去的。我相信，这也是许多北大人的共同感受。我们每一个人，能力有大小，才智有高低，在事业上作出的贡献也各不相同，但只要是竭尽自己之所能去努力工作、去奋斗、去创造，就都会凝成或大或小的晶莹小水珠，融进未名湖，成为北大不可分割的一部分。

正是靠着一代又一代北大人的创造和凝聚，无数的水珠才汇成湖，变成海，充满生机，永不枯竭。而汇进未名湖的每一滴水珠，也因此将获得永恒的生命。

1998 年 1 月 8 日

（原载散文集《青春的北大》，北京大学出版社，1998 年 4 月）

世事沧桑话住房

世事的变迁真是未可预料。如今的年轻人，到了谈婚论嫁的时候，一般的情况都是先要准备好住房，然后才谈得上结婚。且看电视上征婚的女孩子，差不多都把“要有独立住房”（就是不跟父母住在一起）摆在条件的首位。这就意味着，如果没有住房，不要说结婚，就连交个女朋友都难。可是，倒回去半个世纪，也就是我们这辈人谈婚论嫁的那个年代，情况是恰恰相反，就是：你要是想要有“独立”的住房（这里的意思稍有一点不同，是指除了自家人以外，不跟别的外人合住在一起），那就必须先得结婚。如果当年有谁想要准备好房子才结婚，那就意味着一辈子都甭想结婚。那时候没有商品房，再说工资也很低，除了特例，谁能买得起？又能向哪里去买？要结婚，只能靠国家租给你一间房子。可是你所在的单位有没有房，有房又给不给你，都是很大的问题。通常的情况是，要结婚申请房子，那是非常难的；除非两个人是同一个单位的所谓双职工，在单位有房的条件下，才比较有希望解决。因此很多人都是先结婚再等房，“打他几年游击”，经过或长或短几番折腾，才终于会在某一天熬到有一个属于自己的小窝。现今与当年，换一个位置想想，自然是各有各的难处。

我主要想说的，是我们那年头结婚要房之难。不过，结婚之前呢，也就是刚参加工作的时候，从某个角度来看，日子倒是比现在的年轻人要好过一些。现在的大学毕业生找工作就很不容易，找到了工作，多数还得自己想办法租房子。我们那阵子，大学毕业是分配工作，好歹每个人都会有一个“单位”，而有了“单位”（当然都是国有的），就一定会给你安排一个住处，最起码可以分配给你一张床位，使你一工作就有一个栖身之所。

我是 1959 年秋天从四川大学毕业分配到北京大学中文系工作的。按常规，是从住筒子楼开始。最早分给我的住房，是靠近北大南大门的 24 斋（“文革”中“斋”

都一律改称“楼”了，以示不读书就等于革命）。大约12平方米，摆两张双层床，住三个人，有一张的上铺可以放箱子和杂物。当时北大的筒子楼有两种，一种是家属宿舍，有公用的厨房，或者至少可以在自家门口的楼道里放一个炉子做饭。一种就是我住的这种，叫集体宿舍，是专供单身教职工住的。我在北大工作生活长达半个世纪，前后也只住过集体宿舍的筒子楼，而未经历过住家属宿舍筒子楼的那个阶段。

我在24斋住的时间并不长。1960年初，经申请被批准成为北大的第三批下放干部，就到门头沟区斋堂公社的皇城峪猪场养猪去了。所以在这里没有留下什么值得记述的故事。模糊印象中，有三点尚可一提：一是活动空间太小，三个人互相影响，读书、备课都极其不便；二是那时年轻，睡得晚，常常在夜里10点以后，几个年轻朋友相约到老虎洞或海淀大街上找个小馆夜宵；三是住房正好在南面，临大马路。但那时的汽车很少，并未感受到像今天临街住户常经受的那种噪音干扰之苦。当年从这条路上开过的公共汽车（公交车是今天的叫法，那时都叫公共汽车）印象中只有从西直门到颐和园的32路（就是今天332路的前身），还记得偶然从屋里的书案上抬起头来，常能见到红色车身（那年头的公共汽车几乎是清一色的红）从窗外疾驰而过。

一年后从斋堂下放回来就改住19斋了。中文系全体单身教师都住在那里。住19斋的条件略有改善，两个人一间，一人一张小书桌，或两人共用一张两边都有抽屉的大书桌，还一人配一个四层的小书架。系工会准备了可折叠的乒乓球台子，夏天下午五点以后就可以搬到楼外去打球锻炼身体。教师之间相处得非常亲近融洽，常在晚上或休息时串门聊天。互相间的关照也是很多的。有的老师的爱人从城里（那时北大属郊区，不像现在海淀已经算是城八区了）或从外地过来，同屋的总是主动另找地方，让出床位来使夫妻团聚。那时我失眠厉害，段宝林老师也因身体不好（记不清了，好像是胃病），我们同在西苑中医研究院附属医院向气功大夫焦国瑞学习气功。回到19斋练气功时需要很安静，就在门口贴一张字条：“正练气功，请勿打扰。”大家见了就都降低声音、放轻动作，非常体贴照顾。那时同住在这栋楼的，还有经济系和历史系的年轻教师。虽然不同系，天天见面，还是比较熟悉的，至今这两个系的有些老师，见到了也还能叫得出名字。这也算是住大杂烩筒子楼集体宿舍的好处吧，接触面宽，可以广交朋友。

不过这种平静祥和的气氛并未能一直保持。到了20世纪60年代的中后期，阶级斗争的风浪涌起来，这里也曾经充满过令人窒息的硝烟味。先是北大党内开展所谓的整风运动，名义上好像很温和，实际的目标是要“揭开北大阶级斗争的盖子”，火药味非常浓。中文系的党员先后开了二十几段会，我作为共青团员列席了一部分会议。会上就曾有人提出所谓“金宝斋”的问题。这是指当时金申熊（金开诚先生的本名）和胡双宝先生同住的19斋某室。胡先生是共产党员，金先生当时的身份却是不能再摘帽子的“摘帽右派”。以他们二人为主，常有人到他们宿舍去聊天，内容据我所知无非是京剧欣赏和金石书法一类问题，可在当时，在有的人眼里，好像政治身份不同的人聚在一起聊这聊那，就有了反党的“裴多菲俱乐部”的嫌疑了，因此而被指为“阶级斗争的新动向”。随后的“文化大革命”，到了“清理阶级队伍”的阶段，中文系的全体教职员都集中住在这里办学习班，交代问题，不能回家。工宣队和军宣队（毛主席派到学校来领导运动的特殊班子）一开会就给大家念“坦白从宽，抗拒从严”，要你老实交代问题，好像中文系的教师里隐藏了多少反革命分子似的，弄得人人自危，气氛十分紧张。在那时的政治环境和气氛下，要是有谁不小心讲了犯忌的话（其实在今天看来都是很普通也很正常的话），或者是出现了政治性质的口误，就有可能立即被当作现行反革命分子揪出来批斗。王福堂和周强两位老师就曾经历过这样的不幸遭遇。

我在19斋一直住到1966年的年底。其间，关于结婚和住房，经历了许多的波折和烦难。1961年的上半年，即从斋堂归来不久，我同大学期间相恋几年的女朋友就准备结婚了。首要的准备当然是向单位要房子。那时候有一个不成文的规定，要结婚，由男方的单位给房子。女朋友与我同期分到北京，单位是新成立的北京广播学院（就是今天中国传媒大学的前身，直属当时的中央广播事业局）。于是从1961年下半年开始，我就跑北大的房产科，要房子。那时似乎也没有什么规章，要按什么样的程序来进行申请，就是跑，厚着脸皮向管房子的人口头申说。那时北大的房产科规模很小，就在一教西边的几间小平房里。要说我当年把房产科的门槛都快踏破了，一点也不夸张。记得那时接待我的，常是一位体态微胖的女同志，她是真有涵养，任凭你好说歹说，把嘴皮子磨破，就是毫无表情的一句话：“我手里没有房子，拿什么给你呀！”这话当然使我无话可说，也无法可想。

没有房子，还是走许多人走过的老路：先结婚再说。我们在1961年的年底登记结婚，但因为房子问题，是拖了将近两个月以后，在1962年初才实际成婚的。那时，广播学院的领导给予照顾，答应在集体宿舍里临时借给我们一个房间，我们这才住到了一起。借期一个月，到时还房，以后“打过短时期的游击”。但不久，还是蒙广播学院领导的关心，分给了我们一间小平房，在西城区厂桥的麻花胡同里。那个院子里住的都是广播系统的人家，院子不大，只能称得上是一个小杂院。没有厨房，只能在住房门口的屋檐下摆一个蜂窝煤小炉子。院子里有一个共用的水管、一个公共厕所。那时候在我们系的年轻教师里，住在可以做饭的家属宿舍里的人不多，记得赵齐平等几位相熟的同事，就曾将他们每月一人半斤的肉票领出来，到我们家来包饺子。虽然刚搬去不久，但邻居之间的关系却非常和谐友善。当时尽管整个国家经济十分困难，但社会安定，治安情况良好，民风也比现在淳厚得多。人与人之间相处，讲情谊，更讲道理。赵齐平来包饺子的那一次，出了一个意外的小事故：他大概是到共用的水管去洗菜刀，刚走到旁边，突然邻居的一个小女孩跑过来，正好额头碰到了刀口上，当时就出了血。我们立即叫来一辆人力三轮车（那时出租车非常少）送到医院去诊治包扎。所幸只是一个小口子，不碍事，在我们向小孩的父母表示歉意之后，事情就算了结。这事要搁在今天，那麻烦可就大了，说不定闹到法院提出要你赔偿多少万都有可能。

住麻花胡同期间，我们添置了一件新家什：牡丹牌收音机。那年代物资匮乏，商品紧缺，很多生活用品都要凭票或是通过单位来分配。当时系里分来两台牡丹牌收音机（那是当年叫得响的名牌），几十个人抓阄，我竟然很幸运地抓到了一台。虽然只是一百多元，却相当于我们两个人一个月的工资了（当时的月工资是56元，这个标准一直维持到打倒“四人帮”以后的1979年，大家戏称这是“部长级——不涨级”的工资），这对我们新建立的这个小家来说，算得上是一件奢侈品。按工资比例所花掉的钱和当时把收音机搬回家时的欣喜之情，比今天买一个大屏幕的液晶电视不在以下。跟邻居打招呼的时候居然这样说：“我们家买了一台收音机，有什么好听的音乐节目的时候过来坐坐啊。”印象很深的是，这台收音机在这里并没有能很好地发挥作用。因为住房旁边就是北京广播电台的一个发射台，当时大家就称我们住的这个地方叫麻花电台。收音机就摆在发射台下，受到强大电波的干扰和控制，不论你转到什么频道，收到的都是北京广播电台的节目，欣喜中又让人感到一种无奈。

当时台湾海峡的局势比较紧张，爱人被临时调到中央广播电台的台播部（对台湾工作部的简称）去工作。这个工作的特点是常上夜班，听“敌台”，老百姓经干扰听不清的，他们都能听清，记下来做成简报供首长参考。不久就听说北京广播学院要下马，许多人都要调出。台播部希望将我爱人正式调到那边去，可她不习惯总上夜班，又比较喜欢文学和教学工作，那时北京宣武区的红旗夜大学正要人，领导征求意见时，她就选择了去红旗夜大。这样，离开了北京广播学院，也就离开了麻花胡同的小院，离开了我们好不容易才拥有的那个小家。

宣武区红旗夜大是北京市业余大学的一面红旗，北京市委很重视，当时从好几所大学包括北大和北师大调了一些教师去支援。但夜大没有自己独立的校舍。开始是借用牛街回民学院一栋楼里的两层楼房，学校的办公室、教研室和教师的宿舍都在那里。红旗夜大的领导也很照顾，在集体宿舍里给我爱人单独分了一个房间，备课、办公、住宿三者兼用。这样，虽然还不算真正解决了结婚住房的问题，但我们毕竟有了一个独立的空间，能够延续在麻花胡同时的那种已经有家的感觉。

我平时住在北大 19 斋，逢星期六就到远在宣武区牛街的回民学院去跟妻子团聚。那时候没有条件自己做饭，一般都是吃食堂，偶尔也自己做一点。说起来真是可怜，那时候没有方便面，要临时解决一下填肚子的问题，就只好用暖壶泡挂面吃。先将挂面放到暖壶里，再倒入开水，塞上塞子泡上半个多小时，倒出来加上一点简单的调料就可以吃了。那味道如何，可想而知。稍后要求高一点，就去买了一个煤油炉，煮一点蔬菜来吃，照样是淡乎寡味。就是用煤油炉做饭，在集体宿舍里也是不许可的，只能偷偷地在屋子里做。其间有两件事情印象深刻。有一次，几个在北京工作的大学同学把肉票拿过来，要一起用我们的煤油炉改善生活。但在回民学院是不可以煮猪肉的，那可是违反民族政策的大事啊。为了不让猪肉的味道飘出去，引起别人的注意和反感，就精心地先用报纸将窗户和门缝严严实实地堵起来。就这样，几个朋友偷偷摸摸地享受了一次实际上是没盐没味的口福。还有一次，在社科院文学所工作的我的一位老同学，不知道从哪儿弄到了一包生的羊眼睛，拿到我这里来煮了吃。我过去是从不吃羊肉的，怕那膻味。但那年头供应非常匮乏，可吃的东西实在太少，馋得要命，我们两个人竟然吃得喷喷香，一个不剩。如今想起来，那些羊眼睛好像还一个个死死地瞪着我们，感到恶心之外，还有点毛骨悚然。

不久宣武红旗夜大就搬到了广安门内的南线阁中学。仍然是借用别人的几层楼房，格局还是那样，我们继续保留了一个小小的个人空间。这样，一直到 1966 年的“文化大革命”，都是一到周末我就从北大到广安门内来回跑。开始是坐公交车，单程大约 3 毛钱，这在今天当然只是一个非常小的数目，可要是按当时的工资比例来算，就相当不少了。坐公交车坐得真的有点心疼。到了 1964 年，咬咬牙凑钱买了一辆自行车。记得很清楚，是 28 型的凤凰车（在当时，是与永久、飞鸽齐名的自行车中的名牌），花了 166 元，相当于我三个月的工资了。这是我们婚后小家添置的又一件奢侈品。欣喜之情不亚于今天的年轻人买了一辆宝来甚至是帕萨特轿车。这种心情竟然保持了好长一段时间，表现在行动上，就是几乎每天都要擦车，而且擦得非常精细。

既然在北大要房碰了钉子，没有了希望，这几年又总算有了一个安身之所，就再没有去找过北大的房产科了。可是系里却还记得我的困难，记得我的申请。在“文化大革命”开始不久的几个月之后，大概是 1966 年的年底吧，系里的领导突然告诉我，说可以分配给我一间家属住房，只是房间不大，只有 14 平方米，而且不能做饭。我大喜过望，想都没有想立即就说：“很好，不能做饭没关系，我们就两个人，可以吃食堂。”这样，我们就有了在北大的第一间家属住房。

没有想到，分配给我的竟然是当时属于学校顶级住宅区的燕南园 58 号中的一间。后来才知道，这次分房，同“文化大革命”的风暴对现存社会秩序的破坏密切相关。

燕南园是北京大学的园中园。原本是 20 世纪 20 年代燕京大学特地为外籍教师修建的，中华人民共和国成立后经过院系调整，这里成为北大领导干部和著名老教授集中居住之地，如马寅初、陆平、周培源、冯定、冯友兰、朱光潜、侯仁之、陈岱孙、江泽涵，以及中文系的魏建功、王力、林庚等先生，都曾是园里的主人。虽地处学校中心地带的热闹区域（东南毗邻后来非常著名的三角地），但园内树木参天，绿荫遮地，一道围墙把周围隔离开来，却又可以独享一份幽静。园中或是小洋楼，或是中式平房，一家一个独院，格局十分别致。听说当年燕京大学修建这个园子的时候，每个院落和建筑的布局与风格，都是按照教授们各自的意见和喜爱来设计的。以前曾多次到过王力先生家，也曾在园里散步过，却从来也没有想到过自己有一天也会住到这个园子里来。

我居住的 58 号原来是著名哲学家、北大副校长汤用彤教授一家居住的。汤先生去世后，就由他的家属居住。但“文化大革命”一开始，学问渊博的老教授就变成了“反动学术权威”，成为首要的冲击对象。政治上受到批判，生活上也随着降低待遇，其中就包括压缩住房。据我所知，中文系的许多教授，如王力、林庚、周祖谟、朱德熙等先生也都在那个时期先后腾出房子来让给了别的教师。汤一介先生（汤用彤先生的长子）和乐黛云先生夫妇，运动开始不久就受到冲击，被抄了家，赶到中关园的平房去了。这样，58 号相继搬进了同属中文系的四家人，林焘先生住南面的两间，叶蜚声先生和赵齐平先生住北面的两间，另各加上后院的一小间（大概是原来的储藏室和保姆房），我住东南角的一个小间。连同汤一介先生的弟弟和母亲一家，58 号这时就一共住了五家人。分割式地住在这样的高级住宅里，其实是非常不方便的。我和林焘先生住的三间是一片，共用一个正规的带浴缸的卫生间，但是没有厨房，只能在非常狭窄的过道里做饭。叶蜚声先生和赵齐平先生两家是一片，有一个相当大的厨房，但却没有一个正规的厕所。就过日子来说，条件都很不完备。但对于我们，在经历了几年很不安定的婚后生活之后，在北大有了这样一间真正属于家属宿舍的住房，已经感到非常满足，非常奢侈了。

我们在燕南园前后共住了 13 年。我们一儿一女两个孩子，都是在这期间出生的。在我所住过的北大的住宅中，这里居住的时间不算最长，但保留下来的记忆却是最多，有的很温馨，有的很有趣，但也有许多烙下了社会动荡与严酷的时代印记。

住房的南窗外是一个相当大的阳台，阳台外面是一片很开阔的园子，有许多树，空地上可以种植花草和蔬菜。我们在阳台边插上竹竿，种了一排茑萝。夏季开花，小红花衬上纤细的绿叶，透出一种柔美的风致。我们还在空地上种过丝瓜和蓖麻，竟然也小有收获。那时候每到初冬，每家都要购买储存大白菜，但家里非常狭小，根本没有地方码放白菜。有人介绍经验，说只要有空地，也不用挖菜窖，只要刨出一个比较深的大坑，将白菜码放到里边去，再用土覆盖起来，过冬没有问题，不仅可以防冻、保鲜，而且白菜还会生长变大。我在室外的园子里如法炮制，果然那年储存的大白菜竟由二级菜长成了一级菜，真是欣喜不已。

刚搬到燕南园不久，我爱人就怀孕了。岳母答应来北京替我们带孩子，为此要做许多必要的准备。首先是要加一张单人床。买床是不可能的（没有钱，有钱也买不到），向学校借床板又借不来。听说西直门外有一家木材厂有木板卖，可以买回来自己钉；但每天出售的数量有限，必须一大早就赶到工厂门口去排队。我一早就骑自行车赶过去，还真买到了。可是要把这些木板运回家，却是经历了极大的困难和惊险。我说不出来那木板是什么材质，虽然价钱不贵，却非常沉重，四大块，每块比后来做好的床板还要长出一尺多。我请好心人帮忙，费了很大的劲才将木板结结实实地捆在了自行车的后架上。但后面太沉，根本把不稳车把，无法骑上去。还是依靠好心人，替我扶着车，让我骑上后又推了一段，这才战战兢兢地上路了。但是骑上去难，下来就更难了，只好硬着头皮一口气骑到北大。那时 32 路公交车行驶的那条路比现在的白颐路要窄得多，而且有一半还在翻修，骑在车上真是十分惊险。幸好那时的汽车很少，不然出事的可能性是非常大的。好不容易骑到了北大的南大门，请身边的两个同学帮助我下了车，并帮扶着慢慢推到了燕南园的家里。用这四块木板钉成的一张宽大的单人床板，一直跟我同甘共苦，用了将近20年，直到1994年搬到燕北园的时候才弃之不用。

孩子出生后，除了凭出生证供应的两斤小米外，其他产妇必要的营养品在海淀这边完全买不到。于是隔三差五就从北大骑车到西单菜市场去买一次冻鸡。也是一大早就得赶到，大家都在市场门口等着，一开门就像赛跑一样一窝蜂地拥进去，手慢了连一只也抢不着。现在大家吃鸡都要选瘦的，那时想挑一只带点黄色的也就是稍微肥一点的都不可能。即使是这种骨瘦如柴的，能抢购到一只就算是很幸运了。现今的年轻人养孩子，金贵得不得了，这营养那营养，这讲究那讲究。我们当年养的两个孩子，也没什么营养和特别的讲究，但都很皮实，长得也不错。人真是一种很奇妙的动物，什么样的环境都能适应，即便是最低的生存要求；只要紧迫的愿望得到了满足，也会产生一种幸福感。当我买到沉重的床板料并艰难地将它运回家，当抢购到一只没有脂肪的瘦鸡的时候，心中竟也油然而生一种如获至宝的喜悦。

孩子出生不久，北大的两派群众组织“新北大公社”和“井冈山兵团”矛盾激化，发生了武斗。那时清华武斗竟用上了热武器，北大还算好，只用冷武器，即自制的长矛和强力弹弓。我们家的南面墙外是29楼，当时是井冈山兵团的据点之一，聂元梓支持的新北大公社向29楼进攻，29楼就向下用强力弹弓还击。一天中午，有一颗比鸡蛋还要大的石头，竟从29楼上穿过我家的纱窗，飞进屋里，幸好没有伤着人。在家里不能住了，于是爱人和岳母带着孩子到城里她的学校去暂时避难，我就住到了当时在二院的中文系办公室里。我一个人住在二院倒还清静，但住了一段时间以后，常闻到一股不好闻的酸味。后来打开柜子一看，竟发现有一个骨灰盒放在那里，正好在我睡觉时的头顶上方。那时北大的政治斗争十分激烈，充满一种恐怖气氛，天天开批斗会，经常听到有人自杀的消息。这骨灰盒就是中文系一个女学生叫沈达力的。她被当作反动学生三番五次揪斗，可能是实在受不了了，也看不到有任何出路，就了结了自己年轻的生命。因为背负着“反动学生”的恶名，家里不敢或是不愿来要骨灰，于是就放到了中文系的办公室里。我知道后就再不敢住到那里去了。

1974年春天，我们的又一个孩子出生了。岳父母一起又从四川来京帮助我们。

家里住不下，我就又到中文系办公室去睡觉了。这时中文系办公室已不在二院，搬到了学生宿舍区的 32 楼，同中文系的学生宿舍在一起。男女学生分楼层居住。1976 年 7 月 28 日唐山大地震的时候，我就住在 32 楼的中文系办公室里。记得楼摇晃得很厉害，我从睡梦中惊醒，朦胧中意识到是发生地震了，就赶快起来。因为楼下住的是女同学，不敢只穿着内裤就往下跑，但楼还在不断地摇晃，长裤怎么也穿不进去。当我折腾半天穿好裤子跑到外面去的时候，看见已有许多同学早就跑到楼下了。不少女同学都只穿着内裤、戴着胸罩、披着一条浴巾，顾不得穿好衣服就跑了出来。我当时就想起了蒲松龄在《聊斋志异》中有《地震》一篇，写他亲历的康熙年间山东地区的一次大地震。说是大家慌忙跑到室外，男男女女都是赤身裸体，惊魂稍定后，互相告语，竟未发现自己并没有穿衣服。那种情景，我经过了唐山大地震时的亲身体验，才知道蒲松龄完全是写实，而且写得真是非常的逼真生动。

地震期间在燕南园里也发生过一些值得记述的事情。冯友兰先生住 57 号，与 58 号相连，据说住房的结构与 58 号完全相同，一剖两半，由庭院中的一道特设圆门的矮墙隔成两家。林庚先生住相邻的 62 号，在我们 58 和 57 号的西南面，住宅的窗外有一丛翠竹掩映。我们这相邻的三套住宅，南窗和东窗外的空地连成一片，可以说是同在一个大院子里。地震以后余震不断，大家都到院子里搭抗震棚，住到外面了，就连平时深居简出的冯友兰先生也不例外。唯独林庚先生是安闲镇静如常，任凭余震不断中房屋怎么晃动，就是不肯出来。这不是简单地用“不怕死”就能解释得了的，应该是林先生平日恬淡潇洒的性格与人生态度，在特定情境之下的一种表现吧。

我们家的地震棚改建过几次，先是在东边家门口的阳台下，后来因为老下雨，低洼的地方常积水，就搬到了西边靠近林庚先生家的一块地势较高的地方，与冯友兰先生家的抗震棚紧紧相连。有一天晚上，江青突然带着一批人来看望冯友兰先生了。北大军宣队的负责人得知，不敢怠慢，赶快过来，跟着又一下子拥来了许多身份不明的人和学生，把我们家的抗震棚挤压得嘎嘎作响。我家的棚子里住着老人和孩子，我爱人急了，脱口嚷道：“有什么好看的！别挤了！别挤了！棚子快塌了！”这话让我一下子惊出了一身冷汗。要知道，当时到处都可以看到这样的大标语：“谁反对敬爱的江青同志，就砸烂谁的狗头！”爱人这话要是被人揪住，立即就有可能成为“现行反革命”。所幸当时大家的注意力都集中在江青的身上了，好像没有人理会这话；更加幸运的是，没有过几个月，“四人帮”就倒台了，江青从此就失去了当时的威风。

住燕南园期间，最有趣的事要算是跟耗子作斗争了。因为是老房子，又都是木地板，就有许多耗子出没。那时又没有冰箱，保护食物不被耗子偷食是一件很伤脑筋的事。后来终于想出了一个很妙的办法，就是将脸盆倒扣在地板上，盆沿用一个乒乓球支起来，乒乓球下面朝盆里方向压一小块油条，耗子钻进去叼油条就把它扣在里面了。用这种办法我们捉到过好多只耗子，多少煞住了它们一度相当猖獗的威风。孩子们稍大一点的时候，这事就变成了一种他们饶有兴趣的游戏，每当逮住耗子的时候，他们就欣喜无比。读小学的女儿，还拿这事写过作文呢。

随着“文革”的结束，住房和相关的生活情况都跟着发生了很大的变化。先是“落实政策”（这是当时的一种专用的说法，特指按照新的政策改正过去的错误做法），林焘先生搬到了燕南园52号，腾出来的一间大房间分给了王力先生作书房。这样，我和王力先生就有一年多的时间，在他工作的时候同他相邻而居，有过比较多的接触。老一辈学者在打倒“四人帮”以后，为了抢回“文革”中失去的时间，争分夺秒地从事学术研究的精神，令我十分感动。常常和王力先生一起在系里开会（那时候各种会议是非常多的），在上午11点过或是下午5点过散会回来，业务方面的事我就什么都不干了，而王先生却是无一例外地先不回自己的家，而是到58号的书房来抓紧工作一段时间。与此相似的是同样住在燕南园里的朱光潜先生，他每天在楼上孜孜不倦地写作，让他的夫人搬一把椅子坐在楼下的大门口，阻拦来访者不要去惊扰和耽误他的工作。

1979年，我也离开燕南园，搬到了北大西门对面的蔚秀园27公寓213号。这是我第一次住进了家属宿舍的单元房。高兴的是，有了独立的厨房和卫生间。但是整个住房非常小，只有50多建筑平方米。过厅里除了摆一张长条形的小饭桌，就什么也放不下了。但毕竟有了两间房，小房间给孩子们住，第一次跟大人分开。大房间是卧室兼书房兼客厅，有朋友来吃饭时还兼餐厅。这期间，从北大的木工厂定制了四个书柜，不算多的藏书也第一次可以摆出来使用了。我在这里住的时间最长，直到1994年搬到北大西北面骚子营的燕北园为止，一共住了15年。这期间可记述的琐事当然也不少，我只说其中的一件。我是住在顶层，同系的裘锡圭先生住三层，袁行霈先生住二层。裘锡圭常有挂号信，邮递员在楼下大叫很长时间，没有人应，以为没人在家，走了。其实他是在的，只是专心做学问，听不见。两耳不闻窗外事，一心钻研古文字，他真做到了。这事我们同单元的住户都知道，而且还传到外边去了，有人当作佳话来传，有人当作笑话来听。

1994 年，我搬进了燕北园 305 楼 207 号。离开蔚秀园的时候，我非常感慨。我们还没有搬出，就有新住户来看房子了。我不知道他的身份是教员还是职员，见他头发斑白，显然已是年近半百了。我们没有多说话，没有交流，但看他抑制不住的欣喜的神情，我知道他得到这套房子一定十分不易。我当时感到在这里是一天也住不下去了，可他来看了还那么高兴。想到这里，我不禁心里一酸，想哭。

燕北园的房子号称三室一厅，其实建筑面积也只有 81 平方米，现在人们把这种房子称作“小三间”。但对我来说，毕竟又是一次提高，一次改善。大房间虽然还是书房兼客厅，但可以不再兼卧室了。于是又增添了四个与原有的四个颜色规格相同的书柜。在墙角的位置，可以放得下一个稍大一点的电视机了。不过，令人不满之处依然很多：住进去以后好几年都没有修路，一下雨就只能蹚着泥泞进进出出；配套设施基本上没有，买菜和日常用品都极不方便；来了客人要请人吃个饭，附近连个像样的餐馆也找不到。尽管如此，我还是高高兴兴地在这里住了整整 10 年。

2003 年，我们用多年的积蓄在远郊昌平的回龙观买了一套房子。三室两厅两卫。2004 年的春天搬过去。比起燕北园来，这里的汽车少，很安静，空气也比较清新，住着感到很舒适。离开燕北园的时候，我也非常感慨，这次不是对别人，而是对我自己：我教书、搞研究几十年，在工作最需要的时候没有，到了退休以后，才有了一个属于自己的独立的书房。唉，这是可喜呢，还是可悲呢？

但毕竟，我已经是居得其所，可以安享晚年了。这比起许多至今还没有住房的人来，已经是幸福得不得了了，我很满足，很满足。至于那间书房呢，“老九”就是本性难改，既然是个读书人，只要还干得动，总会在那里继续耕耘的。

2009 年 8 月 28 日

（原载《筒子楼的故事》，北京大学出版社，2010 年 6 月）

我的书房

读书人都想拥有自己的一间书房。这是一个不大不小的梦想。说它不大，因为比起中华民族伟大的复兴之梦来，这种个人的需求实在是微不足道；但就个人来说，说它是读书人的安身立命之地，也不算夸张。而且在我工作的主要时期，这个“大”字还具有另外一层意义，就是要想拥有一间独立的书房，简直是一种遥不可及的奢望。而再小的事情一旦和“难”字挂上钩，也就变得“大”起来。更重要的，还因为读书人的这种需求，关系到文化的传承和创造，其实同中华民族伟大的复兴之梦，并不是毫无关系。

一

我的书房，从无到有，从小到大，从依附到独立，经历了许多曲折，也经历了漫长的时间。这种变化，与大的社会环境密切相关，因而有它的典型意义，可以从一个小小的侧面，反映出时代的发展和变迁。

我是1959年秋从四川大学毕业分配到北京大学中文系任教的。新来的助教都住集体宿舍的筒子楼。开始是三个人一间，配置一个共用的四层小书架。当时随我到北大的，除了几件简朴的换洗衣服，就是做学生时节衣缩食购买的几十本专业用书。能分得一层多一点的书架也就差不多够用了。过了一年的实习期，就改住两人一间了，一人配一个四层的小书架（资历深一点的就配一个大书架）。仍然是靠节衣缩食，又陆续购置了一些新书，一时也都能上架，没有感到有什么不方便的地方。

读书人爱书，喜欢逛书店，虽然经济拮据，看见欢喜的或者觉得有用的书，还是禁不住就想买。要买书，日子就会过得苦一些。但是买到一本好书或是特别喜欢的书，心中的快乐比吃得好一点和穿得好一点要高出许多倍。这样日积月累，也就增加了不少。于是，架上摆不下的，就放进纸箱里，只把教学上常用的留在书架上。这时候就开始感到有些不太方便了。

但是更大的不方便，是在结婚搬出了筒子楼之后。“文革”中，许多著名的老专家都被打成“反动学术权威”，他们被勒令退出“多余”的房间给年轻缺房的教师。于是在 1966 年底，学校终于在北大著名的“园中之园”的燕南园里分给我一间 14 平方米的居民住房。原来是一家人住的独院，现在变成了五家人共住，其实是人家都不方便。不久女儿降生，岳母来帮带孩子，一间小屋，挤一挤也就凑合够四个人住，再重要的常用书也没有地方摆了，只好全部装进四个大纸箱，摞在一起，上面罩一块塑料布，等于多了一件家具，上面还可以摆放一些东西。书放进纸箱，与“束之高阁”无异。读书人，特别是一天也离不开书的教师，会把书“束之高阁”，这种无奈，至今想起来都还不免有点儿伤感。好事难全，有了独立的住房，却没有了摆书的位置。离书房是越来越远了。

在燕南园住了整整 13 年。1979 年，搬到了蔚秀园新建的教师宿舍楼。两个小间，50 多建筑平方米。那时已有了两个孩子。孩子住那个小间，我们大人住大间。扩展了一点面积，就特意去定做了四个书柜，每个六层，靠近床头立在墙边。那时书不算多，基本上都可以上架了。有了这样的条件，心中充满了无限的欣喜。可是这间大屋主要的功能却是卧室，单是一张双人床就占据了超过三分之一的地盘；有客人来的时候，就兼作客厅，吃饭时又变成了餐厅。虽然有四个书柜立在屋里，却没有拥有了书房的感觉。这间大屋，只能说是一个名副其实的“多功能厅”。问题还在我爱人也是教师，也要备课，屋里根本就放不下两张书桌。总有一个人要趴在床上，或者在小饭桌上看书、写作。这种窘迫和尴尬，当然不止我一个人是这样。金开诚先生也是夫妇二人都是教师，他住在我们对面的楼里，房子的面积和结构都和我的一样。听说他就经常坐一个小板凳伏在一个方凳或者床铺上写作。我们这一代知识分子就是这样，耐得住清苦，还能坚持勤奋，条件再差也能出成果。就在这间“书房”依附于卧室的“多功能厅”里，除了讲稿，我写出了“文革”后的第一批文章，还出了一本教材和一本专著。

但是在这里也终于住不下去了。从当初搬来时的欣喜，变成了无尽的烦恼。两个孩子慢慢长大，上了小学、初中，都需要学习的地方，岳父岳母都来帮忙看孩子，六口人两间小房子怎么住得下呢？于是我晚上搬到教研室去睡觉。里边有一张单人床，也是由于同样的尴尬，早先有同事就在那里住过。这期间闹了一次叫人笑不起来的笑话：有一位德国朋友到北大来看我，无法在家中接待，就把他带到了我所在的古代文学教研室。他进屋一眼看到的就是那张床，不禁惊奇地问：这是什么地方啊？我老老实实却又很不好意思地告诉他：这就是我们的古典文学教研室呀！他笑笑，什么也没有说。他是一个对中国十分熟悉的汉学家，他懂得当时中国知识分子的生存状态和生活方式。没有多问，说明他能够理解。

在15年之后的1994年，我又一次搬了新家，住进了距北大有两三公里的燕北园。三小间加一个小厅，81建筑平方米，就是现在人们所说的老旧小区里的小三间。这次是卧室独立了，书房仍然没有独立。书房还兼作客厅和餐厅，或者说主要还是客厅，当然看电视也在那里。倒是名义上已经独立了的卧室有时还兼作书房，常常有一个人在里边读书、备课。虽说书房仍然没有独立，但条件毕竟有了很大的改善，有时甚至产生一种错觉，好像真的是已经拥有了一间书房似的。欣喜之情又一次涌上心头。于是照原来的规格，又定做了四个大书柜，排在客厅的两边，书柜前面再摆一排小沙发。因为又积累了多年，买的书比较多，还是有一部分不能上架。但教学和写作的常用书，找起来就比较方便了。条件稍有改善，就会带来更多的成果。我2001年退休，2004年搬离这里。我在这套小三间里整整住了10年。我的一些重要文章，退休以后出版的多种著作和教材，都是在这里写出来的。

2004年，我用自己多年的积蓄，在回龙观购买了一套100多平方米的经济适用房。这时我已年近古稀，才拥有了一间真正意义上属于自己的独立的书房。这是受惠于时代的大变迁：改革开放。我从1960年开始（刚毕业第一年的实习期不算）一直到1979年，将近20年间，拿的都是每月56元的所谓“部长级”（谐“不涨级”）的工资。这点钱，要供两个孩子生活和上学，糊口就不易，不要说今天，就是20世纪末刚有房地产市场房价较低的时候，想要买房也同样是白日做梦。“文革”一结束，整个社会有了天翻地覆的变化，从天天搞阶级斗争，改变为以经济建设为中心，还有打开国门，对外开放。这对我和跟我的情况相似的高校教师，至少带来四方面的重要变化，使得我有了条件可以自己买房。第一是工资开始隔几年有一次增加；第二是有机会走出国门到国外去讲学，可以得到较高的报酬，合理的上交之后也还有可观的积余；第三是可以比较自由地写作，发表文章和出书有了一定的稿费和版税收入；第四是政府开始修建经济适用房，并制定了照顾教师的政策。这四条，就是我能买房的原因，也是我能享受到的改革开放实实在在的成果。

二

拥有独立书房的好处真是一言难尽，它可以非常简单地概括成六个字：方便、舒适、出活。据我的经历和体验，独立的书房不受干扰，有三大功能令人欣喜：藏书于斯，读书于斯，著述于斯。

先说藏书。藏书有两种不同的含义。其一，是收藏家的藏书，讲究的是搜集稀见的珍贵版本；其二，更多的是像我这样的实用性的藏书。我把自己拥有的书，一般都是工作（教学和写作）需要必备的书，还有虽与研究对象无直接关系，却是自己喜欢的甚至是珍爱的书，都按类上架，取用起来非常方便。但按类上架也不容易。书不太多的时候是每一格摆放一层，书越来越多时就只好里外摆两层了。放在里层的书，有时候找起来就不那么容易了。还有就是书柜里的空间越来越少，新买的或朋友赠送的书，很难按类摆放，就只能见缝插针，日子一久就乱了套了。我现在就处于一种乱了套的情况，常常是明明知道有这本书，可就是找不到。不过比起没有书房来，这只是一个小小的烦恼。

次说读书。如果买书、藏书而不读书，书就成了摆设，只是装点风雅而已。而真正读书的人，又不会只读自己的藏书，因为自己的藏书再丰富也毕竟有限。还得上图书馆借书去。一个很普遍的现象是，借图书馆的书要限期归还，因此读得快；而自己的藏书却总是迟迟不读，读也读得很慢，因为总觉得反正是自己的书，什么时候读都可以。因而有人主张少买书，多到图书馆去借书，可以提高读书的效率。这当然很有道理。但教学科研的基本用书还必须自备，用书都要跑图书馆，不仅很不方便，实际上也是根本做不到的。

读书有两种不同的情况。一是有明确的目标而读书，比如说备课，写论文，写书。这一般是专业范围之内的。二是与此不完全相同，就是所谓“充电”，不一定是为一个具体的题目或目标而读书，而是为了不断地提高和充实自己而读书。后一种情况，大多与专业并没有直接的关系，却可以提高学养，扩大知识面，最终也是有利于专业研究的。有人说，退休以后的读书是真正的凭兴趣而读书，为娱乐而读书，没有具体的目标，这才是真正快乐的读书。据我的体会，情况可能并不完全如此。如果在长时间里养成了读书思考的习惯，练就了一副敏锐的眼光，那就不大可能有真正的无所用心、不动脑子的读书。真正的读书人，更多的情况是：凡读书必有思考，而只要动了脑子，就必有所得。因思考而有所得，和无所用心因而也就一无所得比起来，虽然各有自己的读书之乐，但快乐的层次和境界会有很大的不同。

后说著述。对于相当一部分读书人来说，书房还像是一个“作坊”，在那里准备素材、资料，再经过艰苦的劳动，生产出新的精神产品。文化和文明的传承与创造，离不开这样的“作坊”。知识分子能不能拥有自己独立的书房，对于社会发展的重要意义，主要就显现在这里。

三

我的藏书不算多，但也不算少。大致可以分为四大类：国学典籍；专业用书；工具书；其他，即非专业但是是我喜欢的书。由于我所从事的专业的特点，前两类是有交叉的。若按经、史、子、集传统的四部分类，最主要的国学典籍，我都是购置了的，如《十三经注疏》《诸子集成》等，二十四史中的前四史（即《史记》《汉书》《后汉书》《三国志》）和与我治中国文学史的方向相一致的宋、元、明、清四朝的断代史（《清史稿》不在二十四史之列），还有《资治通鉴》和《通鉴纪事本末》等。四部中的集部，其中重要的文学总集和别集，基本上是我的专业用书。对于古典戏曲、小说中的名著，大多还同时购置了不同的重要版本。专业用书中，当然还包括文艺理论和美学方面的重要著作，以及古人和今人有代表性的研究著作。工具书也是不能缺少的重要的一类，包括书目提要，历史年表，历朝传记索引和查找历史上的人名、地名、文字、词语等各种辞典类用书。有了这些藏书，我备课和做研究，一般的情况，就可以基本上不跑图书馆了。至于凭兴趣购买的非专业的书籍，内容就比较庞杂了，其中也包括与专业略有关系的中国现当代文学和外国文学中的名著。总的说来，我的书房虽然不大，藏书也不算很多，但就像是一个小小的装满了精神食粮的仓库，足够我享用了。

要是有人问我：你书房里的藏书都读完了么？我肯定的回答是：没有。而且我还相信，很多人都和我一样，也是没有。把自己的藏书全部读完的人，也许有，但一定非常少。一般来说，书房里的藏书，可以分为两种情况：一种是必须要读的，甚至是要仔细读、反复读的；另有一些则是大致翻翻，不必一定要读完或细读，但要知道和熟悉这本书的内容，到用时再来查阅。

我年轻时，也就是我刚到北大任教的时候，有两部书读得非常仔细，可以说是精读，一部是《左传》，另一部是《古文观止》。精读这两部书，令我受益匪浅。《左传》虽然是历史著作，却又是中国古代叙事文学的经典和源泉，后来的《史记》乃至小说创作，都受到它的影响。这对我后来研究古代小说，很有帮助。《古文观止》则教会我怎样欣赏文章和怎样写文章。我今天的文章能写得比较流畅，不太艰涩，比较简练，不太拖沓，就得益于读《古文观止》。

要是问我有没有案头之宝，就是放在手边常读的书，回答是：有的。三部：《鲁迅全集》《聊斋志异》《红楼梦》。

不管现在有多少人对鲁迅先生提出负面评价，但在我的心目中，鲁迅永远是现代中国作家中最伟大的一位。他的思想的深刻，他的眼光的锐利，他的爱憎感情的鲜明强烈，他对人（包括对他自身）的内心世界的剖析，他一心要疗救社会的热情，都令人感动。还有他的杂文艺术（是他把杂文的写作提高到了艺术的境界）和小说艺术，读后让人产生一种刻骨铭心和浃髓沦肌的感受。《阿Q正传》是永恒的文学经典。鲁迅的作品教会你怎样认识社会和历史，怎样做人，怎样作文，怎样奋进，怎样坚忍。

《聊斋志异》和《红楼梦》是清代产生的两部伟大的文学经典，是中国古代短篇小说和长篇小说的总结，双峰并峙。《聊斋志异》奇幻无比，却又与写实融为一体，以嬉笑怒骂之笔，歌颂真、善、美，鞭挞假、恶、丑，书中寄托了作者蒲松龄的爱和恨，理想与追求。最近我为《蒲松龄研究》纪念作者诞生375周年专刊题词，写了两句话，代表了我对这部杰出的文言短篇小说集的基本认识：“天籁之音寄孤愤，奇幻文章写世情。”关于《红楼梦》，我有一段推荐词是这样写的：

> 这是一本不读就是人生极大遗憾的书，是一本常读常新的书，是一本从任何一个角度和眼光去读都可以有所得的书，是一本像是一个富矿永远也开采不尽的书。书中写了一个悲剧，爱情的悲剧，人生的悲剧，家族的悲剧，社会的悲剧，悲剧中蕴含着非常丰富的社会内容和思想意义。①

这段话有人从书中抽出来放到了网上，因而流传很广。

书房，是读书人的精神栖息地。一辈一辈的读书人在这里进行文化的耕耘、播

① 《北京大学教授推荐我最喜欢的书》，陕西师范大学出版社，2001年12月。

种、生息、繁衍，传承传统的民族文化，创造新时代的文明成果。往大的一面说，这可以提高整个社会的文明程度和精神境界。往小的一面说，读书人自己，不管是读书还是写作，徜徉在书堆之中，呼吸着书香的气息，享受着创造的喜悦，精神贯注，沉浸其间，就会进入一种美妙的人生境界，真可说是其乐无穷。

（原载《秘书工作》2015 年第 9 期，刊出时文字有删节）

草棚大学纪事

百年沧桑，百年风雨。虽说一百年对于一个学校的历史来说并不算很长，北大于今仍可称为风华正茂；但亦如世间的一位百岁老人，在整整一个世纪中，她同样经历了世事的艰危、道路的坎坷，品尝过人间百味。百年中北大有辉煌，也有劫难；有光荣，也有耻辱。最大的劫难，除了戊戌变法失败，京师大学堂差一点被取消外，主要有两个时期：一个是抗日战争时期，由于民族危难而被迫迁到云南的昆明，同清华和南开组成西南联合大学；一个是史无前例的“文化大革命”时期，北大经受了种种难以想象的破坏和摧残，一段时间大部分教职员工被赶到江西鄱阳湖畔的鲤鱼洲，进了“五七干校”。以后又在那里招收工农兵学员，办起了北京大学的江西分校，因当时住在草棚里，被美称为“草棚大学”。说是“美称”，毫不夸张，因为当时以穷为荣，以艰苦为尚，住草棚而办大学，是继承了抗大的传统，当然是足以引为骄傲的。西南联大在劫难中创造了辉煌，因而举世闻名；江西分校却在劫难中蔑视知识、背离科学，使人民的教育事业遭受挫折，因而湮没无闻，鲜为人知。但是北大的这一段历史是不应该被遗忘的。作为办学，其间也有许多惨痛的经验教训值得记取；而作为经历过那段生活的每一个人，又确有许多酸甜苦辣俱备，令人不能忘怀，甚至可以说是弥足珍贵的人生体验，值得回味。将近30年的时光流逝，草棚大学的种种生活情景，如今回想起来，仍然历历在目。下面的回忆，不限于招生以后的那一段，从某种意义上讲，“五七干校”也是大学，是抗大型的大学。所以我文中所记的草棚大学，包括了江西鲤鱼洲的“五七干校”和北京大学分校两个时期。

自己动手盖房子

知识分子自己能盖房子么？能的。鲤鱼洲的房子就是我们“老九”（这是当时社会上对知识分子的蔑称，因为地、富、反、坏、右，再加上“文革”中揪出的所谓叛徒、特务、走资派，八类“坏人”之外，排在末尾，所以自我解嘲戏称为“老九”。有人在前面还加上一个“臭”字，被称为“臭老九”，以表示对知识分子的蔑视）自己盖起来的。

我们中文系的大部分教职员工，是在1969年10月随全校的大队伍到鲤鱼洲的。当时一切都讲军事化，走得非常匆忙，一声令下，说走就走，呼啦一下子就把1000多人的队伍拉走了。那些日子，北京的街头常见载人和载行李的卡车疾驰而过，都是运送机关干部和知识分子到远离北京的“五七干校”去的，那气氛就像是有什么非常事件将要发生。若干年后才知道，那是根据林彪的一个什么号令采取的大动作。北大本来就定好了响应毛主席的号召，在江西的鲤鱼洲办“五七干校”，已经派去了第一批先遣队到那里做准备工作，但没有想到大队伍这么快就到了。所以紧急中先遣队只为我们在荒地里搭了几座非常简陋的大草棚，在露天盘了几个土灶。每个草棚可住数百人，每个灶可供一个连队（当时都是军事编制）使用。草棚之简陋说起来都不会有人相信，若干根长长的杉篙，人字形交叉竖立起来，中间再用几根杉篙来连接，就成为支撑整个草棚的梁柱，江西有的是竹竿和稻草，竹椽一搭，草帘一挂，一座草棚就起来了。

记得到鲤鱼洲的当天晚上，把行李放在大草棚里，正在吃晚饭的时候，忽然广播里传来晚上有雨的天气预报。于是马上得到命令，要立即为露天厨房搭一个草棚。已经预先搭好了架子，工宣队的师傅（那时是由上级派来的工人宣传队和解放军宣传队领导学校）就叫我和一些人爬到竹竿顶上去捆竹椽。我素来恐高，也从未在空中干过活，但工人师傅叫了，不敢不上。硬着头皮上去了，两条腿紧紧夹住房架，虽然并不高，可是往下一看，心里还是发虚，两条腿一直颤抖不停。不久天果然下雨了，在细雨纷飞中，我们一直战斗到差不多天明，一座简易的草棚终于在我们的手下建立起来了。看看简陋得不能再简陋的草棚，只能聊避风雨，但毕竟是我们自己筑的窝，疲惫不堪，心中却浮起一种异样的喜悦。

这样的草棚我们住了好几个月。鲤鱼洲的天气是冬天奇寒而夏天酷热。第一个冬天是相当难过的，常常是外面刮大风，里边刮小风，偶尔还下雪，连雪花也会随风刮到棚子里来。不过慢慢地就有了改善。按连队区划，建小草棚，每一座只住几十个人，每个连队（一般是一两个系或两三个系）有好几座棚子。因为有了经验，也因为有了细心琢磨的时间，所以也就盖得比较严实；手巧一点、本事大一点的连队，甚至还盖得相当讲究和精致。除了盖住房，也盖厕所，开初是露天的，慢慢又改为带顶的，也都颇有讲究。我们系的周强同志在初期就曾专门带领同一个连的一些人盖厕所，而且负责设计，所以竟得了一个“厕所工程师”的雅号。

再以后就盖砖瓦房了。砖是农场组织烧的，瓦则由我们连队自己打。我们连队买了几台非常简单的水泥打瓦机，人工操作，主要靠力气。我曾经是打瓦班的成员，张少康也是。我们都比着打，看谁打得多，打得好。记得那时我的成绩颇佳，加上插水稻也曾露过一手，在“奥林匹克”比赛时，插得又快又直，得了个冠军。虽然身子骨不壮，力气不大，各种活儿却都还干得相当不错，因而赢得战友们赠我的“巧克力”的美名。那些一排排陆续建起来的砖瓦房，顶上的瓦，几乎全出自我们打瓦班战士（那时候我们都以做“五七战士”为荣）之手，不知道洒下多少汗水在里边。

“五七战士”中夫妻双双一起来的不在少数，还有不少带孩子的，但在初期，都只能分住在大草棚里，过一种集体的战士生活，而根本没有家庭生活。以后条件改善了，不少夫妇都分到了一间房。像陆俭明、马真夫妇就分了一间砖瓦房，我和许多人也都沾了光，把箱子什么的存放在他们那里。

劳动可以创造世界，从我们自己动手修建房子这件事情上，多多少少有一点点体会。

走过鲤鱼洲的路，世界上什么路都可以走

干校生活中，令人不能忘怀的是鲤鱼洲的路。

干校所在的地方，原本没有路，是先遣队的同志们替我们修了一条土路，成为鲤鱼洲上的主干道。上工下工，运送物资和粮食，都主要靠这条路。鲤鱼洲的地，大部分是带黏性的土质，又加上多雨，开春以后到了雨季，几乎每天都是细雨纷飞。一下雨，路就成了泥浆，大半年中几乎就没有干过，深的地方竟有一尺左右。在鲤鱼洲上走路，那才真叫“行路难”。常常都能见到这样叫人哭笑不得的景象：一脚踩下去，拔出来，雨靴陷在泥里了，看见的只是穿着袜子的脚；趔趄间，穿着袜子的脚又踩下去，再拔出来，袜子又没了，看见的只是什么也没有的光脚丫。中文系一位教师的儿子，在北京时是最调皮的，有点天不怕地不怕的劲头，很少见他哭过鼻子，可到了鲤鱼洲，那条难走的路却把他治住了。有一次陷到泥路上两只脚都拔不出来，竟一个人站在路中间放声痛哭。

因此大家都说，走过鲤鱼洲的路，世界上没有什么路不能走。过了将近 30 年再来回味这句话，好像所指又不仅仅是那条难走的路，还概括了一种人生的哲理在其中。

自己种出的稻米真香

在鲤鱼洲，除了为改善生活条件而进行的如盖房一类辅助性劳动外，主要就是种稻子。我们绝大部分人都没有种过稻子，甚至连稻田也没有见过，于是就在江西请了几位老农民来做顾问。在他们的指导和帮助下，我们边干边学，从撒种、育秧、薅草到收割，都全部拿下来，最后终于种出了稻子。我小时候曾在农村干过一些简单的农活儿，比如薅秧什么的，但撒种则一定是由有经验的老农来做，我从没有沾过边儿，这次在鲤鱼洲却学会了撒种。看见自己亲手播下的稻种冒出芽来，又日见生长（每天都到地里去看），在自己和战友们的汗水浇灌下，慢慢变成一片翠绿，再变成一片金黄，再变成白花花的大米、香喷喷的米饭，心中充满了一种难以言传的喜悦。

苦中出甜，这甜才是真正的甜。这是以前从未有过的体验。种稻的过程是极其艰辛的。最紧张的时候一天要干十好几个小时，除正常的劳动时间外，加班是家常便饭，而且名目很多，早晨有早战，中午有午战，晚上有夜战。最苦也最难熬的是夜战。已经干了一天了，人已极其劳累，白天的热气还未消除，却还要再强撑着干下去。或者是薅草，或者是收割，一般在稻田里弯下腰来，就很少有直起来的时候，要是在稻田里能躺下来，也许泡在水里都会睡着的。更要命的是蚊子和牛虻的叮咬。鲤鱼洲上的蚊子和牛虻特别多，又特别毒，咬得人痛痒难忍，却抽不出手来对付它。收工回来，一摸腿上身上，重重叠叠都是大大小小的包。但是正因为经历了这样一番艰辛，当吃到自己亲手种出的稻米的时候，就别是一番滋味，跟从前任何一个时候吃的米饭味道都不同。记得新稻子刚打下来，马上就碾成米，全连庆丰收，吃新米饭。那香啊，真是一辈子都没有品尝过，甭说米饭，就连米汤也泛着绿，透着清香，喝起来美滋滋的。

一切都是自力更生，凭着自己的双手和汗水改善自己的生活。记得刚到鲤鱼洲的时候，一个连队一百多口人，一顿饭只吃一个冬瓜，每人的汤碗里只漂着数得出的几片。以后生产发展了，生活就有了很大的改善，不仅有菜吃，也有鱼吃，有肉吃。鱼有时是农场里组织人去打来分给各个连队的，有时候也由连里自己去买。鲤鱼洲的鱼，特别是鳜鱼，真是肥美，以前没有，以后也再没有尝到过那么好吃的鱼了。连里自己养猪，不但自己养，连宰也是自己动手。听说有一个连队，还是由一位女教员动手宰的，真是巾帼英雄，了不起。这样，隔一段时间就有一次“打牙祭”的机会。那时劳动量大，饭量也大，男同志一顿饭吃五个馒头（就是大约一斤）是很普遍的，连我也是这样。记得我们连队有一次宰猪打牙祭，烧了一大锅红烧肉，还定了这么一条规矩：不限量，当顿管饱，管吃够，只是不许留下来下顿吃。我们中文系的原系副主任，是一位十级大高干，快 60 岁的人了，那种当时常见的长方大铝饭盒，他竟一顿吃下了满满一饭盒，还多是大块大块的大肥肉。由此可以想见那时候我们这些“五七战士”的饭量有多大，吃饭有多香。这是只有在繁重而又艰苦的劳动中才有的事。

到后来生活就更好了。我是 1971 年春夏之交因家中有病人而先于大部队回到北京的，到当年 9 月人就全部撤离了。据说最后撤离的战友们走前要把什么都处理掉，竟然大摆了一次“百鸡宴”。

从无到有，我们体会到了劳动的艰辛，也品尝到了享受劳动成果的愉悦。

断腰协会

在鲤鱼洲干活，劳动强度大，又缺少劳动保护，因此常常造成身体这样那样的损伤。最多的是腰扭伤。夏天酷热，干活时男同志都是光脊梁，只穿一条短裤，脖子上缠一条擦汗的毛巾。这时候就能看见，不少人的后腰上都贴有一张狗皮膏药。大家开玩笑说，腰扭伤的人都是断腰协会的会员，那张狗皮膏药就是会员的标志。我也是断腰协会的会员，后腰上也贴有一张会员标志的狗皮膏。

我至今仍清楚地记得，我的腰是在一个风雨之夜运粮食时扭伤的。我们连队离鄱阳湖的大堤比较远，所需的物资包括每天吃的粮食，因土路泥泞，常常都要从大堤由一条小运河用船运到连里的仓库，但中间有一道旱坝隔断，翻越旱坝就要靠人将粮食扛过来再装上另一边的船。那天夜里已经 10 点过了，天正下着雨，还刮着风，连里通知，粮食到了旱坝，要十来个人去扛过来。我就在其中。一包大米是 200 斤重，虽说那时年轻，但即使是晴朗的白天，也从未扛过这么重的麻包。我猫下腰，两个人就把一袋沉甸甸的大米压到了我的肩上，当时就感到分量很重，但咬咬牙，居然也挺起腰来了。脚下全是烂泥，刚迈出两步，脚跟不稳，身子晃起来，眼看就要压趴下了。说时迟那时快，背后突然有一位彪形大汉用一双有力的手将我肩上的麻包托住，然后用壮实的身子护着我颤颤巍巍地过了旱坝，但刚卸下麻包，腰就疼得不行了。我从心里非常感谢那位大个子战友，他不是我们系的，我仿佛记得他姓王，名字却叫不上来，要没有他的及时帮助，我的腰很可能就真的断了。从那以后腰上就贴上狗皮膏，入了鲤鱼洲上的断腰协会。

这腰病跟了我十几年，一遇潮湿，或天气转阴下雨，就隐隐作痛，直到近两三年才少有发作。今天我已记不清都有哪些朋友是当年断腰协会的会员了，也不知道他们是否也跟我一样这老病有了缓解，或因科学的进步、药物的改进，已不再用那会员标志的狗皮膏了。但我永远不能忘怀的，是那位记不起名字的大个子朋友，他那双强有力的手，使我感受到一颗热烈的心。

“耐温将军”也耐不住了

忘不掉的还有鲤鱼洲上的盛夏。鲤鱼洲的天气，春日是天天下雨，入夏则骄阳似火、酷热难当。毫不夸张地说，几乎整个夏天，男同志就没有怎么穿过上衣。除了开会，劳动场上的标准穿着，就是下面一条短裤，脖子上一条毛巾。那脊背黑黝黝的，像是要流出油来。女同志衣着齐全，却最叫人同情，她们享受不到男同胞们的这份福气。

鲤鱼洲是血吸虫病的多发区，领导三令五申，不准到小运河里洗澡游泳，说是水里有传染血吸虫病的钉螺。但多数人都顾不得这些，一下工，浑身汗水泥水，放下工具就往运河里一跳，求得一时的凉爽。后来打了手压式水井，下了工就还有一场比跳到小运河里洗澡还要美的享受。两个人结成一对伙伴，大家轮流来，一个人先蹲在水龙头下，另一个人压那把手，清凉的、白花花的水就汩汩地流出来，浇到头上、脊背上、双腿双脚上，从外到里又从里到外透着凉意，汗水泥水和着半日的疲劳，一下子都冲走了。那心里的美，就甭提了。

白天干活儿时虽然挥汗如雨，但抬头可以看见开阔的天空、空旷的原野，心里会感到舒展一些，再热似乎也容易熬过来。最难过的却是夜里睡觉，因为要进屋，蚊子又多，还必须钻进蚊帐里。可一钻进去，就像进了蒸笼，那浑身的汗水就一个劲儿地往下流。所以大家都是放一盆水在床边，不断地用毛巾浇水擦身子。一个晚上能睡多少觉就只有天知道了。以后连这也熬不下去了，于是有人将床搬到屋外，蚊子虽然更多，但多少透一点风，到底舒服一点点。一个人出来，两个人出来，出来的人越来越多；但总还是有一些人不肯出来，坚持在里边熬着。于是大家就把不肯出来的人戏称为“耐温将军”。不过到了后来，终于连“耐温将军”也耐不住了，一个个也都从屋里搬到了屋外。

大批判是主要的教学内容

学校决定要在鲤鱼洲成立分校，招收工农兵学员，于是中文系成立了一个教改小组，拟订教学计划。我记得负责人是原系副主任向景洁同志，成员中还有大诗人谢冕。他们几个人小心翼翼地合计了好久，终于制订出一个教学大纲来，其中把中国文学史上最有代表性的第一流的大诗人李白和杜甫的作品列为教学内容。没想到这一下可惹了麻烦，遭到非常严厉的批判，上纲上到了封、资、修的回潮。现在回想起来，我们这些知识分子真是糊涂，“文化大革命”是要摧毁一切文化的（那时除了几个所谓的“样板戏”，几乎一切文化都被看成是封、资、修），怎么可以教李白、杜甫呢？连里组织了好几次讨论，实际上就是开批判会。讨论中有人就提出了“彻底砸烂中文系”的口号，还为此出了几期黑板报。向景洁同志被撤了职，以后又另外成立了一个以袁良骏和闵开德同志为首的教改小分队。教学内容可想而知，除了政治课外，主要突出两个方面，一个是学习写作实用性的通讯、评论、总结、调查报告等所谓“四种文体”，另一个就是大批判，批判封、资、修。

我当时很光荣地被选进了教改小分队。但今天回想起来，到底进行了哪些实实在在的教学活动，却没有留下什么较深的印象。能想得起来的，是为了纪念毛主席的《在延安文艺座谈会上的讲话》发表多少周年，教员和工农兵学员结合起来进行文艺批判。

为了举行批判会，就要准备发言。我当时的任务是帮助一个同学写出对苏联作家肖洛霍夫的《一个人的遭遇》的批判稿。稿子的内容现在一点也记不起来了，但印象很深的是这位同学写这篇稿子写得非常艰苦。他的文化基础比较差，过去又没有接触过苏联文学，更没有搞过什么文学批判。我先帮他读肖洛霍夫的这篇作品。虽然内容并不艰深，但要读懂也不容易，尤其是要找出其中“有毒”的地方就更难。这位同学被这篇稿子弄得愁眉不展，觉也睡不好，饭也吃不香。我也很苦恼。我很同情他，但我的任务只是帮助他写，可以替他修改，却不能代笔。后来批判会是开了，稿子也念了，但不论发言的人还是听发言的人，最终大概都没有真正弄明白肖洛霍夫《一个人的遭遇》到底“毒”在哪里。这位被肖洛霍夫的《一个人的遭遇》弄得焦头烂额、狼狈不堪的工农兵学员，在改革开放后，听说已成为一位精于经营之道的很有成就的企业家。

劳动和诗歌——“天佑体”

学文学史的时候，知道诗歌起源于劳动，最早的诗歌就是原始人劳动时调整筋力张弛的“举重劝力之歌”。不过始终也没有什么实际的体会。到了鲤鱼洲，才真正体会到诗歌确确实实跟劳动有密切的关系。我平日是很少写诗的，但在鲤鱼洲不算太长的日子里，竟写了好几十首。

最早的一首是《打柴歌》。刚到鲤鱼洲的时候，连里有一个打柴班，我是其中的一员。全连烧火做饭的柴火都靠我们供应。所谓打柴，实际就是在荒原上割茅草和灌木。有几天我闹痢疾，打一上午柴，要蹲在野地里拉好几次，浑身无力，难受得很，但柴还得打下去。于是需要为自己也为大家鼓劲，就一边干一边想词儿，构想诗歌。想得沉迷了，竟也会暂时忘了身子的疲软，觉得时间过得比任何时候都快。下了工，就用笔把干活时想到的词句记下来。就在那两天带病打柴的时间里，我写成了一首有几十句的《打柴歌》，内容当然是充满革命豪情的。后来在一次全连的晚会上，由我们打柴班的马真同志朗诵了，还获得了大家的好评。这是我生平第一次发现自己的“诗才”。

最叫人兴会淋漓的是大家一起在水田里干活时的集体吟诗（其实不是曼声吟，是大声吼）。都是即兴而作，联系当时的实事实情，脱口就来，主要是为鼓舞干劲和劳动热情，其作用确实可以让人忘却劳累。有时候是联吟，一人来一首，有点像是赛诗；有时候是联句，每人一句，可以一气联下去，满田的人都可以轮上。这些诗一经吟诵出来，就在空中飘散、湮没，从没有人将它们记录下来。当时来得最快的是沈天佑同志，真可以称得上出口成章。他的诗不加修饰，不加锤炼，甚至也不讲究押韵，只要凑上四句，喊出热情和干劲就行。后来大家就把这种在劳动中产生的，不大讲究技巧，只重鼓舞作用的田头诗歌称作“天佑体”。彭兰同志是中文系著名的女诗人，她在田头吟诗也不少，偶尔也透出一点古诗的韵味，大概可以算得上是“天佑体”中的阳春白雪吧。

1970年的冬天，响应毛主席的号召，我们同工农兵学员一起拉练到革命根据地的安源和井冈山，一路上也产生了不少的诗歌。拉练是军事术语，就是野营行军，是部队上用野外长途行军来磨炼士兵的一种方法。拉练的艰苦，不下于留在鲤鱼洲于烈日之下干农活。要背行李，还要在野外临时搭灶做饭。记得那时候陈贻焮先生和陈铁民先生就是拉练队伍中的伙大，专门负责做饭，那就更辛苦。最多的时候我们每天要行军百里以上，晚上还有夜行军。记得有一天，从早晨走到中午，脚痛得不行，好不容易挨到一个小镇上吃午饭。刚宣布停下来，我一屁股坐到街边的地上就瘫倒了，恨不得就这么躺下再也不起来。脱下袜子一看，我的天，每只脚的脚底都有七八个水泡！用“寸步难行”四个字来形容当时的情景，一点也不夸张。可下午还有五六十里的行程！那时随队的卫生员李清粤大夫为我用针放掉脚底水泡里的水，吃过饭后稍事休息，就又继续开拔了。怎么办？一路上就用琢磨诗歌的办法来转移注意力。这次拉练将近一个月的时间，共写了三四十首诗，当然同样也是表现当年的革命豪情的，但也并不全是简单的鼓动词，也有写得富于诗意的。可惜都没有记录，亦如鲤鱼洲上的田头诗，都随着历史的消逝而湮没无闻了。只有袁行霈先生给工农兵学员讲诗歌写作时引用过我的一首，因此还记得其中的两句：“一路风雨一路歌，满身泥水满身花。”也还能约略见出当时的精神风貌。

批判“活命哲学”带来的恶果

“一不怕苦，二不怕死。”这是毛主席的教导，也是当时叫得最响亮的口号。但是光讲革命精神而不讲科学，就潜伏着极大的危险。其实在鲤鱼洲建“五七干校”，办草棚大学，本身就包含着诸多的危险因素。干校所在地的大片土地都是围湖造田圈起来的，大堤外，鄱阳湖的水面要比堤内我们连队的房顶还要高，一旦决口，后果当然不堪设想。其实主事的领导者们是很清楚这一点的，因为当时带家属的教职工不少，开办的幼儿园和小学就特意建在紧靠大堤之下。当时不懂，后来才知道这是准备一旦洪水进来好及时把孩子们撤到堤上去。但当时领导者的指导思想是：五七道路既然是革命的道路，那么到鲤鱼洲来就是干革命，革命不怕死，怕死不革命。

这样的环境条件，这样的指导思想，出事是迟早的事。在我们大部队到鲤鱼洲之前，先遣队中就已经有两位教师，因为驾船到南昌运物资，遇到暴风雨，不幸牺牲了。但领导者们并没有从中吸取教训。到鲤鱼洲后不久，就从跟我们的农场毗邻的清华大学“五七干校”传来这样的消息：说他们有一位教员，当然是学理工懂科学的，告诫大家，在鲤鱼洲这样潮湿低洼的地方，遇到雷雨闪电，一定要趴在地上，否则就有可能被雷电击中。这一真诚的告诫，却被当作“活命哲学”来批判。用所谓的“革命”代替了科学，知识分子的生命，在那些当权者们的心中就没有什么价值了。记得我们连队的严绍璗同志，就常常被派去在运河里划船运粮食物资回连队。他不会划船，也不太会游泳，而那条不太宽的运河却有几米的水深，一旦翻了船，命运也是可想而知的。所以我在心里常常为他捏着一把汗。像我上文提到的在风雨之夜到旱坝上去扛大米，也是有极大的危险的，可是有谁关心过呢？

终于有一天，出了大事了。1970 年的岁末，我们教改小分队的几个教员，在一位工宣队师傅的领导下，带领新招来不久的工农兵学员，到井冈山铁路建设工地去进行教学实践活动。所谓教学实践，其实不过是去一边劳动，一边学习采访写作。一大早，两辆卡车分载着我们全体师生 40 多人，从泥泞不堪的大堤上开出，预计是中午开到南昌，晚上就到达工地。但大堤上泥泞路滑，汽车根本开不动，走走停停，快到中午了，才开出二三里地。中间有一次，我乘坐的那辆车差一点就滑到大堤下面去了，停在半坡上，由清华机务连的战友们派来拖拉机，弄了大半天才从斜坡上拖上来。人人都感觉到这次出行危险很大，甚至预感到可能要出事，可是没有人（包括领队的工人师傅和小分队的负责人在内）敢提出为了安全把队伍拉回去。几个工农兵学员在半开玩笑中也透露出一种不祥的预感。开始是说晚上到不了工地了，晚上能到南昌就不错了；后来又说明天中午能到南昌就是万幸了；再后来又有人说，说不定会到南昌开追悼会呢。有一位很机灵的上海学员，就不肯坐到汽车里去，他站在司机室的门外边，好在紧急时往下跳。到中午还只开出几公里，车无法前进，停在清华干校机务连的旁边。清华的领导热情地请我们到他们那里去用午餐，并劝我们不要走了，等明天天晴了他们派船把我们送到南昌去。可是仍然没有人敢说把车开回去，因为谁也不愿意蒙受“活命哲学”的罪名。结果午饭后不久，汽车启动继续往前开，刚开出不到 100 米就翻了车。等清华的战友们帮助把车翻过来时，我看见有两个人的头被压得变了形，血从嘴里、耳朵里冒出来，我知道肯定是出了人命。不久就知道，那是教员张雪森同志和学员王永干同志。另外还有好几位受了伤。大家见此情景，都不禁伤心地哭起来；年长的陈贻焮先生最动感情，面对着辽阔的波涛汹涌的鄱阳湖，禁不住失声痛哭。只有到了这一步，大家才垂着头，默默地、无可奈何地缓步走回自己的连队。一路上遇到的人，都用异样的眼光看着我们，很显然，他们也都猜想到出了什么事。

人死了，开了追悼会，但又有什么用呢？后来，领队的工宣队师傅还受到了处分。知情的人都觉得，他其实非常冤枉，批判所谓“活命哲学”才是真正的根源。但看来当时的领导并未从这次事故中认真地吸取教训，因为此后我们所经历的危险事情还多得很。如果不是第二年就撤回北京，还会不断地死人是确定无疑的。

荒唐的大错位

以上零零星星地回忆了在鲤鱼洲所经历的一些事，有美好的，也有不那么美好的，有令人愉快的，也有令人感到痛苦的。平心而论，将近两年的草棚大学生活，思想上的收获还是不少的。白手起家，自食其力，品尝到劳动创造世界的快乐；经过艰苦生活的磨炼，精神意志方面的提高也很明显；劳动中，人与人的关系也有了新的内容、新的调整。如此等等，对每一个个体来说，都是一些难得的人生体验。但是作为北大发展中的一段历史，作为中国教育和科学事业发展的历程来看，却不值得肯定，甚至可以说，是北大历史上的劫难和耻辱。社会分工是文明社会的标志，各守其位，各司其职，各尽其能，社会才会进步，物质的和精神的文明才会同时得到发展。违背了这一规律，就会受到惩罚。知识分子固然可以盖房子、种稻子、打瓦、烧砖、开拖拉机等等，可以创造物质财富；但是他们毕竟比熟练的工人、农民差得远，何况因此而浪费了他们的学术青春，剥夺了他们科学研究与创造的机会与权利，这显然是整个教育和科学事业的巨大损失，是整个国家和民族的巨大损失。正像一定要让工人师傅离开他们熟悉的机器，而派他们到北大来管大学一样；正像对那位后来成为一个出色企业家的工农兵学员，当初一定要强其所难，让他去批判什么肖洛霍夫，以至于弄得他焦头烂额一样；正像将北大那么多那么好的图书馆、教室、实验室等等闲置不用，而偏要到偏远的鲤鱼洲去盖茅草棚办什么草棚大学一样，让知识分子不读书、不看报，而去种粮食、养猪、盖房子等等，都是一种违背社会发展规律的荒唐的大错位。

北大的这种荒唐不能怪北大，北大是无法也无力选择的，也不仅仅是北大一家这么荒唐。最近北大百年校庆，有人在报上著文，提醒北大人要好好反省，说北大有光荣也有耻辱，比如“文化大革命”中的马列主义大字报、梁效写作班子等等。这当然说得不错。但这些也是身不由己，北大和北大人也都是不能选择，并且是无可奈何的。身不由己的事不只从前有，今天也还有，比如据个人的愚见，由学校来办企业、开商店、搞创收之类就是。这很可能又是一种新的错位。北大推倒南墙，搞商业，经媒体炒作，很是热闹了一阵子，但我也听到社会上有眼光的人就颇有微词。不仅办企业、开商店，听说最近又有个几星级的宾馆新开张了。做生意、经商赚钱，总好像跟北大，特别是跟“创世界一流”有点不沾边。说起推倒南墙、盖资源楼赚钱等等，北大一些人很可能跟从前办草棚大学时一样，很有一点引以为荣的味道。不过，后之视今，亦如今之视昔，焉知过了若干年，后人不会耻笑我们跟当年办草棚大学一样荒唐？历史的裁定是最无情的，也是最公正的。每个人、每个学校，都躲不过而只能接受历史的裁定。

1998 年 6 月 14 日于北大燕北园

（原载《北大遗事》，青岛出版社，2001 年 10 月；又载陈平原主编《鲤鱼洲纪事》，北京大学出版社，2012 年 4 月）

难忘最是师生情

岑献青给我来电话，同时发来电子邮件，稍后又送来纸质信函，约我为北大中文系文学专业 1977 级同学们拟编的一本回忆“北大岁月”的纪念文集写一篇文章。我在电话里立即非常高兴地答应了下来。随后就想，我一定要写一篇表达真情实感的文章，一篇随兴而发，兴之所至，想到什么写什么，写到哪儿算哪儿的散漫无拘的真正的“散文”。

交稿的时间本来很宽裕，心想先将手边的一件工作了结，再写也不迟。未料后来先是腰疼，很难在电脑前坐下来；接着又感冒咳嗽不止，到快截稿时竟还没有动笔。献青来电话询问（她说不是催稿），我解释了原因，表示抱歉，同时很肯定地对她说：“请放心，这不仅是你们的邀约，也是我的心愿，这篇文章我一定会写出来。”

心有所感而言必达之，我确实有话想说。

时间过得真快。1977 级的同学们入学是在 1978 年初，正与改革开放同步，到现在已经整整过去了 30 年。但当时的情景至今仍历历在目，十分真切。拨乱反正，那是一个大转折的年代，也是一个深刻变革的年代。我和 77 级的同学们共同经历了共和国改革开放的最初岁月。我给文学 77 级的同学们上课并同他们一起生活的那些日子，是令人难忘的，因为富于历史内涵，也是非常值得纪念的。

我给他们讲明清文学史。当时的心情非常兴奋，有一种得到了解放的感觉。我想，现在 40 岁以下的年轻人，可能不大能理解这种感受吧。是的，只有经历过“文革”10 年大动乱和大劫难的人，才能体会到为什么在 1978 年那个特定的时期，像我这样的北大教师，会产生这种在今天看来好像有些奇怪的心情。

“文革”中北大是重灾区，整个教育事业遭到极大的破坏。先是停课闹“革命”，把教育精英和学术权威当作反动派和牛鬼蛇神打翻在地，用当时流行的说法，还要再踏上一只脚；同时彻底否定原来的教学内容，彻底打乱原来的教学秩序。后来武斗，到了不可收拾时，又派工人宣传队（简称工宣队）和解放军宣传队（简称军宣队）来领导学校。接着复课、招生，但不是通过考试招收学生，而是用推荐的方式从工农兵中选拔一些人来上大学，这是为了要打破知识分子在大学里的一统天下，叫作掺沙子。当时的学生不叫学生，称为工农兵学员，教师也不叫教师，称为教员。毛泽东给工农兵学员派的任务是“上、管、改”，即：上大学、管大学、用毛泽东思想改造大学。改造什么呢？包括教育制度、教学内容、教学秩序和教师队伍。教员都是改造的对象，也就是革命的对象，甚至是专政的对象。教学内容也是单一化，当时的中文系，不分专业，一律都教怎样写作“四种文体”，即简报、工作总结、调查报告和新闻通讯。

当然，绝大多数的工农兵学员并没有认真执行毛主席他老人家的“最高指示”，进到大学里来，毕竟首先还是渴求学到知识，所以并没有真的把我们当作改造和革命对象来对待。一般的情况下，同我们相处还是很不错的，很尊重我们，也虚心地向我们请教各种问题。但在这种大的“极左”路线和政策背景下，也有少数人，以改造者自居，对教员的态度十分狂妄傲慢，有时甚至非常粗暴和凶狠。如有一位解放军学员，后来留在中文系当了党总支书记，他敌视教员的态度简直让人无法接受。他在全系教职员大会上讲话，大部分时间就是训斥，就跟农村干部训斥“四类分子”（当时把所谓的地、富、反、坏称为“四类分子”，城里加上知识分子中的右派，称为“黑五类”）没有什么区别。还常常扬言和威胁说，你们要不老实，我随时都可以从你们当中揪出反革命来。有一次，他在二教召开的全系教员大会上训话，气势汹汹，声嘶力竭，外边做卫生的工友听到了，还以为是有人在里边吵架呢。“文革”结束前，我们就是在这样的高压气氛中接受“改造”，并且战战兢兢地工作的。但是到了 1977 年，历史发生了深刻的变化，恢复高考，通过公平的考试，从积压多年的人才中选拔出优秀的学生入学。77 级来了，我又找回了当老师的感觉。从那种灰暗的、压抑的历史环境中走出来，这种感觉真的是非常舒服。不言而喻，当时的心情，同刚入学的 77 级的同学们是息息相通的：无比振奋，欢欣鼓舞。

我在北大从教 50 年，给文学 77 级的同学们上课和与他们相处的那些日子，是我终生难忘的，其间经历了我教学生涯中的许多个第一次。

也许 77 级的同学们至今还没有人知道，给他们上课时，我刚调到古代文学教研室不久，是第一次讲明清文学史。我相信恐怕没有哪位同学看得出，由于这是我的第一次，曾表现出丝毫的拘谨、紧张和胆怯，因为我确实不曾有过这样的心理和表现。这一方面是因为，当时真的很敬业，认真地备课，把多年的研习所得和学术积累（虽然有 10 年的荒废）全盘端出来。但是更为重要的是，77 级同学们听课的热情和积极认真的学习态度，是对我最大的支持，使我有了充分的自信。凡是有讲课或作报告经验的人都会有体会，如果在演讲或讲课当中，不管出于什么原因，有一个人离场或睡觉，都会影响到演讲者的情绪。在我教过的所有学生中，从整体上看，77 级的同学是基础最好、水平最高的一届，同时也是学习最努力、最认真，最富于热情的一届。在他们之前和之后，逃课的人，每届都有；但他们没有，我敢说，一个也没有。听课精神饱满，全神贯注，不要说打瞌睡，就是松弛懈怠的表情也看不到。因为他们愿意听，喜欢听，有很高的接受的热情，我自然就讲得很认真、很投入。每当我从他们的眼神中看出一种会心的交流时，心里就升起一种喜悦，甚至产生一种幸福感。这是一种教与学在情感和思想上交融的境界。在我的教学生涯中，进入这种境界的情况并不多，文学 77 级的同学们帮助我，并且同我一起进入了这种境界。不仅在课堂上，课下也有交流。记得有一次我讲归有光的散文，分析《项脊轩志》，下课后黄蓓佳同学同我走在一起，从一教到哲学楼的路上，她对我说，她也很喜欢归有光那种平淡自然的散文风格。“也很喜欢”，我听出这是对我分析的认同并产生了共鸣，当时就令我欣喜不已。

有一件小事，表现了文学 77 级的同学们对老师的体贴和关心，使我至今想起来还很感动。当时上课的教室比较大，而我的嗓子一向不好，常常是讲到最后就有些嘶哑。那时刚刚恢复正常的教学秩序，不像后来每个教室的门口都由工友准备了开水桶。同学们看出来了，班长岑献青就用一个那时常见的绿色军用水壶给我准备了一壶开水摆到讲桌上。从那次以后，每当我给他们上课，一走进教室，就会看见那个绿色的军用水壶静静地摆在那里。在我一生的教学生涯中，这样的事，也是第一次。这个绿色的军用小水壶，成了文学 77 级的同学和我之间深挚情谊的象征，它永远地留在我的心里。

我和 77 级的同学们不仅是师生，还是朋友，我们在课外的交流是很多的。那时吴组缃先生最后一次开课，给他们讲《中国小说史论要》，我和一些中青年教师也去听课。跟 77 级的同学们混坐在教室里，我们就又成了同学。课前课后，就有了更多的交流机会。记得那时陈建功写短篇小说正崭露头角，我就同他谈了我读了他小说后的感想。我说，像他发表不久并引起广泛关注的《京西有个骚达子》，写得非常好，是应该可以评上全国优秀短篇小说奖的。他告诉我，在评选中确曾入围，但因有人认为题目当中的“骚达子”于民族政策有违碍，最终未能评上。但不久，他的另一篇作品《飘逝的花头巾》就获得了全国短篇小说的优秀奖。按说我是教古典文学的，跟当前的创作并没有太大的关系，但由于有这种交流，我们的关系就变得亲近起来，他把发表有他作品的刊物送给我，要听听我的感想和意见。1981 年，他的第一部短篇小说集《迷乱的星空》出版，他把签字本亲自送到我的家里来。引起我特别注意的，是他在同一个时期，写不同的题材，竟然写出完全不同的艺术风格，看起来就像是出于完全不同的生活背景和文化背景的两个人写的。这个例证我不止一次地给人讲，在讲课中也曾提到，告诫那些在古典文学的考证中非常武断的学者，世界上的事情是很复杂的，千万不能根据类似的现象，就轻率地说某部作品绝对不可能是某位作家写的。建功的这两手启发我们，一些人认为绝对不可能有的事，常常是确实存在的。推断只是可能，确证才可以得出真实的结论。

那时候，我住家离学校比较近，每个星期至少有一次，有时是两次，利用晚上同学们自习的时间到他们的宿舍去。去那里主要不是为了教学上的辅导，而是为了跟他们交谈、交流。这当然不是学校或系里的规定和要求，而是出于内在的情感上的需求和驱动。因此，文学 77 级全班将近 50 个人，当时我是每个人都能叫得出名字来。这种情况，除了在江西鲤鱼洲分校的特殊条件下，跟 20 来个工农兵学员成天一起劳动、拉练、开会，摸爬滚打，混得溜熟以外，在我 50 年的从教生涯中，也是第一次，而且是唯一的一次。

搜寻记忆的碎片，一些看似微不足道的平常小事，在以往的师生关系中也是很少有的，表现了我和文学 77 级的同学之间那种自然、亲切、深挚的情谊。考试前总要安排一两次辅导，说是辅导，其实多数情况是学生来“探底”，对文学 77 级的同学们来说，又是一次师生聊天的机会。记得梁左大概是对《红楼梦》比较熟吧，他像在大人面前撒娇的孩子似的对我说：“周老师，明清小说部分你就出《红楼梦》吧。”我笑笑，也像对有点淘气的孩子那样回答说：“有可能，但也不一定。你还是全面复习吧。”至今回忆起这样的对话，也还能品出一种亲切和温馨来。毕业了，一位要去美国留学的女同学（很遗憾，我现在记不清是查建英、王小平和李志红中的哪一位了），临行前还特意到我家里来辞别……

同学们毕业已经近 30 年了，除了少数几位，大部分同学和我都没有了联系。但我还是常常记挂着他们，关注着他们。他们中的不少人毕业后都作出了优异的成绩，凡在报纸和其他传媒上看到有关他们的报道，或是有他们的作品、著作出版和获奖的消息，我都特别留意。能找到的我都要去找来看看，每一次，内心里都充满了喜悦。我为他们每个人作出的成绩和贡献感到由衷的高兴和骄傲，这种感情常常情不自禁地流露出来。一次到现代文学馆去作报告，来接我的司机在途中提到他们的馆长陈建功，我脱口而出，说："陈建功是我的学生。"又有一次，同老伴一起出去旅游，在长途大巴上看他们放的影碟《刮痧》，觉得很好，我也是脱口而出，对老伴说："编剧王小平是我的学生。"我并不认同"师高弟子强"的观念，说这样的话，并没有自炫的意思，只是为我有这样的学生感到骄傲。

我曾经在一篇文章里说过，在北大当老师是幸福的；我现在要说，有幸给文学77级的同学们上课，同他们结下师生缘，并成为朋友，是更大的幸福。今天，就在我写这篇文章的时候，心里依然充溢着一种幸福感。

2009年3月2日

（原载《文学77级的北大岁月》，新华出版社，2009年12月）

当教师是幸福的
——在八十诞辰祝寿会上的致辞

我生于1935年12月5日，今年年底满八十周岁。我的入门弟子们利用暑假的机会，从海内外四面八方赶来北京，在北京大学中文系会议室为我提前举行八十诞辰的祝寿会。这篇文章是我在祝寿会上的致辞。

今天，弟子们为我举办80岁诞辰的祝寿会，我是感慨万千，心里充满了当教师的幸福感。主持人安排要我致辞，我也的确是有话想说。一是想表达我对弟子们盛情美意的答谢，二是也想讲讲我参加这个祝寿会的内心感受。也就算是一篇不能不讲、不讲不快的感言吧。所谓感言，就是有感才有言，就是发自内心的肺腑之言。我讲话的中心，主要就是想讲讲当教师的幸福感。

我知道，要举办这样一次活动，还要出一本纪念文集，是一件多么不易，或者更准确地说是一件非常烦难的事情。我了解整个过程，这件事从酝酿、筹划、准备，到具体的实施，要完成一件件十分繁细的工作，经历了相当长的时间，经过大家的共同努力，才有了今天这个大团聚的喜气洋洋的庆寿会，才有了这样一本印刷得非常精美、内容又非常丰富的祝寿纪念文集。

更为难得的是，弟子们分散在天南海北，联系上就很不容易。现在许多同学尽管很忙，还是抽出时间，从外地、从境外、从国外，不远千里、万里赶来北京，聚在一起。这一切，体现了同学们的一份心意，一份真挚的对老师的敬重和爱戴之情。我具体深切地感受到了这一份情意的珍贵和分量。我现在的心情可以概括为三个“非常”：非常高兴！非常欣慰！非常感动！我衷心地谢谢大家！

在北大建校一百周年时，我曾经写过一篇散文《融进一滴水》。为什么题目叫作《融进一滴水》呢？我是写我当时已经在北大工作和生活了将近半个世纪的体验。这个体验是：未名湖不仅是一个非常优美的自然景观，同时也是一个含蕴丰富的人文景观。在象征的意义上，未名湖不仅是一个湖，她还是一个精神的海和思想的海，体现了北大的思想和精神传统，体现了北大的人文特色。而我自己，也像无数北大人一样，北大不仅给我知识，更给我精神营养，使我也慢慢凝结为一颗晶莹的小水珠，融进了这个深邃而又丰富的精神之海和思想之海中，而我有限的生命也因此而获得了永恒的意义。从总体来说，从根本的意义上来说，我的幸福感主要就来源于此。

我在文中说过一句话："当教师是幸福的，在北大当教师尤其是幸福的。"今天在这里，我可以把我的这种幸福感，讲得更具体一些。在北大当教师的幸福感，主要是指：我在北大半个多世纪，是一面做老师，一面又做学生，从多方面接受教育，接受北大的思想和精神传统的熏陶。所谓一面又做学生，不是空的，包含了三个方面的具体内容：第一方面是指，那时还健在而且还活跃在教学第一线的老一辈的著名学者，听他们的课，接受他们的指点，特别是接受他们的言传身教。第二方面是指，接受北大学术环境、氛围和学风、文风的濡染和熏陶，使我在教学和学术上从一开始就走上一条健康的路。第三方面是指，从我所教的学生的身上也学到了许多东西。我今天要侧重谈的，是第三个方面。

对于老师，韩愈在《师说》中有一句非常著名也是非常经典的话，他说："师者，所以传道、受业、解惑也。"所谓"传道、受业、解惑"，据我在实践中的体会，它指的远远不止知识的传授，更重要的是指上一辈和下一辈之间，一种文化和文明的传承，一种精神上的交流和沟通。这种传承、交流和沟通的过程，无论是传授者还是接受者，也就是师生双方，都是一个非常愉悦的、充满幸福感的过程。从当老师的一面来说，当你经过认真的备课，讲课时不是照着教科书去宣读，而是把你的研究所得融入讲稿中去，很自然地就会产生一种要讲出来的欲望，甚至是冲动，于是在课堂上津津乐道，甚至讲得眉飞色舞。这个时候你就会看到，几乎所有的学生都聚精会神，他们的表情和眼神，跟你有一种会心的交流。也就在这个时候，你就会油然而生一种幸福感。这种幸福感，是从事别的行业的人不会有，只有当老师的人才会有的那种幸福感。当然，这种幸福感也不会只是停留在这一瞬间，也不会到此为止。这之后，随着时空的延伸和扩展，当你看到自己教过的学生出去后卓有成就，对社会作出贡献，为北大赢得了荣誉时，你就会和你的学生一起（不管你和他这个时候是不是真的在一起）产生一种超越时空的幸福感。

韩愈在同一篇文章中，还讲过另外一段同样非常著名也非常经典的话，就是："生乎吾前，其闻道也固先乎吾，吾从而师之；生乎吾后，其闻道也亦先乎吾，吾从而师之。"接下去他得出这样的结论："是故弟子不必不如师，师不必贤于弟子，闻道有先后，术业有专攻，如是而已。"这段话的精神，用今天的话来说，就是"教学相长"，学生要向老师学习，老师也要向学生学习。教学相长，能从学生那里学习到东西，作为老师也是会感到幸福的。这方面我也有深切的体会。

我在这里可以举出两个非常具体的例子。第一个例子是，我在中央电视台录制《中华文明之光》的节目，讲到唐传奇中的《莺莺传》时，把殷纣王的宠妃妲己（dá jǐ）这个"妲"字念成 dàn 了。我的学生张鸣在场，他当时就纠正说我念错了，应该怎么念。他在关键时刻，纠正了我的一个并不算大但是在那种场合绝不能犯，犯了就会丢面子并且还会误导别人的错误。他的那份责任心，那种非同寻常的勇气，令我十分佩服，也令我非常感动。当时，在我的学生面前，在电视台摄制人员面前，我一点没有因此而感到难堪，感受到的只是像今天你们给我祝寿一样，是一份学生对老师的真诚的关爱和敬重。我真的非常感谢他。一般在给学生赠书的时候，我都是写"×× 存正"，但后来一次给张鸣的赠书，我写的是"教正"。我是有意这样写的，不知道他注意到没有。我本来不是一个粗心大意的人，做事尤其是对待教学应该说还是比较细心和认真的，但还是有疏忽，还是有许多复杂的因素会让你产生这样那样的错误。从此以后，对汉字的读和写就更加存有一份敬畏，更加谨慎和认真。也是在这以后，当我听到有人嘲笑别人读或写错字时，总是善意地对他说：千万不要笑话别人读错了音或者写了错别字。中国的汉字非常多，而且笔画和读音都很复杂，由于种种原因（包括方言的影响）几乎人人都难免会读错或写错字。应该像张鸣同学那样，真诚地帮助别人甚至是自己的老师纠正读音。

向学生学习的第二个例子是，现在很多人都惊异于我年近八十还能熟练地使用电脑写作，而且用的还是许多年轻人学起来都有些畏难的五笔输入法。但是大家不会想到，我学电脑是早在 20 世纪的 90 年代中期，启蒙老师不是别人，就是我的学生，在座的陈锦荣同学。退休后喜欢上了摄影，学习摄影，他也给了我许多帮助。我也是怀着对张鸣一样的心情非常感谢他。

这只是两个简单的例子，更多的是在教学过程中，在与同学们讨论、交流和切磋的过程中，得到了许多的启发和教益。我常常在读到我的学生写的好文章的时候，心里非常高兴地想，这篇文章我写不出来。这也是当教师的幸福可以延续而享受不尽的一个源泉。

我在北大教了半个世纪的书，在为国家培养人才上出了我应该出的一份力，但同时我也从包括在座各位在内的我的学生那里学到了许多东西。我对北大怀着感激之情，对教过我的老师怀着感激之情，对我教过和指导过的学生同样怀着感激之情。这就是我的弟子们为我庆贺八十寿辰的时候，我最想要说的话。

对弟子们的盛情美意，对大家为此付出的辛劳，我再一次表示衷心的感谢！

感怀与纪念

本色人生

——季镇淮教授印象

无论在来之师（季镇淮教授字来之）健在之时，还是在他仙逝之后，每想到先生，浮现在脑海中的，都是一个纯朴得不能再纯朴的形象，一个单纯得不能再单纯的镜头：他总是穿着一身中国普通老百姓常穿的那种极普通的布衣，伏在书案之上，拥在书堆之中，孜孜矻矻地阅读、写作。给我的印象是，似乎只有必不可少的吃饭、睡觉和来访者的打扰，才会使他从沉迷中抬起头来。

我同来之师的接触不算很多。60年代初，北大中文系文学史教研室的年轻教师大多到湖北江陵参加“四清”运动去了。我当时的编制还不在文学史教研室，但留在学校没有下去，来之师讲授中国文学史，我被借去做他的助教，担任辅导工作。这样，除了随班听课，就有了较多聆听先生教诲的机会。辅导工作结束以后，也还偶有机会到先生家里去。每一次去，所见无一例外都是上面所写的那个形象、那个镜头。这是经过无数次的重复，才深深地刻印在记忆中的一个影像的叠现。

在我的心中，先生永远都是一个书生的形象、一个学者的形象、一个忠厚长者的形象。我每次去先生家的时间都不长，心里总怕打扰他，怕耽误他宝贵的时间；但除了预定要谈的事情之外，他总还要留我谈一点别的，而所谈无非是学问之道、为师之道、做人之道。其中谈得最有兴致的是他的研究计划、读书心得。兴会所至，往往喜形于色。

最初，我因为年纪轻、阅历浅，看问题比较简单，曾私下里这样想：先生的生活怕是比较单调的，而且很可能还相当苦寂。后来自己阅世稍深，也有了一些教书和治学的体验，加上同先生交谈，读先生的文章，才渐渐体会到，事实竟是完全相反。原来，书是他通向大千世界的一个窗户、一道大门。他由此进入那个绚丽多彩的世界，神游其中，真是其乐无穷。我很自然地想到陆机在《文赋》中所说的那种境界："收视反听，耽思傍讯，精骛八极，心游万仞"，"观古今于须臾，抚四海于一瞬。"陆机描绘的，是一种文学创作中神思飞扬的境界，我相信，也是来之先生读书和做学问时的境界。这样的愉悦和人生体验、这样的境界，除了潜心于做学问的真诚的学者，实在不是每一个人都能得到的。

来之先生的一生，从衣着、仪容，到治学、做人，从外到里，都从无虚饰，未见矫情，呈现在世人面前的，是他纯朴自然的本来面目。若用时下流行的说法，先生一生都没有经过"包装"。他无意于"包装"，也无须"包装"，他的人生是本色人生。"本色"似乎是无所追求的，但其实并不是。对人生的有些方面淡于追求，或者看起来好像不那么执着，却另有他所关注之处。这本身，就是一种追求，或者可以说，是一种更高层次的追求。如艺术境界中的平淡实乃绚丽至极一样，这种看似无所追求的本色的人生境界，也是一种趋向归真返璞的极高的境界。

先生所关注的就是他所追求的。他所追求的不是名，不是利，而是认真严谨地做学问，认真严肃地教好书。他视此为自己的天职和本分。先生治学的严谨是很出名的：不到充分占有材料不肯动笔，不到十分成熟不肯拿出去发表。北大中文系的教师几乎都知道，先生对韩愈的研究是下了很大功夫的，多有创获，但他精益求精，总不肯轻易示人。今天我们能看到的，除《来之文录》中所收入的五篇关于韩愈的不算很长的论文外，他经历多年才写出的《韩愈传》，却因为不愿轻易出版，直到他辞世前仍只是不曾问世的未刊稿。

北大的校训是：勤奋、严谨、求实、创新。严谨的学风是北大的优良传统之一，是老一辈学者所创造的宝贵精神财富。这样的传统和财富，我们应该十分珍惜，应该好好继承。说到严谨治学，北大中文系的好几位先辈学者的精神都是十分感人的。除来之先生外，如杨晦先生、吴组缃先生等也都是这样。但他们有时对自己过于苛严，也不免给我们留下遗憾。杨晦先生一生想写一部《中国文学理论批评史》，吴组缃先生一生想写一部《中国小说史》，来之先生一生想写一部《中国文学史》，但终因要求太严，所悬的标准太高，最后都成了未竟的事业、未了的心愿。先辈学者们所开创的学风需要年青一代去继承，先辈学者们的未竟事业需要年青一代去完成。北大的优良传统不会中断，学术事业的发展后有来者，是充满希望的。

先生治学严谨，对自己的要求近于苛刻，但待人却极宽厚。文人相轻，自古而然，这是中国士人的坏习气，但在先生的身上却丝毫也没有。不要说他对自己的老师闻一多先生、朱自清先生，每一提及，总是怀着深深的敬意；即使对同辈甚至晚辈的学者，也每多称赏赞扬，鼓励提携，从来没有听到过一句鄙薄不屑的微词。他总是看人家的长处，看人家的优点，这跟现今某些自视甚高的年轻学者形成鲜明的对比。有一些人刚刚显露一点才华（承认他确有才华），或稍微取得一点成绩，就目空一切，不要说对同辈学者不屑一顾，就是对老一辈的学者，有的还是全国知名的确实很有成就的学者，有的还是他的老师，也都常在人前人后妄加訾议。这种狂妄，自然是一种无知和浅薄的表现，他们在像季镇淮教授这样谦虚而宽厚的长者面前，是应该感到自惭的。

（原载《季镇淮先生纪念集》，北京大学出版社，1999 年 11 月）

吴组缃先生的文品与人品

人的一生中，总会有许多人在自己的记忆里留下深刻的印象，但终生铭记不忘、一想起就会油然而生一种崇敬之情的，往往只有不多的几位。对于我，吴组缃先生就是其中的一位。令我受益无穷，令我深深感动，令我终生铭记不忘的，是先生的文品与人品。

吴组缃先生生前是北京大学中文系教授，是我的老师。我对他文品与人品的感受和认识，是从三方面得来的：一是读他的作品（包括他的小说、散文、诗歌等文学创作和学术论著）；二是听他讲课（他讲的《古典小说研究》和《红楼梦研究》是当年北大中文系非常精彩、深受欢迎的所谓“名牌菜”）；三是跟随他习研中国古典小说，在日常接触中接受他耳提面命的教诲。

一

吴先生是中国现代著名的作家，又是中国现代著名的学者。不论是他的小说作品还是他的学术论著，数量都不多，却多是精品，在读者中产生了很大的影响，受到广泛的欢迎。早在20世纪的30年代，当他发表那些后来成为他的代表作的《一千八百担》《天下太平》《樊家铺》等作品时，就以其反映生活的深切和艺术上的圆熟精细而受到文坛的瞩目和好评。当时已是文坛大家的茅盾先生，一看到这些作品，就抑制不住惊喜的感情，给予高度的评价，他在《文学季刊》创刊号一文中说：“这位作者出现于文坛，好像不过一年来的事，然而他的作品有令人不能不注意的光芒。就我所读过的两三篇小品而言，这位作者真是一支‘生力军’。”并指出，仅从“这位作者的开始就已经证明了他是一位前途无限的大作家”（载1934年2月1日《文学》第2卷第2号）。此后，吴先生出版过两部短篇小说集《西柳集》（1934年）

和《饭余集》（1935 年），抗战时期写的一些短篇小说和散文就再没有辑集出版，仅出版过一部反映抗战初期皖南一带生活的长篇小说《山洪》。1949 年后，除写过一些散文外，小说创作基本上已经搁笔。1954 年由人民文学出版社出版过一个选本《吴组缃小说散文集》，共收小说散文 18 篇。到了 20 世纪 80 年代，经北大中文系的方锡德教授搜集整理，由北京大学出版社出版了他的几个分类编辑的集子——《宿草集》（短篇小说卷）、《拾荒集》（散文卷）、《苑外集》（文学评论卷），加上长篇小说《山洪》，就相当于他在文学创作方面的“全集”了。

在研究论著方面亦复如此。他研究中国古典小说几十年，在分类出版他的专集时，出了一本《说稗集》，也只是薄薄的一本，不过 20 万字左右。数量虽不多，但书中收入的一些论文，对中国古代小说的发展和理论，对几部文学名著的思想和艺术，都有着许多精辟的分析和独到的见解。特别是《〈儒林外史〉的思想与艺术》《论贾宝玉典型形象》《谈〈红楼梦〉里几个陪衬人物的安排》等篇，先生以他作为一个小说作家所特有的眼光、素养和经验，尤其以他对人生热忱而执着的态度，对人和社会生活的深切的体察与认识，以及深广丰富的人生阅历，加上对艺术敏锐的感悟力，对所论作品的主题、构思、人物、语言等等都做出了精细的审美分析，给人以深刻的启示。这些论文，从发表一直到现在，都在学术界产生了很大的影响，成为相关领域专业研究者必读的典范之作。

在文学界和学术界，无论是创作还是研究，吴先生都是以质高取胜而不是以量多闻名的。但他毕竟写得太少，这使包括我在内的他的许多学生和热爱他作品的读者，总感到很不满足，甚至感到有些遗憾。

吴先生写得少，固然有多种原因，但最重要的是他严谨的创作态度和一丝不苟的学风。无论创作还是研究，他都对自己有极高的要求。历来有两种作家和学者，一种是为名利而写作和研究的，一种则是把写作和研究看作为推动社会的进步和人民的利益而从事的一种严肃的事业。吴先生是属于后一种类型的。虽说早年开始创作时，还在清华园里做学生，生活清苦，写小说也有为挣稿费养家的非常实际的一面，但根本的动力，还是如他经常强调的那样，是出于作家的一种“孤愤”，即由于内心里受到时代和社会变迁的强烈激荡，而不吐不快，欲罢不能。终其一生，吴先生都是以一种极其严肃的、严谨不苟的敬业精神，来从事创作和学术研究的。他常常是，本来可以多写，而是因为追求精严才少的。他也知道，他的学生和读者们都非常希望他多写一点，对自己写得不多也是不满意的，但他并不因此而放弃严谨不苟、质量第一的原则。在这一点上，他有着非常自觉的追求，他曾明确地提出过他所要坚持的原则。在为英文版《吴组缃作品选》写的序言中，他回答偏爱他的读者责怪他写得太少时说："宁可少些，但要好些。"他虽然自谦地声明这话是用来"聊以解嘲与自慰"的，但他讲的确是真情。写小说和学术研究都是如此。

二

这里我要讲两件事，一件是我亲历，一件是我亲闻，都是令我感动极大、印象极深的。吴先生出于对社会高度负责，对人民高度负责，坚守严谨不苟的精神，坚持"少而精"的原则，放弃了不少本来可以使他的作品增加数量，可以使他显名获利的机会。

20世纪80年代初期，中国青年出版社为了与此前已经出版的由冯其庸先生主编的《历代文选》和由季镇淮先生主编的《历代诗歌选》相配套，来向吴先生约稿，请他主编一本《历代小说选》。由吴先生主持，我和吕乃岩、沈天佑、侯忠义等几位中青年教师参加，组成了一个编写小组。我们初选出一些篇目，由先生审定，并确定编写细则。成书后，由吴先生负责撰写一篇《前言》。我们编写的初稿完成时，吴先生一万多字的《前言》也已经写出。我对他说："吴先生，您身体不好，我代您誊抄吧！"他不肯，说："我自己抄，边抄边改。"于是他不顾体弱和目力劳苦，自己誊抄。可后来却坚决不肯把这篇文章拿出来，说是誊抄中觉得说的都是老生常谈，没有什么新意。后来便另写一篇仅一千多字的短文置于书首，这就是后来收入《苑外集》中的那篇《〈历代小说选〉编选说明》。他不肯摆出大学者的架势发表一篇洋洋洒洒的"学术宏文"，而宁愿费神费力另写一篇简明有用、实实在在的《编选说明》。当然，虽然题为《说明》，其实内容远非有关编写体例之类的简单说明，而是包括了吴先生对中国古典小说的发展脉络和一些重要问题的认识，是一篇经过浓缩的、有分量有价值的好文章。这就是吴先生对待学术研究的严谨不苟的态度和求实的作风。这跟学术界并不少见的那种摆空架子、虚张声势、以量胜质的浮躁学风形成了鲜明的对比。

更加感人的是，别人替他整理好现成可以出版的一本书，他也坚持不肯出版。1983年，民盟中央举行"多学科学术讲座"，主讲人都是各学科造诣极高的老专家，讲稿经整理后拟出版一套"多学科学术讲座丛书"。吴先生应邀做了有关《红楼梦》

艺术方面的演讲，讲座主办方有人为他整理出来，编入丛书第七辑准备出版。但吴先生坚持不同意出版，理由是已经讲过多次，也发表过内容相近的论文，没有新意。他不仅口头上向有关人员多次表示“希望讲了就算，不宜整理成书”，后来还专门郑重其事地写信给讲座办公室的同志，并恳请他们转陈负责领导此项工作的钱伟长先生，请示同意“免除此一项目”。最后主事者终于尊重吴先生的意见，将书稿撤了下来。钱伟长先生在后来出版的《谈〈红楼梦〉》一书（本来是吴先生与张毕来先生讲稿的合集）书前所写的《声明》中，以十分钦敬的口吻说：“吴组缃教授陈词恳切，风格高尚，是值得我们学习的，为此，我们同意了吴组缃教授的要求。”已经到手的名和利他坚持不肯要，他要的只是学术事业的高度严肃性和责任感，追求的是学术研究的严谨与创新。

这样的事在吴先生不止一件两件。也是那个时期，我在为北京大学出版社主编《〈聊斋志异〉欣赏》一书时，曾几次去吴先生家恳请他赐稿，并且提出希望他把以前在课堂上分析过的现成讲稿拿出来，我替他整理，经他审订满意了才刊发。他虽然十分支持我的工作（后来他给了我他的《颂蒲绝句》24首，并为这本书题写了书名），但始终不肯将他自认为不够成熟的讲稿拿出来。据我所知，中国社会科学院文学研究所的石昌渝先生，曾协助吴先生撰写《中国大百科全书·文学卷》的《红楼梦》条目，也是经过多次反复修改才定稿的，直到书印了出来，他仍然感到不十分满意。

我作为他的学生，也作为喜爱他的作品和论文的读者，总是希望他能为大家多写一些。有一次，我怀着渴望、敬仰，却又有些不恭地对先生说：“吴先生，多为我们写一点吧，您的小说和论文真如凤毛麟角啊！”他笑笑，没有说什么。我们都期待着，他能把他对中国古典小说（尤其是关于《红楼梦》）的许多精辟的艺术见解写出来。在他80多岁的晚年，曾应北大传统文化研究中心之约，准备写一部《吴批〈红楼梦〉》。可惜由于他年迈多病，也由于他对学术过于苛严的要求，这部书最终未能写出来。这是吴先生的憾事，也是学术事业的憾事。

三

吴先生的这种严谨不苟的治学态度，对我们这些在他身边学习工作的后辈学者，有着极深的熏染和影响。他对我们是极热情爱护的，但要求也极严格。有一次，先生同我谈到当代小说创作的一种不良倾向，即生活不足，人物形象苍白，却常常用发议论来弥补。那段时间，我常在《人民日报》和《中国青年报》等报刊上发表一些文艺随笔，得到先生的肯定和鼓励，他便要我以此为题写一篇文艺随笔。想到先生的要求是极严的，领命之后，不敢轻率下笔。也许是因为过分紧张或矜持吧，1500 字的短文，我竟写了整整一个星期。誊抄成清稿后，怀着惴惴不安的心情呈送给先生。先生读后摇摇头，说："意思没有写得充分。"先生没有批准，我就不敢拿出去发表，这篇题为《捉襟见肘》的短文，现在仍然藏在我的书箧里。文章没有写好，得到的教育却是一生受用无穷的。至今，凡有写作，当我要送出去发表的时候，总是想到先生严谨的治学态度，想到先生对我的严格要求。

先生自己淡泊名利，可在名和利上对后辈却加倍关爱。《历代小说选》出版了，我们将稿费按封面上的署名平均分配，呈送先生。先生不要，说："你们生活比我清苦，只要买几十本书给我送朋友就行了。"一分钱也不收。出版社考虑到这种情况，专门支了一笔编辑费给吴先生，先生也都给了我们。吴先生这种淡泊名利的高尚风格和对后辈的关心是一贯的。我后来还知道，凡由他谈话别人代为记录整理，或由他口授而由别人代他执笔写出的文章，不仅都要署上记录整理者的名字，而且稿费也都是给了执笔人的，从来不计较自己在其中付出了多么艰辛的劳动。最近读到发表在《新文学史料》2008 年第 1 期上的《吴组缃日记摘抄（1942—1946）》中记录的一件事，也令我非常感动。抗战后期，吴先生在重庆，生活拮据，当时四川省立教育学院拟聘先生去代课讲新文学，许以"上课二月，可领五月薪"。师母当时以生活不稳定也促其应诺。先生竟婉拒，日记中云："我表示本期只余二月，课程无法结束，且上课二月，得五月之薪，亦非所愿。"这表现了中国知识分子自古以来传承不绝的高洁品格。

对一个知识分子来说，名和利是一道关口，是一个考验，不是每一个人都能过得去和经得起的。想到先生历年来生活都并不富裕，特别到晚年还相当清苦；再想到在学界，一些人与合作者甚或是自己的学生为争署名或争稿费而闹得很不愉快的事情时有所闻，先生那种淡泊名利、关怀后辈的崇高品德，真使我们终生都感念不尽。

（原载《财富时报 · 文化周刊》，2008 年 10 月）

附录：捉襟见肘（未刊稿）

在文学创作中，某些表现方法运用的失当，往往跟作者生活功底的不足有关。读近年来发表的小说作品，常常见到一些作者喜欢在作品中站出来向读者介绍他笔下的人物，不仅在人物刚出场的时候介绍，就是在情节发展的中间也常常站出来说这个人物有什么性格，那个人物有什么性格。那些话读起来很眼熟，很有些像我们在文学评论中常常看到的那种性格分析的语言。这种写法其实无助于对人物形象的刻画，反而造成人物形象的干瘪和苍白，缺少鲜活的血肉。开初还以为，这是个别作家在表现人物时用了一种不讨好的笨办法，看得多了，就发现这原来是艺术形象先天不足的表现。根本原因在于作家缺乏生活，当然也缺乏相应的表现生活的技巧。

人物描写的方法多种多样，只要运用得当，有利于人物形象的表现，或实或虚，皆无不可。在适当的地方，简单地介绍一下人物性格，以利于读者对人物有一个总体的印象，或者强化具体的描写，当然也不失为一种可以采用的好的方法。这在一些文学经典中也不少见。例如蒲松龄的《聊斋志异》，他写人物有一种方法，清代的评论家称之为“提笔作伏”。就是在小说一开头，他就为全篇的描写设下伏笔。他取法于传统的史传文学，开头就简单介绍人物的姓名、出身等等，并且提出性格要点，后面就通过生动的情节着力加以描写，逐步地使形象血肉丰满起来。另一部文学经典《红楼梦》，在第六十五回里，对凤姐的性格已经有了许多生动的描写之后，又借兴儿之口撮要地介绍凤姐的性格特征，在前面描写的基础上，起到了一种总结、点示、强化的作用。一个是在开头，一个是在情节发展的中间，选取的时、段和文字的多寡都各有不同，但都处理得恰到好处，让人读来感到有一种画龙点睛之妙。不是说作者自己或通过人物之口来介绍人物性格的方法不可以用，而是要考虑是否用得恰当，是否有助于而不是影响和削弱人物的形象刻画。

但是不论怎样精要的人物介绍，也不论设置在什么样的最适当的地方，这种介绍都是比较抽象的，如果没有与有血有肉的艺术描写融合在一起，都极容易失之空泛和枯燥。单纯的人物性格介绍只能起到一种辅助的作用。成功的作家都会让人物自己表现自己。作品中的人物亦如生活中的人物一样，他们的一言一行、一举一动，无不都在表现他们内心的思想感情和性格气质。鲜活的形象会自己向读者展示自己，用不着作者越俎代庖、不断地站出来向读者饶舌。

生活是创作的源泉。作者只有对生活进行深入的观察、体验、分析、研究，才能创造出栩栩如生的人物形象，也才能正确地概括出生活的本质。写人物也像苏轼论画竹一样，要“胸有成竹”，即必须对所画对象先“了然于心”，然后才能“了然于手”。对作家来说，也就是先要让人物在自己的心中活起来，下笔时才会出现汩汩滔滔的“思如泉涌”，用文字将心中的形象移到纸上。必须先有作家心中的“呼之欲出”，而后才会有读者阅读时在纸上感受到的“呼之欲出”。

俄国短篇小说的圣手契诃夫，竭力反对作者用自己的主观态度去干扰和代替艺术形象本身对读者的作用。他认为作家的主观态度是最有害的，“它把可怜的作者连胳膊带腿都露出来了”。

作家的任务在于创造出具有典型意义的生动感人的艺术形象，让形象本身去展示人物的思想性格，表现生活的意义。任何时候，作家的主观介绍都不可能代替读者对形象的艺术感受。如果你没有创造出鲜活动人的艺术形象，聪明的读者是不会离开形象去听从你的指点和训导的。只有既无生活又无技巧，笔下的形象苍白无力，作者感到力不从心，才会老在作品中直接站出来向读者介绍人物性格，沦入契诃夫所说的在作品中“连胳膊带腿都露出来了”的尴尬。这是作家缺乏自信的表现，也是作家生活的功底不足和低能的必然结果。

对于作家来说，生活的功底是第一位的，其次才是技巧；有了深厚真切的生活体验，技巧才能发挥作用。技巧可以帮助作家将生活体验化为具体的艺术形象，这时候形象本身会向读者说话，读者就可以从对形象的艺术感受中，得到作者想要传达的对生活的评价和认识。做到了这一点，人物的性格也好，作品的主题也好，在读者的感受中都会自己呈现出来，无须作家出来指指点点、说东道西。契诃夫所批评的那种老是在作品中“连胳膊带腿都露出来”的“可怜”的作家，是既缺少生活又缺少技巧的，这正应了中国一个形象化的成语：“捉襟见肘”。

学问与童心

——忆念一新先生

一新先生（陈贻焮先生字一新）是我敬重的师长，也是同我共事多年情谊笃厚的挚友。他的早逝使我们大家都感到非常悲痛。他离开我们已经半年多了，但他的音容笑貌至今犹十分清晰，如在眼前。他的诗作将永存于世，他的学问和风范将永远活在我们的心中。

一新先生是一位学者兼诗人。但说来奇怪，我和他接触最多，因而对他作为学者和诗人的一面有比较深入的了解，却不是开始于教学岗位，而是开始于“文化大革命”中的“五七干校”，在一个蔑视知识、扼杀学问和诗性的特殊时期与特殊环境之中。也许正因为环境气氛与他的思想、他的诗人的气质与才情相背离，才越发见出他与“五七战士”的身份和生活似相容而实际上格格不入的诗人兼学者的另一面。

我们是 1969 年 10 月在林彪的什么号令之下，突然一下子被拉到江西鲤鱼洲的实验农场进入“五七干校”的。那里是围湖造田，堤外是浩渺无边的鄱阳湖水，即使在非汛期，水位也常在我们所住的茅草房的房顶之上；堤内是一片荒滩，在开初，除了我们新建的几座寥落的茅草棚之外，举目不见人烟。我们按部队编制，一个连队有 100 多人吃饭，就在野外盘了几眼灶，开始在露天，后来才搭建起一个勉强能遮风蔽雨的草棚。为解决全连烧饭所需的柴火问题，连里成立了一个打柴班。我和一新先生就一起分在打柴班里干活。全班不到 10 个人，全连做饭的燃料就靠我们供应，一顿也不能缺，任务之艰巨可想而知。我们每天起早贪黑一起打柴，朝夕相处，无话不说，汗水洒在一起，共同体验着劳动和生活的艰辛，因此对他的为人、他的学问和性情有了深入的了解，彼此间建立起真挚的情谊。

湖滩上高大的树木很少，多是一些野草和灌木。我们开始在连队的近处打，很快近处的柴草就被我们打光了，于是越打越远，越远所见的草木也就越多。我们这些“五七战士”大都出生在城市，很多草木以前连见都没有见过，更不要说能叫出名字来了。而且那时劳动强度大，非常累，谁也没有兴趣去了解它们的名字。可是与众不同，几乎每见到一种草和树时，一新先生都会兴致盎然地主动告诉我们这些树或草叫什么名字。他在如此紧张的劳动中，能有如此高的兴致和热情来辨识草木，加上他在这个特殊环境中表现出的对于自然界的丰富知识，都使我们打柴班的战友们感到惊异。后来慢慢地大家对各种草木也产生了兴趣，见到不知名的草和树时，总要去问一新先生，他也总能不假思索地告诉你这叫什么，那叫什么，都有什么样的特性等等。除了草木，荒滩上的鸟也不少。我小时在农村生活过一段时间，而且喜欢和小伙伴们一起用弹弓打鸟，所以有一些鸟还是认识的。比如在鲤鱼洲上常常见到的站在牛背上一边拣小虫子吃还一边潇洒地唱歌的八哥，还有在空旷的天空飞得很高也很会唱歌的云雀，就是我很小的时候就认识的。但鲤鱼洲上很多其他的鸟我就说不出名字来了。而一新先生都能一一地告诉我们，使我们增加了许多知识。我不由得记起了孔老夫子的教导：读诗可以“多识于鸟兽草木之名”。我们在鲤鱼洲上没有读诗，却跟着诗人打柴，也学到了不少关于鸟兽草木的知识。我由此看到了一新先生学问的广博。可贵的是，这学问不只来自书本，更来自实际生活之中，它是一个诗人深厚学养的一部分。

更为难能可贵的是，除了“鸟兽草木之名”，他还有许多其他关于农村和农业方面的知识和技能。比如在鲤鱼洲时，我们自己养猪和宰猪，怎么宰呢？谁也不知道。他却知道有两种方法，一种是抹脖子，一种是捅心脏，而他是主张捅心脏的。我们连里养了两头牛，但放牛容易使牛难，很多人都放过牛，而使牛耕地就找不到人了。一新先生却是我们连里出名的使牛“把式”，赶牛翻地、耙地差不多都由他和陈铁民两个人包下来。在鲤鱼洲，一新先生的多知多识是出了名的，大家遇到实际学问方面不懂的就去问他。他因此得到一个“陈百科”的外号。这是一个戏称，也是一个美称。

他的这种实际的学问也表现在他的诗里。在他的《梅棣盦诗词集》里收有《鲤鱼竹枝词三首》，其三的末二句云：“祝尔一枝成万子，人人争送嫁前肥。”这“嫁前肥”就是南方的农民对起秧前所施肥的一种颇富生活情趣的说法，写在诗里表现了劳动者内心的真实感情，增加了诗的情韵。

在鲤鱼洲，我还看到了一新先生诗人的童真。在我们打柴班中，一新先生是最年长的，当时已经40多岁，可他在劳动中总是不甘示弱，非常好强。他不仅打柴打得多，挑得重，而且走得也最快。他为了不落人后，不管挑着多重的柴火，在回连队的路上，总是从田中斜插过去抄近道，争取走在全班的最前面。当他挑着重担第一个回到连队时，脸上总是泛着一种自得的微笑。在这微笑里，跳动着的是一种孩子般的童真。在鲤鱼洲艰苦的劳动中，特别是群集在水田中弯腰插稻或除草时，我们常常你一句我一句地喊出一些劳动号子式的诗歌，以协力和减少疲劳。沈天佑同志最积极最热情，张口就来，也不管押韵不押韵，只要能凑成四句，能鼓劲就行。于是大家就戏称这种诗歌为“天佑体”。当时几乎人人都创作过这种诗歌，喊出来，飘荡在广袤的田野上、开阔的天空中，很快就消失得无影无踪。连喜作旧体诗词的彭兰先生，也跟大家一起喊出过这种诗歌。但在我的记忆中，一新先生却是从来没有凑过这种热闹。今天翻看他的《梅棣盦诗词集》，鲤鱼洲上留下的作品，仅有的就是上文提到过的《鲤鱼竹枝词三首》，其风貌很近于唐人的田园诗，而与那种前呼后应式的劳动号子大异其趣。这种对于诗艺追求的执拗和维护，透露出来的，也是一种近乎天真的童心。

最动人的，是在鲤鱼洲大堤上一次深情的痛哭。在一个雨天，我们教改小分队的师生几十个人，乘汽车到南昌去教学实习。大堤上十分泥泞，车开了一个多小时才开出一里多路。明知非常危险，却谁也不敢冒“活命哲学”的罪名建议把队伍带回去。结果因路滑，有一辆车翻到了大堤下，当毗邻的清华农场的战友们帮忙把汽车掀起来时，发现有一位老师和一位学生遇难。一新先生本人也是被扣在车底下的，当他爬起来时，看见眼前的景象，竟面对着辽阔的鄱阳湖，放声痛哭起来，没有顾忌，没有节制，那情景真像是一个失去了亲人的孩子。他哭得那么动情，那么真挚，那么富于感染力，直到如今，那哭声依然萦绕耳际。

大事如此，一些生活小事也同样处处表现出他童稚般的天真。他是南方人，从小吃惯了米饭，在北京生活了几十年，也不改这种嗜好和习惯。有一次我们连队组织到一个地方去参观，中午要带一顿午饭。食堂为大家准备了馒头和咸菜。但他非米饭不吃，最后他带的竟是头天剩下的米饭锅巴。这种近乎可笑实际上非常可爱的执拗，也是只有在孩子的身上才能见到的。晚明的李贽倡导“童心说”，童心是什么？童心就是人的未受尘染的不加虚饰的本真和性情。诗歌原本就是性情中事，一新先生正因为有此一份童心，才成为一个真正的诗人，才写出了那么多表现了真性情的好诗。

鲤鱼洲原本是同学问和诗歌不相干的地方，在那样一个特殊环境下，我却看到了一新先生的学问和童心，看到了他成为一个学者和诗人的最重要的素养和天性。

（原载《陈贻焮先生纪念文集》，北京大学出版社，2002 年 4 月）

乡音·乡酒·乡情

许多民间俗谚都概括了丰富的人生经验，没有相当的人生阅历很难真正体会到其中的含义和情味。比如“美不美，乡中水；亲不亲，故乡人”这句话，是我儿时在家乡崇庆县（今为崇州市，属成都市）就已经熟知的，可是真正懂得其中的丰富含义，却是在离开家乡几十年之后。

我1955年从崇庆中学高中毕业到四川大学念书，1959年秋大学毕业分配到北京大学任教，离开家乡已经将近40年了。其间仅1956年回过一次崇庆县，后来虽然也曾多次到成都，但都因事务繁忙，行迹匆匆，未能回到离成都仅数十里之遥的崇庆县一睹故乡的新颜。每一次机会错失引起的内心遗憾，都激荡起更加强烈的思乡情绪。哺育我成长的家乡的土地、山水和人民，无时无刻不在我的心中，总是那么美好，那么亲切。

机会终于来了。1989年的春天，我给北大的外国留学生讲授中国古典文学课，在课堂讲授之后，带领他们到四川去考察古诗人的遗迹。陆游曾经在蜀州（即今天的崇庆县）任过通判，留下不少诗歌。我便把学生们带到了家乡罨画池畔的陆游祠，而后又到了新开辟的旅游景点九龙沟（也是陆游游踪所及）。车到崇庆县城，我的心都快要蹦出来了。可是坐在车上我是不辨东西南北，曾经那么熟悉的故乡，竟变得如此陌生了。真正是旧貌换新颜呀！就连儿时几乎每天都会去的罨画池公园也难寻旧时踪迹，不过她依然显得那么幽雅精致、小巧玲珑，那种令人神清气爽的园林艺术之美，却是儿时不太懂得因而也是不曾深入地领略过的。九龙山的原始风貌未经人工雕琢的自然景观，也令我十分兴奋，至今历历难忘。

1992年夏，我又利用到成都参加一次学术会议的机会，回到崇庆县小住了两天。唐代诗人贺知章有两句著名的诗：“少小离家老大回，乡音无改鬓毛衰。”我这次回到家乡，亲身体验到诗中描写的这种情况并非人人如此。年少外出，老大归乡，不只鬓毛变白，而且乡音也会改变的。这次回崇庆县，在长途公共汽车上听到两位家乡的年轻农民吵架，他们吵些什么，我居然有一多半没有听懂。虽然不全懂，却是听到了地道的乡音，听出了那种令我感到非常亲切的“川味”。那时，我是那样惊喜，那样兴奋，满汽车的人如果注意到我当时的表情，一定会发现那是一种非常幸福的表情。

那次想吃天主堂的鸡肉（那是崇庆县的名小吃）没有吃成，心里一直怪遗憾的。这遗憾也终于得到了补偿。后来崇庆县的领导到北京召开同乡座谈会，代表家乡人民送给我一瓶崇庆县特产的蜀泉酒。单听那清雅诱人的名字，单看那古色古香的陶瓷酒瓶，就透出一种古蜀州延续下来的文化气息。我虽不会喝酒，一接到这瓶酒，一股欣喜之情就油然而生。这时，心中便冒出儿时就非常熟悉的那句谚语：“美不美，乡中水；亲不亲，故乡人。”

这酒我一直舍不得喝，后来用它款待一位外国朋友，他品尝后称赞说：“好酒！好酒！”我不善品尝，说不清这位朋友说的是不是客气话，但在我的感觉中（当然不是指单纯的味觉，还包括更重要的心灵的感受），家乡“蜀泉酒”的醇美，实不亚于号称“国酒之王”的茅台。酒早就喝完了，但那古雅精致的酒瓶我一直都保留着，那里面盛着的，是满满的乡情。

我爱听乡音，爱喝乡酒，我永远怀念儿时的乐土——我的家乡崇庆县。

（原载《蜀州报》1993年12月3日第27期）

四十年苦短

从母校四川大学毕业已经整整40年了。回想40年前的岁月，就像是一个遥远的年代，却又恍如昨日。

汉语里边的造词，常常是富有很深的意蕴的。比如“母校”这个词就是。一个人的小学、中学和大学时代都是非常重要的，不光是打知识的基础，还会铸造人格，往往要影响一个人的一生。在一个学校读书，在思想和文化上得到哺育和培养，确实就像是吸吮母亲的乳汁。现在回想在母校四川大学的生活，真的就如同忆念自己的母亲一样，那么亲切，那么温馨，那么充满一种很难用言语表达的幸福感。种种情景浮现在眼前，种种思绪翻腾在心中。

我们这些人虽然大多在中学时代就开始爱好文学，但我们基本的语言文学知识，特别是对祖国灿烂丰富的古代文化和古代文学的初步理解和认识，都还是在母校四川大学得到的。我们后来的教学生涯和学术事业，也都是在这里起步的。永生永世忘不了张默生老师、杨明照老师、张怡荪老师、石璞老师、李梦雄老师、甄尚灵老师、华忱之老师、曾君一老师、陈志宪老师、陶道恕老师、赵振铎老师等对我们的谆谆教导和精心培养，我们的心中永远怀着对他们的敬意和衷心感谢。虽然40年过去了，但他们亲切的音容笑貌，诲人不倦的品格，都还像昨天一样鲜明地浮现在我们的心中。

我们全年级80多位同学，虽然分了三个班，但经常在一起听课和活动，我们彼此间是那么熟悉，那么亲近，有一段时间我们生活得非常和谐、愉快，就像是一个大家庭里的兄弟姊妹。很遗憾的是这样的时间并不很长，很快就被“反右”的风暴破坏了。虽然后来我们天各一方，每个人的生活又都经历了不同的坎坷和曲折，而且我们现在也都成了头发花白的老人，如果突然相见很可能彼此都认不出来。但对那段生活，至今不能忘怀，而且每每想起总是感到特别亲切，还能感受到当时洋溢在每个人身上的青春的朝气和活力。

但四年的大学生活并不都是美好的，应该说过得并不平静，大多数人初步体验到了人生的酸甜苦辣。四年中我们真正专注心力于专业学习的时间，也不过两年多一点。我们赶上了新中国成立后针对知识分子的第二个阶级斗争高潮——反右斗争（新中国成立初期的思想改造运动我们没有轮上，而且也还算不上是真正的阶级斗争；对知识分子来说，第一个高潮应该是肃反，我们也没有赶上，只是在刚入学时从新生宿舍里听到过令人惊心动魄的口号声）。在反右斗争中，在拔“白旗”和批判“白专”道路的运动中，我们自己成了批判对象，同时我们也批判别人，而不管批判别人还是批判自己，大多数同学都是非常真诚的。

现在想起来，我们那时是蒙昧不知世事，天真幼稚得可爱而又可笑。当然痛苦和困惑也是有的，但怀疑的总是自己。我们相信党的领导是完全正确的，但思想永远跟不上形势，心里永远虔诚地做着没完没了的检讨。我们的思想不可避免地打上了那个时代的印记。我们是那个荒唐年代的许多荒唐事件的目击者和参与者，但我们却为此曾经感到过欢欣鼓舞，甚至为此唱过颂歌。人民公社刚成立的时候我们到农村去，同农民一起过一种“鼓足干劲干活，放开肚皮吃饭”，天天宰猪吃肉的“美好”生活，曾经为“共产主义”就在眼前而振奋；大跃进时，为了大炼钢铁，农民被迫连锅也砸了，我们却也为烧红了三十三重天的壮丽景象而激动不已；全民总动员除四害，我们在本来应该是安静的校园里敲锣打鼓、摇旗呐喊，看见麻雀无歇脚之处终于累得从天上掉下来而欣喜若狂……不是我们愚昧，是时代的愚昧。回忆中的反思，有时候就不那么美好和甜蜜，总免不了有几分沉重和苦涩。

尽管如此，母校四年的学习生活不仅是难忘的，而且任何时候想起来，也总是充满一种亲切和温馨之感。难忘的悠悠岁月，难忘的锦江的流水，难忘的望江楼下的丛丛翠竹，难忘的荷花池畔的蛙鸣，难忘的绿杨村夜晚的灯光，难忘的植物园里草叶上晶莹的露珠……

40 年岁月，弹指一挥间。对于人的一生来说，40 年，将近半个世纪的时间，掐头去尾，应该说我们一生中最重要的时日已经过去了。

想念母校，想念敬爱的师长，想念同窗四载、如今散落在祖国的四面八方、曾经共同分享过生活的酸甜苦辣的亲爱的兄弟姊妹。

人生苦短，40 年苦短。愿每一个同窗珍惜未来的不多的岁月。

1999 年 8 月 30 日

（原载四川大学中文系 1955 级毕业四十周年纪念专刊《99 重逢》）

教学与治学

文学史教学的活力和生气

关于中国文学史的教学，可以说又难，又不难。说不难，是因为我们讲授的内容属于历史范畴，是一些比较稳定不变的材料，目前又有多部文学史著作可供参考。多年来都以游国恩等主编的《中国文学史》作为教材。稍加提炼、排比、组织，就可以把课讲下来。说难，是因为文学史不光要传授一些死的知识，而且还包含着讲授者对这些历史材料的活的分析，还要接触大量作为审美对象的文学作品，而作品永远是鲜活的、富于生命力的。每一代人，每位讲课的教师，都会有，也应该要求有自己不完全同于别人的认识和感受。显而易见，前一方面容易做到，后一方面，如果没有认真的备课，如果没有科学研究作基础，就必然会众口一词，千篇一律，重复前人或别人的意见。而雷同，就意味着中国文学史教学的失败。成功的文学史教学，应该十位教师讲出十种不同的特色，每一位教师都体现出自己不同的个性。

因此，文学史教学不能跟教科书完全不一样，也不能跟教科书完全一样。我的一点粗浅体会是：对文学史的课堂教学来说，讲授与教科书的关系应该是若即若离，不即不离，又同又不同。教师追求的应该是不同的一面。因此，课堂讲授的重点应该不是已经凝固不变的历史材料（例如已经有共识的作家的生平资料和著述情况、载之史籍已有结论的文学现象、文学流派的形成与发展过程等等），而在鲜活的对文学发展规律的阐发，在对作品富有个性的思想艺术分析。据我的经验，凡是照本宣科、讲死的知识或仅仅是传述别人意见的部分，课堂气氛就沉闷，就不能抓住学生，引发他们的听课热情和兴趣；凡讲自己有研究心得的部分，课堂气氛就活跃，就能吸引住学生，给学生以启示，并当场就能得到跟学生的会心的交流。只有在这时，教师才能获得讲课的享受和愉悦。

因此，我一向将教学置于科学研究的基础之上，努力在课堂上讲出一点属于自己的心得体会。这些年来我所发表的文章，多半都是先在课堂上讲授，而后加以整理、充实，才写成文章公开发表的。

把科研和教学结合起来，用科研成果充实教学内容，支撑教学，提升教学，比起只讲固定不变的死材料，这是一条比较难走的路，但也是一条很有意思，于学生有益、于自己也能获得一种创造的愉悦的路。

（原载《北京大学一九九〇年、一九九一年教学优秀奖获得者教学经验与心得体会选编》，1992年6月，原题为《关于中国文学史教学的一点粗浅的体会》）

指导研究生的两点体会

我于1985年开始指导硕士研究生，到现在共招收五届五人，已毕业两人。指导研究生要全面地关心他们的健康成长，但思想教育并不是抽象的，做人和做学问总分不开，研究生一生的学术追求也同他们的人生追求紧密地联系在一起。因此，导师对研究生的业务指导，总是包含着人生指导在内的。我在这方面没有什么成功的经验，下面谈两点粗浅的体会。

一、指点治学门径

正像高中毕业生升入大学后不熟悉本科的学习方式一样，本科毕业的大学生（毕业后工作几年的也大体一样）进入研究生学习阶段也有一种不摸门径的陌生感。因此，一开始指导他们的学习门径就十分重要。而且研究生的学习门径是他们一生治学门径的开端，正确不正确，对路不对路，可能关系到他们将来的发展。我一开始就告诉学生，研究生的学习特点，顾名思义，重在“研究”二字上。因此，研究生的学习方式，就文科来说，可以概括为：“读书—思考—写作”六个字。老师指定的书要读，老师没有指定的书也要找来读。一边读，一边思考、分析、综合，有了心得体会就写成文章。文章是学生综合素养和学习成果的最好体现，也是老师了解学生、指导学生的最好依据。因此，我要求学生除了规定每学期必交的要籍选读的读书报告外，要多写文章，每学期最少两篇，多则不限，写多少我都看，都批。写得好的文章经修改后就推荐发表。这样，写作既促使学生读书和思考，同时也是读书和思考的成果。这些文章是学习的成果，也是他们进行学术研究收获的第一批果实。我以为北大的研究生，在三年学习期间是可以而且应该结出果实的。

我还告诉他们，研究生当然也要听课，拿学分，但研究生听课同本科生听课不同。除了扩大知识面以外，还要一边听一边思考，还要在听课中体会和学习不同老师的不同治学方法和学术风格，学习他们提炼和统摄知识的更本质的东西。

在怎样读书上也要指点门径。研究生一入学就给他一个本专业方向的大书单（由教研室统一拟定），三年读不完，也不要求读完。但这个比较全面也比较宽的大书单很重要，好比是一张鸟瞰图，让学生从这一鸟瞰图中约略看出将要从事的学术领域的大致范围和概貌。书单上的书可以不读完，读书也可以不限于书单。我主张年轻人读书无妨杂一点，一些看起来与专业似乎毫无关系的书，说不定哪一天在研究工作中就会派上用场。这还只是从实用方面来说。虚一点说，读书是增加营养，提高素质，只要善于思考，能融会贯通，任什么书读了都是会有好处的。读书杂，读书多，眼界就开阔，就能获得更多的触类旁通的机会。当然随着年龄的增长，学术方向、学术路径的确定，读书的范围也要相对收缩、集中。但就我的体会，读书杂这一点是不会影响学生的；既然有明确的专业方向，读书也就自然会有一个中心。

研究生是走导师的学术路子、模仿导师的学术风格好，还是另辟蹊径好，我的体会是顺其自然，不强求一律。重要的是导师要自觉地帮助学生在三年的学习期间逐渐认清自己的学术个性，找准适合于自己特点的学术路子。长于鉴赏的不能勉强他去搞考据，反之亦然。十八般武艺件件皆能的全能学生，毕竟并不多见。学生的学术个性和素质，可能跟导师相近，也可能很不一样。要因材施教培养学生，不要强求学生走跟自己一样的路，模仿自己的学术风格。在学术见解上也是如此，我鼓励学生与导师有不同的见解，但要求言之有据，言之成理，而不是有意追求标新立异。

以上这些都是纯专业学习的问题，但如果学生没有对学术事业的全身心投入，那是一条都做不到的。所以这些指导，都体现或包含了一个重要的前提：一种奋斗不息、充实的因而也是有意义的人生追求。

二、培养严谨的学风

学术道路和学术风格可以不同，但是培养严谨的学风则是共同的要求。在这方面，我对学生的要求是严格的。严谨就是讲求科学态度，这是北大校训中的重要内容，也是北大学者的传统学风。对学生一定要严格要求，加强培养，让这一传统一代一代地得到继承和发扬。

这种要求体现在各个方面。治学态度、研究方法、材料的选择与运用、语言表达乃至行文格式和卷面等，都包括在内。我反复对学生讲，做学问是老老实实的事情，来不得半点虚假和马虎，不能凭小聪明，不能靠耍花腔。确定一个题目，只能扎扎实实地充分占有材料，从材料的分析研究中得出结论。我自己西方的新理论学得很少，但我并不反对学生学习和借鉴西方的新理论，也不强求学生只能用传统的理论和方法，而是鼓励他们在学术上兼收并蓄，取长补短，广开思路。同时又一再告诫他们，不能轻视和放弃传统，要在继承传统的基础上吸收西方的新东西。不能生吞活剥，不能玩弄概念名词，要化成自己的血肉，化到民族传统之中，这样才能创造和发展传统。对学生中使用新名词太多以及表达晦涩等问题，我都提到文风学风上大力矫正。

我鼓励学生在校期间就发表文章，但对不同学生也有不完全相同的态度和做法。对没有发表过文章又胆小拘谨的学生，大力给予鼓励，并向刊物推荐；对已经发表过文章而又敢于发表的同学同样鼓励，但一般让他们自己投稿，自己去开创学术天地；对发表欲很强、急于多发表文章的同学，则强调提高质量，对过热的发表欲适当给予遏制。

我规定学生必须在转用第二手材料时，一定要查阅原始出处，经核对后变为第一手材料。规定凡有引文（但建议学生少引），必须注明详细出处。对标点符号也严格要求，该用句号的不能用逗号，如果是手写，该是圆的不能写成扁的。这些看似具体琐碎，但却体现了一个人的治学态度和学风，而这也不是说一两次就能奏效的，必须在长期审阅批改他们文章的过程中来实现。严谨的学风，也是严谨的工作态度和人生态度的表现，所以培养学生怎样做学问、怎样作文，也就是在培养他们怎样严肃地对待工作、事业，严肃地对待人生。

以上两点只是我个人的做法和体会，至于实现得怎样，效果如何，那还要看学生的素质，看他是否配合，特别是看他在学术上是否有自觉的追求。

（原载北京大学研究生院编《研究生工作》1994年6月第53期）

推荐我最喜爱的十种书

在大学里教书，做学问，一辈子同书打交道，书成为我最好的朋友。要说喜爱，远远不止十种，要从最喜爱的书中挑出十种，是一件颇为踌躇的事。终于找到一种不能全美也不算遗憾的办法。出版社的约稿函中有这样的提示："我最喜爱的书，也可以是推荐者所在专业的入门书、必读书，或是推荐者认为'最有影响的书'。"好，我下面推荐的这十种书，正好同时兼具这几方面的因素。我的教学和研究范围是宋元明清文学史，这十种书就是这段文学史的入门书、必读书，也是最有影响的书，当然也是我非常喜爱的书。

同书做朋友吧，它会使你变得聪明，变得充实，变得善良，无论你今生的遭遇是幸与不幸，它都会帮助你踏进一种更高的人生境界，使你的人生变得更有意义、更有价值。

一、《唐宋词选》

（中国社会科学院文学研究所选注，人民文学出版社，1981 年版）

这本书是中国社会科学院文学所的专家们历时两年才完成的，是一本唐宋词的精选本。选词既注意思想内容和艺术成就，又兼顾到不同的流派和风格，历来传诵的名篇佳作大多收入其中。注释详明准确，除了难词和典故，还兼及句意的串讲，对词的思想意蕴和艺术特色，也多有掘发。读者还可参读俞平伯先生的《唐宋词选释》，当会有更多的领会。

二、《宋诗选注》

（钱锺书选注，人民文学出版社，1958 年版）

宋诗在唐诗高潮之后，而能另辟蹊径，写出属于自己的新面貌、新风格，在诗歌史上有不容忽视的重要地位。钱锺书先生学贯中西，又有极敏锐深邃的艺术眼光，本书虽为一种普及性的文学读本，却具有独特的风格和很高的学术水平。注释较详，又不单单着力于难字难词及成语典故的诠释，而是旁征博引，注重对作品思想艺术的阐发。释文文字活泼，常用妙喻，充满谐趣，不独欣赏作品，且多启人心智。

三、《苏轼选集》

（王水照选注，上海古籍出版社，1984 年版）

苏轼是中国文学史上的大家，诗、文、词都取得了杰出的成就，都有名篇传诵众口。本书通过选注各体作品的代表作，全面地介绍了苏轼的文学成就。作品按年代编次，读者能由此看出苏轼文学创作的概貌和发展线索。书中征引丰富，笺证翔实，多附前人评论资料，足资参考。书后附国内久佚由选注者从日本带回的南宋施宿所编《东坡先生年谱》，更为难得。

四、《三国演义》

（罗贯中著，人民文学出版社，1980 年版）

这是我国古代第一部长篇章回小说，也是第一部历史演义小说。小说着重描写的是三国时期封建统治阶级内部不同政治集团之间的斗争，对统治阶级代表人物的生动刻画是这部小说在思想艺术上的独特成就。它所概括的社会历史内容远比三国时期的历史生活要丰富得多。小说尊刘抑曹的思想倾向有着特定的历史背景，包含着丰富复杂的社会内容。人民渴望统一的愿望、圣君贤相的政治理想、义勇结合的英雄主义等都在作品中得到鲜明的反映。长于描写战争，特别是长于描写战争中的谋略，是本书的一大特色，因此这又是一本让人增长智慧的书。

五、《水浒传》

（施耐庵著，人民文学出版社，1975 年版）

《水浒传》比之《三国演义》有着较多的艺术虚构，在古代小说的分类上属于英雄传奇小说。小说描写了在特定的历史条件下，一次农民起义从发生、发展、胜利并最后走向败亡的完整的兴亡史。“官逼民反，乱由上作”是小说的基本思想倾向，揭示出农民起义产生的社会根源，由此而充分地肯定了梁山英雄革命斗争的正义性。小说创造出鲁智深、武松、李逵、林冲等一系列的英雄形象，体现了下层人民反压迫的要求和英雄主义理想。小说紧密联系生活环境来刻画人物，写出了人物性格的丰富内容，并揭示其发展变化，是对古代小说现实主义艺术的发展。

六、《西游记》

（吴承恩著，人民文学出版社，1980 年版）

这是中国文学史上一部著名的神魔小说。大闹天宫的故事塑造了一个充满神奇色彩的英雄形象；取经的故事中虽然具体斗争的条件和目的有所不同，但孙悟空的形象基本上保持了前后一致的特色。斗争性是他身上最可宝贵的性格。这个形象显然寄托着古代人民反抗封建统治和反抗自然力的理想愿望。他的积极乐观、勇敢无畏、不怕困难、善于斗争的品格，深深地植根于中国人民传统的历史土壤之中，是中华民族精神文化的艺术表现。猪八戒也是一个令人喜爱的形象。在人物塑造上，小说善于将人性（社会性）、神性（幻想性）和自然性（动物性）巧妙地结合起来，使其具有童话的性质。人物的性格和小说的叙述语言都极富谐趣。

七、《金瓶梅》

（兰陵笑笑生著，人民文学出版社，1985 年版）

《金瓶梅》虽然有一些直露的性描写，但绝不是一部“淫书”。小说以西门庆一家的发迹和败亡为中心，广泛真实地反映了明代中后期的社会生活，描写了形形色色的人物及其相互关系，暴露了当时恶浊的世风和官僚社会的政治腐败。小说塑造了一个富商、恶霸、官僚三位一体的人物西门庆，这是中国封建社会后期商品经济发展，出现了资本主义生产关系的萌芽，商人和封建势力相结合的产物。这是一个具有鲜明时代特色和深刻社会内容的典型形象。妇女形象的创造是《金瓶梅》的又一突出成就。潘金莲、李瓶儿、庞春梅是小说书名取意的三位主要人物。她们各有性格，但都经历了不可避免的人生悲剧。从题材、叙事手法到艺术风格，《金瓶梅》在中国古典小说的发展史上都具有重要的开拓意义。

八、《全本新注聊斋志异》

（蒲松龄著，朱其恺主编，人民文学出版社，1992 年版）

《聊斋志异》是中国古代文言短篇小说发展的高峰和总结。这是一个关心现实和人民命运的作家，用幻想的形式写出的一部社会问题小说。书中充满了奇思异想，创造出绚丽多彩的幻想世界，却又处处透出人间气息。这绝不是一本供人茶余饭后消遣的书，从作者所抒发的“孤愤”中，你会看到一个已经逝去但不应该被忘掉的时代，它歌颂真、善、美，抨击假、恶、丑，它引导人去关心现实，去爱他之所爱，恨他之所恨，同时也会使你得到艺术的美的享受。

九、《儒林外史》

（吴敬梓著，南京师范大学中文系选注，人民文学出版社，1984 年版）

这是一本以科举考试为中心，描写知识分子命运的书。“功名富贵”四字为全书之骨。小说以此为中心，描写了形形色色的儒林人物，以及与此相关或派生出来的地主、豪绅、官僚、名士等人物的活动，广泛地揭露出世风的堕落和丑恶的社会面貌。作者以冷峻的笔触，真实地描写出封建社会末期的腐朽和衰败，犹如用一把锋利的解剖刀将没落时期封建社会已经开始腐烂的肌体解剖给人看。鲁迅称这本书是中国小说史上唯一的一部堪称“讽刺小说”的作品。书中入木三分地展现了被讽刺者的种种可笑、可鄙、可憎、可悲的言行和面貌。

十、《红楼梦》

（曹雪芹　高鹗著，中国艺术研究院红楼梦研究所整理，人民文学出版社，1982 年版）

这是一本不读就是人生极大遗憾的书，是一本常读常新的书，是一本从任何一个角度和眼光去读都可以有所得的书，是一本像是一个富矿永远也开采不尽的书。书中写了一个悲剧，爱情的悲剧，人生的悲剧，家族的悲剧，社会的悲剧，悲剧中蕴含着非常丰富的社会内容和思想意义。

（原载李常庆编《北京大学教授推荐我最喜爱的书》，陕西师范大学出版社，2001 年 12 月）

漫谈治学

定这么一个题目，是想像拉家常一样，比较随意地谈谈我在北大任教近 50 年来在治学方面的一些粗浅体会。

我是 1959 年从四川大学中文系毕业，随即分配到北京大学中文系任教的，到明年就整整半个世纪了。在这将近 50 年的时间中，我在北大是一边工作，一边学习，既当教师，又当学生，收获是非常大的。知识的增长和扩大不必说，在思想、人生态度、治学方法和学风方面得到的培养是更为重要的，可以说是一生都受用不尽。

就我的切身感受而言，有人把北京大学称作一块圣地、一座神圣的精神殿堂，并没有言过其实。当然这是就基本面、就总体的精神风貌和境界而言的，并不是说北大就没有缺点和不足。我在北大工作和生活近 50 年，首先，也是最宝贵的，是在思想精神方面得到的陶冶和提升。刚到北大时，许多我心仪已久的全国著名的教授都还在讲课，我有幸听了王力、游国恩、杨晦、林庚、吴组缃、王瑶、季镇淮、朱德熙等先生的课，学到了许多新的知识，也得到许多思想上的启示。最令我感动和深受教育的，是老一辈学者们那种强烈的社会责任感和崇高的敬业精神，他们在做人和做学问上是统一的，都追求高标准、高境界。当时的系主任杨晦先生曾对青年学者和学生们讲过一段话，非常著名，影响深远。大意是说，做学问要有远大的目标，比如登泰山，要一直望着山顶，奔向山顶，不要被路边的闲花野草所招惹而迷失方向。他甚至毫无避忌，在公开场合指名道姓地说当时红得发紫的姚文元和另一位同样走红的青年学者，没有什么学问，千万不要向他们学习。这段话的意思，是告诫我们做学问要扎扎实实，不能急功近利。当时跟我同辈的北大的年轻学者，就是在这样的告诫中开始走向学术研究之路的。

北大中文系的许多老一辈的学者，在这方面堪称楷模。除了一两位可以称得上“著作等身”以外，绝大多数学者（包括几位一级教授）的著作，数量都并不很多，但都是长期潜心研究、精心结撰的精品，有着很高的学术价值。他们的原则是："宁可少些，但要好些。"这八个字，是吴组缃先生在回应读者希望他创作更多著述的要求时所说的话，它代表了北大中文系老一辈学者的共同追求。吴先生为他任主编，由我和几个中年教师参加编选的《历代小说选》写出了一万多字的《前言》，但后来弃而不用，重新写了一篇只有一千多字的简明却又厚重的《编选说明》，原因只是在誊抄中自己觉得没有什么新意。还有一次，他在民盟中央主持的"多学科学术讲座"上做了有关《红楼梦》艺术方面的演讲，讲稿由主办方为他整理出来，准备编入丛书第七辑出版。但吴先生坚持不同意，理由同样是没有新意，说是已经讲过多次，也发表过内容相近的论文，坚决表示"希望讲了就算，不宜整理成书"。最后主办方终于同意了他的意见，将书稿撤了下来。这一态度，得到了钱伟长先生的高度赞赏，他以十分钦敬的口吻说："吴组缃教授陈词恳切，风格高尚，是值得我们学习的，为此，我们同意了吴组缃教授的要求。"已经到手的名和利他坚持不肯要，他坚持的是学术事业的高度严肃性和责任感。

身边这种崇高的榜样，对我感染极深，使我认识到，同样是做学问，目的和态度是很不一样的，研究的成果所产生的社会效益和它的学术价值，自然也就很不相同。做学问当然不能完全排除个人的功利目的，生活在这个尘俗世界，养家糊口需要谋生的手段，在教学和科研岗位上，完全不考虑经济收入也是很不现实的。但是，完全或主要是为了获取个人名利而做学问，却是很不可取的。作为一个有文化素养和良知的学者，无论如何应该有稍微高远一点的人生追求，应该考虑自己的研究要为学术事业的发展，为社会文化的传承和进步，多少作出一点贡献。一个人如果有了这样自觉的追求，当他经过艰苦的努力出了成果，而且感受到这成果使社会和人类的发展受益时，那他一定会油然而生一种幸福感。这是一种境界，是学术研究的境界，也是人生的境界。为个人名利而研究学术的人，是不可能进入这样的境界的。也许有人会嘲笑说这是唱高调，但我要说，这并不是高调，而仅仅是低调。我们生活在科学文明高度发展的今天，是无数前人辛勤劳苦创造的成果，让我们过上这样舒适和幸福的生活，享受到丰富的精神文化，难道我们不该考虑也在人类社会和民族文化的历史发展中，添上一块砖瓦吗？这恐怕只能说是人生价值最起码的要求吧？

说到这里，我不能不联想到我们学术体制中的一些弊端。不久前从一篇文章中看到，中华人民共和国成立初期，中科院社会科学学部（即现在的中国社会科学院）

语言研究所的丁声树先生，没有专著，只凭几篇质量很高的论文，就评上了一级研究员。这在将量化作为研究成果主要评价标准（准确地说是重量不重质）的今天，是不可想象的。我们北大中文系的人常常私下里议论，说如果按今天的评价标准，我们系里好些位老一辈的著名教授，恐怕连副教授都很难评上。这样的评价标准和学术体制，必然会促进浮躁学风和作伪（甚至剽窃）行为的泛滥。与此相关联，还有要在所谓的“核心期刊”上发表多少篇论文的规定，也很荒唐。且不说“核心期刊”本身就很难有统一的科学的标准，更重要的是谁能保证发表在“核心期刊”上的论文，就一定比发表在其他刊物上的论文质量要高呢？当年朱自清先生和叶圣陶先生的不少文章，最初就是发表在《中学生》杂志上的，换成今天，恐怕许多人在统计科研成果时，会连往表上填的勇气都没有的。当然，如果真能完全抛开了个人的名利得失，也可以不去理会这些不合理的规定，但既然食的是人间烟火，要做到是非常非常难的。所以才有那么多人呼吁我们主管教育和科研工作的有关部门，要尽快改变这些不科学、不合理的制度和规定。

与治学的目的和态度相关联的，是要培养出严谨的学风。我出身的四川大学中文系，老先生比较多，受清代朴学的影响，重视考据和训诂，学风是很严谨的。杨明照先生就是一个榜样。他有非常扎实的文献功底，做学问非常认真，一丝不苟。为了校勘一个字，他常常要跑好几个图书馆去亲自查对；一部书稿，他一笔一画，书写得十分工整，连一个墨疤都没有，令出版社的编辑十分感叹。在大学念书时就受到这方面好的影响，到北大以后又得到了进一步的熏陶和培养，对学风的重要性有了进一步的认识，对自己也就有了更严格的要求。我觉得，一个人的学问能做到什么程度，大小深浅，取决于许多条件，比如个人禀赋、家庭教养、学术环境等等，不能强求一致，也不可能一致。但培养严谨的学风，却是人人都应该也是可以经过努力做到的。

什么是严谨的学风？就我的体会，最要紧的，就是那句从古传下来的老话，八个字：持之有故，言之成理。做学问要占有材料，凭事实说话，有一分事实，说一分道理，不无中生有，也不言过其实。做到这样，文章的基本方面就可以保证严谨了。其他应该注意的方面还有很多，还要遵守学术规范，在许多细节方面要有严格的要求。比如我自己这样做，也要求我的研究生也这样做的一项，就是在文章中尽量不用第二手材料。所谓第二手材料，是指从别人的文章中转引的材料，或者从《研究资料汇编》中抄来的材料。这些都并非完全可靠，轻率引用，就会常常出错。第二手材料是可以参考的，但用到文章里时，一定要查阅原始出处，经过核对将它变成第一手材料。现在有了互联网，从网上搜索资料比较方便，但也不能图省事、取巧，还得到图书馆里去查原著，才可以放心。扎实的学问要靠扎实的功夫，一点也马虎不得，在信息时代的今天，也仍然应该是这样。其他，细到对标点符号，也要有严格的要求。这些虽然都很具体琐碎，却能体现出一个人的治学态度和学风，不能随意放过。现在不少青年学者学风浮躁，甚至到了弄虚作假的程度，必须引起重视，要加强学风方面的培养和要求。听说有一位博士研究生写的博士论文，在文后附录的参考文献里，列出了一位教授写的《中国历史小说史》，但这是从一套丛书的预告目录中抄来的，他并没有真正阅读过这本书，因为这本书后来实际上并没有出版。

端正治学的态度和培养严谨的学风是最重要的，除此而外，要搞好学术研究，还有一些问题也是值得注意的。就我的体会而言，还有如下三个方面。

一是在进入学术研究的初期，就要注意发现和培养自己的治学特点和学术个性，搞清楚在自己从事的这个领域内适合做什么和不适合做什么，找准适合自己的学术路子和位置。也就是说，看清自己有什么长处和短处，研究中做到扬长避短。比如就古典文学的研究来说，可能有许多不同的层面，从大的方面来说，或者是偏于文献考证方面的，或者是偏于审美分析方面的。两方面都很擅长，或者甚至是十八般武艺件件皆能的学者当然也可能有，但是一定很少。一般的情况是，长于考证的，不一定适合做纯文学的研究，反过来亦然。我在培养研究生的时候，都提醒他们要注意这个问题。我自己的情况是这样，也做过一点考证，但是很吃力。因为我长期失眠，吃了无数的安眠药，记忆力非常不好。有许多书要不是上面有自己的批语，都不敢相信曾经读过，连一点印象也没有。搞考证要靠材料的积累和联想，现翻书是不行的。所以文献考证的路子不适合自己走。我的研究是偏于审美分析，属于纯文学方面的。我的两本书，《古典小说鉴赏》和《古诗文的艺术世界》，主要是对作品进行思想和艺术的具体分析的。有人瞧不起鉴赏，以为文献考证才是做学问的真功夫，这是不对的。要真说起来，文学的研究，归根结底是审美的研究，离开审美，不可能进入真正文学研究的层面。鉴赏是审美研究的重要内容，也可以说是基础；不会鉴赏，没有艺术感悟力的人，是不可能进行真正的文学研究的。当然，文学的研究是一个大工程，有一个整体的结构，文献考证是其中一个重要的方面，或者说是基础工程，是绝不可少的。不同的研究方向各有各的价值，各有各的功用，只有互相配合，才能推进整个研究事业的发展。对于个人来说，必须了解和发现自己的学术个性，找准适合自己的位置和路子，扬长避短，才能获得事半功倍的效果。

另一个问题，是怎样读书。读书不妨杂一点，面宽一点。这有好处，特别是在年轻的时候。一些看起来好像跟自己的专业毫无关系的书，说不定哪一天在研究工作中就会派上用场。这还只是从实用方面说的；虚一点说，读书是为增加精神营养，提高文化素质，只要善于思考，做到融会贯通，任什么书读了都会有好处。读书杂，读书多，眼界就开阔，就会获得更多触类旁通的机会。当然随着年龄的增长、学术方向和学术路径的确定，因为精力和时间有限，读书的范围也要相对收缩和集中。最好的是，围绕一个中心，广泛阅读。

再有一个不容忽视的问题，是要注意表达，提高自己的写作能力。我们看到有一些学者，学问也做得不错，但是不善于表达。文章逻辑条理不清楚，文字不流畅，甚至很艰涩，读起来很费力，常常要反复读几遍才能弄清他要表达的意思。读这样的论著，心里很着急，也很为作者惋惜。做学问，出了成果，是要用最好的方法表达出来，才能产生社会效益。任何一个学者，都必须要过好写作这一关，文章至少要做到清通，文从字顺，让别人一看就懂。再高一点的要求，是要力求写得简洁生动、有文采、有吸引力，让人从你的研究文字本身，也能得到一种美的享受。许多前辈著名学者，如朱自清、俞平伯、朱光潜、林庚、吴组缃先生等等，他们的文学论文，就都有这样的艺术魅力。

以上拉杂谈了几点我在治学方面的粗浅体会，大多是一些共通的问题、共通的要求。其他方面的问题还很多。怎样治学其实是一个很复杂的话题，许多方面都是因人而异的。每个人都要靠自己在实践中摸索和总结，才能找到最好的路径和方法；但是我以为，以上几个方面是每个人都会遇到，也是必须正确对待和认真解决的。

（原载《古典文学知识》2009 年第 1 期，文字略有删节）

让心灵和生活同样美好
——关于审美教育的随想

常听到老百姓口里说的一句话是："爱美之心人皆有之。"我从前对此深信不疑，以为是真理，或至少也是普遍事实。但生活中看到和听到的一些情况，却使我渐渐产生了怀疑：公园里的雕塑与自然风景相映成趣，构成了一种充满人文内涵的优美环境与艺术氛围，但没有多久就有人让它缺胳膊少腿；一片如茵的绿地，有人随手就将果皮或汽水瓶扔在上面；城市里本来洁白的墙上，到处可以看到涂抹的小广告，甚至污言秽语……美遭到了破坏，遭到了践踏。这当然首先是因为某些人缺乏公德意识，但同时也说明他们缺乏爱美之心。德育与智育从来就是和美育分不开的。如果一个人有较高的审美水平，真正爱美，能欣赏美，看到上述情况心里一定会感到很不舒服，自己当然更绝不会去做这样的事情。

还有一些人表面上看起来好像很爱美，但他们爱的是一种不健康的病态美。比如有人将头发染成一边红色一边绿色，而且让它直竖起来，再穿上让别人看起来就很不舒服的紧身衣裤，走起路来还不断地摇摇摆摆。看那自得的神情，他（她）们一定自以为是很美的。对这种"美"，不能欣赏的老百姓给了一种挖苦的说法，叫"臭美"。喜欢怎样打扮，爱好什么样的美，当然是一个人的自由，任何人都是无权干涉的。不过这里面有一个健康的审美情趣问题，是值得我们的教育工作者重视的。

爱美，能欣赏美，具有健康的审美情趣，一个人的精神境界就会进入一个美的层次。这需要一个长期的培养和教育过程。从小学开始，直到中学、大学，审美教育都是非常重要的。然而实际情况是，我们往往对智育和德育比较重视而比较忽视美育。教育的最终目的在于培养人、塑造人，提高人的整体素质。智育主要解决知识的传授和智力的提高问题，德育主要提高人的道德水平，而美育则主要塑造人的健康和谐的精神品格。德、智、美三个方面不可能是孤立的，只有互相补充、互相依承、互相渗透，才能取得理想的效果。

审美教育中有所谓“场效应原则”，它主要包含两方面的含义：一方面是指审美教育的途径、方式、条件是多种多样的，而且是开放的，不是封闭的，也不是凝固的；另一方面，是指审美教育的内容的丰富性和多样性，即通过不同的艺术门类、艺术形态、艺术风格，来培养人丰富多彩的审美情趣，提高人的审美水平。审美教育不仅要培养人的健康的审美情趣，而且要提高人对美的敏锐的感悟力和鉴赏力，如果离开了“场效应原则”是很难实现的。审美教育可以贯穿和渗透到各个方面。中小学的美术课和音乐课，绝不仅仅是培养绘画和唱歌的技能和技巧，更重要的是要引导他们进行积极的审美活动，在获得审美愉悦的同时自然地培养健康的审美情趣，提高艺术鉴赏的能力。语文课是一门具有多种功能的综合性很强的课程，既要担负思想教育的任务，也要传授语言的知识和写作技能，同时还要提高学生鉴赏文学作品的能力。课外进行审美教育的途径和方式还有很多，比如看电影、听音乐、看画展、组织旅游等，只要有意引导，都能取得积极的效果。总之，一切接触和欣赏艺术作品的实践过程，都能有效地提高人的审美水平。

健康的审美情趣能促成健康和谐的人格精神。我曾多次引用过朱光潜先生的一段话，他说：“美感经验的直接目的虽不在陶冶性情，而却有陶冶性情的功效。心里印着美的意象，常受美的意象浸润，自然也可以少存些浊念。”一个人，只有具有美的灵魂、美的人格，才能创造出美的生活，也才能享受美的人生。

（原载《北京教育》2003 年第 12 期）

做精神富有的人

人人都希望成为富有者，但从古至今人们对财富就有不同的认识。当今中国，在商品经济的浪潮中，颇有些追求并炫耀金钱的人。从报上不时看到一些人在灯红酒绿的高级宾馆或歌厅酒吧挥金如土，甚至以撕、烧钞票为乐的报道。鄙薄者有之，艳羡者亦有之。实际上，这些炫耀金钱的人在精神上大多是极其贫困的。人类社会在长期发展中所创造和积累的财富有两种，即物质财富和精神财富。无论从创造还是从享受的角度看，物质财富和精神财富都是不能分割的。真正拥有物质财富的人，应该是精神充实，既懂得物质财富的价值，又能充分地发挥其作用的人，否则即便是家财万贯，也不算真正拥有。

怎样才能成为精神富有的人？只有多读书，读好书，特别是联系社会实践来读书才有可能实现。读书可以使人变得聪明、变得高尚，可以使人眼界开阔、生活充实。只有热爱书并且终生孜孜不倦地读书，进而参与创造社会物质财富和精神财富的人，才有可能成为真正的富有者。

中国的文人，自古崇尚安贫乐道，所以历代的读书人清寒贫苦的居多。当代知识分子的境况也大都如此。在我的斗室里有满满十个书架的书，多数是在我每月仅有 56 元工资的情况下购买的。节衣缩食自然清苦，然而能买到一本自己喜爱的书，又从书中汲取到精神养料和精神力量时，真是其乐无穷。那种乐趣和精神享受，是那些挥霍金钱、醉生梦死者绝对体会不到的。

我从小喜欢读书，尤其喜欢读文学书、历史书。书为我展示了一个绚丽多彩的世界，教会我怎样生活，怎样做人。

有些书要反复读，随着知识和生活经验的增加才能真正读懂。但读不太懂时也可以读，在不同时期、不同人生阶段读，自有不同的心得体会。我中学时就读鲁迅的小说、杂文，读《红楼梦》，读曹禺的《雷雨》，都不太懂，但也同样得到一种艺术享受和某一方面的思想启发。后来重读时有了较多的体会，那也是在初读感受的基础上进一步的丰富和提高。至今，再读这些作品，也还会泛起初读时那种朦胧的体会，感到重温的亲切。

人生有限，而书籍的海洋无边无际，所以读书要有选择，也要讲究方法。年轻时读书不妨宽一点。不怕杂，只要读了消化，就能收到触类旁通之效，将来总会派上用场。中学阶段是打基础的阶段，我以为过早地把文理科分开，并不是一个好主意。选择书，除了好坏的标准以外，对个人来说主要有两个依据，一是凭兴趣，一是看需要。两者各有各的心得，各有各的乐趣。前者的愉悦在于会心，后者的愉悦在于解决问题，其欣喜之情难以用言语形容，则都是一样的。

读书要分精读、泛读。书那么多，如山如海，一本本都读得那么细，没有那么多时间、精力，也没有必要。对精读的书最好养成记笔记的习惯，自己的书还可以在上面加批语，把一星半点闪光的体会记下来。我的书，凡读过的，多半都有随手批注的内容。不过，读书的方法每个人并不完全一样，都是在读书的过程中自己摸索总结出来的。

愿中学生朋友们热爱书，多读书，做一个高尚的人、一个精神富有的人。

（原载《中学生阅读》1995 年第 2 期）

互联网时代的学术研究

早年读《聊斋志异》，全书第一篇《考城隍》中有一段描写让我感到困惑。就是在阴曹举行科举考试，题目是“一人二人，有心无心”，赴考的宋公在答卷中有如下四句：“有心为善，虽善不赏；无心为恶，虽恶不罚。”主考的“诸神”阅后“传赞不已”。这四句话中后两句是比较好懂的，前两句就有些费解了。有心做善事，为什么不赏呢？为解释这一矛盾，从清代的评论家方舒岩开始，到时下不少研究者都解释为“有心为善”是为伪善，所以不赏。但这种以“不赏”作为前提的逆向推理，不能令我信服。于是经过长时期的深入思考，从几个方面来进行分析和推理，终于有了我自己认为比较合理的解释。就是：

从文字的表达形式和作者一贯的道德观念看，这里的“有心”，解释为“有意”“自觉”，即“诚心诚意”比较合适。在语言形式上，这四句话构成两组对举：“善”与“恶”，“赏”与“罚”。“有心”与“无心”，表现的都是相关而又相反的意思。如果我们将作恶的“无心”理解为“不是有意”，即“不自觉”，那么对行善的“有心”，就应该理解为与之相反的“有意”和“自觉”。有心做善事而不给予奖赏，这在表面上看起来好像说不通，但这话其实是包含着更深一层的含义，就是：对自觉地、诚心诚意地做好事，也就是不图任何回报的人，奖赏是没有什么意义的，当然也就完全用不着给予奖赏。因此，这里的“不”字，正确的理解应该是“无须”“不必要”的意思。要是把隐含的意义“翻译”到字面上来，应该是：有心为善是为大善，大善不必奖赏；无心为恶是为小恶，小恶可以宽容。这样就顺理成章、不难理解了。……也许有人会说，既然蒲松龄主张真善不赏，那他为什么在《聊斋志异》中写了那么多好人得到好报的故事呢？这也不难理解，因为这里说的是一种理想，而好人好报故事针对的却是现实，现实中“真善”不多，才需要对凡做了好事的人给予好报来提倡和鼓励。

这段话见于我写的一篇题为《试解开宗明义的〈考城隍〉》的文章，以“读书札记”的形式发表在《北京大学学报》2010年第4期上。题目中特意列出“试解”二字，说明我是尝试做出一种理解。文章当然是全面探讨《考城隍》在全书中“开宗明义”的意义的，而不只是专谈这个问题，但无疑这也是所论中的一个重要问题。文章发表后没有听到不同的声音。这次收入我新近出版的聊斋研究文集《细说聊斋》中，将题目改为《开宗明义论赏罚——说〈考城隍〉》。有意突出论赏罚的内容，表现了我对新解的自信。

《细说聊斋》出版后，我向朋友和学界的同行赠书。学者之间，尤其是研究方向相同的同道之间的赠书和受赠，与之相伴而生的，应该不只是一般表示祝贺和感谢的客套，还应该有学术上的交流和切磋。我在北京大学中文系的同事、好友，也是聊斋研究同道的马振方教授，在收到书后回复的电子邮件中，于称道此书“甚好”的同时，还提出了对论赏罚新解的质问。他是这样说的：

首篇兄对“有心为善，虽善不赏”有独特理解，而弟左想右想未想明白。如果将“有心”解作“诚心诚意”，也就是真心，因其不希图赏赐，故“无须赏”，那么，蒲翁要赏的又是怎样的“为善”者呢？岂不只有“为善”而又希图得到赏赐之辈？这怎么讲得通呢？望兄拨冗教我。

振方的质疑，表现了他对朋友和学术的真诚、直率和认真，十分难能可贵。于是，我们通过互联网这个先进的科技平台，用互发E-mail的方式，进行了及时而又深入的讨论和交流。

我回复说：“这一看似矛盾之处，我在文中已做了解释，请兄细看，能否自圆其说？”振方又立即回信：“反复拜读与思考，仍未弄通。蒲翁不赏大善、真善，他到底要赏怎样的善呢？容弟慢慢领略吧。”我又去信做了进一步的申说：“我主要的质疑之点是‘有心为善’的‘心’，判断它是‘机心’‘邪心’‘伪心’，进而判定他的“为善”是“伪善”而不是“真善”，根据是什么呢？请兄有以教我。”这是向他交代了我最初感到困惑而提出质问的出发点。振方回信说：

我对这个问题，以前没有做过深入的思考。要说根据，那就是蒲翁的“虽善不赏”。蒲翁要赏的善，应是真善，他认为虽善也不应赏，肯定不是真善。“有心”自然就是故意，故意为善，即有所图。如果将“有心为善”解为真善，因其不图赏而不赏，赏的就只有图赏的为善之辈了。这就是我想不通的疙瘩。请兄想清楚，为我一解。

他的回答没有解决我的疑问，反而又回到了我当初提出质问的原点。于是我又去信说：

确定只可能有一种情况，然后以蒲松龄的态度作为前提，逆向推理，这是不合逻辑的，因而也是不能成立的。我质疑的正是这个。兄并未解决我的疑问，相反是更加证明我的想法是更接近于蒲松龄的原意。

振方为了找到我需要的“根据”，转而求助于互联网，在百度上进行搜索，很快就有了出人意料而实际上应该是在人意中的收获。他来信说：

我对兄所论述的问题，原与学界一般的看法相似，无甚特别研究。看过大作后，才仔细想想，却想不通，故而提出，求兄教我。上次兄问我的“根据”，我还没有跳出《聊斋》本文，自然还是原地踏步，也没想解决兄的疑问。读了兄的复件，倒有所启发，兄之所谓“根据”系指古书中对“有心为善”的理解。于是借助电脑，探其究竟。结果竟有多条相关资料，照录数条如下：“圣门不说阴德报应……如说报应，是私矣，是有心为善。”（明·来知德《来瞿唐先生日录》内篇卷五）“有心为善则有执，有执则有边际，唯无心为善者始福等虚空耳。由是而观，有心为善尚不可，况有心为恶乎？”（明·释真可《紫柏老人集》卷一）“有心为善，善亦恶也。”（黄宗羲《明儒学案》卷二十五）“盖王（裕亲王）言曰：有心为善，虽善亦私……职思：为善一也，而以为有心焉者，是张栻所谓有所为而为者也，有所为而为，安得不谓之私心，以私心为善，是图度以求吉者也。”（李光地《榕村集》卷十八）“……此明天子之位，舜禹能以其德驯致，则吉凶祸福何不自我推移，而特非有心为善以徼福者之所能与也。”（王夫之《张子正蒙注》卷三下）“古人云：有心为善，便非真善。”（慵讷居士《咫闻录》卷三）《儿女英雄传》第二十回何玉凤也贬“有心为善”。此不赘录。谈“有心为善”者，明代渐多，清代为甚，蒲翁似也沿用其原意，而非翻新者。供兄再思。

他找到了确凿的“根据”，解决了我读《聊斋志异》以来多年的困惑，我自然信服、高兴。于是立即回信承认自己只是在分析推理上下功夫而疏于求证，结果造成不应有的误解，并对他的质疑表示感谢。我自以为经过长时间的思考而提出的新解，既全面而又合乎逻辑；但学术研究不能只靠推理，更为重要的是要有事实依据，对文史研究来说，还包括典籍记载的依据。在确凿的“根据”面前，看起来再周密的分析和推理，也会如“七宝楼台”一样瞬间就拆碎下来。

有了网络，可以及时而又深入地进行交流，致使长时间煞费苦心未能解决的问题，通过网上的搜索引擎，只需点击几次鼠标，顷刻之间就迎刃而解。这就是互联网时代的学术研究。互联网不仅是一个高效的搜索平台，而且是一个无形却极其丰富的智库，它集中了千万人的智慧在里面，供所有进行学术研究的人参考。无论自然科学还是社会科学，其发展和进步都是人类长期积累的成果，都是共同智慧的结晶。但互联网时代的学术研究，因其可以资源共享，又便于切磋交流、集思广益，因而在某种意义上，便更鲜明地表现出“集体创作”的性质。这次“有心为善”这个小问题的讨论并得到满意的解决，给了我很大的启示：生活在高科技的互联网时代，在进行学术研究时一刻也不要忘记网络这个平台，从中不仅可以搜索到现时各种不同的信息、资料，还可以追根溯源，钩稽旧籍。当然网上的资料也不能轻信，要有佐证，更要核实原文，一般应有三条以上不同出处的同一论据才足以采信。

胡适先生有一句名言，也是一条非常著名的研究学术的原则：“大胆假设，小心求证。”虽然曾经被当作唯心主义进行批判，但历史证明这是一个有效的科学研究的方法。新科技的发展有可能改变我们的思维方式。由于互联网平台搜索的方便与快捷，我们甚至可以将胡适先生的这一原则颠倒过来，变成：“大胆求证，小心假设。”就是首先找证据，在证据的基础上进行分析说理。

当然，眼勤、手勤、脑勤，这笨笨的却又是最可靠的“三勤”，仍然是任何时代进行学术研究所不可缺少的。

2015 年 11 月 18 日

（原载《蒲松龄研究》2016 年第 2 期）

感悟与人生

适　性

人到老年，已经活过了大半辈子，而像我这样年逾古稀的人，更是已经活过大大半辈子了。回过头去看看人生，看看艰难世事，不必刻意去思考、总结，总有或多或少、或大或小、或深或浅的人生感悟，会自己浮现出来。

最近十来年，我的心中逐渐浮现出两个字：适性。这就是随着年龄的增长，我在不经意间获得的人生感悟之一。“性”的含义很宽泛，包括性格、气质、才情、禀赋、兴趣、爱好等等；“适”是指适合、适应，就是顺其自然，合乎自然。

我最初对此有一点体会，是在比较年轻的时候，从做学问开始的。清人总结出来的传统做学问的功夫，叫义理、考据、辞章，要求是很全面的，认为缺一个方面就算不得过硬。但认真说起来，这三个方面都要求过硬，实在很难，并不是人人都能做到的。人的才情禀赋不同，气质个性有异，做学问应该是各有途径，各具特色，不可强求一致的。

我是从事古典文学的教学和研究的。在我上学和工作的大学里，前辈学者总是要求我们要在这三个方面下功夫；学界也有不少人这样提倡，甚至为了强调所谓做学问的根底，还有人特别抬高考据的地位，称如果不能搞考据，就算不得有真学问。受这种观念的影响，我早期写文章也曾经搞过一点考证，但是试了试不行，感到很困难、很吃力。因为我从年轻时起就失眠，长期服用安眠药，别的副作用不知道，但记忆力极差却非常明显。即便是认真读过的书，很快也会忘掉。而搞考据，不仅要求读书多，还要求记忆好，这样才能在丰富的材料中左右逢源、触类旁通，产生清晰的联想，或质疑，或印证，获得成果。像我这样的，读过的书不少，记住的东西不多，在考证中遇到问题现去翻书，怎么能不感到困难呢？

遇到困难就慢慢体悟到，做学问要讲究适性，这条路不适合自己，那就要找一条适合自己的路来走。其实认真读过书的人都知道，读书的效用，主要并不在于记住许多具体的知识（这自然也非常有用），而在于经过理解和消化，把读过的东西化成自己的精神血肉，让思想、素养得到提升。自然，真正理解了的东西也是最容易记住的，这也不单是指词句，而主要是指语言所承载和表达的思想和精神。

我到北大中文系工作以后，受到吴组缃、林庚、王瑶等先生的教育和影响，种下了一个很深的观念：要把文学当文学来研究。文学是审美的，把文学当文学来研究，就是要对文学进行审美的研究。因此，必须侧重于下功夫培养自己的艺术感悟力，提高自己的分析水平和鉴赏水平，努力从思想与艺术的结合上对文学作品去进行审美的把握和评价。在我所处的学术环境中，几十年的科研和教学，我走过的，基本上就是这个路子。

适性，不仅使我在做学问上摸到了一点适合自己的门径，这一点小小的体会，也用到了我的教学上。我所指导的研究生，在入学之初，我就向他们指出，读研的这几年，除了积累知识，提高素养，读书、思考、写作，出成果，写出学位论文以外，还有一个很重要的任务，就是要在学术研究的实践中，逐渐认识和找准自己的学术个性，看清自己的长处和短处，看清自己在学术上适合做什么，不适合做什么，以及应该怎样去做。我从不强求自己的学生走跟我一样的路，或一定要按我指定的方向发展，而是提倡他们自己选择，也尊重他们的选择。做学问同于生活中的日常事理，有兴趣的事情，适合自己个性的事情，才愿意并有热情去做，也才能做得好。要求一个人什么都要做好，或者强求他去做并不适合他做，或他根本没有兴趣去做的事情，是不会有什么好结果的。

远不止于做学问，在人生的各个阶段，在日常生活中，包括为人处世、饮食起居、保健养生等等，无不存在一个适性的问题。北大有两位很著名的教授，一位是中文系的林庚先生，另一位是东语系的季羡林先生。我常常把他们不同的处世态度和生活方式，当作适性最成功的典型例证讲给朋友们听。他们两位，加上吴组缃先生和李长之先生，年轻时是文学上的密友，在 20 世纪 30 年代的清华园里，号称“四剑客”。“四剑客”中林先生和季先生享寿最高，两人都活到了 90 多逼近 100 岁，学问上也都成就卓著。这跟他们能做到适性有很大的关系。在处世态度和生活方式上，两位先生有着非常鲜明的差异。季先生好“动”，除了科研教学外，对社会活动非常积极热情，凡请他参加的会议他一定去，而且去了就一定会讲话；林先生却好“静”，不喜欢参加社会活动，很难看到他参加什么大场面的会议，实在推不过了，去了也很少讲话。他们按各自不同的气质性格确定不同的处世态度和生活方式，生活得都很安然，很惬意。如果反过来，让季先生不要去参加那么多的活动，或者让林先生像季先生那样经常去参加各种各样的会议，那两人一定都活得很不舒服，很累，进而也一定会影响到他们的健康和学术成就。因为适性，健康与学问，两位先生是各得其宜，各胜擅场。

某事适不适合某人做，要看条件，因人而异。关键就在于是否适性。社会生活甚至是科学上的事，有一般规律，也有特殊规律。例如，喝咖啡是会让人兴奋的，喝了会睡不着觉，这是一般规律；但偏有人在睡觉前喝咖啡，不喝就不能入睡，这是特殊规律。又如抽烟有害健康、年纪大的人不能多吃肉等，也都是一般规律，但听说活了九十多岁的四川大学的杨明照先生介绍他的长寿之道，就包括抽烟和吃肥肉在内。当然这只是说明杨先生适应的是符合他身体个性的特殊规律，而不能因此就否定或怀疑一般规律。什么样的生活方式最适合自己，什么样的饮食最利于养生和长寿，这同样要顾及一般规律和特殊规律，要在首先摸清自己的个性和需求的基础上，做到适性。

当然，适性并不意味着总是由着自己的性子。适性的要义是由适应而达到和谐。在人的一生中，无论生活、工作、娱乐、健身，实际上都是在处理人与人的关系，人与物的关系，人与自然的关系。这些关系，都是可以调整的，有时还是应该甚至是必须调整的。事实上，在生活里，这些关系总是处于一种不断调整的动态之中。适性的最佳状态是和谐，和谐的本质是中庸，而中庸必定包含着随时随地不断的改变、调整，甚至妥协。性格可以改变，兴趣可以培养，素养可以提高，好脾气可以从修炼中得来，就连从娘胎里带来总被人称作“难移”的禀性，也并不是真的不可移易。一切以我为中心，犟牛性子，我行我素，一意孤行，不可能达到适性的最佳状态。

适性在养生、延寿上显得更为重要。人到老年，由于阅历丰富，眼界开阔，历练成熟，调整关系的能力与手段也相应有很大的提高，更容易达到适性的最佳境界。别以为年岁大了就只是意味着衰老，意味着创造力的枯竭，其实一旦达到适性的最佳境界，不但能够长寿，而且还可能焕发出第二次青春，爆发出惊人的创造力。像大器晚成的张中行先生，80 多岁了还写作和出版了许多著作；像周有光先生，100 多岁了还能作报告、写时评，热情澎湃，犀利有力。但这也是适性使然，是不可强制的。还是上面说过的那两句话，有一般规律，有特殊规律，都要顾及，都不能违反。有人可以做到的事，却不是人人都能做到的。我们提倡刻苦勤奋，反对懒散、无所作为，但刻苦勤奋只是调整关系的一种手段，并非一切目标都是经过刻苦勤奋就一定能达到的。适性的一个重要原则是实事求是，千万不要去做自己力所不能及的事，也千万不要去跟与自己条件和个性不同的人攀比。拼老命去刻苦勤奋，企图去创造别人曾经创造过的辉煌成果，或甚至只是为了猎取名利而去艰苦奋斗，都是极不可取的。

在适性的意义上，大多数的老年人，退休后的生活是宜闲、宜静、宜乐。闲是悠闲，日子要过得从容不迫；静是安静，心态要保持平和安详；乐是愉悦，身心要力争里外都透着清爽。看看周围，活得健康舒坦的老人，大多都会找乐子。而真正会找乐子的人，首先就是能把一切，特别是能把名利看淡、看透的人。我曾经向林庚先生请教过他的长寿之道，回答是两条，一条是多吃胡萝卜，另一条是把一切都看作身外之物。胡萝卜当然是健康食品，但不一定人人多吃了都能长寿，该是属于特殊规律；而把一切都看成是身外之物，也就是真正做到了把浮名、浮利，甚至连浮生都看淡、看透，那必定是对所有人延年益寿都管用的一般规律。杜甫有两句诗云："细推物理须行乐，何用浮名绊此身。"细想来也真是的，辛苦了大半辈子，奋斗了大半辈子，到老来还牵挂名利干什么？还拿名利来干什么？

要真正做到适性并不容易。我只是有此体悟，并未完全做到。但我有这个追求。也是最近十来年，大概与逐渐感悟到要"适性"的时间相一致，我和老伴开始了在生活中找乐子。主要是两条，一条是旅游，游山玩水，愉悦身心；另一条是摄影，让光影把五彩斑斓的生活记录下来，让优美的自然风光凝固在瞬间，留下永恒的美好记忆。在旅游中，通过镜头去发现美，捕捉美，留住美，两者相互关联，相得益彰，其乐无穷。我们老两口曾在北京最寒冷的季节，到三亚湾去过了一段越冬的候鸟生活，每天徜徉于海边的沙滩之上，沐浴在温暖的阳光之下，碧海蓝天，尽情享受，真如俗话说的像是"神仙过的日子"。

毕竟是舞文弄墨一介书生，积习难改。退休了，书还是要继续读，学问还是要继续做，文章也还是要继续写。但是不接受硬任务，不设置大目标。力所能及，兴之所至，随性而为，读有兴趣的书，写有兴趣的题目。跟年轻的时候不同，写作不只是享受结果，也享受过程。读书、思考、写作的整个过程，都兴味盎然，充满无穷的乐趣。这是另一种找乐子。

（原载四川《老年文学》2011 年第 9 期）

摄影的魅力
——益智·健身·娱心

《老年文学》的主编向永久兄告诉我，大家看了我在《学友》(四川大学中文系1955级学友会办的一份电子刊物)上刊登的摄影习作后，觉得很好，能带给读者审美的愉悦，因而要我为《老年文学》写一篇谈学习摄影体会的文章。因为一时没有想到有什么体会好说，当时只是笑笑，没有答应，也没有回绝。但是因为有他的这几句话，就引发了我的思索，过了几天竟然心里一动，发现也还真有一点体会可以拿出来说一说，于是就有了这个题目。

学习摄影对于不同的人来说，感受可能是不一样的。对于我来说，摄影的魅力就是这六个字：益智、健身、娱心。

先说益智。

我在《适性》一文中曾说，退休后喜欢上了摄影。这句话其实说得并不十分准确。对于摄影真正有所追求的那种喜欢，可以说确实是从退休以后才开始的，但与摄影结缘，却可以追溯到很久以前。早在“文化大革命”的后期，也就是20世纪的60年代末和70年代初，对乱哄哄的“文革”感到厌倦成为“逍遥派”时，就开始同几个亲近的朋友到处去拍照片了。不仅拍摄，还自己冲洗、放大。但当时自己既没有照相机，也没有放大机，全都是借来的。那时年轻不懂事，竟敢开口去借别人的相机。后来才知道，相机在当年被很多人视为宝物，是不轻易借给别人的。为的是逍遥过日子，这时期拍摄的，当然都是一些随意的纪念照，谈不上技巧，放大的效果更是粗糙而幼稚。

到了改革开放以后的80年代初期，因为出国讲学，有机会先后购买了两款单反胶片机，一个是德产的勃拉提卡，一个是日产的佳能。这时候就拍得比较多了。主要内容，一个是纪念照，一个是风光照。因为当时购买胶片比较贵(彩色胶卷还没有普及，就更贵了），经济上受到很大的限制，所谓多也多不到哪儿去。因为德国的反转片胶卷购买和冲洗都比较便宜，所以拍得最多的，倒是当时国人视为十分奢侈的幻灯片。回国后仍在继续拍，并不怕麻烦地送到德国请朋友代为冲洗。记得最有意义而至今仍然非常珍视的，是拍了不少德国的风光和生活照片，还有就是回国后拍的一整套大足石刻的幻灯片。不过幻灯片的欣赏也有很大的限制，只能在幻灯机上放映，而放映也是一件相当麻烦的事情。所以这些幻灯片，现在就成了珍藏品，尘封在书柜里，很多年没有欣赏了。早就想翻拍成数码照片，但因为需要花很多的时间、精力，这个愿望直到现在还没有实现。

话扯得远了，现在回到益智的正题上来。使用胶片单反相机，全靠手动。这看似很复杂，其实非常简单。只要根据胶片的感光度（即胶卷上标示的多少），再结合拍摄对象当时的环境和光线的强弱，由此设定合理的光圈和速度，再注意到景深，以确定照片的清晰范围就可以了。所以用胶片的单反机，其实是用不着多少智慧的。

但今天用的数码单反机，情况就有很大的不同。相机中安装的芯片，就相当于有一台小电脑来控制。操作起来，说简单是非常简单，说复杂也可以说是非常复杂。一般的数码单反机，都设有三个不同的操作模式。一是全自动模式。这一模式，与所谓的傻瓜卡片机没有什么区别。换到这一模式，不必（也不能）再设置什么，取好景直接拍就行了。但这一模式，只能拍出比较好的纪念照，不能拍出优美的艺术作品。二是全手动模式。这与以前的胶片单反机有些相似，但需要设置的内容却远比以前的胶片机复杂得多。一般是专业的有经验的摄影师，在有特殊需要时才会采用的。我至今还没有尝试过。三是半自动模式。这是我常用，也是许多摄影爱好者经常采用的模式。主要的是设置为光圈优先或快门优先，然后有许多项目需要自己手动，也就是根据不同的情况做不同的调节，其内容也是相当复杂的。可调节的内容有测光模式、拍摄风格、白平衡、自动对焦方式、驱动模式、感光度，以及针对不同拍摄对象和需求的增光与减光，根据不同需要更换镜头等。这许多方面，都是需要动脑子，需要在拍摄实践中摸索和提高的。单靠阅读相机说明书，不可能真正掌握数码单反相机的拍摄技巧，当然也就拍不出具有含金量的艺术照片。

我这里举一个例子，说说景深的设置对拍出好照片的重要性。为了拍摄背景虚化而主题突出的花卉特写，就需要设置大光圈、缩小景深而造成背景的虚化。但是如何获得艺术化的背景虚化，就很有讲究。就我的实践体会，并不是只要设置了大光圈就可以获得最理想的虚化效果的。好的虚化背景，不应该是单一的色调，更不是除了拍摄的主体外空无一物，什么都没有；而应该是主体和背景都是色调丰富、和谐，有层次感，有晕染效果，在朦胧中含蕴着幽深的意境。常常看到有一些看起来像是专业摄影家的人士，拿着银色的圆形反光板和黑色的圆形背景板。我起初看见他们拿着这样的家什，觉得很新鲜，感到他们都是些摄影的行家，不免投去羡慕的眼光。待我有了一定的经验积累后，才知道那个反光板在特定的拍摄条件下是有用的，而那个黑色的背景板，却只会使背景变得一团漆黑，不可能帮助你获得丰富而有层次感的虚化效果。

这一小小的体会，我花了几年的工夫。这其中，光有实践还不行，还必须动脑子。摄影肯定是需要智慧，并且也是可以增长智慧的。这就是我所说的益智。

其次说健身。

摄影要到处跑，健身的效果是不言而喻的。我这里要说的是，同样是活动筋骨，养生家提倡的散步，与摄影者因摄影而进行的运动，还是有很大的不同。散步其实很单调，只是重复着一样的动作，而且通常都不免一边走路一边想事情，东想西想，甚至胡思乱想。这是为了健身而运动，思想和肢体动作在大多数情况下都是不一致的，因而很容易产生疲劳，甚至成为一种负担。摄影者的运动，却是为了寻觅、选择、捕捉美而产生的一种自然移动，疾徐之间有一种合理的调节。摄影常常和旅游与欣赏大自然风光相结合。因为是为了摄影而运动，注意力高度集中，兴味盎然，充满一种追求者的热情与欢乐。摄影者是在忘却运动的情况下运动，因此很少感到疲劳。一般都是在拍摄结束回到家以后才会感到疲劳，而这时却又有对拍摄成果的欣赏作为补偿。总之，摄影是在寻觅美、发现美、拍摄美中，自然地达到了健身的目的。这真是一种健身运动的美妙境界。

最后说娱心。

娱心就是精神上得到愉悦。改用我们四川的方言来表达，就是好耍。选择拍摄对象是一个发现美的过程。在生活中如有发现，不管发现什么，都会有一种惊喜。在摄影过程中，时时都有发现，也就时时都有惊喜。一个精彩的镜头被抓住了，就有猎获成功的快感，当时就会非常兴奋。与过去的胶片相机不同，数码机当时就能够看到拍摄效果。如果拍出了一张好照片，就会精神一振；而如果拍得不好呢，那就再来一张；再来一张拍好了，同样享受愉悦。好与不好的比较，也是一种饶有兴味的事情。

更多的精神享受还在拍摄完回家之后。将照片导到电脑里，坐下来一张张地仔细欣赏。我们习惯于放到电视机上，在大屏幕上看起来更为赏心悦目。还有就是选择和加工。不好的删掉，好的保留下来，自认的精品就单独存在一个特建的目录里。拍摄是选择美、追寻美、留下美，整理照片也是选择美、追寻美、留下美。整个过程都是和美在一起，都是一种精神的享受。

能在电脑上加工也是过去的胶片机所不能的。我的体会是，加工要恰当，加工过分就会失真。失真是照片加工的大忌。失败的加工是对美的破坏。能不加工的就尽量不要加工，原生态保留得越多就越美。

用数码单反机拍摄照片，有一个极为烦难的事情就是照片会拍得越来越多。现在一张 32G 的存储卡，无论你用的相机有多高的像素，都可以拍出上千张甚至几千张照片。而一次出行，就会拍出几百张甚至上千张。如果不及时整理，日积月累，就会拥有一个无法欣赏的照片仓库。但又不是每一次回来都能抽出时间来及时整理的。我现在就还有许多照片需要整理。有一个好的办法就是制作专题的 PPS，把最好的照片放进去。但这也要以整理为基础，而且要花更多的时间和精力。我现在已经做了十几辑不同专题的幻灯片。把自己拍摄的一些好照片，配上音乐，制作成可以自动连续播放的幻灯片，供自己闲时在电脑上甚至是在电视机上欣赏，也可以与朋友或同好共同欣赏，这本身就是非常愉快的事情。而从别人的欣赏、赞美中，也会得到更大的快乐。

摄影确实能娱心，真的很好耍。

（原载四川《老年文学》2014 年第 9 期）

艺文杂说

要让人还手

——关于百家争鸣的一点感想

最近看京剧《打焦赞》，突然产生了一种奇思异想，跟学术研究中的百家争鸣联系了起来。

那位身经百战的赳赳武士焦赞，是瞧不起佘太君的烧火丫头杨排风的。然而经过武场比棍，焦赞却成了手下败将，不得不低首认输，满面羞惭地跪在那个小姑娘面前叫了两声“亲娘”。这个喜剧情节的主要意思，是通过映衬的手法，表现那只凌空雏凤的英武。但是焦赞的态度却也叫人喜欢。试想，要是焦赞利用权势，武场上只许自己威风凛凛地进攻，不许排风还手，他不是可以轻而易举地就宣布自己是个胜利的英雄吗？

这种设想不免离奇而又荒唐可笑。然而，这种不讲道理、不合逻辑的怪现象，在林彪、“四人帮”一伙横行时期确是屡见不鲜。

林彪、“四人帮”一伙实行文化专制主义，横暴恣肆，蛮不讲理，以文坛霸主自居。他们破坏党的百家争鸣方针，手段各式各样，其中之一就是不许还手。

他们随心所欲地否定一部作品，蛮横无理地“批判”一种观点，而绝不允许别人争辩。谁要据理反驳，那就是大逆不道，一连串帽子就会扣将下来。轻则说你态度不好，重则诬你“反扑”“顽固坚持反动立场”，等等。桑伟川不同意丁学雷对《上海的早晨》的污蔑，写文章反驳[①]。结果，“四人帮”及其党羽兴师动众，大布围剿阵，围攻的文章铺天盖地而来。他们依势压人，不许桑伟川说话。桑伟川不服，一再申明要再写文章反驳，但是，哪里容他分说！《文汇报》的一篇编者按，丁学雷的一

① 桑伟川事件是“文革”中的一个著名的事件，是当时文化专制主义与政治镇压相结合的典型事件。丁学雷是“四人帮”在上海组织的一个写作班子。

篇文章，就把桑伟川打成了“敌我矛盾”，直至动用专政工具，用手铐把他的双手铐住，送进了监牢。桑伟川纵有天大的本事，也无法再还手了！

“四人帮”还有一招，就是先置你于不能还手的地位，然后随心所欲地对你加以攻击。

且摘一段文章做个例子。

> 美化贾宝玉、林黛玉的爱情，把爱情摆在至高无上的地位，其理论基础是人性论。有人曾经直言不讳地宣称：爱情“首先是和个人的生活个人的幸福密切相关的事情”，“本来是基于性的差别和吸引而发生的情感”。那么阶级和阶级的斗争呢？社会的和历史发展的内容呢？都被一笔勾销了。

这段出自石一歌[①]的大作《〈红楼梦〉不是爱情小说》。文中的两句引语摘自何其芳同志的《论〈红楼梦〉》。但是，就在何其芳的同一篇文章中却还有大量为石一歌不愿意也不敢摘引的另一些话。石一歌后面的那个反问，何其芳同志的文章本来是回答了的。尽管可能回答得不完全，甚至还有缺点，但是回答了却是事实。石一歌却摘取何其芳同志的片言只语加以“批判”。他们之所以敢于如此明目张胆地掐头去尾、断章取义，就是利用了何其芳同志不能还手的处境。因为反正你开口不得，就可以由我信口胡说。这本来不是百家争鸣，用“四人帮”御用文人的话来说，这叫作对“修正主义红学派”的批判。然而这种批判对受批判者真是冤枉得很。何其芳同志负屈含冤，直至逝世，都没有可能和机会进行反驳。

有句话叫“不平则鸣”，说的不过是发发牢骚。学术研究中，有了体会，得了成果，写成文章，这就是鸣。意见不同，引起辩论，便是争鸣。有不同的意见展开讨论，有利于活跃思想，有利于把学术上的是非搞清楚，有利于真理的发展，这本来是十分正常的现象。毛主席提倡百家争鸣，因为它符合客观规律，有利于科学文化事业的发展。

武场上交手，是为了分胜败，见高低；学术上争鸣是为了明是非，求真理。有一个成语单道人们打嘴仗，叫作“唇枪舌剑”。这说明文武虽是异道，二者之间却

---

① 石一歌也是“四人帮”在上海组织的一个写作班子。

有相通之处。

不许还手，武场上就不能分胜败；没有反批评，学坛上便无法辨是非。今天，“四害”虽除，帮风尚存。为了扫荡蛮不讲理的“学阀”作风，很好地开展百家争鸣，以促进无产阶级科学文化事业的发展，就很有必要提倡和鼓励学术讨论中的反批评。

我们每个人，起码应该有焦赞那样的风格和气度：让人还手。这，用我们今天的话来说，就是要有百家争鸣的精神。

（原载《人民日报》，1979 年 1 月 10 日）

人们为什么认可并欣赏《空城计》？

易中天教授的专题讲座《易中天品三国》正在央视第十套《百家讲坛》热播，受到了广泛的欢迎，引起了强烈的反响。但其中的一些分析也引起了观众的质疑。比如他对《三国演义》中诸葛亮空城计所作的批评，就在网上引起了热烈的讨论。易先生认为，历史上空城计是曹操和吕布作战的时候用的，在《三国演义》里面被诸葛亮抢走了“发明权”，还批评说：

> 这个空城计的故事实在是太精彩了，所以文学作品是一说再说，戏剧作品也就一演再演，但是这个事情是不符合事实，也不符合逻辑的。……这个事情不合逻辑啊，第一，你不就是怕他城中埋伏了军队嘛，派一个侦察连进去看看，探个虚实可不可以？第二，司马懿亲自来到城门楼下看见诸葛亮在城楼上面神色自若，琴声不乱，说明距离很近，看得见听得清，那你派一个神箭手把他射下来行不行？第三，根据这个郭冲的说法和《三国演义》的说法，两军的军力悬殊是很大的，有说司马懿带了二十万大军的，有说司马懿带了十几万大军的，反正至少十万，你把这个城围起来围他三天，围而不打行不行？何至于掉头就走呢？所以是不合逻辑的，诸葛亮的空城计是子虚乌有。

他前面说空城计的故事“实在太精彩了”，显然带有一种揶揄和调侃的意味，“不合逻辑”和“子虚乌有”的结论才是易先生的本意。但是这个结论实际上是有问题的。

我们知道，易先生讲的是历史，可他批评和颠覆的却是小说。小说是文学作品，衡量历史和文学作品不应该使用同一尺度和标准。历史是不能虚构的，而作为文学作品的小说（哪怕是有历史原型的历史小说）则不仅允许虚构，而且应该有虚构。

所谓允许虚构，并不是说作家可以随心所欲地胡编乱造，而是指作家在对生活进行艺术概括和艺术加工亦即进行典型化时，可以采用一些必要的艺术手段来达到自己的目的，如移花接木、张冠李戴乃至无中生有等等，都是不足为奇的常见手法。从文学创作的角度看，不仅是正常的，而且是合理的。当然，历史小说的虚构有一定的限度，与纯虚构的创作小说不同，“关公战秦琼”之类是绝不允许的。易先生说，空城计原本是曹操的发明（此点也有网友提出质问，这里姑且不论），罗贯中挪来用到了诸葛亮的身上就有了问题，这个结论显然是站不住脚的。即使事实确如易先生所说原本是曹操的发明，那也属于艺术创造中被允许的“移花接木”；就算纯然是“子虚乌有”，也并未违背小说可以虚构的艺术原则。总之，据此并不足以贬损甚至否定《三国演义》的艺术创造。

更加值得注意和需要辩明的，是易先生关于空城计“不合逻辑”的分析。表面上看起来，他列举的三条理由确实很有道理。但这里牵涉到的仍然是历史和文学的不同标准。小说是一种艺术创作，艺术有艺术的规律和特点，其中一个很重要的特点，就是它是审美的。中国的古典小说受传统的诗画艺术的影响，有一个突出的审美特征，就是它在塑造人物时，可以灵活地处理形神关系。一般来说，人物塑造要求的是以形写神，达到形神兼备。但传神（这里的“神”有较广泛的含义，既可以指人的内在的精神风貌、性格特征，也可以指生活的本质方面）是最主要的要求，有时候为了传“神”，可以忽略“形”甚至背离“形”，这就是所谓略貌取神或背形而见神的手法。这种情况在中国古典小说中是常见的，而且有许多非常出色的例子，能给我们以思想艺术的启示。我认为，《三国演义》所写的诸葛亮空城计，正是其中的一例。

易先生所批评的三条，在《三国演义》所写的空城计里，属于日常的生活逻辑，在作者的眼里，算是次要的、非本质方面的“形”。他在创作时，可能根本就没有意识到有这方面的约束，也可能是已经意识到了，却在有意无意间，或甚至是自觉地予以忽略和背离，而去突出和着力表现他在对历史生活进行提炼时捕捉到的那个“神”——诸葛亮的大智大勇。

空城计对诸葛亮的大智大勇，是从三个方面来表现的：第一，写他对兵法的灵活运用。兵法上讲的常例是，在战争中要“实则虚之，虚则实之”。意思就是在设有埋伏的时候要伪装成没有埋伏，让敌人钻进你预设的口袋；在没有埋伏的时候却要伪装成设有埋伏，让敌人不敢进来。空城计却是反其道而行之，用的是“虚则虚之”，空城一座就明示敌人是空城一座，结果敌人反而不敢进来。第二，“知己知彼，百战不殆”，诸葛亮敢于采用“虚则虚之”的方法，并能够断定敌人在他的引诱和迷惑面前不敢进来，是因为他对对手司马懿深有了解。司马懿是一个聪明的、懂得兵法并且富于军事斗争经验的人物，他以兵法常规的“实则虚之”来判断，当然不敢贸然进城。诸葛亮还知道司马懿是一个对自己十分了解的人物，诸葛亮一生行事谨慎，司马懿当然不敢相信他这次真的是在弄险。如果对手换成像张飞那样的人物，那空城计自然就唱不成了。第三，诸葛亮临危不惧，镇定从容，这就在静中寓动，柔中见刚，虽然实际的处境十分危险和被动，却反而让人觉得他在精神和气势上超过甚至压倒了对方。读者读《三国演义》，从空城计具体生动的艺术描写中，感受到了诸葛亮的大智大勇，由此获得了审美的愉悦。他们看到司马懿退兵了，诸葛亮的冒险真的奏了奇效，心里会感到非常的快乐。试想，要是司马懿真的采用了易先生为之设计的三条中的任何一条，破了城，或一箭就把诸葛亮射了下来，读者心里会是一种什么样的感受呢？实际上，读者在欣赏这段艺术描写时，是不大会（也没有必要）去考虑和计较还有什么地方不合逻辑的，而是宁可相信，在那个特定的艺术情境之下，司马懿是被诸葛亮不可捉摸的玄机和精神气势给震慑住了，他不敢贸然入城而掉头就走是完全可能的。

其实，这种背“形”（只是次要的非本质的部分）而见“神”的描写，在《三国演义》中还不止此一处。第四回里写曹操杀吕伯奢（京剧改编名为《捉放曹》）也是一例。曹操谋杀董卓不成，在逃亡中到其父执吕伯奢家，受到吕伯奢的热情款待。在吕伯奢到西村买酒时，曹操因误会而杀了吕家八口，而在明知错杀的情况下，又在出逃的途中杀了买酒回家相遇的吕伯奢本人。最后在陈宫“知而故杀，大不义也”的斥责之下，逼出曹操那句著名的人生信条：“宁教我负天下人，休教天下人负我。”这段情节突出地描写了曹操的不义和残忍，开篇不久就为曹操形象的塑造定下了一个基调，短短的一段描写给读者留下了很深的印象。但其中也存在不合逻辑之处：吕伯奢家中那么多人，在来了这么一个贵宾（结义兄弟之子，刺董的义行又那样令他尊敬）的情况下，没有必要将客人撇在家中而亲自去买酒。这样的处理显然是出于极写曹操不义性格的需要而设置的。但是除了少数专家在考察《三国演义》如何对史料进行艺术加工时论及外，一般读者是很少注意和计较的。

《红楼梦》中则有更为出色的范例。已故著名红学家吴组缃先生在谈到中国古典小说有神似的传统时，曾对“黛玉葬花”一段描写作过精彩的分析，他说：

> 黛玉葬花，一边哭着，一边念着葬花词。贾宝玉隔着好几十米，在那个山石后面就听清了，把它一句句、一字字记录下来，实际生活里这不可能，这就不形似。……黛玉葬花，抓住了林黛玉典型性格中一个最精要的东西。为什么葬花呀？她在怜花。为什么可怜花？她在可怜她自己，就像一朵花一样，在那样恶浊的环境里，她这么一个女子，这么一朵美丽的花，就要被摧残践踏为污泥了。她想把花埋起来，“质本洁来还洁去”。这就是抓住了林黛玉典型性格的一个要点，一个“意”，一个神。在这种情况下，丢开了形似，而只抓神似。黛玉葬花，构成了一个盛传久远的画面，就因为它画了神。（见《说稗集》）

《红楼梦》不只是细节，就是一些大的构想和设置，也有它有意无意忽略的一面，要是从日常生活的逻辑来看，也可以当作所谓的“疏漏”来批评。就说大观园吧，既有北方园林的特点，又有南方园林的特点，弄得扑朔迷离，想寻找大观园原型地址的人无从查考。又如贾宝玉和林黛玉的爱情，表现了那么丰富深刻的社会内容，体现了建立在共同思想和人生追求基础上的近代爱情观念的特色，可是若要细究呢，贾、林二人的年龄曹雪芹就写得模糊不清，不过也就是十二三、十三四岁的小孩子，这哪里能呢？再说这不是我们今天反对的早恋么？为什么还要去肯定它呢？还有他们近亲的姑表兄妹关系，从现代优生优育的观念来看，也是不能恋爱和结婚的，要从这么一个特殊的角度来看，贾母、王夫人等人不管出于什么原因反对他们的结合，又有什么错呢？如果有人真的这样提出问题，去指摘甚至否定《红楼梦》的艺术描写，那真是佛头着粪、糟践名著了。所幸至今还没有听说有哪位读者这样去较真，硬要要求文学作品的艺术描写处处都要严格符合生活的逻辑。

易先生说空城计的故事在文学作品里是一说再说，戏剧作品里是一演再演，这倒是说出了一个事实，而且是一个值得我们重视和思考的事实。这说明，人们对《三国演义》和舞台上演出的《空城计》是认可并欣赏的。其原因，就是他们用的是文学欣赏的眼光，而不是历史的眼光，只要能从中得其“神”，获得思想的启示和审美的愉悦，就可以见大而略小，不计其余了。

其实，自从《三国演义》问世以来，就不断有人用历史的眼光和标准去批评它、颠覆它。其最著者，如明代的胡应麟就称《三国演义》“古今传闻讹谬，率不足欺有识”（《少室山房笔丛》）。清代的章学诚就批评说：“唯《三国演义》则七分实事，三分虚构，以致观者往往为所惑乱。”（《丙辰札记》）还有就是20世纪50年代末，郭沫若先生和翦伯赞先生都曾经著文为曹操翻案，认为文学和舞台上的曹操歪曲了历史上的曹操。翦伯赞先生还曾称“《三国志演义》简直是曹操的谤书”。郭沫若先生说：“我们可以预言曹操的粉脸也会逐渐被人民翻案的。”但就因为同样是用历史来批评和颠覆文学，所以时过将近半个世纪，这个案还是没有翻过来。在历史和文学上还是两个曹操，虽然他们之间有某种联系。那个粉脸曹操至今仍然活在文学和戏剧舞台上，作为具有生命力的艺术形象，也仍然活在读者和观众的心中。当然，这也无碍于人们对历史上真实的曹操做出正确的评价。人们只是将文学的形象当作审美的对象来欣赏，并没有把它们当作评判历史的依据。

我想要说的是：把《三国演义》当作历史来读，是一种误区；用历史来批评和颠覆《三国演义》，是另外一种误区。二者同出一源，都因为把文学和历史的界限弄混了。易先生说得非常好，三国的历史和人物其实是有三种形象：历史的形象，文学的形象，民间的形象。三种形象各有其存在的理由，各有其存在的价值。易先生的讲座如果要越出历史，最好能讲讲三者各自存在的理由和价值，包括思想的、文化的和审美的价值，以及它们之间的关系。但要是那样讲，而且要真正讲清楚，那预定的一年时间恐怕就不大够用了。

（原载《文史知识》2006 年第 8 期）

不平等的偷情

这个题目定得好像有点怪。一个已婚妇女同一个有妇之夫偷情，历来有一个很难听的说法，叫作“奸夫淫妇”，双方不是半斤八两么？有什么平等不平等可讲呢？可是复杂的社会生活告诉我们，偷情还真有平等和不平等之分。《金瓶梅》中所写的潘金莲和西门庆的偷情，就是不平等的偷情，而这恰恰表现了《金瓶梅》写实艺术的高明。

西门庆和潘金莲是《金瓶梅》里的男女主人公，小说在开篇不久就写他们两个人的偷情。虽然“词话”本在第一回里就说潘金莲这个女人“诸般都好，为头的一件好偷汉子”。实际上这时（只是这时）的潘金莲不过是担了一个虚名，在与西门庆发生关系之前，我们在小说里实在找不到她“好偷汉子”的真凭实据。张大户同她的关系，只是那个浑老头子凭借财富对她的占有和奸污；她对武松的勾引呢，并未得手且不说，其目的也只是出于对自己婚姻状况的不满，而对“身材凛凛，相貌堂堂”的英俊男子（与既矮又丑，人称“三寸钉，谷树皮”的丈夫武大形成鲜明对照）在婚姻上的一种期望和觊觎。小说是这样描写她看见武松时的心思的：“奴若嫁得这个，胡乱也罢了。”“谁想这段姻缘，却在这里！”与西门庆的勾搭成奸，才是潘金莲嫁给武大以后第一次真正意义上的偷汉子。但这次偷情却是很不平等的，在这个不平等中包含着许多的社会内容和思想内涵。

且看小说是如何描写的。

第一回里交代潘金莲得名的由来就很有意思。小说写她“自幼生得有些颜色，缠得一双好小脚儿，因此小名金莲”。一个人的名字竟同她的一双小脚有关联，这听起来好像有点儿不可思议，但这是特定历史条件下社会生活的反映，作者这样写有他的根据，也有他的用心。要注意到小说写西门庆挑逗和勾引潘金莲时，就是从借捡筷子去捏她的这对金莲开始的。小说特意点出人物名字的这种取意，是具有象征意义的，象征着潘金莲供男人欣赏、玩乐的身份、地位和命运。在封建时代的男权社会里，男人欣赏女人的小脚，是一种变态的、畸形的审美观，一种非人性的恶趣；而西门庆对她的勾引，恰又从捏她的小脚开始，这就在不经意中，表现出西门庆明显地带有一种把潘金莲当作玩乐对象的意味。结合后文一系列的情节和细节，仔细品来，小说的艺术描写确有不可忽视的深层意蕴在内。

凡读过《金瓶梅》的人，几乎没有一个人不认为潘金莲是淫妇的。这确实不错。但值得我们注意的，是在作者的笔下，潘金莲并不是生来就淫荡，并不是一个天生的淫妇，而是有一个堕落（或者更准确地说是“沦落”）的过程。《金瓶梅》艺术描写的高明就在于，它很准确、很细腻地写出了这个市井妇女沦落为一个淫妇的原因和过程。

关于潘金莲和西门庆偷情的艺术描写，作者对两个人的态度和用笔，都很不相同，自然地构成了强烈的对比意义。其中有两段描写尤其值得我们注意：一段是潘金莲在与西门庆勾搭成奸之前的种种表现，一段是与西门庆勾搭成奸之后到正式嫁给西门庆之前，两个人关系热和冷的变化。这两段描写表现了一个过程，前后是连贯的，同时又是有分别的。其间作者的匠心，很值得我们仔细分析和体会。

先看第一段。小说写潘金莲在失掉人身自由的情况下被强嫁给武大，写她与武大的不般配，写她合乎情理的对婚姻的不满，而后就是随之而来的一系列与此相关的她的各种行为和表现。总体来看，她的表现确实是相当放浪的，但也就只是放浪而已，还够不上称为淫荡。放浪与淫荡很相近，但是有分别：放浪是指她不守礼法，或不遵守世俗的规矩，而淫荡则是指性放纵，是没有情感基础和情感内涵的纯肉体的寻欢作乐。我们可以看到，作者并没有把早期的潘金莲当作一个真正的淫妇来描写，定位和在具体描写上的把握都是相当准确的。

小说第一回，作者在感叹她的婚姻遭遇不幸（就是所谓“自古才子佳人相凑着的少，买金偏撞不着卖金的”）以后，就写她用自己的姿色（这是她能够用来对抗和改变命运的唯一的资本）来勾引男人。武大出门卖炊饼去了，“妇人在家，别无事干，一日三餐吃了饭，打扮光鲜，只在门前帘儿下站着，常把眉目嘲人，双睛传意”。还写她“常常站在帘子下面嗑瓜子，故意把一对小金莲露出来”（又写到小脚，可见连潘金莲本人也知道这对金莲是能够取悦男人的）。但是这一大段描写，连同后文写她勾引武松，小说都很有分寸：第一，她虽然打扮光鲜艳丽，眉目传情，拈花惹草，但是她并没有乱来。你看，那一帮浮浪子弟想用各种办法去挑逗她，勾引她，她不为所动，并不理睬。相反，在武大为了避免这些人的骚扰，提出“要往别处搬移”同她商议时，她毫不犹豫马上答应，还提出为了避免“小人啰唣”（这是她的原话，表现了她对这些浮浪子弟引诱、挑逗的一种反感），不能再住这里的“浅房浅屋”，要去“典上他两间”大房来住，并主动把自己的“钗梳”（首饰）拿出来，真的去典得一套“上下两层，四间房屋”，还有“两个小小院落”的大房子来居住。这绝不是专事勾引男人的淫妇所可能有的表现。如果她这时真是一个“好偷汉子”的淫妇，那帮浮浪子弟天天想尽办法来引诱她，不是正好满足她的淫欲么？第二，前面已经提到，她对武松的想望和勾引，是从对婚姻的不满出发，想嫁一个比武大要强、要英俊的男人来考虑问题的，并不是想勾引男人来使自己得到一时的性满足。这是一种不满于不合理的命运，并且期待着能够反抗命运和改变命运的人的心理，与一般所谓的淫妇显然也是很不一样的。同时，她对武松的态度，也正可以反过来说明她对那些浮浪子弟不屑一顾的原因，因为她要选择的是生活的伴侣（婚姻），而不是单纯寻找满足性需求的性伴侣。小说的艺术描写表明，这时的潘金莲，追求的主要是改变自己不满意，同时也是不公平的婚姻状况，希望嫁一个称心如意的好男人，并由此而改变自己的生活命运。

再看第二段。小说写她同西门庆的关系，也是写得非常准确和富于思想深度的。虽然是写两个人偷情，但在作者的笔下，男女双方的心理和所要追求的目的都是很不相同的。写西门庆，有这么几点值得我们注意：一是，小说在这个时候这个地方（而不是别的时候别的地方）介绍说，他是一个“自幼常在三街四巷养婆娘”（今天类似的说法叫“包二奶”）的男人。仅仅一句话的介绍，却无异于告诉我们，他同潘金莲勾搭，也不过是多养一个婆娘，同过去找别的女人一样，只是为了满足他淫欲的需求而已。二是，王婆深知其人，所以在二人初次成奸后，就特意问西门庆满意不满意，所提出的问题是潘金莲的风月手段如何（她不问别的，比如容貌如何，性情如何等等），西门庆回答说：“这色系子女不可言！”什么意思呢？色系就是“绝”字，子女就是“好”字，合起来就是“绝好”，就是好到了极点，好到了不可言说的程度。可见他的淫欲追求确实从潘金莲那里得到了充分的满足。所以小说接着就写，在这之后有两个多月的时间，西门庆是“常时三五夜不曾归去，把家中大小丢的七颠八倒，都不喜欢”。三是，真是非常奇怪，对这样一位令他如此满足的女人，从端午节相聚之后，竟有两个多月的时间冷落和疏远她，不仅不再到她家里去，而且从不联系，音信杳无。这期间到底发生了什么事情呢？出乎潘金莲的意料，当然也出乎读者的意料，西门庆在这段时间内娶了孟玉楼作为第三房妾，并且“燕尔新婚，如胶似漆”。再加上女儿西门大姐也在这段时间出嫁，就完全把潘金莲忘到脑后去了。孟玉楼无论从外貌或风月手段上看，都没法和潘金莲相比，但她很有钱，可以满足西门庆贪财的欲望。西门庆纯然把潘金莲当作自己寻欢和泄欲的工具，在财富的引诱面前，在一段时间之内，潘金莲当然就显得微不足道了，她的被冷淡、被忘却，都是完全合乎生活逻辑的。

再来看潘金莲，情况就很不一样了。这次与西门庆勾搭，小说虽然没有明确写到她像对武松一样有婚姻的考虑，但她所期望的却是要找到一个至少在情感上可以依靠的男人。这一点小说是写得非常清楚的。第四回里写西门庆以捏她的小脚来挑逗她时，她这样说：“官人休要啰唣！你有心，奴亦有意。”这句话从表面上看只是奸夫淫妇勾搭时的互通心声，没有什么太深的意义，但联系到潘金莲的身份和具体处境，以及两个人后来的关系，却有值得我们注意之处。在这句话中，其实是隐含着潘金莲的一种心理，一种内在的要求，这就是：既然偷情，两个人就应该是“情投意合”的。“情投意合”的关系是一种什么样的关系呢？无论是就“情”还是就“性”来说，都是一种对等的关系，平等的关系。但既然西门庆是把潘金莲看作满足自己淫欲需求的对象，而此时的潘金莲却是别有所求，那在西门庆的心目中，两个人的关系就不会是对等的、平等的。潘金莲隐隐约约地感觉到了这一点，所以她才总是担心西门庆会负心，会把她忘到脑后，因而很警觉地，也是很可怜地，几次提出来希望西门庆不要负心。第五回，在毒死武大后，潘金莲就对西门庆说：“我的武大今日已死，我只靠你做主！休是网巾圈儿打靠后（这就是比喻忘到脑后的意思）！”第六回，又再次表达说：“蒙官人抬举，奴今日与你百依百随，是必过后休忘了奴家！”为什么有这样的担心，并且情急得要一再地表达出来？就是因为她想找到一个能够靠得住的男人，但她一接触就已经感到这个男人是不大靠得住的。对比来看，西门庆就没有也不会有这种担心，对他来说，潘金莲即使负心他也不在乎，他要的是性伴侣，他的性伴侣很多，可以随时更换。

非常清楚，两个偷情的人是各怀心思，各有所求，一个想找的是易得易弃的性伴侣，而另一个则是想得到一个情投意合的靠得住的情人。所以在两个人成奸之后，各人的表现是很不一样的。一边是西门庆与孟玉楼燕尔新婚，把潘金莲忘得干干净净；一边却是，已经没有了丈夫的约束可以自由行事的潘金莲，在被冷落感到孤寂难耐时，并没有去偷别的汉子，而是苦思苦恋，盼望着西门庆的到来。第八回里的描写颇具深意：她“每日门儿倚遍，眼儿望穿”。她不能忍耐，于是脱下两只绣花鞋来打相思卦，看看西门庆几时能来。书中引了两首《山坡羊》，传达了潘金莲的心声：“他，不念咱；咱，想念他！”“他，辜负咱；咱，念恋他。”后来从玳安那儿得知西门庆娶了孟玉楼时，她几次痛哭流泪，还写了一首《寄生草》托玳安带去，其中说：“将奴这知心话，付花笺，寄与他。”明知西门庆已经忘了她，却仍然要把自己的“知心话”传递过去，可见这时的潘金莲对西门庆的痴情和执着。注意，小说写她并不是在西门庆的面前流泪，而是偷偷一个人流泪，可见不是做假，不是装给人看的，而是内心痛苦的真实表现。此后，“每日长等短等，如石沉大海一般”，在百般寂寞痛苦之时，她独自弹琵琶，唱一曲《锦搭絮》，里面唱道：“奴家又不曾爱你钱财，只爱你可意的冤家，知重知轻性儿乖。”她心目中所期盼的，也是她要求于西门庆的，就是这样一个“可意的冤家”。两个偷情人所追求的目标，原来是这样的天差地别！

潘金莲的这些表现和她所唱的曲子，至少说明两点：第一，她与西门庆不同，西门庆只有淫欲，而这时的潘金莲是淫欲与情欲相混，而以情欲为主。第二，在她的心中，或者说在她的希望中，与西门庆的关系应该是一种对等的关系，平等的关系。如她通过《山坡羊》所表达的：我思念你，你也应该思念我，如果你不思念我，就是负心，就是辜负了我。这里的意思非常清楚，就是要求在两人的情爱（注意，在潘金莲的心中不是纯肉欲的性爱）关系中是对等的、平等的。西门庆曾经在潘金莲要求他不要负心时赌咒发誓，说如果负心了，就会如武大那样惨死（第五回），如此重的誓言他都不管不顾，还是很快就把这个让他感到极大满足的潘金莲抛到了脑后。这些描写，都表现了相当深厚的思想意蕴，揭示出：在那个时代，对于像潘金莲这样出身卑贱的市井妇女来说，就连偷情也是不平等的。她期望、追求，并且以各种方式热切地呼唤这种平等，但是她得不到。

《金瓶梅》对潘金莲这样的妇女的生存状态及其心理，描写得如此精细和准确，在中国古典小说中是并不多见的。作者真实地写出了这样的现实，也就自然地表现出了他对潘金莲的悲悯和同情。理解了这一层，我们就不难看出，小说从第四回到第八回，情节的安排和布局，作者也是很有讲究、很有匠心的。小说的故事原本是由作者虚构的，写西门庆娶孟玉楼做妾，什么时候不可以写，安排在什么地方不可以呢？偏偏要安排在他与潘金莲偷情期间，作者这是有他的用意的：这样写就与潘金莲对西门庆的苦苦思念和苦苦等待形成对比，说明了西门庆对潘金莲和跟她的关系是不当回事儿的，而潘金莲对西门庆和跟他的关系，却是很当回事儿的。作者让我们看到，有钱的男人和卑贱的女人，在那个时代，那个社会条件下，无论是在“情”或者在“性”的关系中，他们的地位都不可能是对等的。

通过以上的分析，我们可以有根据地说，至少在进入西门府之前，小说的艺术描写并没有给潘金莲戴上“淫妇”的帽子，虽然到这时她已有不少丑恶的和罪恶的行径让人憎恶。儿其是她参与毒死武大，这在任何时代、任何条件下，都是·种犯罪，都是不能饶恕的。所以作者虽然对她的身世遭遇不无同情，但对她的这一桩罪案一点也不宽恕，到后面的第八十七回里写她死在为兄报仇的武松的刀下，连五脏六腑都被掏了出来。

潘金莲的一生是一个悲剧，她与西门庆的这段偷情，只是她人生悲剧的一个序幕，而对于小说的艺术描写来说，也还只是一种铺垫。真正有声有色的演出，是在她进入西门府之后。不过由此我们可以体会到，在创造潘金莲这个人物时，作者的悲剧意识是渗透在整个的艺术描写之中的，如果我们仅仅从她最后被杀的惨局来理解潘金莲的悲剧，就会把《金瓶梅》的艺术描写看得太浅了。

2006 年 9 月 3 日

（原载《文史知识》2007 年第 4 期）

书里和书外

——关于曹学与红学的断想

我们为什么要研究曹雪芹？因为他写了一部《红楼梦》，要不是写了这部《红楼梦》，谁去研究他？研究他又有什么意义？更不用说研究曹家的其他人了。就拿曹寅来说，他本人虽是一个有一点名气的文化人，也是一个有作品传世的作家，但如果不是因为他是写了《红楼梦》的曹雪芹的祖父，又有谁愿意去关注他？因此可以说，在实际意义上，研究曹雪芹也就是研究《红楼梦》，或者说得更准确一点，研究曹雪芹是为了研究《红楼梦》。

“红学”之名，清代早已有之；“曹学”则是近几十年才出现的。但究其实，“曹学”“红学”原本是一家子。所有的研究都是因一部《红楼梦》而生，无论“曹学”“红学”，《红楼梦》都是（或者说应该是）研究的中心。如果学者们（不论“曹”“红”哪一家）真把《红楼梦》当作研究的中心，那么“曹学”与“红学”的目标应该都是一致的，只是路径和取向不完全相同。“曹学”主要是在书外做功夫，方向却是朝着书里去的。把曹雪芹的祖籍、家世、生活、思想、性格、学问、修养等方面，都确确实实、有根有据地搞清楚了，那么曹雪芹为什么要写这部《红楼梦》，又是怎样写出来这部《红楼梦》，《红楼梦》因此而具有了怎样的特点，也就都比较清楚了。这是从书外做到书里。与“曹学”相对的“红学”（如果不是在相对的意义上，则“红学”应该就包括了“曹学”），则主要是在书里做功夫，眼睛却是既看着书里，也看着书外。仔细研读《红楼梦》原著，眼光深入一点，同时也开阔一点，我们就会从书里看出一个世界，看出曹雪芹生活的那个时代的社会生活，其政治、经济、文化面貌，以及人与人之间的真实关系，都会活生生地呈现在我们的面前。而且我们还会从小说的字里行间，处处发现作者本人的思想性格、学问才情，他的理想，他的欢乐与痛苦，以及他的人生感悟与追求，等等。这样，我们就不仅能正确地阐释《红楼梦》本身的思想艺术价值，确立它在中国乃至世界文学史上的崇高地位，而且还会打开一部宏阔的、气象万千的形象史，其中包含了政治、文化、艺术、风俗等诸多方面。显然这里的总体路径，是从书里做到书外。路径不同，却是殊途同归，归到阐发《红楼梦》的思想与艺术上。

照此说来，所谓的“曹学”，原本也姓“红”。且看如今被视为“曹学”的代表性著作，其书名几乎都清一色地以“红”字打头，如胡适的《红楼梦考证》、俞平伯的《红楼梦辨》和《红楼梦研究》，还有被公认为“曹学”大家的周汝昌的《红楼梦新证》等，无不如此。我因此长时间纳闷儿，既然本来就是一家子，为什么要在“红学”之外，另立一个“曹学”的名目呢？初以为可能是某一位专事考证曹雪芹家世的学者，为了自炫，甚至自神其学，用以提高身价而有意创造出来的。后来才知道，原来是余英时先生对脱离了正轨的考证派红学一种批评性的称谓。余先生在《近代红学的发展与红学革命》一文中说：

> 这个新红学的传统至周汝昌的《红楼梦新证》（1953 年）的出版而登峰造极。在《新证》里，我们很清楚地看到周汝昌是把历史上的曹家和《红楼梦》小说中的贾家完全地等同起来了。其中《人物考》和《雪芹生卒与红楼年表》两章，尤其具体地说明了新红学的最后归趋。换句话说，考证派红学实质上已蜕变为曹学了。

他还说：“试看《红楼梦新证》中《史料编年》一章，功力不可谓不深，搜罗也不可谓不富，可是到底有几条资料直接涉及了《红楼梦》旨趣的本身呢？”也就是说，这些考证，基本上和真正的《红楼梦》研究已经没有什么关系了。

原来是蜕变了的“红学”（这里是专指考证一派）才叫“曹学”。这是个带贬义的称谓，不值得、也不应该有人拿它来标榜和炫耀。余英时先生点出了“曹学”（特指蜕变了的考证派“红学”）的要害，正在于它脱离了“红学”，亦即原本与“红学”是一家，而因现在这么一种研究法竟变成了两家。这个批评虽然不免近乎尖刻，却应该引起所有严谨、谦逊的红学研究者的深思和自省。如果我们不是把《红楼梦》当作小说来研究，更甚至不是真正把《红楼梦》当作研究的目标，而只是在书外做与《红楼梦》实际并不太相干的纯历史的考证；或者更进一步，又拿一些历史材料来和书里的内容做生硬的比附，说小说里所写的谁谁就是历史上真实的谁谁，那就不仅不能对《红楼梦》研究的深入作出贡献，反而会制造混乱，因自己的误入歧途而引领读者也跟着误入歧途。

我当然不会因此而主张废止使用“曹学”这一称谓（实际上叫开了的称谓就无法废止），而只是希望不要忘记这个称谓得来的缘由，从而大家都有所反省，即使仍叫“曹学”，但在研究指向和研究方法上要回归到“红学”。

“红学”和所有的学术一样，当然可以分门别派，可以有不同的研究重点，不同的路数和方法。但不论何门何派，如果是在真实的意义上研究《红楼梦》，也就是不从“红学”中“蜕变”或脱离，那么，鄙意以为有几点是必须共同遵从的：第一，必须直接或间接地以《红楼梦》为研究对象，或者说以《红楼梦》为研究的中心。不论着眼、着力于书里或书外，最后都要落脚到《红楼梦》本身。也就是说，路子可以不同，但《红楼梦》都应该既是我们研究的出发点，也是我们研究的归宿。第二，《红楼梦》是小说，不是历史，这个界限必须非常清楚。小说是作家的艺术创造，是在他生活体验的基础上经过集中概括而虚构出来的。即使是真的有原型，书中人物和原型也会有很大的差异。把书里书外的人和事，生硬地作比附，甚至完全等同起来，是违背文学的基本常识的。第三，必须遵守基本的学术规范，即遵循科学的实事求是的原则，任何结论都必须建立在事实（历史事实和小说艺术描写的事实）的基础之上。

我们的曹雪芹研究，是坚持以上三点原则和规范的曹雪芹研究，固不必以“曹学”作标榜，但即使直称“曹学”实亦无妨。因为我们无意于与“红学”分庭抗礼，我们就是正宗“红学”的一部分，跟“红学”原本就是一家子。

（原载《曹雪芹研究》2013 年第 1 辑）

蒲松龄的反贪小说

在中国古代作家中，蒲松龄大概算得上是反腐倡廉最劲、旗帜也最为鲜明的一位了。他在《聊斋志异》中写了不少反贪小说，也写了不少表彰清官的小说。在当今的中国，反腐倡廉的声音，无论是政府还是民间，都是很高昂的。蒲松龄的反贪小说写成于近300年前，可是至今还能与广大人民群众反贪的心声合拍，实在是十分难能可贵的。这些小说当然是那个已经逝去的时代的产物，有其特定的时代内容，但因为它们反映了人民群众的爱憎感情和愿望要求，同时又写出了历史的深度，而历史总是有继承性和延续性的，因而在今天读来也还能感受到它们强烈的现实意义。有些作品甚至使人觉得好像是针对今天的现实而发的。每当从媒体上看到反腐倡廉的消息，或有关惩办贪官的报道时，就自然想到蒲松龄的那些反贪小说；而每读一遍那些小说，又总是禁不住联想到现实中的反贪斗争。私心里曾想，何妨从《聊斋志异》中选出若干篇反贪小说来，编成一册，用作反贪教材，让那些贪赃枉法的腐败分子对照自己，好好学习，这对廉政建设或许不无裨益。

且举出《聊斋志异》中有代表性的三篇反贪小说为例，看看蒲松龄是如何刻画贪官的形象，并从中反映出人民群众的爱憎感情的。这三篇小说是:《梅女》《梦狼》《续黄粱》。三篇作品颇具典型意义，可以作为当今不同职位贪官的一面镜子。《梅女》写的是一个典史，典史是古代知县的属官，管缉捕狱囚，职位大概跟今天一个县的公安局局长差不多，算是下层官吏。《梦狼》写的是一个县令，过去老百姓称为县太爷，职位稍高，在今天通常的说法叫作“县处级”，也就相当于如今的县委书记或县长一类。《续黄粱》中的曾孝廉可就不得了了，当上了宰相（虽然是在梦里），属于“蟒玉”上身的一品大官，在今天就该属于部级以上了。有意思的是，蒲松龄对他笔下的贪官，不论职位高低，也不论后台多硬（曾孝廉曾得到皇帝的支持和庇护），都一律不予宽容，通过幻想的形式，使他们得到了应有的严厉罚惩。

试看他写的那些贪官，都犯了哪些事，又都得到了什么样的下场，不同的人会从中得到警示、教育，或者是启发、鼓舞。《梅女》里写了一个小偷，入室盗窃，被姓梅的主人捉住，送交典史惩办。可那个典史因为收受了小偷三百钱的贿赂，就颠倒黑白，包庇小偷，反诬梅女与小偷私通，逼得无辜受辱的梅女含冤自缢。蒲松龄对他的惩罚，毫不容情，不仅让他的爱妻死后成为冥妓，供人淫乐，为他偿还贪债，而且借老妪之口怒斥典史："汝本浙江一无赖贼，买得条乌角带（小官的服饰），鼻骨倒竖矣！汝居官有何黑白？袖有三百钱，便而（尔）翁也！"然后写他经老妪的杖击、梅女鬼魂的簪刺，回到官署即"患脑痛，中夜遂毙"。蒲松龄在"异史氏曰"中，以杀一儆百的口气警告说："夺嘉耦（偶），入青楼，卒用暴死。吁！可畏哉！"

《梦狼》写白翁的儿子白甲在外地当县令，白翁在梦中到了他的衙门，看见的是巨狼当道，"堂上、堂下，坐者、卧者，皆狼也"。庭院之中是"白骨如山"，儿子白甲则化为一只吃人的老虎。这种梦中的幻境，是蒲松龄采用特殊的象征手法，写出了现实生活中黑暗吏治的吃人本质。小说写白翁派白甲之弟带信去劝诫他改恶从善，所见白甲的县衙门里，跟他父亲在梦中所见竟是完全一样："蠹役满堂，纳贿关说者中夜不绝。"值得注意的是，白甲不仅拒绝了弟弟的含泪谏阻，还发出一套关于"仕途之关窍"的高论："黜陟（贬职或升官）之权在上台（上级），不在百姓。上台喜，便是好官；爱百姓，何术能令上台喜也？"如此宏论，不是直到今天也还有人当作升官的诀窍在实行么？小说写白甲不久果然升迁，但在赴任途中被一群充满仇恨、声言"为一邑之民泄冤愤"的百姓杀死，还将他的头砍了下来。通过对白甲的这一惩罚，蒲松龄提供了与贪官相反的另一种做官的逻辑：百姓喜，才是好官；百姓怒，何术能免于一死也？不过，蒲松龄对白甲的惩罚，并没有到此为止。写砍头犹不足以解百姓之恨，又特地写了一个神人，口头上说是为了他还有一个善良的爸爸，将他的头从地上拾掇起来置于腔上，让他死而复生。表面上看是对他的宽恕，实质上是更加严厉的惩罚。这位神人的装头术可是大有讲究，他是反面而置，就是将脸的一面置于背后，还发表一番议论说明这样做的理由："邪人不宜使正，以肩承领可也。"结果是："甲虽复生，而目能自顾其背，不复齿人数矣！"小说加此一妙笔，是蒲松龄的精心结撰，着意为之，他在"异史氏曰"中特加阐明："夫人患不能自顾其后耳；苏（复生）而使之自顾，鬼神之教微矣哉！""微"者，深微高妙之意也。所谓"鬼神之教"，不过是喜用幻笔的蒲松龄的一种寄托，他反映的实际上是痛恨贪官的人民群众的意志和愿望。

《续黄粱》中，写曾孝廉终于在一个特殊的幻境中做了他梦寐以求的宰相，得官以后便贪赃枉法，不久就“富可埒国”。生活极其腐化：“声色狗马，昼夜荒淫，国计民生，罔存念虑。”他利用权势，无恶不作，甚至到了“荼毒人民，奴隶官府，扈从所临，野无青草”的地步。小说里写他“可死之罪，擢发难数”。作者对他的惩罚，因而与前面两个也有所不同，用我们今天的说法，是“加大了惩罚的力度”。小说层层写来，一层比一层加强、加深，让读者读后感到痛快淋漓：先是写他被“奉旨籍家，充云南军”，此犹不足以解恨也；继而写他最爱的“金银钱钞，以数百万”，悉被清理，让他“一一视之，酸心刺目”，此仍不足以解恨也；继而又写他遇到被害的冤民，“以巨斧挥曾项，觉头堕地作声”。砍头堕地，本已是大快人心之事，然在蒲松龄的笔下，仍不足以解人民之恨。作者于是用再加一层的笔法，写他到了阴间，备受各种地狱酷刑。下油锅时是：“皮肉焦灼，痛彻于心；沸油入口，煎烹肺腑。”让他希望“速死”而不可得。上刀山时是：“觉身在云霄之上，晕然一落，刃交于胸，痛苦不可言状。”到此，似乎已经写到了极致，无以复加了，可作者仍觉得不足以解百姓之恨，于是更别出奇想，写阎王命阴间的会计清点他“生平卖爵鬻名，枉法霸产，所得金钱（这里单指金属钱币）”，共计321万，全部烧化灌进他的嘴里。作者以尖刻的讽刺之笔写道：“流颐则皮肤臭裂，入喉则脏腑腾沸。生时患此物之少，是时患此物之多也。”读至此，我们不能不为蒲松龄的生花妙笔浮一大白，拍案叫绝！

读了蒲松龄这样的反贪小说，咱们老百姓的感受会是什么样的？我想，借用小说中当事人梅女在典史得到惩罚以后的话，就是：“痛快！恶气出矣！”至于当今的贪官污吏们，读后会有什么样的感想，我们就不得而知了。不过就通常的情理推测，大概应该是这样四个字：毛骨悚然！

愿当今天下已经贪、正在贪和想要贪的贪官和准贪官们，都来一读蒲松龄的反贪小说，从中得到警示，悚然而后知惧，知悔，知改，庶几有望获新生矣。

（原载《中华读书报》，2013年2月27日）

解读和欣赏古典诗歌的津梁
——评《全唐诗典故辞典》(增订本)

历史的选择和筛汰，是公正而又严格的，对一切事物都是如此。记得在20世纪80年代中到90年代初，随着人们文化知识需求的增长，辞书的编纂应运而生，特别是各种各样的鉴赏辞典，一时大有雨后春笋之势。但多了就易滥，不仅良莠不齐，简直可以说是鱼龙混杂、泥沙俱下。时过不久，有不少就躺在街边成了廉价处理品，再后就连一点烟云陈迹都不见了。但另一些编纂态度认真严谨、学术品位较高的辞典，经过时间和读者的双重检验，却以其学术水平和实用价值而得到读者的广泛肯定和欢迎。由范之麟、吴庚舜先生主编，湖北辞书出版社出版的《全唐诗典故辞典》(以下简称《唐典》)就是其中具有代表性的一部。

这是国内外第一部关于唐诗的专业性辞书。1989年1月出版后就受到读者的喜爱和欢迎，初版即印行5万册，曾先后获得“全国图书”“中南区图书”和中国社会科学院文学研究所所设几个重要奖项。现在，又经过编者精益求精的修订，增添了内容(原收词条7000多，新增160条)，订正了初版中的个别疏误，在装帧、版式方面也做了大的改进，由湖北辞书出版社出版了增订本。

中国是诗的国度，唐诗是中国古典诗歌发展的高峰，代表了中国古典诗歌艺术的精华。古典诗歌在长期发展中积累了丰富的艺术经验，使用典故即是其中的一个重要方面。典故用得好，可以丰富和深化诗歌的意蕴，使艺术表现变得精练、含蓄、婉曲，从而增强诗的情韵和艺术感染力。在古代，没有丰富的历史文化知识，不熟悉和掌握大量的典故，是不能很好地进行诗歌创作的；而在今天，要想真正读懂并欣赏优秀的古典诗歌，熟悉和掌握典故也是一个必要的条件。《唐典》正是从一个特定的角度，为今人解读和欣赏古典诗歌架设的津梁，不仅为一般的唐诗欣赏者，也为专业工作(包括进行古典诗歌的整理注释工作)者提供了极大的方便。

我们读古诗，有时遇到一个生僻的词，不知道它是一个典故，或虽知道是典故而不知道其出典和确切的含义，就根本读不懂。比如唐人雍陶《闻杜鹃二首》其一中有这样两句："碧竿微露月玲珑，谢豹伤心独叫风。"不知道"谢豹"是指什么，就不能确切了解这句诗的含义，一查《唐典》，原来"谢豹"是古代吴地对子规鸟的别称，也就是诗题中所说的杜鹃。书中不仅有准确的释义，而且还提供了出典，使想对这个词作进一步了解的读者得到清晰的线索。有时从字面上看不出诗人是用了典，也能大体读懂，但不确切了解其出典和准确的含义，就会产生误解。如权德舆《和河南罗主簿送校书兄归江南》云："断云无定处，归雁不成行。"只从字面上看，会以为是单纯的写景，表现的只是大自然的行云和飞雁，但实际上这里是活用了一个典故"雁行"，表现的是对兄弟分离的惋惜。查《唐典》，知道了此典出自《礼记 · 王制》，原意是以雁飞的行列比拟兄弟的出行有序，古诗中常用来作为咏兄弟的典故。还有一种情况是，了解了典故以后，对诗歌内容的理解就会更深入一层。如杜甫《秋兴八首》之三："匡衡抗疏功名薄，刘向传经心事违。"匡衡和刘向是两个著名的历史人物，从《唐典》可以查到有关他们的事迹。联系到杜甫任左拾遗时曾为房琯事上疏皇帝因而被贬官，以及他出身于"奉儒守官"之家，怀抱"致君尧舜"的理想竟不得任用，以至贫病漂泊，就会认识到杜甫在这里是借古人古事以抒发自己政治失意的感慨，进而体会到"功名薄"和"心事违"的深沉含义。

由于中国古典诗歌艺术的传承关系，也由于唐诗的高度成就和巨大影响，《唐典》中所收的典故，不仅覆盖了《全唐诗》，而且也覆盖了唐前和唐后的不少诗文创作。如"箫史""青鸟""伏波""啼血""惊鸿""辽鹤""湘妃""金诺""豫章""八月槎""九回肠""九原可作"，等等，都是在古诗文中常见的典故。因而一编在手，不仅对我们阅读唐诗，还可以为我们阅读古代其他朝代的诗文提供极大的方便。如上文提到的"雁行"，在宋代黄庭坚的《宜阳别元明用觞字韵》一诗中也用到了："千林风雨莺求友，万里云天雁断行。"上一句中的"莺求友"也可以在《唐典》的"求莺"条中查到其出典和含义。又如李白《行路难三首》其三中用到了典故"华亭鹤"："华亭鹤唳讵可闻，上蔡苍鹰何足道。"苏轼的《宿州次韵刘泾》中也用到了："为君垂涕君知否？千古华亭鹤自飞。"李白《赠饶阳张司户燧》中用了典故"黄石"："愧非黄石老，安识子房贤。"清代诗人吴伟业的《过淮阴有感》中也用到了："莫想阴符遇黄石，好将鸿宝驻朱颜。"这些都可以通过查《唐典》来解决。吴诗下句中的"鸿宝"也是用典，同样可以在《唐典》中查到。

《唐典》的体例合理严密，使用极为方便。词条的设置，注意到了形同典异和形异典同的情况，前者在词条旁以数码标明，后者则分别单列。每一词条下，设“[出典]”“[释义]”“[例句]”三项，一典多形的，则在“[出典]”中以互见标明。“[例句]”在引诗后常附简略的阐释，利于读者的理解和欣赏。“[出典]”翔实、准确，注明原始出处，细及章、卷，便于读者查核。出典或解释有不同说法的，则列出不同说法，以备参考。总之，这是一部收词很广、覆盖面大，既有很高的学术水平，又适合于不同层次读者使用的雅俗共赏的大型工具书，是读者阅读古诗和习作古诗的良师益友。

（原载《光明日报》，2001 年 11 月 29 日）

《〈阿 Q 正传〉的意义》

《阿 Q 正传》是鲁迅小说中最著名的一篇作品，依我个人的看法，也是中国现代文学上唯一的一篇可以称得上经典之作的小说。所谓“经典之作”，是指要经得起空间和时间两方面的考验的作品。从空间上说，《阿 Q 正传》具有世界影响，得到世界的承认，成了世界名著。据有人统计，现在《阿 Q 正传》已有 50 多种文字的译本。许多国家的学生和学者在学习它、研究它。今天水原大学的同学们要演出话剧《阿 Q 正传》，并请我来作有关的报告，就是一个证明。从时间上说，《阿 Q 正传》问世将近一个世纪了，时间越久，人们越喜欢读它，越觉得它的伟大。中国有一家在文化界具有广泛影响的报纸，曾做了一项“20 世纪世界经典小说一百部”的调查，每两周公布一次排行榜，《阿 Q 正传》总是名列第一。投票的读者大多是 20 世纪后半期出生的读者。因此，我很高兴地愿意跟同学们谈谈我对这篇小说的认识。

跟世界上很多文学名著一样，《阿 Q 正传》有两个突出的特点：第一是它创造了一个活生生的艺术典型。读了《阿 Q 正传》以后，就忘不了阿 Q，它在每个读者心中留下了鲜明的难以忘怀的印象。第二是小说（特别是典型形象）具有深刻丰富的社会内容和思想意义，能引起一代又一代的读者不断的思考和探索。

关于《阿 Q 正传》的意义，我想很简单地讲三个问题：一、阿 Q 典型形象的意义；二、《阿 Q 正传》对辛亥革命的总结和批判；三、《阿 Q 正传》独特的艺术手法和艺术风格。

一、阿 Q 典型形象的意义

凡是成功的艺术典型都既是具体的、独特的，又是典型的、普遍的。阿 Q 是一个生活在中国江南农村的不觉悟的农民的典型形象，具有多方面的性格特征：他有农民式的质朴、愚蠢，同时也沾了一些游民的坏习气，比如他受人欺负、侮辱，但他也欺侮小尼姑、调戏吴妈、赌博，甚至到城里去偷东西，但他又不同于流氓和无赖。在他身上最突出、最鲜明的，是他的精神胜利法。这是《阿Q正传》中写得最多、也是最成功的一个方面，成为阿Q这个形象最具有典型意义的特征。关于阿Q精神胜利法的典型意义，可以做三个层面的理解。第一个层面，它是属于阿Q这个独特形象的。阿Q是一个雇农，除了力气什么也没有，只能寄住在土谷祠（农村的土地庙）里。小说里写，"未庄的人们之于阿Q，只要他帮忙，只拿他玩笑"[①]。他是受剥削、受压迫的。特别是未庄的地主家绅赵太爷家对他的压迫剥削是很严重的。赵太爷姓赵，阿Q就不配姓赵，自称姓赵就被打了嘴巴；阿Q调戏吴妈后，吴妈想自杀，赵家借此机会敲诈阿Q，同他订下一个"不平等条约"，逼得阿Q把唯一能御寒的棉被也典当了；赵家晚饭后就睡觉，是不许点灯的，只有赵太爷年青时为了考秀才读文章和阿Q来做短工的时候，允许点灯。挨打挨骂是经常的。未庄上的"闲人"们都可以任意打骂他、欺侮他。阿Q特殊的社会地位和阶级地位，对于我们理解他身上的精神胜利法的特点和意义是很重要的。被压迫、被侮辱的阿Q，为了生存，除了干活，就还需要找到一个能支持他生活下去的精神武器，这就是他的精神胜利法。关于阿Q的精神胜利法，小说里写得很生动，也很充分，但有一个共同的特点，就是都是在他失败的时候才使用出来，并且也才起作用的。因此阿Q的精神胜利法，其本质特征是，弱者对强者的压迫想反抗却又无力反抗，无可奈何，不得已而只好从精神上自我安慰、自我解脱的近于精神麻木的方法。这个方法是可怜的、可笑的，更是可悲的。用鲁迅小说的原话说，这是阿Q所可能有的"克服怨敌的妙法"。这种精神胜利法，是在任何情况下都可以从精神上反败为胜、从失败者变成一个胜利者的。但这种胜利比失败本身还要可悲。小说的第二、三章集中写阿Q的精神胜利法，题目是《优胜记略》和《续优胜记略》，实际上却是写阿Q的悲惨遭遇，是他失败的记录。在对精神胜利法的揭露和嘲讽中，流露出鲁迅对被压迫、被侮辱的阿Q的深深的同情。

第二个层面是，精神胜利法又不仅仅是属于阿Q的，鲁迅通过阿Q形象的塑

---

① 鲁迅：《阿Q正传》，《鲁迅全集·呐喊》（第一卷），人民文学出版社，2005年，第515页。

造，是想要“写出一个现代的我们国人的灵魂来”[①]。将自轻自贱和自尊自大结合在一起的“精神胜利法”，带有近代中国半封建半殖民地社会的鲜明的时代特征，受帝国主义列强的侵略和欺侮，却又无力反抗，便常常用诸如中国有灿烂的古老文明一类的理由来自我安慰、自我欺骗。鲁迅在谈到《阿 Q 正传》的创作时曾经说过：“我的方法是在使读者摸不着在写自己以外的谁，一下子就推诿掉，变成旁观者，而疑心到像是写自己，又像是写一切人，由此开出反省的道路。”[②]鲁迅的这一创作思想和追求获得了很大的成功，当《阿 Q 正传》在报纸上连载时，就有人以为是在骂自己，因为他们从阿 Q 身上看到了自己精神世界的某种特征。鲁迅是个善于描写人的灵魂的作家，他通过阿 Q 典型形象的创造，真实地画出了中国国民的普遍的灵魂，而目的不是要攻击某一个人，而是要促进大家的觉醒，进而疗救病态的社会。

第三个层面是，阿 Q 不仅是未庄的，也不仅仅是中国的，而且也是世界的。从阿 Q 的形象中，鲁迅还写出了一个超越时代、超越国度的普遍的人性的弱点。无论哪个国家的人，无论今天还是未来，凡是把自己的弱点看成优点，凡是失败了而不承认失败，反而把失败看成胜利，沾沾自喜、自我陶醉、自我欺骗的人，都能从阿 Q 的形象中照见自己的影子。

将这三个层面结合起来看，我们就能认识阿 Q 这个艺术形象的深刻的典型意义。阿 Q 已经成为人类社会生活中具有某种精神特征的人们的一个共名。

二、《阿 Q 正传》对辛亥革命的总结和批判

《阿 Q 正传》写于 1921 年 12 月至 1922 年 2 月之间。这个时间很值得我们注意，这正是辛亥革命十年之后，这段时间鲁迅对辛亥革命的历史教训作了深刻的思考。这在《阿 Q 正传》中可以从两个方面来认识。其一是，小说非常真实地写出了作为一个落后的农民的阿 Q 对革命的朦胧的追求和天真可笑的认识。对于革命，阿 Q 本来是一无所知的，他曾经非常麻木地看过杀革命党人，还以一种令人痛心

---

① 鲁迅：《俄文译本〈阿 Q 正传〉序》，彭小苓、韩蔼丽编选，《阿 Q70 年》，北京十月文艺出版社，1993 年，第 38 页。

② 鲁迅：《答〈戏〉周刊编者信》，《鲁迅全集 · 且介亭杂文》（第六卷），第 150 页。

的欣赏的态度对人说："咳，好看。杀革命党。唉，好看好看，……"他开始时认为，"革命党便是造反，造反便是与他为难，所以一向是'深恶而痛绝之'的"[①]。后来当他看到城里百里闻名的举人老爷那么怕革命，他也就对革命"未免也有些'神往'了"。这是阿Q从自身的阶级地位和生活感受出发所表现出来的自发的革命要求。但他对革命的理解和认识又是非常幼稚可笑的。小说中写了一段他在幻想中参加革命党的情景，表现了阿Q对于革命的简单化的天真理解，那就是：想杀谁就杀谁，想要什么就要什么，自己在革命中立即变成了赵太爷那样的地主豪绅。但在阿Q对革命幼稚可笑的理解和态度中，有一个基本点却值得肯定，就是凡过去压迫过他的人都应该在革命中受到惩罚。这种反压迫的性质，反映了阿Q朴素的革命要求。对落后农民的革命要求应该重视，并加以教育、引导和组织，这本来应该是辛亥革命的重要任务。但辛亥革命没有认识到农民革命力量的重要性，放弃了应该和必须做的工作，结果就是如小说所写的：阿Q要革命，而假洋鬼子却不许他革命。关于阿Q的革命性，鲁迅在答复批评他的人时说过一段著名的话："据我的意思，中国倘不革命，阿Q便不做，既然革命，就会做的。我的阿Q的运命，也只能如此，人格也恐怕并不是两个。"[②]可见鲁迅对阿Q革命性描写的重视和自觉。

其二是，小说从正面写出了辛亥革命的妥协性和不彻底性。鲁迅以未庄这个农村小镇为背景，非常真实地描绘出辛亥革命在当时社会生活中引起的反响和变化：最初是地主豪绅们的极大恐慌（如转移财物、阿Q地位的突然提高等），但随之而来的是很快归于平静，在所谓"咸与维新"的口号下，本来应该是革命对象的一些人物，或者将辫子盘在头顶上，或者花四块洋钱买一个作为革命标志的银桃子挂在衣襟上，便一个个摇身一变，变成"柿油党"了。辛亥革命在这个小镇的结果，是原先的知县老爷、城里的举人老爷、带兵的老总，也都做了名目不同的官，而且联通一气，借一桩枪案，将真正想要革命而不知道应该怎样革命的阿Q枪毙了。"大团圆"的结局是一个悲剧的结局，是阿Q的悲剧，也是辛亥革命的悲剧。《阿Q正传》一共九章，鲁迅用了三章的篇幅来写革命，这并不是偶然的。

---

① 鲁迅：《阿Q正传》，《鲁迅全集·呐喊》（第一卷），人民文学出版社，2005年，第534、538页。

② 鲁迅：《〈阿Q正传〉的成因》，《鲁迅全集·华盖集续编》（第三卷），第397页。

三、《阿Q正传》独特的艺术手法和艺术风格

鲁迅在《阿Q正传》中采用了夹叙夹议的手法，就是一边叙述一边议论的手法。这是在他的其他小说中很少使用的。这种独特手法的运用有两方面的意义。一是有助于剖析阿Q的灵魂，剖析国人的灵魂。举一个例子，比如写阿Q自称姓赵，在被赵太爷打了嘴巴之后反而出了名，小说一面叙写他的心理活动：“他付过地保二百文酒钱，愤愤的躺下了，后来想：‘现在的世界太不成话，儿子打老子……’于是忽而想到赵太爷的威风，而现在是他的儿子了，便自已渐渐的得意起来，爬起身，唱着《小孤孀上坟》到酒店去。这时候，他又觉得赵太爷高人一等了。”[①]紧接着下面就有一段议论，分析为什么阿Q挨了打反而比先前受人尊敬的原因：

> 说也奇怪，从此之后，果然大家也仿佛格外尊敬他。这在阿Q，或者以为因为他是赵太爷的父亲，而其实也不然。未庄通例，倘如阿七打阿八，或者李四打张三，向来本不算一件事，必须与一位名人如赵太爷者相关，这才载上他们的口碑。一上口碑，则打的既有名，被打的也就托庇有了名。至于错在阿Q，那自然是不必说。所以者何？就因为赵太爷是不会错的。但他既然错，为什么大家又仿佛格外尊敬他呢？这可难解，穿凿起来说，或者因为阿Q说是赵太爷的本家，虽然挨了打，大家也还怕有些真，总不如尊敬一下稳当。否则，也如孔庙里的太牢一般，虽然与猪羊一样，同时畜生，但既经圣人下箸，先儒们便不敢妄动了。[②]

这段话深刻地剖析了阿Q因想儿子打老子便得意起来这种精神胜利法的毫无根据，同时也剖析了未庄人们的愚昧与精神的麻木，这种愚昧与麻木实质上同阿Q的精神胜利法有相通之处，而且还是精神胜利法产生的土壤之一；而同时，又顺便揭露了地主豪绅赵太爷的威风与霸道。而这种对阿Q的压迫，尤其是精神上的压

---

① 鲁迅：《阿Q正传》，《鲁迅全集·呐喊》（第一卷），人民文学出版社，2005年，第519页。

② 鲁迅：《阿Q正传》，《鲁迅全集·呐喊》（第一卷），人民文学出版社，2005年，第519—520页。

迫（如赵太爷永远不会错之类），又是阿Q精神胜利法产生的另外的原因之一。这样的议论同生动的叙写相结合，相得益彰，对阿Q精神的剖析就显得更加深刻和透辟了。又如第二章开头对阿Q自尊自负精神状态的分析，第四章的开头对两种胜利者心理的分析，并进而剖析了阿Q的胜利法的特点是：“他是永远得意的。”① 二是这种夹叙夹议的手法，有利于表现鲁迅幽默的特色和讽刺的锋芒，议论透辟和讽刺辛辣之处，很有点像他杂文的风格。

这篇小说独特的艺术风格，可以用鲁迅评论《儒林外史》的四个字来概括，就是“戚而能谐”。“戚”就是悲哀，“谐”就是诙谐，就是说用一种诙谐幽默的形式，表现出一种深沉悲痛的内容，调侃讽刺的笔调、嬉笑怒骂的描写，隐含着鲁迅对阿Q不幸命运的深切的同情，对促使被压迫者觉醒的热切的期待，对革命问题的深沉严肃的思考。小说开始在《晨报》上发表时是登在“开心话”专栏里的，但从第二章起开始就改在“新文艺”专栏刊登了。因为鲁迅创作《阿Q正传》的目的并不在让读者寻开心。他在给王乔南的信中说过：“我之作此篇，实不以滑稽或哀怜为目的，其中情景，恐中国此刻的‘明星’是无法表现的。”② 这一点，大家只要仔细读读并认真体会小说最后对阿Q被枪毙以前画圆圈画不圆的那段描写，就能有深刻的体会。这一笔写阿Q的精神胜利法写到了极致。马上就要被枪毙了，还要想到一定要把圆圈画圆，经过努力最终还是没有能画圆，但马上又想：“孙子才画得很圆的圆圈呢。”于是便心中“释然”，很快睡着了。鲁迅笔下的阿Q诚然是可笑的，但我们想笑也笑不起来，从阿Q画不圆的那个圆圈里，我们分明看见了作者的眼泪。读完《阿Q正传》，在我们心中留下的是沉重的悲哀和深沉的思考。

（此文未收入北京大学出版社2018年出版的《未名湖畔的足迹》，是新发现的未刊遗稿，为1999年10月在韩国水原大学的演讲）

---

① 鲁迅：《阿Q正传》，《鲁迅全集·呐喊》（第一卷），人民文学出版社，2005年，第524页。

② 鲁迅：《致王乔南》，《鲁迅全集·书信》（第十二卷），第245页。

序与跋

《聊斋志异欣赏》前言

蒲松龄的《聊斋志异》是一部具有独特的思想风貌和艺术风貌的文言短篇小说集，是我国古代短篇小说发展的高峰和总结。唐传奇以后，白话小说兴起而文言小说衰落。“话须通俗方传远”，这是宋元说话人总结的一条艺术经验。这里的“话”是故事的意思，但显然也包括用来编写故事的语言，没有通俗的语言，很难写出通俗生动的故事。但用典奥的文言文写成的《聊斋志异》，它的书写工具并不通俗，然而它却不仅在文言小说衰歇了数百年之后又重新崛起，而且在识字和不识字的中国老百姓中的广泛影响，直可与《三国演义》《水浒传》《西游记》等作品相比。这可以说是中国小说史上的一个奇迹。这一事实启发我们，一部作品的艺术生命力，它的社会效果，取决于多方面的思想艺术因素。《聊斋志异》在思想艺术上取得的成就和经验，是很值得我们探讨、总结和借鉴的。

《聊斋志异》能在群众中产生广泛的影响，首先是因为它的思想内容深深地扎根于现实的土壤之中，扎根于人民的生活之中。《聊斋志异》中的许多作品取材于民间传说，但不是简单的记录，而是经过作者的加工、改造，融进了自己对生活的体验和认识。民间传说是群众的集体创作，凝聚着人民群众思想感情的血肉。这使得《聊斋志异》在思想与艺术上与广大人民群众有一种天然的联系。出身于小地主兼商人家庭的蒲松龄，是一个有政治抱负的知识分子，但他在功名上很不得志，仕途蹭蹬，一生穷困潦倒，大部分时间在山东乡村坐馆，靠舌耕度日。他跟下层劳动人民有广泛的接触，并和他们有大体相同的生活遭遇。水旱之灾，苛敛之苦，兵燹之难，他都有亲身的体尝。因此他同情人民，关心人民，在思想上不断地靠拢人民。在《聊斋志异》中，虽然也存在由历史条件和作者的阶级地位所带来的种种局限和糟粕，但从近五百篇作品的总体来看，其主要的倾向是进步的，反映了人民群众的理想、愿望和要求。在生活中，蒲松龄曾仗义执言，勇敢地跟淄川地方的贪吏蠹役作坚决的斗争。这位接近人民并忠于生活的作家，在文学创作中也同样是一个人民的代言人。他爱人民之所爱，憎人民之所憎。黑暗的现实激起了他满腔的孤愤，发而为文，熔铸成栩栩如生、有血有肉的艺术形象。或颂扬，或悲悯，或嘲讽，或鞭挞，嬉笑怒骂，处处跟人民群众的思想感情息息相通。蒲松龄通过《聊斋志异》的创作，肯定和赞颂真、善、美，揭露和批判假、恶、丑，作家的思想感情、社会理想和美学理想，跟被压迫的人民群众是相一致的。这是这部短篇小说集在当时和后世能引起无数读者共鸣的根本原因。

幻想性和现实性相结合，是《聊斋志异》思想艺术的一个突出特色。小说中所描写的人物多为花妖狐魅，他们活动的场所或仙界，或龙宫，或冥府，或梦境，总之是神奇怪异，五光十色。《聊斋志异》中的多数篇章，描写的是与实际生活迥异的幻想世界，其艺术想象之大胆、奇丽、丰富，在中国古典小说中罕有其匹。但这些故事奇幻而不虚飘，神奇而不荒诞，超现实的幻想表现出的是非常现实的社会内容。作品通过幻想的故事，所提出的往往是现实社会中有普遍意义的重大矛盾。虚幻的世界，乃是现实世界的艺术投影。皇帝的荒淫昏庸，官吏的贪鄙凶残，土豪恶霸的阴险横暴，试官的糊涂荒唐，士子的庸俗空虚，乃至家庭生活中的婆媳不和、嫡庶争宠，等等，举凡蒲松龄生活的那个时代社会生活中的基本矛盾和问题，在《聊斋志异》中几乎都得到了鲜明真实的反映。

难能可贵的是，蒲松龄的眼光不只是注视着社会黑暗罪恶的一面，他还敏锐地摄取并集中了实际生活中美好的东西，加以提高升华，使人在黑暗的现实中也能充满希望和信心。尤其是那些幻化为妇女的为数众多的花精、鬼女、狐仙，往往具有现实生活中新人的思想和优美品格。因此，尽管她们的身份是容易使人感到骇怪的神鬼精怪，读者却仍然喜欢她们，丝毫没有陌生、畏惧之感，而只是感觉到熟稔和亲切。她们不是一般人心目中的那种精魅，而是人化了的精魅。真正吸引并感动读者的，是神奇绚丽的幻想世界中所透露出的人间气息。《聊斋志异》中丰富奇特的艺术想象，不是将人引向虚无缥缈的天国，而是教人俯视满目疮痍的人世，憎恶这人世，同时又充满希望地要改善这人世。

中国古代的文言小说，以内容、形式、手法都有显著区别的“志怪”“传奇”为两大体制。蒲松龄继承了这两种体制的创作传统和艺术经验，并加以融合和创造性的发展。鲁迅先生极精辟地概括为“用传奇法而以志怪”，即用创作传奇的方法来写志怪小说。一方面，搜奇记异，广采民间传说；另一方面，又通过虚构和想象进行艺术加工，概括进血肉丰满的现实内容。在艺术描写上，既有六朝志怪的简括精练，又兼具唐人传奇的委曲丰赡。而在情节的曲折引人，对话的声口毕肖，细节的生动丰富等方面，又显然从宋明白话小说中吸取了艺术营养。《聊斋志异》还运用了史传文学的手法，一篇以写一人为主，多以人名命篇，开首多以介绍人物入题，末尾则多仿效《史记》“太史公曰”的体例，常附“异史氏曰”以发表评论。正文与论赞前后映照、相得益彰。此外，作者还融入了我国古典散文和古典诗歌的手法和风格，使《聊斋志异》呈现出一种丰富多彩的艺术风貌。讲求构思臻于精妙，讲求语言富于韵致，不少篇章本身就是优美耐读的散文。一些歌颂男女爱情的作品，洋溢着浓厚的抒情气息，创造出一种富有诗意的艺术境界。《聊斋志异》的语言取得了独特的成就，它将典雅精练的文言和通俗生动的口语熔于一炉，自然和谐，浑然一体，成为传写人物形貌、表现生活情韵的有力工具。总之，《聊斋志异》在艺术上广采博取，融会创造，使中国古代文言短篇小说呈现出一种焕然一新的面貌。

跟中国古代无数徒以怪异故事眩人耳目，或目的只在“发明神道之不诬”（干宝《搜神记序》）的志怪小说不同，《聊斋志异》是对生活进行艺术概括的结果，是寄寓了作者的生活理想和融进了作者鲜明爱憎的“孤愤”之作，也是作者对社会生活的一种富于诗意的升华。其中的优秀之作，几乎每一篇都在我们的面前展现出一个神奇绚丽的艺术世界，而又处处泛出真实生活的折光。

美的语言，美的思想，美的形象，美的意境：《聊斋志异》是真正的艺术的美的文学。人们喜爱聊斋故事，因为从中可以认识人，认识社会，认识那个已经逝去而不应该被忘掉的时代；同时又可以得到思想和道德方面的有益的启迪，可以得到艺术的美的享受。

艺术欣赏是人们日常最基本的审美活动。只有通过艺术欣赏，作品所反映的生活的本质，形象所蕴含的丰富的思想和艺术美，才能被我们准确地感知、把握和认识，才能领受艺术所特有的对人的思想感情的陶冶，才能享受到审美的愉悦。为了帮助读者深入地理解《聊斋志异》的思想艺术特色，为了帮助读者提高艺术欣赏水平和审美能力，我们编辑了这本《聊斋志异欣赏》。

这是一本多人撰写的文集。全书内容包括两个部分，一部分是对《聊斋志异》思想艺术特色的专题探讨，一部分是对具体作品的鉴赏。艺术欣赏不是单纯对艺术技巧的探求，而是对作品思想艺术的综合分析。一部作品的思想与艺术是水乳交融、不可分割的。世界上不存在没有思想的艺术，真正的艺术也不可能不表现思想。技巧不等于艺术。技巧再高妙，如果离开作品的思想和艺术，就将毫无意义。本集中的文章，有的是从思想分析达于艺术，有的则是从艺术品鉴深入到思想，论析的角度和侧重点有所不同，但都兼顾到作品的思想和艺术两个方面。

《聊斋志异》杰出的思想艺术成就，包括多方面的内容，本书不可能一一论析。而另一方面，不同作者的文章在某些方面又可能出现重复。我们在约请作者撰稿时，尽量安排不使内容重复，但事实上又不能完全避免。重复当然容易造成单调和狭隘，但相同的作品或论题，不同的作者会有不完全相同甚至是完全对立的分析，这对一个勤于思考的读者来说，则无疑是更具启发意义的。

本书中的文章，效法蒲松龄的《聊斋志异》，写法形式不拘一格，篇幅短长参差不齐。这或许更能适应和显示《聊斋志异》丰富多彩和生动活泼的面貌。个别文章曾在报刊上发表过，收入本书时又由作者做了若干修改。

当本书奉献在读者面前的时候，我们谨向热情地给本书撰稿、题签的吴组缃先生，为本书撰文的诸位学人和所有关心本书出版的同志致以衷心的谢意。

受北京大学出版社的嘱托，我负责本书的组稿和编选工作。这篇前言和编选工作一定存在不少缺点错误，期待着读者朋友的批评。

1983 年 8 月

（原载《聊斋志异欣赏》，北京大学出版社，1986 年）

《古典小说鉴赏》前言

在中国古典文学中，较之正统诗文，小说是一种晚熟的文学形式。尽管如此，中国古典小说仍然可称为源远流长。若从已经符合或接近现代小说观念的唐代传奇算起，中国古典小说至少也有1300年左右的历史。在长期的历史发展中，产生了许多优秀的作品，有不少即使置于世界小说之林也是毫不逊色的第一流的精品。

中国古典小说经历了几个发展演变的阶段。汉以前，一直追溯到远古时期的神话传说，是中国古典小说的萌芽期，为中国古典小说的发展打下了最初的基础。其间，不属于小说的先秦寓言、长于叙事的《左传》和纪传体的《史记》，都对中国古典小说产生过积极的影响。以“志怪”“志人”为代表的魏晋南北朝时期，是中国古典小说的雏形期。这时期的作品，篇幅短小，反映的社会生活内容也不够深广，但已粗具规模，为小说创作走向成熟进一步奠定了基础。唐代传奇标志着中国古典小说发展到了成熟期。唐人开始有意识地创作小说，即通过艺术的想象和虚构，对生活进行概括集中，表达作者对现实人生的认识与评价。脱离了“志怪”“志人”的实录性质，小说和历史便实现了真正的分流。小说的篇幅也大大加长，由数十百字描写一个生活场面或片断，铺展为几千字的规模，能比较完整、丰富地反映社会生活，写出生活的流动发展，展现人物的遭遇和命运。在民间“说话”艺术的基础上，宋元时代产生了中国小说史上一种崭新的形式——话本。这是中国古典小说发展的开拓期和转折期。自此以后，中国古典小说的发展就变为文言与白话两途，而且就其普及的程度和广泛影响来说，用白话写成的通俗小说占了绝对的优势。这两个系统各自独立发展，同时又互相关联，互相影响和渗透。来自民间、诉诸听觉的“说话”艺术，深深地浸润着以市民为主体的广大群众的审美趣味，这对中国古典小说（尤其是白话小说）艺术特色和艺术传统的形成，产生了明显的影响。明清时代是中国古典小说的繁荣期和丰收期。古典小说的各种形式体制到此已臻于完备并走向成熟。文言小说和白话小说，文言小说中的志怪体和传奇体，以及熔志怪、传奇于一炉并从传统散文与白话小说中吸取营养而创作出的具有独特面貌的《聊斋志异》那样的文言短篇体制，还有作为中国古典小说民族形式的章回体长篇小说，争奇斗艳，出现了全面繁荣的局面。现实主义的创作方法和艺术表现手法，都发展得更加丰富、细腻、成熟。中国古典小说中一些家喻户晓的名作，如《三国演义》《水浒传》《西游记》《金瓶梅》《儒林外史》《红楼梦》以及一些精美的短篇小说，大多产生于这一时期。

综观中国古典小说的发展演变，其基本轨迹是：由文言而白话，由典奥而通俗，由短篇而长篇，由简而繁，由粗而精。这是符合艺术发展的一般规律的。

中国古典小说在历史发展中形成了自己具有民族特色的艺术传统。从粗陈梗概的“志怪”“志人”开始，中国古典小说就以写人为中心（神鬼也是人的一种折射或化身），并注重刻画人物的性格特征，哪怕是寥寥数语，优秀之作也能勾画出人物的鲜明个性，并或多或少、或深或浅地让读者由此窥见某一方面的社会风貌。六朝人和唐人写作文言小说，同写作散文并无二致，都讲求全局在胸，下笔不苟，很注意谋篇布局，这影响及于后来中国古典小说精于艺术构思的传统。即使是长篇小说，主次详略、虚实显隐之间也往往体现出作者的艺术匠心，情节的发展多是前有伏笔，后有照应，作者构思之精细和巧妙，随处可见。与此相关的另一个特色，是讲究语言的精练，追求一种简约的美。这不仅受古典散文影响很深的文言小说是这样，即如《红楼梦》这样的鸿篇巨制，也是很注意锤炼语言的，不仅很少有废词赘语，而且用一个词有一个词的独特意蕴，不能随意更换。中国古典小说跟民间传说有着深厚的血缘关系，宋元以降的白话小说更是渊源于口头的“说话”艺术，因而形成了讲故事的传统。一般都情节曲折、生动，首尾完整。中国古典小说总是在生活的流动发展中展示人物的性格、命运，揭示事件的社会意义。不仅很重视故事发展中的波澜、悬念，情节转换中的穿插、分合，而且影响及于人物描写的手法，也多取在动态的事件发展的过程中，通过人物的言语和行动来表现人物性格，而很少离开故事发展做静止的心理剖析。讲故事是中国古典小说的重要特色，但并不是唯一的特色，单有好的故事并不就是一篇好的小说。没有活生生、血肉丰满的人物形象，故事不会被读者接受，更不会流布后世，这是为小说史的事实所证明的。

在生活里，凡识字的人几乎都读过小说。而读小说就是在进行艺术鉴赏，只是有深浅之分，自觉不自觉之分。我们要力求使日常的艺术鉴赏活动，由浅入深，由不自觉而达于自觉。一般读者应该这样，从事文学创作和文学评论的人尤其应该这样。

鉴赏是人们对艺术作品的一种审美活动过程。文学是一种语言艺术，文学的研究和批评都离不开鉴赏，都带有审美的特征。没有鉴赏，就没有对艺术美的感知，就不能真正认识文学作品，也不可能有真正的文学批评。

鉴赏不是对艺术对象的浮光掠影的观赏，鉴赏是一种发现。有发现才能获得真正的艺术享受。能感受到艺术美不是一件易事（在艺术欣赏中以丑为美的事并不罕见），但仅仅感受到艺术美还是很不够的，还必须要理解这种美，要能解释对象为什么是美的或为什么是不美的。感受是发现的基础，但感受并不等于发现；没有理解，不能说明和解释，算不上真正的艺术鉴赏。发现什么？发现作品所概括的丰富的社会内容，发现作品所包含的深厚的思想意蕴，发现作者“成如容易却艰辛”的艺术匠心。一句话，发现作者由生活中提炼升华出的艺术美。只有在发现中才能得到艺术鉴赏的愉悦。

艺术鉴赏这一审美活动过程，是感性的，也是理性的，是感性和理性两方面的有机结合。不去感受作品所描绘的活生生的生活，不深入到作品所创造的艺术形象中去，不跟作品中的人物在思想感情上有所交流，同其喜怒，共其哀乐，鉴赏活动便失掉了基础。如果撇开形象，一接触作品就高高在上、无动于衷地以一个审判者的姿态出现，那就一定不能获得艺术鉴赏的愉悦。态度冷漠，对生活和艺术都缺乏热情的人，是很难感知艺术美的。艺术鉴赏自始至终都不能离开感性活动，自始至终都需要充满激情。但是反过来，如果没有理性，没有对形象的冷静思考，不能有所发现，也同样不能获得艺术鉴赏的愉悦。

整个鉴赏活动，是感受，是共鸣，是陶冶，是享受，也是认识和评判。评判作品所反映的生活，也评判反映生活的作品。鉴赏乃是一种创造性的思维活动。在鉴赏过程中，离不开一个人的生活经验，也离不开产生于生活经验基础之上的艺术想象。在某种意义上可以说，没有想象就不可能有真正的艺术鉴赏。在这一点上，鉴赏和创作实际上是相通的。

艺术鉴赏不是对艺术技巧的抽象说明。真正的艺术作品，无一例外地是思想性和艺术性的有机结合。没有离开艺术的抽象的思想，也没有脱离思想的单纯的艺术。艺术鉴赏必须从思想和艺术的结合上去感知和发现，然后才可能对作品做出准确的思想或艺术的评价。

本书是对中国古典小说进行艺术鉴赏的一种尝试。所选的作品，主要是短篇小说，也包括一部分长篇小说的精彩片断，都是历代的名篇佳作。不求全（这样一本小书也无法求全），但也希望能尽量反映出中国古典小说发展的大致脉络及其在不同时期的基本特色。我们对每一篇作品做具体、深入、细致的分析鉴赏，角度可能不完全相同，或侧重思想，或侧重艺术，但都力图从思想和艺术的结合上有一些“发现”，能给爱好中国古典小说的读者一些启发，并由此比较具体切实地认识到中国古典小说的民族传统和共同的艺术特色。考虑到不同读者的情况和需要，对作品的鉴赏分析尽量做到深入浅出，既有一定的学术性，又力求通俗易懂，便于广大的文学青年理解和接受。由于选析的作品均为名篇，易寻易得，为免篇幅之累、不增加读者的经济负担，不另附录原文。但在具体鉴赏时，适当照顾到读者对基本情节的了解。

全书共分为三个部分：短篇小说鉴赏，长篇片断鉴赏，小说鉴赏随笔。第三部分除分析鉴赏作品本身外，还联系当前的创作做了一些发挥。借鉴传统，继承和发展传统，这本来就是古典小说鉴赏的目的之一。

（原载《古典小说鉴赏》，北京大学出版社，1992年1月）

走进古诗文的艺术世界
——《古诗文的艺术世界》序

在中国古代文学的各种形式中，诗文的传统最为源远流长，诗文的写作最为普及。在漫长的封建时代，作文不用说，诵诗和习诗在童子的发蒙期就是必修的功课。历代的士大夫有诗文集行世的不在少数，其间虽也不乏附庸风雅甚至是无病呻吟之作，但艺术修养深厚且系发诸真情的作家作品也确实不少。我们今天能读到的许多名篇佳作，就是从数不清的作品中，经过历史的筛选而保存下来的。悠久的历史，众多的作家，积累了丰富的艺术经验，创造出无数脍炙人口的艺术精品。

中国古代的诗文是一个珍藏丰富的艺术宝库，一个广袤、深邃、绚丽多彩的艺术世界。进入这个艺术世界之中，我们不仅可以超越时空，窥见不同历史时期社会生活的风貌，窥见折射出时代之光的人的精神世界，体会到诗人和作家们的喜怒哀乐，感受到他们的人生体验和人生感悟，领略到他们对人生和宇宙的思索，而且还会受到强烈的艺术感染，得到一种审美的愉悦。

中国古典诗歌在长期发展中，创造出多种多样完美的艺术形式，特别是到了唐代，近体诗的体式和技巧更臻于成熟和精致。无论律诗或绝句都有着严格的格律要求。汉语的特点所构成的对偶、平仄和押韵，并没有成为诗的羁绊，而是造成一种与内容十分协调的诗的韵律，使中国古典诗歌具有一种独特的音乐美。古人讲究吟诗是不无道理的。这种由独特的韵律所构成的独特的音乐美，使得中国古典诗歌中的许多作品，需要通过吟诵才能充分地领略到它的韵味和艺术美。格律诗的写作当然有很高的难度，但杰出的诗人具有高度熟练的艺术技巧，能在不自由中求自由，从心所欲不逾矩，使内容与形式达到完美的结合。中国古典诗歌在艺术表现上的精练，在世界各国的诗歌中也是极为罕见的。优秀的诗人能将自己的思想感情和人生体验，轻巧而毫不费力地凝聚于寥寥数十字之中。

由情景交融所创造出的诗歌的意象和意境，更使得中国古典诗歌的艺术表现从有限达到无限，读者可以由诗中所写的具体的山水草木、鸟兽虫鱼等等，进入一个由诗人的主观世界与客观物象相融合而构成的或高远或深邃的艺术境界之中。欣赏中国的古典诗歌，需要感情投入，也需要艺术想象，只有当我们像诗人作诗时一样饱含激情，并通过艺术想象，真正进入（准确地说应该是全身心地融入）诗歌的艺术境界中去时，我们才会真正领略到它深刻的思想和高妙的艺术，从而得到一种难以言传的美的享受。

相对于诗歌来说，中国古典散文的艺术传统还有待于进一步的梳理。在编写中国古代文学史时，曾有一些专家提出，应该区分文学性的散文和非文学性的散文，而文学史应该阐述的只是文学性的散文。这个意见当然不错。但在实际操作时却会遇到很大的困难，难就难在文学性和非文学性的界限十分不易把握。在中国传统散文中，有一个特点是不容忽视的，就是应用文体也非常讲究表达的艺术，这包括谋篇布局、语言运用、修辞和尽可能拥有具体可感的形象的手段等等，这就使得一些本来似乎与文学不相干的实用性文章，如书信、碑铭、序跋乃至向皇帝上的奏议、策论等的优秀之作也具有相当高的艺术性。如果我们一定要坚持用现代人的文学观念来衡量中国的传统散文，即认为文学是运用语言的手段，通过塑造形象以反映社会生活并表现作者思想感情的艺术，那么在中国古代，真正称得上文学性散文的作品，其范围就要大大缩小。在中国古典散文的传世名篇中，有一些作品并不以“塑造形象”为特点，更不以此作为作者的创作目的，但我们又不能不承认，从表达的角度看，它们确实具有很高的艺术性。阅读这样的作品同样需要欣赏的眼光，同样能得到美的享受。正如我们如果严格用现代人的小说观念来衡量中国的传统小说，就会像把数量很大的笔记小说、志怪小说和逸事小说中的不少佳作排除在小说大门之外一样，削足适履地也将大家熟知的一些传统应用散文中的精品排除在文学性散文的大门之外。这不仅会使热爱中国古典散文的读者有遗珠之憾，而且还必然造成有中国特色的古典散文传统的缺失。实用性并不排斥艺术性。比如一只花瓶或茶壶本来只是实用性的器物，但经过艺匠的精心制作——镂刻、彩绘和特种工艺的烧制等等，它就可能成为具有很高艺术价值的工艺美术品。没有人怀疑真正的工艺美术品也是艺术品，那么，从最宽泛的文学观念——“文学是语言的艺术”这一意义上看，我们也没有理由将古代应用性散文中表达艺术很高的美文排除在文学性散文之外。

今人读古诗古文，多数并不是为了取作楷模，练习写作，而是为了艺术鉴赏。

艺术鉴赏是一种高层次的精神活动，一种在阅读和欣赏过程中的审美体验，是对审美对象所具有的艺术美的感知和判断。鉴赏非易事，亦非难事，更不神秘。鲁迅先生曾说："凡人之心，无不有诗，如诗人作诗，诗不为诗人独有。凡一读其诗，心即会解者，即无不自有诗人之诗。"（《摩罗诗力说》）这就是说，诗心人人皆有，因而人人也就都具有鉴赏诗歌的基础。实际上，在生活中是人人都曾有过进行艺术鉴赏的经验的，只不过有自觉或不自觉之分，有层次高低之分罢了。我们每个人都应该而且可以在艺术鉴赏过程中，不断地提高自己审美的自觉性，提高自己的审美水平，逐渐实现审美体验由低到高、由浅入深、由俗趋雅的转化。

阅读和欣赏古诗文中的名篇佳作，是培养健康的审美情趣、提高审美水平的一条重要途径。如果我们能通过一篇篇优美的诗文作品，进入古人为我们创造的艺术世界中去，真正发现并领略到其中的艺术美，我们就能获得一种审美的愉悦。经常的健康的审美活动，可以提高人的精神境界，净化人的灵魂。一个人能品鉴美，追求美，自己的灵魂也可以经艺术的熏陶而变美。朱光潜先生曾说过："美感经验的直接目的虽不在陶冶性情，而却有陶冶性情的功效。心里印着美的意象，常受美的意象浸润，自然也可以少存些浊念。"（《子非鱼，安知鱼之乐？》）

收入这本书里的文章，能大体反映出我对中国古诗文艺术的认识和审美体验。希望读者在读这些文章时能分享我的审美愉悦。古人曾说"诗无达诂"，不仅对诗歌的解释是如此，对诗歌的鉴赏也是如此。任何一个人对作品（尤其是含蕴丰富的经典性名作）的解读和欣赏，都仅仅是一种角度，一种体验，一种认识，而且不可避免地、都必然会留下时代的和个人的精神印记，因此，不管多么高明的艺术鉴赏和审美体验，都只能启发而不能取代其他读者对作品的解读和欣赏。一篇真正的艺术作品诞生以后，人们对它的体验和认识，是一个无限长的审美流程，在某种意义上也可以说，这是一个超越时空的集体创作。将此书奉献给读者，在希望别人分享我的审美愉悦的同时，也十分希望能分享别人的审美愉悦——希望在交流中共同走进古诗文的艺术世界。

（原载《古诗文的艺术世界》，北京大学出版社，2002 年 7 月；后以《走进古诗文的艺术世界》为题发表于《中华读书报》，2003 年 3 月 12 日）

《中国文学十五讲》引言

我们从事中国古典文学研究和教学的人，常常会遇到这样的提问：学习文学有什么用？学习中国古典文学又有什么用？这是很难回答的问题，但又是应该认真回答的问题。

话题不妨从远一点说起。

劳动创造了世界，劳动也创造了人类自身。这已经成了常识。但是人之为人，人类区别于别的动物的主要之点是什么，答案却可能千差万别。人会直立走路，会劳动，会说话，会思考，有社会交际，等等，还可能列出很多条。但在众多的区别中，我们认为最重要也最本质的应该是这样三条，就是：人类有思想，讲情操，能审美。三方面结合在一起，就构成了人类精神文明的主要内容，也构成了作为个体的人的精神境界的主要内容。

人类在自身的发展过程中创造了物质文明，也创造了精神文明。物质文明和精神文明是相生相伴、不可分割的，两方面相互依存，又相互促进。没有物质文明作基础，就很难创造出与之相适应的精神文明来；反之，没有精神文明的渗透、浸润、滋养，要创造出更高的物质文明也将是十分困难的事。然而精神文明的创造依赖于物质文明的进步和发展，容易被人感知和认识，而精神文明对物质文明的推动和对整个人类社会进步的重要意义，却常常被人忽略。事实是，人类社会的发展和进步，人的生活，是不可能须臾地离开精神文明的，不可能离开既有的精神文明的传统，也不可能离开精神文明的新的创造。要是一个人没有对客观世界的科学认识，没有正确的思想，也不讲究情操，更不懂得审美，那么这个人就是一个精神残疾，或至少是一个精神空虚的人，由这样的人组成的社会，也必然会丧失生命的活力，走向衰亡，哪还能谈得上物质文明的创造？

人类精神文明的创造，一个民族的文化传统，是人们生存和发展的基本条件之一。就以哲学来讲吧，哲学是人类对整个世界认识的思想体系，是人类思想经验的高度概括，一般认为它是比较抽象的，很难和人的日常生活发生联系，但实际上哲学也会渗透到普通人的生活和思想中去，也会使人产生亲切感。冯钟璞先生在北大建校一百周年时撰文谈到冯友兰先生的哲学，曾讲到这样一件事：

> 一个多月以前，冯先生已经逝世7年了，东北边陲的一个女青年在人生道路上遇到了困惑，写信来要求冯爷爷帮助她，照说哲学似乎是没有什么实际用途，冯学在普通人中的影响，说明哲学对于人们的精神境界的作用。①

比起哲学来，文学不仅更贴近人的生活，更能做到雅俗共赏，而且包容了思想、情操、审美三个方面，更能体现人类精神文明的主要内容，于人的精神境界的影响尤大。试设想，如果我们的社会里没有人从事文学创作，没有诗歌、散文、小说、戏剧，或虽有人创作却没有人去阅读、欣赏，那这个社会一定是一个不健康的社会。

文学对人的精神世界的影响依靠的是艺术感染力，是一种熏陶，是潜移默化的，有时候说不清道不明，却可以使人刻骨铭心。作为诗人和唐诗研究专家的林庚先生，曾经谈到过他欣赏唐诗的体验。他小学的时候就读唐代诗人李绅的《悯农》，印象很深，到年老时读起来仍然感到那么新鲜。他说“这新鲜的并不是那个道理（指种田不易，应该爱惜粮食），道理是早就知道的了。新鲜的是对于它的一种说不出来的感受，仿佛每次通过这首诗，自己就又一次感到是在重新认识着世界”。一首小诗，竟能给人留下这样深的印象，对人的一生产生如此大的影响，一种让人“重新认识着世界”的影响。文学的艺术感染力确实是不可低估的。至于孟浩然的《春晓》，是从前和现在许多小孩子都会背诵，却又很难说出有什么“思想性”的作品；林庚先生说，由于它写出了“一种雨过天青的新鲜感受”，并且通过花开花落表现了春天的发展，就给人以“一个新鲜的启示”②。这样的对于诗歌和其他文学作品的新鲜而且充满生命力的感受，几乎是凡读过文学作品的人都会有的，只是不能像林庚先生那样鲜明地将它提炼和表述出来而已。

阅读和欣赏文学作品，还不仅是读者与作者之间对于世界认识与感受的一种情

---

① 冯钟璞:《三松堂依旧》,《北京大学学报》，1998年第2期。

② 林庚:《我为什么特别喜爱唐诗》,《唐诗综论》，人民文学出版社1987年，第1页。

感交流，而且因为文学是一种语言艺术，读者在阅读和接受时要进入作家所创造的艺术世界中去，常常会达到物我交融、读者和作者交融而为一的境界。因此，同欣赏音乐、绘画、戏剧等艺术作品一样，文学阅读是一种审美活动。审美既是一种内容丰富的情感体验，也是一种高级的思维活动。经常的健康的审美活动，可以提高人的精神境界，净化人的灵魂。一个人能品鉴美，追求美，自己的灵魂也可以经艺术的熏陶而变美。这是我们在日常生活中常常看到的，也是我们阅读文学作品的共同体验。

物质文明和精神文明的创造和发展，都须依靠积累和传承。无论是对一个人还是一个社会来讲，正确认识和继承本民族的文化传统，都具有非常重要的意义。历代所创作的文学作品，是本民族文化创造和精神成果的重要组成部分。中国是一个历史悠久的文明古国，在长期历史发展过程中创造出灿烂的文化，有着极其丰富的文学遗产。中国古代文学中的许多精品，不仅是中国人民的宝贵财富，而且也是世界文学宝库中的重要组成部分，对世界文化的发展有着广泛的影响。从屈原开始，中国历代第一流的作家和作品，如陶渊明、李白、杜甫、苏轼，关汉卿、汤显祖及《三国演义》《儒林外史》《红楼梦》等，都成为世界人民学习和研究的对象。作为一个新时代的中国大学生，不论学习的是何种专业，如果对祖国辉煌灿烂的文学历史一无了解，对中国文学史上属于世界一流的文学名著都没有读过，或虽读过却没有正确和比较深入的认识，那我们的人文素养就基本上是一个空白。而一个对祖国的历史和传统文化缺乏认识的人，一个缺乏文学修养和审美能力的人，他在事业上的眼光和襟怀，他对客观世界和主观世界的认识，他对生活的理解和追求，也必然是狭隘、肤浅和盲目的。

我们编写这本《中国文学十五讲》，就是为非中文专业的大学生提供一种学习中国古代文学的基础教材。它不同于中文专业的《中国文学史》，不求全面系统，也不着重阐释文学发展的基本规律，而是以作家作品为主，选择中国古代文学史上若干闪光的亮点，也就是成就最高、影响最大的一部分有代表性的作家作品，进行介绍和分析。除了介绍有关作家作品的基本知识，如时代背景、作家的生活和思想、文学创作的基本特色等以外，还着重从审美的角度对作品进行具体的分析鉴赏，以帮助学生对中国古代文学的思想艺术传统获得生动鲜活的认识，并提高对文学作品的分析鉴赏能力和审美水平。十五讲的内容是：《诗经》、屈原和《楚辞》、汉乐府民歌、陶渊明、李白、杜甫、唐代传奇、苏轼、陆游、辛弃疾、关汉卿、汤显祖、《三国演义》、《聊斋志异》、《红楼梦》。若将涵藏丰富的中国古典文学视作一个历史的长河，那这十五个题目不过是激流中涌起的若干耀眼的浪花，远不是它的全貌，自不免有很多的遗珠之憾。但这十五个亮点无疑也有它们的代表性，大体上照顾到古代文学发展的重要体式，能反映出各个时代不同的文学面貌，以及在点与面的结合中揭示中国古代文学思想艺术传统的基本特色等。我们的期望是，在读了这本教材或学习完这门课程以后，不只是得到一些有关中国古典文学的死知识，更重要的是在思想素养和文化素养上，在对文学作品的分析鉴赏水平上，能有明显的提高。

作为素质教育的重要内容，中国古代文学的学习可以从以下几个方面使我们获得思想启示和精神滋养：

首先，中国古代灿烂辉煌的文学遗产，足以提高我们的民族自豪感和民族自信心。撇开口头文学的神话和歌谣不说，从《诗经》开始，我们的古典文学就已经有3000多年的悠久历史，在长期的历史发展中，产生了无数优秀的作家作品，其中可以数出一大批即使置于世界文学之林也毫不逊色，应属于第一流作家作品的光辉名字。通过具体作品的学习，可以增强我们对中华民族古老文明的感性认识。

其次，与上述认识相联系，我们从古典文学的发展中，可以看清我们今天新的文化、新的文学的创造应该植根于自己民族文化的土壤之中。中国古典文学在长期发展中，形成了自己独特的民族传统，无论是诗歌、散文、戏剧、小说都是如此，这是中华民族高度的智慧、才思和艺术创造力的表现和结晶。我们处在一个开放的时代，在文化上也必须开放，必须吸收外来的一切有用的东西。但是，中国文学的民族土壤要比世界上许多国家和民族的都要肥沃，我们应该看到这一事实，并且珍视这一事实。只有把根子扎在这肥沃的土壤里，同时吸收消化外来的营养，才能创造出真正民族的，同时也是真正够得上属于世界的有中国特色的新的文学来。

再次，我们学习的仅仅是传统文学中精华部分的最优秀的作品，优秀的作品更能体现进步的文学传统。这一传统是逐步形成的，贯穿在从《诗经》到1919年五四新文化运动之前的中国古典文学的全部发展进程中，主要是：一、深厚的爱国主义精神；二、关心和同情人民的疾苦；三、揭露社会黑暗，抨击邪恶势力；四、改革社会的强烈责任感和高度热情；五、歌颂光明，追求进步和美好理想；六、歌颂美好爱情和对婚姻自主的肯定；七、崇尚健康高洁的审美情趣。概括地说，歌颂真、善、美，抨击假、恶、丑，是中国古代无数进步作家的共同追求。优秀的古典文学表现了我国传统的思想道德和审美意识的崇高境界，是我们建设社会主义精神文明和铸造健康人格的精神土壤和思想源泉。

（原载《中国文学十五讲》，北京大学出版社，2003 年 9 月）

《中国四大古典悲剧》序

人类的审美活动是一种高层次的精神心理活动。艺术欣赏中的某些现象，如果以日常生活中的常情常理来揆度，有时就显得似乎有些难于理解。人们对悲剧的欣赏和喜爱就是一个例子。悲剧常常描写社会生活中带有震撼力量的尖锐激烈的矛盾冲突，由于种种原因，悲剧主人公遭受巨大的痛苦和不幸，以致最后失败或死亡。悲剧是艺术家以严肃的态度，描写人的痛苦、不幸、死亡或者失败，表现人生有价值的东西被毁灭。人们在看悲剧的时候，不像看喜剧的时候那样开心，那样轻松愉快，相反，随着主人公悲剧命运的展开，内心将受到巨大的震动，体验到巨大的痛苦，产生强烈的恐惧感和深切的同情心。读悲剧和看悲剧都不是一件轻松的事情，但是人们仍然十分喜爱悲剧，这是因为欣赏悲剧同欣赏别的艺术（包括喜剧在内）一样，能产生一种审美的愉悦，能使精神得到一次陶冶。欣赏悲剧所产生的审美愉悦，是欣赏喜剧和别的艺术所不能代替的。

悲剧带给人的审美愉悦是独特的。正如亚里斯多德所说的："我们不应要求悲剧给我们多种快感，只应要求它给我们一种它特别能给的快感。"① 悲剧所引起的审美快感，是从悲剧情节触发审美主体而产生的怜悯和恐惧心理中转化而来的。悲剧积极的审美效果，不是使人沉浸于痛苦和悲哀之中，使人消沉和沮丧，相反悲剧能使人认识到产生悲剧的历史必然性，从而正视社会和人生的严酷，去同命运抗争，争取美好的、正义的、进步的、有价值的事物的发展和胜利。作为审美对象的悲剧，能使欣赏者在体验到痛苦、悲伤、恐惧和怜悯等沉重感情的同时，精神得到陶冶，促进对社会人生的理性思考，从而得到振奋和鼓舞，提高精神境界。只有在这时，人们才能从悲剧欣赏中得到真正的审美享受。这就是社会需要悲剧，而人们也喜欢

① 亚里斯多德:《诗学》，人民文学出版社，1962 年。

欣赏悲剧的原因。

艺术中的悲剧，是现实生活中的悲剧的一种集中，一种艺术概括，一种能动的反映。任何时候，生活并不总是完美和谐的，除了胜利、欢乐、幸福，不可避免地还会有失败、不幸和痛苦。社会生活是复杂的，在任何历史阶段，都会有先进与落后、光明与黑暗、正义与邪恶的矛盾冲突，因而社会生活中产生悲剧就是不可避免的。只要现实中存在产生悲剧冲突的社会基础，艺术中就一定会产生反映现实悲剧的悲剧作品。但是，生活中的悲剧不同于艺术中的悲剧，并不是任何挫折、不幸、痛苦、死亡和毁灭，都具有美学范畴的悲剧意义，只有反映出历史的必然性，反映出丰富深刻的社会内容，揭示出生活发展的本质，悲剧才具有真正的审美价值。当历史的必然要求，人民的正义要求，不公正地遭到压制和扼杀的时候，悲剧就具有了它客观的社会意义和历史价值。因此，我们对于无论是古代还是现代的悲剧作品，都必须从客观现实的矛盾冲突和社会历史的必然性去进行分析，才能正确地认识和评论作品的悲剧价值。

在中国古代的艺术理论中，没有作为审美范畴的悲剧概念，但这不等于中国古代没有悲剧作品。事实上，中国古代不仅有杰出的悲剧作品，而且有自己的悲剧艺术传统。产生于宋代的早期南戏剧本《赵贞女蔡二郎》和《王魁负桂英》，虽然已经亡佚，但从明人所叙录的内容来看，无疑都是悲剧作品。以后元明清三代的戏曲中，又产生了不少杰出的悲剧。王国维在《宋元戏曲考》中曾指出，关汉卿的《窦娥冤》和纪君祥的《赵氏孤儿》，是元曲中“最有悲剧之性质者”，并且说“即列之于世界大悲剧中，亦无愧色也”[1]。其他如元代马致远的《汉宫秋》、高则诚的《琵琶记》，明代冯梦龙的《精忠旗》、孟称舜的《娇红记》，清代李玉的《清忠谱》、洪昇的《长生殿》、孔尚任的《桃花扇》、方成培的《雷峰塔》等，都是中国古代悲剧中的优秀之作。以上十部作品，由王季思先生主编，经过校勘、评点，汇成《中国十大古典悲剧集》，由上海文艺出版社于 1982 年出版，受到广大读者的欢迎。

中国的古典悲剧，既具有世界各国悲剧共同的本质与特征，又具有由中国的社会历史条件、文化背景、民族性格和心理以及审美趣味等因素所决定的民族特征。这些特征，主要表现在以下几个方面。

---

① 《王国维戏曲论文集》，中国戏剧出版社，1984 年。

第一，表现在悲剧主人公的社会身份和地位上。

与西方古典悲剧中的主人公多为居于统治地位的王公贵族不同，中国古典悲剧中的主人公主要是处于社会下层的被统治阶级中的人物。例如《窦娥冤》中的窦娥，就是一个穷知识分子的女儿；《桃花扇》中的李香君，是一个下层歌妓；《赵氏孤儿》中的程婴是一个草泽医生，公孙杵臼虽曾任中大夫之职，但在戏剧情节中已是一个“罢职归农”、以耕种自食的平民。即使一些以帝王将相、王公贵族为主人公的悲剧，人物的性格、命运和悲剧结局，所反映出的理想追求、爱憎感情和思想倾向，由于社会斗争（特别是民族斗争）所决定的共同利益，也常常表现出与被统治阶级的下层人民有相通的一面。例如元代孔文卿的《东窗事犯》和明代冯梦龙改编的《精忠旗》中的岳飞，是一个统治阶级中的人物，但他的活动及其悲剧命运，反映了广大人民群众在反民族侵扰和反民族压迫中的根本利益，以及崇高的爱国主义精神。李玉等人的《清忠谱》中的主人公周顺昌，是一位忠臣和清官，曾任吏部员外郎，他同魏忠贤奸党的斗争，符合广大人民群众的利益；同时在他身上体现出的清廉、刚直、嫉恶如仇等高贵品质，又是植根于中华民族的精神传统之中，是广大人民群众美好品德的集中和概括。因此，在剧本中周顺昌的斗争就得到了广大人民群众的支持。剧本还通过轰轰烈烈的群众斗争场面，同时塑造了颜佩韦等几个下层市民的悲剧典型。即使像洪昇的《长生殿》，完全是描写皇帝后妃的活动和悲剧命运的，但它所表现的爱情理想，也还是同广大的人民群众相通的，是封建社会后期，人民群众反理学和反封建礼教思想的曲折反映。

悲剧主人公以下层人民为主，以及总是浸润着人民群众的思想感情这一特点，主要是由中国古典悲剧产生的社会历史背景决定的。在长期的封建社会中，广大劳动人民处于无权的地位，遭受种种压迫和残害。人民为自己的利益和命运不断进行反抗斗争，表现出崇高的品德和大无畏的英雄主义，但他们的遭遇和结局常常不免于失败或死亡，是悲剧性的。下层人民在社会历史中普遍的悲剧命运，决定了他们更多地在古典悲剧作品中成为主角。另一个重要原因，是中国古典悲剧许多都是下层人民参与创作的，剧作家在创作过程中，一般都吸收了民间传说的成分和民间艺人的创作成果，因而较多地反映出下层人民群众的悲剧命运以及他们的愿望要求和思想感情。

第二，中国古典悲剧表现出更加鲜明强烈的伦理态度。

一般说来，悲剧对人的陶冶、净化作用，主要是通过伦理功能来体现的。在真善美与假恶丑的矛盾冲突中，总是贯穿着一种伦理精神，因而悲剧的结局能激发起观众鲜明的伦理态度。这本是中外悲剧的共同特点。但中国古典戏曲同古典小说一样，都具有一种“惩恶劝善”的训诫传统，因而悲剧的伦理态度就显得更加鲜明强烈。为反抗黑暗和压迫，或为社会进步和正义事业而斗争，因此而遭遇不幸甚至牺牲的悲剧人物，作者总是赋予他们以崇高美好的品德。这些品德是中华民族在长期历史发展过程中形成的，如善良、勤劳、勇敢、正直、无私、克己助人、自我牺牲等等。在中国古典悲剧中，体现了如此崇高优美品德的悲剧主人公，往往成为善和正义的代表。鲜明强烈的伦理态度，使得善、正义和美，达到了高度的和谐统一。

亚里斯多德在论述悲剧感时，强调悲剧作品能激发起审美主体的怜悯与恐惧，这主要是根据古希腊的悲剧来概括的。而中国的古典悲剧，由于突出地表现善与美的统一，悲剧作品对审美主体所激发起的感情主要是同情和崇敬。“惩恶劝善”，成为中国古典悲剧作品的主要思想特征。“善有善报，恶有恶报”，不仅是一种民间广泛存在的迷信观念，而且也是中国古典悲剧伦理态度的鲜明表现。中国古典悲剧对人的精神的净化、陶冶作用，亦即它的思想教育作用，都与此相关。当然，中国古代的伦理观念，由于种种社会原因，有着比较复杂的内容，封建统治阶级所提倡的忠、孝、节、义等伦理道德，在人民群众中也会有广泛的影响。这种影响，即使在最优秀的作品如《窦娥冤》和《赵氏孤儿》中也有不同程度的反映。

第三，在中国古典悲剧中往往包含着喜剧作品的因素。

这有多方面的表现。

一是，在悲剧结构和悲剧情节的构成中，常常是悲喜相间、哀乐相生，而不是一悲到底。悲与喜交互发展，构成对比，相反相成，不是冲淡而是加强了作品的悲剧效果。

二是，在庄严肃穆的悲剧气氛中，并不排斥喜剧手法的运用，不少悲剧作品都有丑、净角色的科诨插入。这种艺术处理，有时可以调节悲剧气氛，不使观众感到过分的沉重和压抑，而是在一种较为舒缓的节奏和平静的心境中，去对悲剧的意义作出理性的思考和判断。当然也有为了迎合观众的庸俗思想而堕入恶趣，以致破坏了悲剧气氛和效果，减低了悲剧作品所特有的震撼力量的。

三是，喜剧因素还常常表现为悲剧结尾的理想化倾向。

悲剧结局纵然无可避免（悲剧主人公遭遇到包括死亡在内的不幸命运），但在戏剧的结尾，作者也总是要千方百计地通过各种形式（包括超现实的幻想）给予观众以不同程度的宽慰。或死而复生，或升入仙界，或借助人间特殊的社会力量（如皇帝下旨或清官的公断等），甚至起用超现实的神鬼力量，使冤仇得以昭雪报复，使美好事物或正义事业，得以发展或取得最后的胜利。

中国古典悲剧以大团圆结尾成了一种常例。这跟中国人民的善良性格和乐观主义的精神分不开。观众善恶分明的伦理倾向不能不影响到悲剧艺术的格调和风貌。善恶报应不能简单地看作一种迷信思想，更重要的是反映了人们对美好事物和正义事业必定会胜利的一种信念。当然，大团圆的结尾有时也跟中国国民性中的落后面，诸如妥协、调和、不敢正视缺陷、不思变革等思想分不开，这就不能不影响到悲剧的艺术效果了。

第四，同整个中国古典戏曲一样，中国古典悲剧富于诗的意境和诗的情韵。叙事性与抒情性的结合是其突出特色。不论从戏剧体制的形式或内质来看，中国古典悲剧都是一种诗剧。它的唱词是由富于诗意特质的语言写出的，优美的曲词完全可以当作一首一首的抒情诗来读。语言的诗化，再加上情节和场面的诗化，就构成了中国古典悲剧诗的意境。观众在欣赏悲剧的时候，可以进入一种诗的意境和气氛之中，得到一种美的享受。即令是最惨酷的生活场面，经过诗化的艺术处理，也能消除很容易在观众心中引起的血淋淋的恐怖感。《窦娥冤》中窦娥被斩时的血不是洒满地上，而是飞溅在高悬的丈二白练上；《桃花扇》中李香君抗暴时鲜血染红了诗扇，被杨龙友点染成绚丽夺目的折枝桃花。不仅恐怖感消融在优美的诗情诗境之中，而且人物的美好品格和斗争精神也同时得到了一种诗的升华。中国古典悲剧的这一特点，使得悲剧情节和悲剧人物格外富于艺术魅力。

我们在这本书中将向读者介绍的，是中国古典悲剧中四部最著名和影响最大的作品：《窦娥冤》《赵氏孤儿》《长生殿》《桃花扇》。四大悲剧中，前两部是杂剧，后两部是传奇：有公案戏、政治戏、爱情戏；有历史题材，也有现实题材。总之，无论形式体制、题材内容和艺术风格，在中国古典悲剧中都是最具有代表性的。我们希望通过对这四部作品的分析，能够帮助读者欣赏悲剧作品，获得审美享受，并对中国古典悲剧的特色和艺术传统，有一个初步的认识。

（原载《中国四大古典悲剧》，漓江出版社，2014 年 4 月）

《细说聊斋》的写作动因和成书与出版的机缘

一、序

真正的文学经典是需要细读，也是经得起细读的。细读才能细说。只有在细读的基础上，才有可能抉幽发微，说出新意。但细说也还需要别的条件，比如生活阅历、历史知识、艺术修养、审美感悟等等。而最重要的是思考，独立思考。无论不同的读者在生活、思想和艺术的积累方面有何种差异，只要真正做到了独立思考，就必有所得，即使所得有深浅、精粗之别，也不会是人云亦云。

《聊斋志异》是脍炙人口的文学经典，是值得细读，也是经得起细读的。《聊斋志异》和《红楼梦》一样，是一部常读常新的作品。不管你已经读过多少遍，只要你不是只看故事，读的时候能深入思考，每读一次，就都会有新的感受、新的发现。

先师吴组缃先生曾多次诲示：对古代的短篇小说不能只做综合的研究，还应该一篇一篇地加以分析，才能充分地阐明每一篇作品不同的思想个性和艺术个性。他在为漓江出版社出版的《聊斋志异评赏大成》一书卷首的题词中写道："对于《聊斋志异》，我们应当一篇一篇加以分析评论。因为每一篇作品都是一个有机的艺术整体，各有自己的生命；我们必须逐篇研究，探求其内在的精神和艺术特色。"

收在这本《细说聊斋》中的文章，就是我尝试实践组缃师的教诲，对这部杰出的文言短篇小说集一篇一篇地细读，在细读的基础上一篇一篇地细说的初步成果。

所选各篇多为传诵众口的名篇，但也有一些不为人所重视的所谓"二线"作品，而在思想或艺术上又确有独特之处值得细说。细说或侧重于思想，或侧重于艺术，但都着眼于在思想与艺术的结合上进行审美分析。

细说细到极细之处，也不避逐句，甚至逐字详解。有时还吸收了传统小说评点的方法，对有关段、句、词的精妙之处，用一两个字或一两句话加以简要的提示或品评。这种提示或品评，有时加括号，有时不加。

所论有与陈说相异而提出商榷者，亦有挖掘作品内蕴而有新的发现者；即使与通行观点近似，分析的方法、路数、表达，也有所不同。总之，是力求写出新见、新意、新面貌。

对于此一目标，虽然自信是全力以赴，下笔不苟，但亦只是心向往之。结果如何，尚须敬俟读者的惠览与批评。

2013 年 8 月 27 日

二、跋

一件有意义的事情的做成，有其必然的原因，但也常常离不开偶然的因素。有时候，一个机缘的不期而至，甚至会起到决定性的作用。这本书的成书和出版，就是由于必然性和偶然性的结合而促成的一次难得的机缘。

在中国古典小说中，我最喜欢的是《聊斋志异》和《红楼梦》。这是我平日读得最多，也是读得最有兴味和最有心得的两部书。读时，每有心得体会，就在书眉或行间写上几句批语，有时也做一点笔记。但大多是一些零星琐细、不成系统的即兴式的感悟文字。这些感悟式的心得体会，如果不在理性思考的基础上做进一步的丰富、深化和提高，就像可以做成美味食品的必不可少的酵母一样，终究只是可供发酵的酵母而已。于是产生了一个心愿，就是将这些零星点滴的感悟式文字加以丰富、深化和提高，写成一篇篇独立完整的文章，即利用这些酵母做成可口（不敢说美味）的食品，与读者共同分享。但是由于身体的原因，始终未能动笔。这个心愿藏于心中，一刻不忘，终于因为一个偶然机缘的激发而成为现实。

2012 年初，《文史知识》的刘淑丽女士来信向我约稿。《文史知识》从创刊开始我就参与耕耘，作为读者也同时从中受益，算是我的一块精神园地，也是我的良师益友。因此对《文史知识》的约稿，我向来是有求必应。这次也不例外。写什么呢？最方便快捷的就是写《聊斋志异》，因为我有可提供发酵的酵母，于是就有了《说〈王六郎〉》和《说〈香玉〉》的先后发表。之所以先写这两篇，是因为看到人民教育出版社在中学语文教材中选入了这两篇，把我的体会写出来，可以为中学的老师们提供一点参考。这次约稿，又自然地引动了我一篇篇细说《聊斋志异》的这桩心愿。于是在身体条件许可的情况下，陆续写出了十多篇。

这时，又一次机缘到来。胡少卿先生来向我约写书稿，本来是提出希望将我在北大讲授“《聊斋志异》研究”的讲稿拿出来，他们可以帮助我整理编辑后，作为“独角兽公开课”系列之一种在中信出版社出版。但我首先想到的还是我的那桩放不下的心愿：一篇篇细说聊斋。于是，在与少卿达成口头上的协议（因为年老力衰，签订正式的文字合同会对我形成压力）后，就一方面振作起精神，一方面又照顾到身体，以细水长流的方式开始了《细说聊斋》的写作，一边写一边在《文史知识》《蒲松龄研究》等刊物上陆续发表。研究《聊斋志异》的同道读后写信告诉我，很喜欢读这些文章，希望我能多写，并结集出版。这对我是一种很大的鼓励和鞭策，最后就有了这本在上海三联书店出版的《周先慎细说聊斋》。

熟悉《聊斋志异》而又细心的读者会发现，书中所分析的 30 多篇作品，都集中于《聊斋志异》十二卷本中的前三卷。这对全书来说，当然是很不全面的。但这里又透露出我的另一个心愿：只要身体条件许可，我将继续一篇一篇地细说下去。由于年纪和身体原因，在晚年的学术研究上，我曾为自己提出了两个原则：不接受硬任务，不设置大目标。因此，虽然不断勉励自己必须笔耕不辍，但也时时提醒自己应该细水长流。我已经年届八旬，如果天假我以年，细说《聊斋志异》将写出四集，每集 30 多至 40 篇，略近于《聊斋志异》全书的三分之一，而几乎囊括了全书中最精粹的作品。要是这一心愿能够实现，那么之后，如果真像民间俗语所说的“歪歪墙不倒”，虽然带病，也还活得“好好的”，那就开始继续写作《细说红楼》。

在这里要感谢策划方，特别是胡少卿先生，是他们促成了这本书的最终写成，同时也要感谢以重视学术传播而享誉学界的上海三联书店，为这本书提供了出版机会。

最后还要特别说明的是，好友山东大学的马瑞芳教授为我提供了经她精校的《聊斋志异》的原文文本，并对我的写作提出了很好的建议；蒲松龄纪念馆提供了清代人精美的《聊斋志异》插图（由马瑞芳教授转发），为本书增色不少。在此一并致以诚挚的谢意。

2014 年 12 月 5 日

（原载《周先慎细说聊斋》，上海三联书店，2015 年 7 月）

阮温凌《艺术形象探赏集》再版序

我和阮温凌认识是在80年代后期，那时我应邀到泉州的华侨大学讲学。我们接触不算很多，但从一些老师和同学那里知道，他是一位在教学和科研上相当活跃的年轻教师，讲课很受同学的欢迎，又常在报纸刊物上发表文学作品和文学评论。此后就常常从全国一些报刊上看到他发表的文章。1993年他的专著《艺术形象探赏集》出版，惠赠我一册，读后十分欣喜。一则为他的成果感到高兴，二则读后确实得到很多启发。现书很快售罄，出版社决定再版，这是意料中的事。

中国的艺术鉴赏热，在经历了20年的时间以后，今天已经开始降温了。近20年中所出的艺术鉴赏的书，尤其是各种各样的艺术鉴赏辞典，真是多得不可胜数。多就容易滥。粗制滥造之作，滥竽充数之作，屡见不鲜。因此，近些年来，文艺鉴赏的名声并不太好。或以为文艺鉴赏的文章大家都能写，或以为讲一点艺术技巧或写作特点就是艺术鉴赏。眼光高一点的人，则常不屑于写或不愿意读鉴赏文章；有人甚至认为鉴赏文章没有学术性。这些都是误解。温凌的《艺术形象探赏集》不仅为我们提供了一部文学鉴赏的佳品，而且对澄清上述种种误解也是很有意义的。

文艺鉴赏是人类一种高层次的思维活动，一种审美过程和审美判断。它不仅要求鉴赏者具有敏锐的艺术感受能力，而且要求鉴赏者具有广博的学识和丰富的生活阅历，还须具有相当高的理论水平。文艺鉴赏不仅是文艺评论的基础，而且它本身就是一种评论。如果仅仅停留在感知阶段，而没有冷静深入的理性思考，则不可能有真正的审美和鉴赏。要正确地判断艺术上的美和丑，并且能解释为什么是美的或为什么是丑的，绝不是一件容易的事。《艺术形象探赏集》一书显示了温凌是一位具有深厚的艺术修养和广博知识的鉴赏者。它还说明，好的鉴赏文章可以将欣赏和评论熔于一炉，可以是高品位的，可以具有较高的学术性，而且它本身就是学术论文。对此，单复先生的序言已经有客观的阐述和评价。

《艺术形象探赏集》再版比初版扩大了不少内容，更加充实，更为系统，审美对象也更加多样，它涉及古今中外的许多作家作品和多种文学体裁，如小说、诗歌、散文，甚至还包括了戏曲和电影这样的艺术品类。作者的眼光是相当开阔的，尤其难得的是，对历史悠久而很少为人注目的“古南戏遗响”、全国硕果仅存的古老剧种梨园戏和高甲戏，也做了很有意义和有价值的探讨。而他对欧·亨利的研究，则表现了他宏观的眼光和整体把握的能力，同时也显示出他在这方面的学术功底和研究能力。读者如有兴趣，可以去读他的另一部即将由中国社会科学出版社出版的研究欧·亨利的学术论著《欧·亨利的艺术世界》，必将得到更多的收获。

温凌的《艺术形象探赏集》即将再版，他向我索序。我自己学养不深，所见甚浅，本没有资格为他人的著作作序。唯温凌恳嘱再三，情实难却，故将我作为略知鉴赏文章写作甘苦的作者和读者的感想写出来，以求教于广大读者，聊以代序。

1996 年 1 月于北京大学燕北园

（原载《艺术形象探赏集》增订本，北岳文艺出版社，1996 年 3 月）

段江丽《〈醒世姻缘传〉研究》序

段江丽博士的学位论文《〈醒世姻缘传〉研究》，经过认真的修改加工以后，就要正式出版了。她要我为这本书写一篇序言，我欣然答应了下来。我觉得应该写几句话，我也确有一些话想借这个机会写出来。

人类思想文化的发展，是一个长期积累的过程，每一个时代虽然发展的形态和取得的成就各不相同，但都既有承传，又有创新。一部学术史，从某种意义上来说，就是不同时代的学者，站在各自的时代高度，对前代文明成果的重新审视、评价、探索、推进，而最终的结果则是思想文化的推陈出新。时代总是进步的，学术也总是进步的，虽然有时也不免会遭受一些挫折或甚至走很大的弯路，如我们在共和国建立后将近30年间所经历的。而每一个时代所取得的成就，又是众多学者共同努力的结果。每一个从事学术工作的人，都从历史和时代的文明成果中汲取智慧，同时又以自己的研究成果为历史和时代增添智慧，促进思想文明的发展。作为个体的每一个学者，都不可能离开自己的时代条件，又都不可能离开吸取前辈和同辈学者的研究成果，因为只有在这个基础上，个人才可能作出自己的贡献。

改革开放以来的20多年间，中国学术的发展，无论从取得的成果和新人的成长来看，都是十分令人欣喜的。记得“文化大革命”刚结束，学术事业初始恢复之时，我们这批出生于20世纪三四十年代而成长于五六十年代，被耽误了学术青春的学人，在展望学术前景时不免发出这样的感叹：我们这一辈人是赶不上老一辈的学者了，而我们后面的一辈人，因为从小没有得到应有的训练，要赶上我们也并非易事。但短短20多年学术发展的事实，却证明了当时的这种悲观的感叹是没有根据的。我们这一辈人，由于要把失去的宝贵时间抢回来，就争分夺秒，更加勤奋耕耘，其中的许多优秀学者，向社会奉献出了不少杰出的学术成果；而50年代、60年代甚至70年代出生的年轻学者，迅速成长起来，形成了新人辈出的喜人局面。

当然应该承认，现在学术著作的质量是良莠不齐，为了提职称或评奖而买书号出书的事时有所闻，粗制滥造之作并不罕见，但优秀的学术著作确也不少。每当我读到年轻学者的优秀著作时，在欣喜的同时还常常感到惊异：惊异于他们思想之敏锐，见解之新颖，论析之深刻，也惊异于他们在短短的时间竟能有那样深厚的功底。

也许有人会说，晚清、五四以来大师辈出，而我们今天却没有大师。呼唤大师是有充分的理由的。不过，学术的发展需要大师，却并非唯有大师出现而后学术才能发展；大师的学术成果具有重大意义，而且可以起到表率、示范和引领的作用，但一个时代的学术事业毕竟是宏伟的事业，需要千万人的共同努力才能创造出辉煌的成果。如果只靠一两个主角，那就连一台戏也演不好。再则，大师又是可期而不可求的。明智的掌权人可以为大师的出现创造条件，特别是思想自由和学术自由的条件，却不能指望什么时候一定会产生大师。曾经有人将某些大学开办的文科实验班称为“大师班”，以为从全国各地选拔出一批尖子来，下力气培养几年，就期待他们将来一个个都成为大师。这不免有点荒唐可笑。事实已经证明，说这种话的人是既不懂学术，也不懂教育。应该说，一代学术新人的茁壮成长，比出现一两个大师具有更加重要的意义；而大师，也只有在千万人成长的基础上才可能产生出来。

我读段江丽的博士论文《〈醒世姻缘传〉研究》，就如同读许多年轻学者的优秀著作一样，心中油然而生一种看见学术新人成长的喜悦。她对《醒世姻缘传》的研究并不是无所依傍的，先哲时贤，从鲁迅、胡适、徐志摩、孙楷第到当代许多学者的研究成果，她都广泛参阅，广泛吸收，但她的研究却有所超越，有新的创获。她的超越和创获，并不只是表现在某一个具体问题的解决，或某一个新的论点的提出上（这当然也是很重要的），而主要表现在她的思维方式、她的眼光上。她想到和看到了比我们这一辈人也比我们的前一辈人更多的东西。这自然跟她个人的禀赋、文化和思想素养以及勤于思考等等有关，但也是时代使然。举个例子来说，我们这一辈人所受到的教育和学术训练，使我们在生活和研究中都习惯于将好的和坏的东西分得清清楚楚，也就是很注意划分精华和糟粕的界限，而不大去想好的东西中常常包含着坏的因素，坏的东西中有时也包含着好的因素。实际上不论是社会现象还是文化现象，不少好的东西和坏的东西经常是混杂在一起的，既有它复杂的成因和表现形式，也有它存在的特定条件和合理性。这些都是需要进行细致的具体分析的。像因果报应这样在旧小说中随处可见的思想，按以往的思维定式，是一见就必深恶痛绝、判定为落后的封建糟粕的。《醒世姻缘传》之所以在过去被贬得很低，甚至被斥为“宣扬封建迷信的作品”“在基本思想倾向上成为腐朽落后的东西”等，都与此有关。但江丽在论文中，将这一思想在小说中的反映同民间广泛流行的善书联系在一起，从民俗文化的角度，对其中蕴含的命运观、人性观、人格类型等问题做了深层次的分析，揭示了它产生的社会原因，并给予实事求是的评价，这就给人新的启发。她用心理学的理论来分析评价虐待狂的形象，也是一种新的思路。眼光和思路的扩大，多学科的交叉运用就成为必然，因此社会学、历史学、哲学、美学和民俗学等理论和方法的综合运用，就成了这篇论文的一个突出特色。这种特色，在别的年轻学者的著作中也经常见到，而在我们这一辈学者中却是比较少见的。离开具体的时代条件和大的学术环境，这样的特色是难于形成的。

值得注意的是，同一个大的时代环境，随着时间的推移，不同时段的学风和思维方式也会有所变异。有时候回归也是一种进步。这一点在江丽的论文中也有反映。记得20世纪的80年代后期和90年代初期，在文学研究中就曾一度出现过眩人耳目的景象。长期的闭关锁国，一旦开放，西方的一些理论和思潮就汹涌澎湃而入，一时间生吞活剥地运用西方理论，甚至玩弄一些新名词、新术语就成为一种时髦。在一些年轻学者所写的论文中，或者将一些连自己也未必弄懂的理论生硬地往中国文学现象上套，或者将一些本来很普通的道理故意用生涩的词语来表达，让读的人晕头转向，不知所云。当时吴组缃先生曾对一位写作意识流小说的著名作家说，读你的小说就像看没有调好的电视节目，满屏幕只有雪花，看不清图像。而读那些故弄玄虚、以艰深文浅陋的论文，则更如坠五里雾中，除了一头雾水什么也没有看见。而现在，我们读江丽的论文，其中也同样引用了一些西方的理论，但那种浮躁的习气没有了，有的是学者应有的冷静和沉稳。她首先审视了这些理论是否具有科学性，而在运用其分析中国文学现象时，又表现出审慎和科学的态度。她使用的术语具有内涵的确定性，是鲜明的，也是明白易懂的。她的思路很清晰，语言明畅，文章很好读。她的这种学风和文风，跟在北大得到的学术训练和学术熏陶分不开，北大的学术传统是严谨和求实的，拒绝华而不实和浮躁的学风，也拒绝艰涩和矫情的文风；但也跟同一个时代不同时段学风的变化有关，目下那种虚浮和艰涩的文章已经很少见了，而追求学术严谨和晓畅的文风，在年轻学者中也已成为风尚。

江丽的论文包括了文献考辨、思想和社会内容的分析、小说艺术创造的审美评价三个方面。这三方面显示了她在文献考证、思想理论和艺术感受、审美把握方面都有较深的修养和扎实的功底。而贯穿于其中的是一种可贵的实证精神，实证精神就是一种凭事实说话的实事求是的科学精神。这是对传统研究方法的一种认同和回归。前面提到的那种不正的学风和文风的出现，就是同轻视和否定自己的传统联系在一起的。江丽和现在许多年轻学者所走的路子是正确的。我们可以而且应该向外国学习各种各样的理论和方法，但目的不是要丢掉或用以代替自己的传统，而是为了丰富和发展我们具有民族特色的传统。我们传统中有许多优秀的理论和方法，是不可以随便丢掉的。

江丽的学术背景比较特殊，她从一个护士成长为一个文学博士，经历了一个曲折而艰苦的奋斗过程。其间也有一些足以给人启发之处，因此我愿意在这里顺便做一点介绍。她是 79 届的高中毕业生，当时父亲希望她学文科，让她报考复旦大学，而母亲却认为女孩子学理科会更有前途，就代她报考了理科。她本来学习成绩很不错，但不知出于什么原因，高考的成绩却比她原来估计的低了很多，结果用她的话说是“命运之神将我跌跌撞撞地推进了卫校的大门”。卫校毕业以后就成了一位“白衣天使”。她前后做了 9 年的护士工作，这期间发表过三篇护理专业的论文，并曾被评为县级优秀护士。但她的志趣不在这里。她喜爱的是文学。她在做好护士工作的同时不忘进取，1985 年通过成人高考，成为湖南师大中文系首届夜大班的学生。她白天工作，晚上学习，经过 3 年苦读，于 1988 年以优异的成绩获得了汉语言文学专业的大专文凭。得到老师们的鼓励，又于 1990 年以专业总分第一的优异成绩考取了湖南师大中文系古代文学专业的硕士研究生，师从黄钧教授学习和研究元明清文学，从此走上了古典文学研究的学术之路。硕士毕业后留在湖南师大任教。在繁重的教学工作的同时，她还担负着培养教育儿子的任务，但她在这样艰难的条件下，仍坚持学习，积极准备报考博士研究生。终于在 1997 年她实现了自己的理想，考取北京大学中文系古代文学专业的博士研究生，跟从我学习研究明清小说。在读期间，她刻苦勤奋，紧紧抓住我给学生规定的读书、思考、写作三个环节，认真读书，勤于思考，探索有得就写成论文。三年中，除博士论文的写作外，她还完成并先后在《红楼梦学刊》《明清小说研究》《蒲松龄研究》等刊物上发表了十篇学术论文。她的论文《诙谐幽默:〈醒世姻缘传〉的叙事风格》获得北京大学人文学部首届研究生五四学术论坛优秀论文二等奖。由于她在读期间学术研究成果的丰硕和论文的优秀，被评为 2000 年度北京大学“康佳杯”研究生“学术十杰”。这一称号，在北京大学在读的研究生中是一种很高的荣誉。由此我们可以看出她从事学术研究的勤奋和成绩的突出。

江丽能从一个护士成长为一个优秀的文学博士，除了她个人才智的丰睿和学习的勤奋外，还同社会提供给她的机遇有关，而这机遇又证明了北京大学由蔡元培先生开创的兼容并包的历史传统体现在选拔人才上的不拘一格。在北大中文系，从电大、夜大等大专出身而能来这里攻读博士学位的，不止她一位；而每一届博士研究生中，真正从北大本科、硕士读上来的并不占多数，不少人都是从全国各地包括一些偏远和不知名的学校考进来的。事实证明，北大的这种没有门户之见，不论出身而只看重品德、学养和素质的做法，是有利于人才的培养，也有利于学术的发展的。据说韩国的大学很看重一个学者的出身和学术背景，如果本科不是在汉城大学、延世大学或高丽大学这样的名牌大学毕业，即使后来到比较著名的学校拿到了博士学位，而且在学术上做出了很好的成绩，也很难得到学术界的重视和认可。这是非常不合理，也是非常不公平的。不拘一格选拔人才的优良传统，使北大向所有有志于在学业上深造并愿为学术献身的学子敞开大门。我们期待着全国各地的优秀人才到北大来念本科、念硕士、念博士。北大是一个真正的人才荟萃之所。

从护士而成为研究古典文学的博士，这样一种社会角色的转换，是职业的选择，也是人生道路的选择。今天一切都商品化了，人才择业也有了人才市场，许多人都到人才市场上去推销自己。但不论你是否把自己当作商品来推销，一个人的职业选择，总离不开要考虑的两个问题：一个是社会需要我做什么，另一个是我能做什么或者我适合做什么。每一个选择职业的人对这两个问题的考虑是不一样的。对人生抱一种严肃态度的人，有追求、有事业心、有社会责任感和爱国思想的人，总是将两者结合起来，而且又总是将第一个问题放在首先考虑的位置。最杰出的榜样是鲁迅先生，他由学医而转学文学，是为了拯救国民的精神，也为了拯救危亡的民族。因此他无愧于被人们称为“民族魂”。他的选择表现出他伟大而崇高的人格。可是有一段时间一些人企图借贬低鲁迅来炫耀自己的“愚勇”，个别文坛上的小痞子甚至奚落鲁迅“光靠一堆杂文几个短篇”够不上伟大的作家。我和许多智商正常的人一样，读到这些不知天高地厚的话，总感到有点“蚍蜉撼大树”的味道。

最近还在报上读到一篇文章，作者教导年轻人在选择人生道路时要考虑得与失，但他提出的得失的标准和内容，主要是个人的名利、地位、收入一类。在商品社会的今日，这原也无可厚非。但得失也有小大之分，小的得失是个人的得失，大的得失是国家和民族的得失。人生要讲得失，人生也还要讲境界；只考虑个人的小得失，就会跌落甚至失掉了人生应有的境界。

江丽在做护士工作的时候，职业虽然不是她的志趣所在，但她把工作做得很好，这说明她是考虑到社会的需要的。她现在选择了研究古典文学，她做出的成绩已经证明这是更适合于她做的，而且也是社会很需要的。记不清是哪位名人或非名人说过一句很精警的话，原话也记不清了，大意是说文学的功用是要让人变好。岂止文学，整个人文科学的研究都是为了让人变好；再扩大一点说，是要让社会、国家、民族变好，进而推进整个人类文明的发展和进步。江丽做护士时对社会有贡献，相信她改做促进人和社会变好的文学研究，会对社会有更大的贡献。

江丽博士论文的出版是值得庆贺的，为她，也为学界新人的成长。但这仅仅是她漫长学术生涯的开始。我希望她能坚持北大严谨求实的学风，严格要求自己，在学术上精益求精，为中国古代文学的研究，也为我们这个时代学术事业的发展，做出自己可以和应该作出的贡献。以江丽的慧质，再加上她坚忍的精神和过人的勤奋，她是一定能够做到的。我们企足翘首以待。

2000 年 10 月 19 日于北京大学燕北园

（原载《〈醒世姻缘传〉研究》，岳麓书社，2003 年 4 月）

《文学名著选读》序

在受过中等教育的成人群体中，有谁连一本中外文学名著都没有读过的么？倘有，那真是人生的一大缺陷和极大的遗憾。

中外文学名著是全世界人民共有的宝贵的精神财富。真正称得起文学名著的作品，都是各个国家、各个民族在不同时期给人类留下的艺术杰作。文学名著是历史文化的积淀，是人类智慧的结晶，也是作家天才的艺术创造。名著不是作家自封的，不是评论家吹捧的，不是媒体炒作的，也不是政治权威钦定的。名著是经由时间和读者的双重筛选之后的历史认定。不经过这样的双重筛选，无论自封、吹捧、炒作、钦定，历史都一概不买账，尽管可以热闹一时，最终都必然归于湮没无闻。相反，真正的文学名著，则历时愈久就愈见光彩，愈为读者所喜爱。百读不厌，常读常新，是所有名著的共同特点。名著的认定与价值，已经为世界文学的历史所证明，更为20世纪中国文学的历史所证明。鲁迅先生的《阿Q正传》从最初在《晨报》副刊上连载开始，一直到今天，都是既有人欣赏，也有人贬斥。然而历史肯定了它是名著。据当代权威报纸的读者调查，它一直居于最受读者喜爱的中国现代文学经典作品排行榜的首位。中国古典名著《水浒传》，曾经在相当长的时期里被封建统治者视为“诲盗”之作而列为禁书，甚至在人类进入科学文明的20世纪后，还在“文化大革命”中被视为“反面教材”而进行全民性的批判和挞伐；然而愈禁愈批，就愈见出它的思想光芒和艺术生命力。而与此相反，有一些作品虽然由于各种原因，曾经走红一时，畅销一时，可是历时并未太久，到今天就再也引不起读者的兴味了。历史的认定是无情的，也是最公正的。真正的文学名著，是一代又一代的文学大师奉献给全人类的丰富的精神大餐，我们每一位读者都应该十分珍视，放弃享用岂不是人生的一大憾事么？

人之为人，是因为除物质享受之外还有自己的精神生活。精神生活的丰富与贫乏，崇高与庸常，优美与粗俗，都显示出不同的人生境界。而文学名著的阅读，不仅本身就是人的精神生活中不可或缺的重要方面，而且还可以帮助我们的精神生活由贫乏变得丰富，由庸常变得崇高，由粗俗变得优美。名著既是不同民族、不同国家、不同历史时期社会生活的生动反映，又是作家个人思想情感、生活体验、人生感悟和审美理想的艺术升华。在名著中展现的是极其丰富多彩的生活世界和艺术世界。恩格斯在谈到文学中的现实主义时，曾对巴尔扎克作出了这样的崇高评价：

> 他在《人间喜剧》里给我们提供了一部法国“社会”特别是巴黎“上流社会”的卓越的现实主义历史……在这幅中心图画的四周，他汇集了法国社会的全部历史，我从这里，甚至在经济细节方面（如革命以后动产和不动产的重新分配）所学到的东西，也要比从当时所有职业的历史学家、经济学家和统计学家那里学到的全部东西还要多。①

又如《红楼梦》，有“中国封建社会百科全书”之誉。其他的名著无不如此，就其反映的特定历史时期的社会生活来说，都是极其生动和丰富的，具有很高的认识价值。一个人的生活是极其有限的，就算他的人生经历非常丰富，与整个人类历史和社会生活相比，也都是十分贫乏和苍白的，而文学名著则是通向五光十色的大千世界的艺术之门。善与恶的斗争，真与伪的较量，美与丑的对比，人生的追求与失落，奋斗的期望与艰辛，胜利的喜悦，失败的悲哀，爱情的甜蜜，亲情的温馨，人情冷暖，世态炎凉，乃至生的意义，死的价值，等等，我们都可以在名著中读到，见到，品尝到，体验到，领悟到。在名著的阅读中，我们的知识、眼界、生活阅历、感情体验、人生感悟等，都将变得无可估量的广大和丰富。

文学名著都是大师们创造的艺术精品。如果不是只看故事，阅读过程就是一种审美过程，而审美是人类一种高层次的精神活动。一个人健康的审美情趣只有在审美过程中才能得到培养，审美水平也只有在审美过程中才能得到提高。审美，就是要能够在艺术作品中辨别什么是美的，什么是丑的，而且还能说出为什么是美的或为什么是丑的。能够在艺术中认识美和欣赏美的人，他的灵魂也会在美的

① 恩格斯:《致玛·哈克奈斯》，见《马克思恩格斯选集》第四卷。

欣赏中得到熏陶、净化而变美，并进而在生活中发现美、赞颂美和创造美。如果整个社会中受过中等教育的人都能普遍阅读名著，并在阅读过程中培养起健康的审美情趣，净化和提高自己的精神境界，那么我们社会的精神文明建设就会出现一种崭新的面貌。

文学是语言的艺术，文学名著是语言运用的典范。读文学名著是我们学习语言、提高语文表达能力的一个重要途径。当然读外国名著，绝大多数读者还只能依据译本，但读译本也要选择名家的经典性译著，准确优美的译笔，不仅能在相当程度上传达出原著的风格，而且对我们学习本民族的语言也同样具有示范作用。一个人乃至整个社会语文水平的提高，单靠中小学的语文课是远远不够的。读文学名著，经常受到典范的文学语言的熏陶，具有非常重要的意义。“文革”结束后，涌现出一批知青作家，他们中一些人只有中学文化水平，却写出了许多思想艺术都很好的优秀作品。有人感到奇怪，他们学历不高，文学的底子是从哪里来的呢？从许多作家谈自己的创作体会或成长过程的文章中可以得知，主要的途径就是读文学名著。许多人从小就读名著，废寝忘食地痴迷于名著，在长期的阅读中就自然地获得了丰厚的文学修养。当然，要成为一个作家，特别是一个有成就的作家，除了文学修养以外，还需要具备别的条件，如敏锐和深刻的思想，对人的深切关怀，对生活的热爱，丰富的知识和生活积累，等等。读名著并不是人人都可以读成作家的，但热爱名著并认真地读过不少名著的人，他的语言表达能力肯定不会太差，甚至文章会写得颇富文采，则是毫无疑问的。显而易见，提倡中学生读文学名著，甚至在受过中等教育的成人群体中也提倡读文学名著，对整个社会语文水平的提高具有不可忽视的意义。

总之，文学名著对一个人的影响是多方面的，知识、思想、道德、情操、眼界、审美、语文表达能力等等，阅读过程中的潜移默化，必然会促进一个人基本素质的全面提高。因此，中学生课外阅读文学名著就成为素质教育的一个重要方面。

本书中导读的30部中外文学名著，是教育部2000年修订的中学语文教学大纲的附录中所推荐的作品，其中高中20部，初中10部。这些作品，如我们前面所说，都是经过时间和读者的双重筛选，由历史认定的。新大纲实施一年多来，社会上包括教育工作者，专家和中学的老师、学生在内，对于提倡中学生阅读文学名著和具体的推荐书目，大都表示了肯定和欢迎的态度，但同时也有一些不同的意见和看法。比如有人认为推荐的书目中有的内容过深，不大适合中学生阅读，如《匹克威克外传》《歌德谈话录》等。具体的书目中哪些更适合中学生阅读确是值得进一步斟酌的，也应该在实践中根据大家的意见加以适当的调整。不过这里牵涉到一个中学生能不能读懂名著的问题，倒是值得我们重视和讨论的。应该说，不论哪一种名著，中学生都不可能完全读懂，这是毫无疑义的；但是另一方面，我们也要承认，无论哪一种名著，中学生又都不可能完全读不懂。懂和不懂都是相对的。对于内容丰富、思想复杂、意蕴深永的文学名著，即使是对专家来说，也很难说就都已经完全读懂了。从《红楼梦》问世到今天，不知道产生了多少红学家，但有哪一位红学家敢说他已经穷尽了《红楼梦》的全部奥秘了呢！我们说真正的文学名著常读常新，就是指对文学名著的解读和探索是无止境的，不同时代的读者有不同的体会，同一时代的读者也可能有不同的认识，就是同一读者在不同的人生阶段也会有不同的感受。中学生由于文化基础、思想认识、生活阅历等方面的原因，他们要真正读懂名著是有很多困难的。正因为如此，才需要加强对他们的指导，才有许多应运而生的名著导读本的出现。但中学生由于他们的单纯和幼稚，在阅读名著时又有着他们独特的视角，常常会有不同于成人甚或不同于学者的新发现，提出一些看似天真而实际上是富于启发意义的问题。这也是我们常常遇到而不可忽视的一个方面。今天已经成为文学研究专家的不少老学者，在回顾他们青少年时代阅读经验时都会有这样的体会：那时读名著，比如读鲁迅的小说、读《红楼梦》、读《雷雨》、读莎士比亚的《哈姆莱特》、读托尔斯泰的《复活》等，都并没有真正读懂，或者最多只是一知半解，但那时留下的印象，总或多或少和这部作品某方面的特色，比如它的旨趣、氛围、情调、风格特色、历史感等等有着密切的联系，而这种最初的稚嫩感受，至今仍鲜明地烙印在记忆的深处，每重新拿起这部作品，就会自然地浮现出来，感到格外亲切。这种半懂不懂甚至完全不懂的阅读经验，对一个人的人生体验和成长来说，是不可缺少也是弥足珍贵的。

当然指导是非常必要的。但导读如导游，风光的领略还得靠旅游者自己。本书的导读设置了“文本背景”“内容概要”“赏读提示”“精彩句段”“比较阅读”“逸文趣事”等若干细目，都意在重启发而不是去代替读者自己的领会。这里要特别提到的，是关于作品旨趣的阐释和艺术特色的分析，是一件相当复杂的事，往往见仁见智，本书提供的只是一家之言，读者尽可以参考其他的阐释和分析，自己去思考选择。

本书的作者大多是北京大学有关专业的博士研究生，他们都写得很认真，同时也显示了他们的实力和水平。希望这是一本对读者有用的书，不只是中学生，也包括成人读者，都能从中得到有益的启示。当然缺点和错误都是不可避免的，诚挚地期待得到读者的批评指正。

2001年3月18日于北京大学燕北园

《唐求诗探》序

收到好友刘光全先生的来信，同时收到他寄来的大作《唐求诗探》的文稿，要我为他的这部即将刊行的大作写一篇序言。信中称我们之间有一份“毛根儿情谊”（就是北方话所说的“发小”），这使我感到非常亲切，并回忆起我们半个世纪前在母校四川崇庆中学（现属成都崇州市）学习时的情景和深厚情谊。

我和光全并不是同级同班同学。我比他略早一点，我念高中的时候他念初中。是共同的文学爱好把我们连接在一起，成了虽不同级却是过从甚密的好朋友。那时的崇庆中学文学气氛非常浓厚，爱好写作的学生很多。最著名而且是起到带头作用的是比我们高好几届的王振华。他的笔名叫榴红，当时在国家级的文学刊物《人民文学》上发表了一篇小说，在全校产生了很大的影响。于是不少同学都喜欢上了文学创作，光全就是其中突出的一位。他不时在省级的文学刊物上发表一些文学作品，使我对他十分佩服。我虽然在崇庆中学全校的作文比赛中获得过一等奖，但整个中学时期没有发表过一篇作品。进入大学中文系后对文学的认识深入了一些，对自己的禀赋也有了比较符合实际的认识，觉得自己并非搞文学创作的料，也就自然地转向了学术研究。但光全不仅会创作，他在国学上也有很好的修养和功底。这部《唐求诗探》就是最好的证明。

要我为《唐求诗探》写序，我其实是不够格的。我虽然长期在大学里从事古典文学的教学和研究，但过去大学里形成的学术路子比较狭窄，文学史的分段我是属于宋元明清，唐代略有涉及，也只是李白、杜甫这样的大家和唐传奇这样的小说体式。说来惭愧，对唐求我是很陌生的，不要说研究，所知就非常少，只知道他是我们崇州人，在《全唐诗》中存诗一卷，收有诗作30多首。可是在拜读光全的这部书稿之前，我连唐求的一首诗也没有读过。虽然如此，光全的嘱咐是不能推辞的，于是找来《全唐诗》，参照光全的注释和解析，将唐求的诗仔细地读了两遍。下面简单谈谈读后的一点粗浅的体会。

在群星灿烂的唐代诗坛上，唐求自然算不得大家、名家，但却有他的特点，有他不能替代的价值，在中国诗史上应该占有一席之地。对我们崇州人来说，他更是一位乡里先贤，一位文化名人，他的作品是一笔值得我们重视和研究的文化遗产。据现存很有限的资料来看，唐求只有过短暂的仕宦生活，而且官位不高，游宦不远，只做过离味江镇很近的青城县令。后来王建据蜀称帝，下诏要他去任参谋，他坚决拒绝了。以后就隐居在家乡，以诗酒耕读为乐，终其一生。唐求的诗十之七八已经亡佚，仅据现存的35首和两句残句的内容来概括，我们可以称他为乡里诗人和隐逸诗人。

唐求一生很少远离自己的家乡，他热爱自己的乡里，在诗中描写自己的乡里，他确可称为一位乡里诗人。相比较与四川关系密切的大诗人李白、杜甫和陆游来说，唐求没有“行万里路”的漫游、仕宦经历，我们可以说他的诗眼界不够开阔，内容不够丰富。但这既是他的局限，也是他的特点和优点。现存诗多处写到味江镇、青城山、邛州等地。家乡的山川风物，经诗人思想感情的陶冶，栩栩如生地展现在我们的面前。试读他写青城山的诗句：“苔铺翠点仙桥滑，松织香梢古道寒。昼傍绿畦薅嫩玉，夜开红灶捻新丹。”（《题青城山范贤观》）道教圣地青城山的青幽和飘渺，不就沦肌浃髓地留在我们的心里了么？他热爱自己的家乡，就算是寓居天涯，他的感受仍是“缭绕城边山是蜀，弯环门外水名巴”。夔州离家乡并不算远，但在舟行泊岸，夜静月明之时，他却深切地思念着自己的家乡：“故园何日到，旧友几时逢。欲作还家梦，青山一万重。”对家乡的感情是如此的执着和深挚。

唐求现存的诗大多是写他的隐居生活的，包括问佛访道，也是隐逸生活的一部分。中国古代诗人的隐逸生活有两种：一种是以隐来求仕，把隐居当作从政的终南捷径，包括盛唐时期的大诗人李白和王维在内都是如此，这当然跟盛唐时期的国力强盛，文人们精神振奋，事功思想高昂有关，但也不能否认确有其未能免俗的一面。另一种则是看不惯现实的黑暗政治，不愿与丑恶的社会势力同流合污，以保持自己的高洁品格来表示反抗，这以陶渊明为代表。这类诗人描写和歌颂隐逸生活，并非真正的消极避世，而是以隐居来同烦喧的尘世和污浊的社会划清界限。唐求继承的无疑是陶渊明的道路和陶渊明的精神。他在诗中明确地写出了他归隐的原因：“趋名逐利身，终日走风尘。还到水边宅，却为山下人。僧教开竹户，客许戴纱巾。且喜琴书在，苏生未厌贫。”（《山居偶作》）这使我们很自然地联想到陶渊明的归隐。

试将这首诗同陶渊明的《归园田居》其一中“少无适俗韵，性本爱丘山。误落尘网中，一去三十年。羁鸟恋旧林，池鱼思故渊。开荒南野际，守拙归园田……久在樊笼里，复得返自然”相比，除了回归自然（包括回归大自然和回归诗人的自然本性两层意思）这一点表现了陶渊明另一层更为独特的精神境界，显得略有不同外，在挣脱了俗世尘网，有了新的人生感悟和人生追求方面，两位诗人是有明显的相通之处的。唐求的这几句诗，可以看作陶渊明在《归去来兮辞》中所说的“悟已往之不谏，知来者之可追。实迷途其未远，觉今是而昨非”的另一种方式的表达，都是一种大彻大悟之语，是彻悟之后的人生抉择的表现。理解了唐求归隐的思想原因和他的追求，再来读他的那首为许多人喜爱的《庭竹》：“知道雪霜终不变，永留寒色在庭前。”这竹的形象就完全可以视作他自己高洁品格的生动写照。

唐求的隐逸诗，不仅描写了隐居生活的内容，而且还表现了隐居生活的环境、氛围以及隐居者的心境。如《题郑处士隐居》云：“不信最清旷，及来愁已空。数点石泉雨，一溪霜叶风。业在有山处，道成无事中。酌尽一尊酒，病夫颜亦红。”有景有情，景与情合，熔铸成一种清旷闲静的艺术境界，充分地表现了隐居者在摆脱了尘世的种种羁绊后的惬意心境。其他如《赠著上人》《赠行如上人》《和舒上人山居即事》《山东兰若遇静公夜归》《题杨山人隐居》等，都表现了同样的情怀和意境。

唐求的诗清新自然，富于韵致，但诗境却偏于清寒一路，这却是与陶渊明有很大的不同。诗中的意象，多为古寺、败叶、残阳、秋草、秋烟、寒草、寒江、寒塘、寒钟、寒色等，尤其用“寒”和“暝”（阴、暗、深、日暮等都包括在内）的意象为多，像“门户寒江近，篱墙野树深。晚风摇竹影，斜日转山阴。”（《友人见访不值因寄》）就给人一种清寂晦暗的感觉，而缺乏明丽的色彩。像这样偏冷的意境，在他现存不多的诗中，所占的比例是相当不小的。这很可能与唐求的生活经历和遭遇有关，但因为材料的缺乏，我们还不能做出具体的分析和明确的判断。陶渊明归隐园田，是找到了人生的归宿，甚至是生命的归宿，因而他获得了真正的解脱和自由。而从唐求现存的诗歌看，虽然隐居后的闲适生活也使他感受到挣脱尘网后从未有过的轻松和惬意，但他似乎并没有真正找到生活的归宿，而是仍然存在着许多的困惑和不满。试读他的《发邛州寄友人》：“茫茫驱一马，自叹又何之。出郭见山处，待船逢雨时。晓鸡鸣野店，寒叶堕秋枝。寂寞前程去，闲吟欲共谁。”我们不能只把这首诗看作写某一次具体旅途生活的感受，而应该看作融进了诗人的人生感悟和感叹在内的一种更高的艺术概括。他感到的是前途茫茫，不知归宿之处在什么地方，甚至感到在未来的生活中，连在一起闲吟的诗友也找不到，内心是非常寂寞的。在同是写旅途感受的另一首诗中，他还写过这样的句子："前程何处是？一望又迢迢。"（《涂次偶作》）这显然也是从心里发出的无所归止的一种人生慨叹。如果诗人没有一颗孤寂的诗心，就不会体验和创造出如此冷寂凄清的诗境。

我们如果不是仍然把反映社会政治的重大主题或对人民的态度当作评价文学作品的最重要的甚至是唯一的标准，那么像唐求这样封建时代孤寂清高的诗人，将他对生活的独特感受熔铸成诗的意境，而我们至今读来仍然受到感染，不仅使我们产生对历史和文化的思考，而且还能得到一种美的享受。对这样的艺术创造，我们是应该给予肯定的评价的。

有关唐求的历史资料非常少，对他的研究基本上还是一个空白。为了写这篇文章，我到互联网上去检索，有关唐求的论文只找到了一篇，还是仅有篇目，不见正文。据说只有一种新出的中国文学史里非常简略地讲到了他，而其余各家文学史对他的名字连提都未提。但作为崇州人，我们是有责任重视唐求和研究唐求的。刘光全先生的这本《唐求诗探》，在无所依傍的情况下，对唐求的现存全部诗作进行了编次、标点、注释、今译和解析，为我们进一步研究唐求打下了很好的基础。由于有关唐求思想生活的材料很少，各诗的写作背景也不清楚，因而光全的上述工作，容或还不免有可商议之处，但筚路蓝缕，开创之功是值得我们肯定的和敬佩的。

是为序。

2004 年 10 月 7 日于京西淡浮居

（光全去世后，为了纪念他，将此序改题为《鲜为人知的隐逸诗人唐求》，发表于《中华读书报》，2013 年 11 月 6 日）

镜像之美

——李镜散文集序

读完李镜兄的散文集，心中浮起四个字：镜像之美。

镜兄的散文，不仅文如其人，而且是文如其名。他的眼光，他的心地，他的笔致，都像他的名字一样，是一面光亮、明净、清澈的镜子。这面镜子，不仅照出大海的浩渺、大山大河的壮丽，照出自然风光的旖旎，还照出世间百态，照出民俗民情，照出人与人之间的美好关系，甚至照出中国传统艺术琴棋书画的精魂。

这面镜子与现实中的镜子，又同，又不同。同的一面是，从中反映出的都是真实的事物。不同的一面是，镜兄散文这面镜子比之真实的镜子，反映出的内涵要丰富得多。不仅有看得见的具象、色彩，还有看不见、摸不着的人间凉热和甘苦，更有人的心灵，人与人之间的关爱和温馨。刘知几在《史通》里说："明镜照物，妍媸毕露。"这里说的是中国传统史学讲"信"的传统。其实不仅历史，文学也一样，生活里无论美丑，都会在镜子中反映出来。但在镜兄的散文中，他所看见、感受和写出的，都是着重在生活中美好的一面。只有心地美好的人，对生活充满热情的人，眼里才会更多地看到美好的东西。

镜像之美并不全在于所反映的对象之美，还跟作者的气质和表现手段有很大的关系。从整体来看，李镜兄就是一个诗人。他的文集，主体就是传统的诗词歌赋，还有自由体的新诗。他在写作其他文体，特别是写作散文的时候，处处都表现出他的诗人气质和抒情手法的运用。单从形式上看，有好几篇，就在每一节的开头，用一首七言绝句来引出正文。更重要的是，他的细腻的情感，他对事物的观察和描绘，都用的是一种诗人的眼光和表现手法，都是诗性的。因而他的文字，处处都洋溢着一种诗情、诗意、诗美。诗与散文的结合、融合，相得益彰，就给人一种独特的美感。

散文中有诗，自古及今，都是很常见的。但诗与散文毕竟有体式的不同。同是诗美，在诗和散文中的呈现又是不完全相同的。诗歌要求凝练，有比较严格的约束（尤其是古诗中的律、绝）；而散文却不受什么约束，可以自由挥洒。散文的这个“散”字，照我的理解，其内涵主要就是自由挥洒。散文之散、之美，在随意，在随兴，更在意到笔随。这看起来是写散文之易，实际上却正是写散文之难。但是，化难为易，镜兄完全做到了。

最后吹毛求疵，从美的角度，说一点小小的不足。整体来看，文字是干净、流畅、生动的，这也给人美感。但是如果再在精练上下更多的功夫，那就会更好、更美。干净只是没有杂质，精练的最高标准却是言简意赅，字字句句都有充实、丰富的内涵。精练是另一种层次的美。对于作为一个诗人而兼擅散文写作的镜兄来说，此一期许，应当不在话下。

在我们四川大学中文系1955级的同学中，出过书的人不在少数，但出十卷本的文集，据我所知，李镜兄是第一人。因此，可喜可贺。

镜兄嘱我写序，我欣然领命。一则为表达我读了镜兄散文之后的感受和喜悦，二则也借此聊以表达我对他十卷本文集出版的祝贺之意。

2013年3月27日于京郊淡浮居

（原载《李镜散文集》，中国文联出版公司，2013年4月；后以《镜像之美——读李镜散文集》为题，发表于《中华读书报》2014年3月5日，文字略有修改）

李畅培《野老诗话》序

在20世纪的50年代，我和畅培在四川大学中文系学习，同窗四载。有一段时间还同住一间宿舍，朝夕相处，彼此都很了解。在我的印象里，他好学深思，读书很多，悟性也很好。我当时就对他有着很高的期待，相信他将来在文学研究上一定会做出很好的成绩。但那时候年轻，不懂得人一生的事业和成就，并非单靠才情、智慧和勤奋就能决定的。还要看机遇，而机遇并不掌握在我们自己的手里，尤其在那个个人的自由空间非常小的年代。毕业了，不愁找不到工作，比起当下的年轻人来，这是我们那一代人的幸运。但是幸运里边同时就藏着不幸运。工作是由国家统一分配的，没有选择的余地，让你上哪儿就得上哪儿，让你干什么就得干什么。当时有一个很生动的比喻，就是要做一颗螺丝钉，党把你拧在哪儿你就在哪儿发挥作用。而那时，我们大家的觉悟真的都很高，高到都能心甘情愿地争做这样的螺丝钉。

今天看来，畅培的幸中之不幸就在于，他这颗螺丝钉打开头就被拧错了地方。先是分到了新华社的摄影部，工作内容是新闻摄影，跟我们所学的专业毫不相干，他一气就干了十几年；“文革”后调回家乡重庆，先是做文博工作十几年；随后又从事党史研究工作也是十几年，同文学稍靠近了一步，但还是不沾边。但他一直都没有丢掉螺丝钉精神，在先后三段的本职工作上，都干得很不错，取得了可观的成绩。

我一直为他，也为跟他情形相似的博学多才而被派错了岗位的同学惋惜，心想他们如果能有一个如愿的更适合他们的位置，一定会对社会作出更大的贡献。在惋惜的同时，又不免产生一种错觉，以为一个人的时间精力有限，做好本职工作就不轻松，畅培大概早就跟文学分手了。但当我读到他的《野老诗话》时，开始是因出乎意料而大吃一惊，继而一想，又觉得这实在是情理之中的事。畅培热爱文学，在他的心中已然凝成了化不开的情结。有这情结，就会有热情和执着，就会有漫长岁月的不离不弃。这本《野老诗话》，就是畅培这化不开的文学情结开出的花，结出的果。

这本书虽然篇幅不长，但是我相信，在他那样的业余条件和学术环境下，一定是付出了很大的艰辛，没有勤奋，没有坚忍的精神，是写不出来的。当然这只是事情的一面。事情还有另外一面：他一定同时也是写得很轻松，很快乐的。试读他全书“总论”的第一段话：“你可以不写诗，却不可以不读诗；在诗的天地诗的境界中，你不能不有所萦怀有所爱；因为，作为精神健全、内涵丰富的人，你不能不有一点诗魂。”这段话深得我心。读他的《野老诗话》，我们就看到了畅培的诗心、诗魂和诗的精神境界。有此心、此魂、此境界的作者，在挥毫论诗的时候，会不是一种其乐融融的心态么？

下面我想从自己的阅读感受，简单谈谈这本书的三个特点。

第一，不受拘束的个性，让他选择了具有民族特色的“诗话”体形式。

诗话是中国古代论诗、评诗的一种特殊体式，实际上就是一种有关诗歌的札记或随笔。内容广泛，可以品评诗人，可以分析和鉴赏作品，可以提供或考辨作品的本事，也可以讨论有关诗歌的各种问题。写法灵活，可长可短，自由抒写，不拘一格，能集叙事、议论、抒情于一体。

正式以“诗话”为书名的写作，始于宋代。据学者的考证，古代第一部诗话是北宋时期欧阳修的《六一诗话》。此后在两宋时期就出现了繁荣的盛况。郭绍虞先生曾写过一本《宋诗话考》，据他的考辨和统计，现存完整的宋人诗话有 42 种；由他人搜集编纂而成的有 46 种；全佚或只有零散残文留下而未及搜集整理者，有 50 种。三类合计共 138 种，数量相当可观。清代也是诗话写作的繁盛期。诗话再加上性质相近的词话，一直延续到近现代的梁启超和王国维。这些著作不仅对当时和后代的诗词创作产生了很大的影响，而且也是中国古代具有民族特色的文艺理论的重要组成部分。

这种体式的长处和短处都十分明显：自然、随意、生动，带有作者鲜活的艺术感悟；但短小琐细，理论概括不足，缺乏完整性和系统性。这种体式与学院派严肃的学术论文风格完全不同，虽然缺少厚重感，却具体细致，生动活泼，有时也不乏精要的理论概括，读起来让人感到比较轻松、亲切，易于接受。

但诗话的形式和写法，在今天却未能得到充分的重视和继承。梁启超的《饮冰室诗话》和王国维的《人间词话》之后，就没有再出现产生重大影响的诗话体著作了。我所知有限，当代以“诗话”之名出书或类似诗话著作的，只有不多的几种：钱仲联先生的《梦苕庵诗话》，南京大学莫砺锋教授的《莫砺锋诗话》，罗孚的《燕山诗话》，还有凡木（徐梵澄）的《蓬屋说诗》（20世纪90年代在《读书》上连载，不知后来是否出书）。这几种书中，有的虽然名为"诗话"，但实际并非传统的札记随笔式的诗话体，而是更接近于现代的学术文章。但不以"诗话"冠名，而实际上是以诗话的随笔札记体来论诗（当然又大大的不限于诗），水平很高、影响极大的是钱锺书先生的《谈艺录（补订本）》和《管锥编》，甚至也包括他的《宋诗选注》中的注释，从诗话的角度而论，可以说这是现代人写作的诗话体著作的巅峰之作。

我们读到的畅培的这本《野老诗话》，完全是正宗的传统诗话体的路数与风格。毋庸讳言，它也不免同时接受了传统诗话的长处和短处。我在初读时，为书中作者鲜活的感悟和新见所吸引，很希望他能做一些调整和集中，加以提炼，将随意和琐细的缺点克服，按专题改成一篇篇正规的符合规范的学术论文，在刊物上公开发表。但畅培试了试，就告诉我，这不合他的个性。现代的学术论文，在形式上有种种通行的规范，但畅培在写作上不愿受任何的束缚，所以不愿也不能"就范"。我由此悟出，"诗话"原来是一种最具个性也最能表现作者个性的文章体式。我于是尊重他的"固执"，也就是尊重他不能受到压抑的学术个性，撤销了我的建议。

及至读到他为这本书写的自序，其中引用了20世纪的英国哲学家维特根斯坦的一段话："如果我只是自己思考一个问题，而不想写成书，我会一直绕着它跳来跳去，这是我最自然的一种思考方法。强迫我把思想纳入一个规定的秩序中去，对我来说是一种折磨。"我这才意识到，保留这种能自由抒写、带有作者鲜明个性特征的"诗话"体写作，是很有必要，也是很有意义的。这种体式，作者写来从容裕如，读者读来也轻松愉快。在很少有人再用传统的诗话体写作的今天，畅培的"固执"，是一种对传统的坚守，也是一种传承，是值得肯定的。

第二，你尽可以说它的内容"庞杂"，但"庞杂"的另一种说法就是：丰富。

开放性和包容性，这是诗话体著作的重要特点之一。《六一诗话》的作者欧阳修在这本书的自序中，就明确地说明他写这本书的目的之一是"以资闲谈"。这并非全出于谦虚，而是与这种文体的形式、内容和写法有关。"资闲谈"就是供人聊天。口语中有"海聊"一说，就是聊起来天南地北，无所不谈。由笔记体发展而来的"诗话"体也天然地具有这个特点。不过比起聊天来，《野老诗话》就要集中和严谨得多了。

《野老诗话》全书不过 10 多万字，能写进多少内容？超出我们的想象，畅培写进的实在是太多了。他几乎涉及诗歌领域的所有重要问题：诗的特征和本质，诗与人生的关系，诗的抒情性、哲理性、音乐性，诗的形式与技巧，诗的格律，而其中又专门探讨了节奏问题；涉及的又不仅是诗人和诗歌作品，还有诗史，还有诗歌理论及其发展，传统诗论中的重要问题，他都提出来加以讨论，发表了自己的看法，如隐秀论、意境说、韵味论等；他列出专节讨论新诗，讨论“文革”时期的诗歌；他甚至还讲到一般论者很少涉及的为诗歌配曲和译诗的问题。

为了说明他的观点，旁征博引，资料和论据广泛到突破时空限制，纵游于古今中外之间。这又表现了他学问的广博，当然同时也证明了他的勤奋。资料库中可以信手拈来使用的储备，肯定是几十年的辛勤积累。

在他所涉及的众多问题中，有的问题是讲得比较深入、充分的，如从隐秀论到意境说，以及关于诗的形式和诗的音乐性问题。但毕竟全书涉及的问题太多，不可能面面俱到，都谈得很深入。这里就显出了“诗话”体的长处，也同时暴露出它的局限：可以涉及很多问题，可以进行相当精彩的概括，也可以用精练的语言讲得很具体、很生动，但很难将所有的问题都展开和深入，都讲得很透。

第三，书中处处都能看见闪光的亮点。

这里又涉及“诗话”体写作的另一个问题：难度。随便聊天好像很容易，但落笔为文却又相当难。为形式和风格所限，在诗话体中既然问题很难充分地展开和深入，那么如果只有平淡的表述，没有简练生动的语言，没有精警的概括，没有启人心智的智慧的闪光，就很难吸引读者。因此，并不是每个人都能用“诗话”体写作，更不是每个人都能写得好的。畅培的这部著作，至少在我读起来，感到很有兴趣，很有吸引力，读后确能受到启发，这就跟他能用生动精警的语言来表达他的思考所得，处处有智慧的闪光分不开。

试举出几段为例：

诗，无非是一种诗意的情感的弦动、一种诗意的心境、一种诗意的人生体验、一种诗意的人生感悟、一种诗意的人生态度、一种诗意的人生境界。

诗不只像文那样直接描摹物象，表述思想；诗更是人生体验的高度浓缩与升华，因而在理性方面它通向哲学；这体验饱和着浓烈的情感，诗是情感酿就心灵生活的一杯醇酒，因而在感性方面它通向音乐。

这是讲诗的特点，诗的本质，诗与人生的关系。这是一个很难讲清楚的问题。你看他讲得多么简要，多么清晰，多么轻巧自如，显得毫不费力。这是一种对诗在诗性体验基础上的精要概括，富于情感，却同时有思想深度。

他对诗歌理论的阐发，不流于抽象，总是跟具体作品的分析鉴赏相结合，显得生动具体，血肉丰满。而对作品的解析，也能要言不烦，鞭辟入里，有不同于前人的深入的发掘。如他在谈到诗的哲理性时，对李商隐《安定城楼》中的两句“永忆江湖归白发，欲回天地入扁舟”做出了这样的解释：

诗人要把广袤无垠、万汇汪洋的世界带到小小的蚱蜢舟里去；物质生活空间的狭小和精神生活空间的无限广大，鲜明地对照，奇妙地统一，这是一种多么旷达超然、洒脱而又深邃的襟怀！令人神往。

他对这两句诗蕴含的思想的体会是那么的深入，表达又是那么的生动和精练。他对俄国诗人丘特切夫《恬静》一诗中巨大的橡树被雷击倒意象的分析，也同样十分精到和深刻。

再看他如何讲意象与意境的区别：

汪曾祺有一首颇受人们赞赏的小诗：“当风的彩旗，像一片被缚住的波浪。”这也是一个巧妙的比喻，但是它的意象虽然精美，却缺乏内涵，不能引人遐思，“工而无意”（沈德潜语）。这就是无意境。

“留得残荷听雨声”，李商隐的这句诗为什么林黛玉说好？因为仅此一笔就弥漫了一片清寂、萧索的氛围，展露了潇洒出尘的襟怀，激发人的共鸣、涵咏。这就是有意境。

只引了两句诗，就把一个非常难说清楚的诗歌理论问题，说得明明白白、清清楚楚。这不是每一个人都能做到的，也不是只靠语言功力就能做到的。清晰和精警，来自对诗意的准确把握，更来自对意境在感悟基础上的深入理解。像这样让人读后受到启发，而且能够记住的精警之处，在书中随处可见。

有一个成语叫“披沙拣金”，意思是说要在一大堆材料中翻拣，才能找到你想要得到的精华。《野老诗话》中到处都可以看到闪光的亮点，不必披沙就能找到金子。

2014 年 12 月 8 日于北京龙腾苑

跟“找乐子”有关的两篇短序

老来为了“找乐子”，喜欢上了摄影，于是去买了一只单反入门机。所谓入门机，就是既省（花钱不多）又轻（拿得动）的那种为专业摄影者看不上眼的机子。人常说:“工欲善其事，必先利其器。”我摆弄的这个家伙，首先就算不上是一件“利器”，所以拍出来的照片水平高不到哪儿去。自得其乐而已。但是敝帚自珍，有时也有私心里觉得拍得还比较满意的，就想到和朋友或同好交流、分享，于是又学习在电脑上制作 PPS。做好以后，有的在前面引用一首古诗，有的则在前面写一篇二三百字的短序。

在古代的文体中，序分两种：赠序和书序。前者著名的如韩愈的《送李愿归盘谷序》、宋濂的《送东阳马生序》等。赠序今天似乎很少有人再写，但书序则到处都可以看见。如今请名人作序成为风气，多数都是为了借名人之名以推销自己，所以说好话的居多，有的甚至吹得叫人肉麻。我也不能免俗，第一本书《古典小说鉴赏》就请了与我共事多年、亦师亦友的陈贻焮先生为我写序，当然也是说了许多好话。虽然还不算离谱（陈先生是一位严谨的学者，离谱的话他也不愿意说），但如今翻出来再读，仍不免感到脸红。此后出书，或者自己写序，或者干脆空缺。

近年又偶见有让学生写序的。韩愈说过：“弟子不必不如师，师不必贤于弟子。”教学相长，本该是常理常情，但是学生对老师的敬畏心理，总会让他不自觉地“为尊者讳”，同样可能是好话说得多，缺点不愿说甚至是不敢说。倒是同辈学者之间，互相写序，交流切磋，不仅容易实话实说，字里行间还会透出一种平易亲切的感情。

下面奉献给各位学友和读者的，是我为自己制作的两辑 PPS 所写的前言。摄影是为了找乐子，制作 PPS 也是为了找乐子，写序当然也就跟找乐子有关。但就跟我摄影和制作 PPS 是为了找乐子，而做的时候却并不马虎一样，这两篇为 PPS 所作的短序，虽近于游戏之作，却同样也是写得很认真的。其中包含着我的人生态度和人生感悟，还从某一侧面反映了我对艺术的看法和审美观。

做这些事情（摄影、制作 PPS 和写序）的时候，我的心情都是非常愉快的。既然是找乐子，找到了乐子的时候，就很愿意与众学友和读者交流和分享。

一、《花卉摄影选》前言

上帝、上苍，在东西方文化中，这两个词传达的是大体相近的观念，即基于宗教或崇拜的热情而表现出的对一种神圣的、不可思议的伟大创造力的歌颂和肯定。西方人看人类自身，头脑是那样聪明，肢体是那样健美，器官设计是那样合理而又精密，除了万能的上帝，谁能创造得出来？

而中国人看大自然，如古诗所云："造化钟神秀，阴阳割昏晓。""苔花如米小，也学牡丹开。"宏大如气势磅礴的泰山，柔细如装点春天的花草，无一不是上苍的杰作。

我们看飞舞的蝴蝶，看翱翔的小鸟，看盛开的鲜花，大自然五彩缤纷，千姿百态，美不胜收，令人惊叹不已。但是，我们用眼睛看见的美和用镜头拍摄下来的美，是不完全一样的。镜头的选择其实就是一种艺术提炼，经过光与影的组合，加上精巧的构图，呈现出来的对象有可能比大自然本身更加绚丽多彩。人们把摄影称为艺术，其原因就在于此。

这组幻灯片，只有音乐，没有文字说明。摄制者并不完全知晓这些花的名称和属性，不加说明自然是有意藏拙。但更为重要的原因在于，真正的美都会自己呈现，领受多少全凭欣赏者个人的修养和悟性。拙劣的说明不仅多余，还会干扰欣赏。在这个意义上，美是不能说明的，无可说明，也无须说明。艺术也一样。

请在音乐声中，尽情地欣赏和享受用光影记录下来的花卉之美吧！

二、《梅杏争春》前言

梅与杏能争春么？在人们的印象里，通常会认为是不能的。这不能，一是指时令花期，二是指标格气韵。唐罗隐咏杏花诗云："暖气潜催次第春，梅花已谢杏花新。"就是说，梅花要开尽了才轮得上杏花。今人更有梅花只报春而不争春之说。

但地域分南北，时令有古今，至少在今日的北京，梅杏争春却是事实。北京初春的花事，最早是依腊梅、迎春、山桃、杏花、梅花次第开放的。本辑中的杏花拍摄于4月3日和5日，而梅花则是拍摄于4月4日（清明节），以绽放的程度，杏花还是略早于梅花的。

梅花被视为中国的国花，凌寒自开，不畏冰雪，是最具傲骨与气节的，因而成为传统士君子最仰慕的高贵品格的象征。历代诗人咏梅诗最多，盖缘于此。陆游梅花绝句有云："高标逸韵君知否？正是层冰积雪时。"而杏花在人们的印象里，却脱不了一个"俗"字和一个"艳"字。唐吴融杏花诗云："粉薄红轻掩敛羞，花中占断得风流。""红杏出墙"成为一个成语，就使她声名狼藉、"俗""艳"到了极点。但世间万物都不能绝对化，文与野，雅和俗，并没有不可逾越的鸿沟；相反相成，文野相通，俗中见雅，也是常事。看了这组幻灯片，可信斯言不谬。你看，杏花那样明洁、质朴、娴静，并无"俗""艳"之态，装点春色，不输于梅，是之谓"争"。

语文漫话

《简笔与繁笔》的写作体会

这是一篇文艺随笔。随笔这种文章形式，要求论题集中，短小精悍，生动活泼。作者必须对所论对象有较深的体会，下笔时才能既挥洒自如，又不失于松散枝蔓。我讲的不过是许多人已经讲过的一个朴素的道理：写文章要繁简得当，各得其宜，各尽其妙。但是，老题目、老观点，写来还多少能给人一点启发，使人感到有一点新的意趣，其原因就在于文章中有我的体会在。

这篇文章有三个特点可以提出来说一说，每一点都跟笔者的切身体会有关。

第一是用例比较典型、生动。

任何一篇文章都不能只是空洞地讲些大道理，而必须运用典型的材料加以分析，才能有较强的说服力。随笔一体尤其如此。文章在第一段里提出总的论点，并做了简括的分析，接着第二、三、四段便举例加以论证。第二段是分析用简笔用得好的例子，第三、四两段是分析用繁笔用得好的例子。例证的安排也注意到要有一定的层次。简笔用了三个例子，第三例是简到不能再简，着一字而出境界、传神韵。繁笔用了两个例子，第二例是繁到近于“啰嗦”，却收到了以繁胜简的效果。例子选得好，又加排列有序，在论证上就能以少胜多，并没有费多大的力气就使文章的论点鲜明突出，给读者留下较深刻的印象。那么，这些典型的例子是怎么选取出来的呢？这就跟阅读有关了。这些例子都是我平日读书时所积累，而不是执笔写作时现去找来的。我曾经在教学中选用和分析过这些例子（当然不一定都从繁简的角度），对它们艺术上的精妙之处是深有体会的。简言之，这篇短文的论点，不是从前人的陈说中来，不取自刘勰的《文心雕龙》，也不取自顾炎武的《日知录》，而是由当前创作中趋长之弊的触发，又从优秀作品中这些典型生动的例子的对比里概括出来的。尽管文中论点跟前人的相近或相同，但因为有属于自己的独特感受作基础，文章就多少具有了从新的土壤中生发出来的新意。

先提出一种观点，然后去寻找例证，这是一种方法；从许多例证中分析、归纳、提炼出观点，使观点材料不可分割地融合为一体，这又是一种方法。就我个人的体会看，后一种方法是比较好的，运用这种方法不会有下笔时找不到例证的苦恼，也可以避免论据和论点脱节的弊病。

第二是分析尚称周全、中肯。

议论的文章要有说服力，分析必须周全、中肯。这是最起码的要求。周全，就是论说全面，有辩证的观点；中肯，就是析理准确，能揭出问题的本质。这篇短文的落脚点或者说命意，如末段所示，在于“提倡简练为文”。但提倡“简练”，非但不排斥“繁笔”，而且还肯定创作中有时是“非繁不足以达其妙处”。就是说，繁笔用得好，在艺术表现上有其特殊的功用，同样是“句无可削”“字不得减”，合于精练的要求。这样从现象触及本质，立论就比较辩证。繁笔之失在冗赘拖沓，这是人人所能见到的，故文中略而不论，只从正面讲了繁笔的好处。但论及简笔，就顾及两个方面：“言简意赅”和“言简意少”。提倡简练，却不笼统地肯定简笔，而是具体分析，肯定应该肯定的，否定应该否定的。这样，说理就比较全面。在分析当代创作中长的趋向时，也注意实事求是，分清主次，说得较有分寸：“作品写得过长，原因很多，首先是对生活的提炼亦即艺术概括的问题，但艺术手法和语言表达的欠洗练也是不容忽视的一条。”把所论的问题放到一个恰当的位置上。如果因为有所提倡，就把问题强调到不恰当的地步，那就不免失于片面了。

论析要周全、中肯，除了掌握正确的分析方法，对问题的深切感受和认识是很重要的。如开首提出的文章的繁简“不可单以文字的多寡论”（这里的“论”字是论优劣、论短长的意思），就是在平时阅读中从无数简得好的例子和简得不好的例子、繁得好的例子和繁得不好的例子的具体感受和对比分析中概括出来的。

第三是语言表达上力求简洁、明畅。

随笔这种文体，本来要求语言精练生动、明畅活泼，加上论题又恰是作文的繁简得失，这就促使我不能不力求笔下明洁。我在文章中用了一些文言词，这跟我从事古典文学的教学和研究工作有关，日常习染所致，不是刻意追求。不过，文言词语用得恰当，也确能收到以简驭繁的效果，使语言表达显得简劲凝练。我还注意到了语言形式上的整饬。如果处理得自然而不生硬，这不仅能使思想内容显豁，而且能给人以美感。像第一段里的几组句子：“言简意赅，是凝练、厚重；言简意少，却不过是平淡、单薄。”“描摹物态，求其穷形尽相；刻画心理，能使细致入微。”“有时用简：惜墨如金，力求数字乃至一字传神。有时使繁：用墨如泼，汩汩滔滔，虽十、百、千字亦在所不惜。”形式上的对举，使相比较的两个方面的特点，显得更加鲜明突出。文中也有有意避简而用繁之处，例如：“从味觉写，从视觉写，从听觉写，作了一大串形容。”这句话若从字面上求简，也可以改成这样：“从味、视、听觉三方面写，作了许多形容。”但故意分开来说，唯其“累赘”，就让读者通过语言形式本身也能具体地感受到所引原文是有意使用繁笔，从而体会出它的好处。

不论使简用繁，要使文章写得简洁生动，须靠在日常阅读体会中培养起敏锐的语感。什么是真正的简练，什么是繁冗，什么是美的语言，什么不过是语言中的渣滓，如果有敏锐的判断能力，阅读时即能准确地体察出不同的含蕴与情味，自己下笔时自然就会较有把握而得其分寸了。

总括以上所讲，《简笔与繁笔》这篇小文章就是在平日积累的一点点体会的基础上写出来的。这道理当然肤浅得很，而且不免是老生常谈。不过在生活里，许多老生常谈的道理都反映了带普遍性的精要的规律，我想写作也不例外吧。

（原载上海《语文学习》1995年7期，后收入《课文作者谈课文》一书，上海教育出版社，2014年7月）

附录：简笔与繁笔

从来的文章家都提倡简练，而列繁冗拖沓为作文病忌。这诚然是不错的。然而，文章的繁简又不可单以文字的多寡论。言简意赅，是凝练、厚重；言简意少，却不过是平淡、单薄。“繁”呢，有时也自有它的好处：描摹物态，求其穷形尽相；刻画心理，能使细致入微。有时，真是非繁不足以达其妙处。这可称为以繁胜简。看文学大师们的创作，有时用简：惜墨如金，力求数字乃至一字传神。有时使繁：用墨如泼，汩汩滔滔，虽十、百、千字亦在所不惜。简笔与繁笔，各得其宜，各尽其妙。

一部《水浒传》，洋洋洒洒近百万言，作者却并不因为是写长篇就滥用笔墨。有时用笔极为俭省，譬如“武松打虎”那一段，作者写景阳冈上的山神庙，着“败落”二字，便点染出大虫出没、人迹罕到景象。待武松走上冈子时，又这样写道：“回头看这日色时，渐渐地坠下去了。”真是令人毛骨悚然。难怪金圣叹读到这里，不由得写了这么一句："我当此时，便没虎来也要大哭。"最出色的要数"林教头风雪山神庙"，写那纷纷扬扬的漫天大雪，只一句："那雪正下得紧。"一个"紧"字，境界全出，鲁迅先生赞扬它富有"神韵"，当之无愧。

以上是说用简笔用得好。同一部《水浒传》有时却又不避其繁。看作者写鲁智深三拳打死"镇关西"：鼻上一拳，"打得鲜血迸流，鼻子歪在半边，却便似开了个油酱铺：咸的、酸的、辣的，一发都滚出来"。眼眶际眉梢又一拳，"打得眼棱缝裂，乌珠迸出，也似开了个彩帛铺的：红的、黑的、绛的，都绽将出来"。第三拳，"太阳上正着，却似做了一个全堂水陆的道场：磬儿、钹儿、铙儿，一齐响"。从味觉写，从视觉写，从听觉写，做了一大串形容，若是单从字面上求简，这三拳只须说"打得鲜血迸流，乌珠迸出，两耳轰鸣"，便足够了。然而简则简矣，却走了"神韵"，失掉了原文强烈地感染读者的鲁智深伸张正义、惩罚恶人时那痛快淋漓劲儿。

字面上的简不等于精练，艺术表现上的繁笔，也有别于通常所说的啰嗦。鲁迅是很讲究精练的，但他有时却有意采用繁笔，甚而至于借重"啰嗦"。《社戏》里写"我"早年看戏，感到索然寡味，却又焦躁不安地等待那名角小叫天出场，"于是看小旦唱，看花旦唱，看老生唱，看不知什么角色唱，看一大班人乱打，看两三个人互打，从九点多到十点，从十点到十一点，从十一点到十一点半，从十一点半到十二点——然而叫天竟还没有来"。在通常情况下，如果有谁像这样来说话、作文，那真是啰嗦到了极点。然而在这特定的环境、条件、气氛之下，鲁迅用它来表现一种复杂微妙、难以言传的心理状态，却收到了强烈的艺术效果。

刘勰说得好："句有可削，足见其疏；字不得减，乃知其密。"无论繁简，要是拿"无可削""不得减"作标准，就都需要提炼。但是，这提炼的功夫，又并不全在下笔时的字斟句酌。像上列几个例子，我相信作者在写出的时候并没有大费什么苦思苦索的功夫。只要来自生活，发诸真情，做到繁简适当并不是一件太困难的事。顾炎武引刘器之的话说："文章岂有繁简耶？昔人之论，谓如风行水上，自然成文，若不出于自然，而有意于繁简，则失之矣。"

现今，创作上有一种长的趋向：短篇向中篇靠拢，中篇向长篇靠拢，长篇呢，一部、两部、三部……当然，也有长而优、非长不可的，但大多数不必那么长，确有"水分"可挤。作品写得过长，原因很多，首先是对生活的提炼亦即艺术概括的问题，但艺术手法和语言表达的欠洗练也是不容忽视的一条。简而淡，繁而冗，往往两病兼具。有的作品内容确实不错，因为写得拖沓累赘，读起来就像是背着一块石板在剧场里看戏，使人感到吃力、头疼。而读大师们的名著呢，却有如顺风行船，轻松畅快。

感此，提倡简练为文，重议文章繁简得失这个老题目，也许并不算得多余。

（原载《人民日报》，1981 年 2 月 18 日）

迟到的回应
——答余绍秋先生《〈简笔与繁笔〉的语病》

2004年5月，湖北麻城一中的语文特级教师余绍秋先生，在该校的网站上发了一篇帖文，批评我选入高中语文课本的文艺随笔《简笔与繁笔》，题目是《〈简笔与繁笔〉的语病》。文章态度严厉，措词尖刻，结论武断。我是在两年后的2006年才从网上看到的，读后觉得他并没有看懂我的文章，不是误解就是曲解，相信这种没有道理的批评不会产生什么影响，所以当时并没有理会，以后很长时间也没有理会。但是最近偶然发现这篇文章至今仍然挂在网上，而且还被影响很大的“百度百科”所收录。如果我的那篇小文章，经余先生提出批评，并且如他所呼吁和企盼的那样，有关出版社听从了他的意见，真的从中学语文课本上撤了下来，从此不再入选，那我就永远也无须再去理会了。但是我的那篇短文却至今还仍然被选入多家出版社（包括香港地区）出版的多种高中或中专语文课本，余先生的文章就有可能因误导他人而产生不良的影响。考虑到我现在已经是80多岁的老人，如果我再不出来澄清正误，辨明是非，表明我的态度，说明余先生的文章谬误出在哪里，那就会给中学语文教学带来不应有的损失。因此，我决定不顾年迈有病，立即做出已经迟到了十几年的回应。

余先生在文中是这样评价我的文章的：“该文主要毛病是文句不通，语病甚多。”接着就是作为他立论中心的一段话：

> 开头一段中有这样一句话：“文章的繁简又不可单以文字的多寡论。”课本的编者还在“自读提示”中津津乐道地引用了这句话，说它是本文中“令人耳目一新”的“观点”之一。可是，事实上它却是一个大病句。文章“繁”，就是文字“多”；文章“简”，就是文字“寡”。文章的“繁简”和文字的“多寡”

> 是同义语，不可能有别的解释。说“文章的繁简又不可单以文字的多寡论”，等于说“文章的繁简又不可单以文章的繁简论”，等于说“文章的繁简又不可单以文章的繁简论”（周按：原文如此），不管怎样看都是一句自相矛盾的废话。

余先生抓住“文章的繁简又不可单以文字的多寡论”这句话来立论，来大做文章，是有其原因的。这句话确实是我那篇文章的灵魂和中心。遗憾的是他并没有真正读懂，因而他的分析只能是无的放矢，似是而非。

在中国古代文论中，有所谓“文眼”之说。这正如“泉眼”是指一池清水都从这里喷涌出来的地方一样，文眼就是指一篇文章的中心或灵魂，由此确实可以生发出“令人耳目一新”的分析来。余先生抓住的这句话，的确可以说是我这篇文章的文眼。但他在引用和评论这句话时，不知是因粗心而忽视，还是出于别的什么原因，抹去或忽视了这句话中非常重要的两个字，就是“单”字和“论”字。而要正确地理解我这句话的意思，进而全面地理解并接受我由此引出的全篇文章的分析，就必须首先重视并正确地理解这两个字。“单”字的意思是说，看文章的繁和简，不能只从一面看，即仅仅看文字的多和少。不能说文字多就一定是繁冗，就不好；文字少就一定是精炼，就好。繁有繁得很精彩的，简也有文字虽简却十分无味的，因此必须要做具体的分析。这里就留下了空间，可以容我在后文做进一步充分的发挥。与“单”字相呼应，对“论”字也必须有正确的理解。“论”字在这里不仅是论断的意思，更主要的是论优劣和论短长的意思。基于此，我在文中提出的“简笔”和“繁笔”这两个概念，侧重的并不只是指文字的多寡，而是着重于表达的效果，实际上是一个修辞学的概念，其中是包含着一种审美评价在内的。所以接下去我有这样几句话：

> 言简意赅，是凝练、厚重；言简意少，却不过是平淡、单薄。“繁”呢，有时也自有它的好处：描摹物态，求其穷形尽相；刻画心理，能使细致入微。有时，真是非繁不足以达其妙处。

这里的分析，正是体现了“单”字所含蕴的全面性和辩证的特色，也体现了“论”字确实是着意于文字表达的优劣和短长。这一段，以及由这一段引出的后文进一步的论证和发挥，正是从这一“文眼”中涌流出来的清泉。这就是这篇小文章虽然写的是一个老题目，而还能多少表现出一点新意，给人以启发的重要原因。

我这句话的意思其实是不难理解的。换成一句大白话来说，就是：要评论文章是繁好还是简好，不能只看文字的多和少，文字少不一定就好，文字多也不一定就不好。这样的意思，就连一个高中学生也应该是一眼就能看出来的。我真不明白，作为一个中学特级教师的余先生，为什么就看不懂呢？

余先生的全篇文章都是围绕着这段议论来展开的。他的批评和论断缺乏对我全文的整体把握，也就失掉了立论的真实基础，因而该文的整体分析都是站不住脚的。他的批评和我的原作，在网上都很容易搜索到，读者只要仔细阅读我的原文，再对照余先生的批评，是非曲直自可明白，我就不再作过多的征引和分析了。

最后，我想有必要简单地介绍一下我的这篇文章是怎样选入高中语文课本的，这对澄清是非，辨别正误，可能会有一点好处。文章最初发表在 1981 年 2 月的《人民日报》上，第二年即 1982 年，就选入了人民教育出版社新编全国通用的高中第三册的语文课本。但是出版社并没有事先通知我，也没有征求过我的意见。我是因为受北京的《中学语文教学》杂志之约，为这套新编语文课本中的一篇古典文学作品写一篇分析文章，偶然从附寄来的新编课本的全目中意外地发现的。因为我的这篇文章在发表时有文字讹误，我就立即致信出版社请求改正，不久就得到了该社语文编辑室朱堃华同志的回信（见附录），从中得知文章是因吕叔湘先生的推荐才选入的。这一信息令我感到意外，感到惊喜，也令我非常感动。在“文革”之前，我只发表过一两篇学术性的文章，后来长期搁笔，直到“文革”结束后，才又重新开始写作和发表文章。《简笔与繁笔》一文是我在“文革”后不久发表的为数有限的十多篇文章之一。当时我只是北京大学中文系的一名普通的讲师，是一个名不见经传的无名之辈，而吕先生是很有影响的老一辈的著名语言学家，是中国社会科学院语言研究所的所长，他觉得文章好，对中学的语文教学会有好处，就从一个学者的社会责任感出发，不问文章作者的身份、年纪、资历、地位，立即予以热情推荐。这是令我非常感动的，也是值得我们后辈好好学习的。

我在这篇回应里特意提到这件事，没有别的任何目的，只是为了反证一个普通的道理，即如果我的文章真的如余先生说的那样不堪，那样文理不通，满篇语病，作为享有世界声誉的语言学大家的吕叔湘先生，怎么会一读到就立即向出版社推荐，很快就选入全国通用的语文课本呢？这至少是不合情理，不合学理，自然也是不合逻辑的吧？

2017年4月24日于北京金手杖老年公寓

附录：人民教育出版社编辑朱堃华同志的来信

先慎同志：

您在《人民日报》1981年2月发表的《简笔与繁笔》一文，我们已选入高中语文课本第三册作为教材。这篇文章决定选作教材后，本想同您联系，征求您的意见，但因工作上的粗疏，竟至出了漏洞，至今也未征求您的意见，前几天《中学语文教学》编辑部转来您的信，信中指出原来发表时误排的两处错误，但收到此信时已是“五一”节后，书稿已经付印，来不及改了。一误再误，真是追悔莫及，万分遗憾！

这册教材，新选的课文较多，当时考虑，有几篇文章的作者都在外地，往返联系需要时日，便尽先联系了。您在北京较方便，晚一点联系也可。未想到后来因插入一些其他工作，加以有的同志因病全休，人少事繁，匆匆忙忙拖延至今，始终未同您联系。之所以产生这种漏洞，也是有主观上的原因的：一、觉得此文是去年发表的，可能无何变动；二、此文是吕叔湘先生推荐，组内同志看后都感到满意（在选材中这样短小精悍的文章是不多见的），因而比较放心。当然这种态度也是不严肃的，今后当引为教训。

基于上述思想，原想在“要是拿‘无可削’‘不得减’的标准”一句的“标准”二字后加上“衡量”二字，但有的同志建议暂时不改，等请您看过后再说，终至于一字未易。这次虽已来不及改正，明年修订时，一定按您的意见修改，您如还有什么意见，也望见告。

即问

近安！

中语组朱堃华　1982.5.7

培养兴趣
——中学语文教学给我的影响

最近在家乡成都遇到一位中学时期的同学，聊天中他向我提出这样一个问题：你在中学时数理化的成绩也非常好，我们都以为你会学理工科的，没有想到你后来学了文学。我回答说，因为我的兴趣在语文。回顾我中学时期的学习生活，联系到我后来在学术上的选择和发展，感到后来的选择同中学时期的语文教学给予我的影响有很大的关系，而每忆及此就感到非常亲切。

中学语文教学给予我的影响是多方面的，比如初步的人文精神的培养，健康的审美情趣的熏陶，语文表达能力的训练，有关语言和文学基础知识的获取，等等，但对我最大的影响还是培养起了我对语文课进而对文学的兴趣。

兴趣，对一个人的学习和工作，对他将来选择专业方向，甚至对他一生的发展和成就，都有着非常重要的影响。有两位著名科学家曾经谈到他们在这方面的体验。很久以前，从报纸上看到一则报道，有一次中国年轻的大学生向诺贝尔奖获得者杨振宁教授提问，问他一个人要想在科学上获得成功，就个人因素来说最重要的条件是什么，他的回答就是“兴趣”两个字。在当时国人还没有完全摆脱长期以来形成的只要突出政治，学好毛泽东思想，就会战无不胜的思维模式的条件下，这样的回答真是大大地出乎人们的意料。然而他讲的却是他个人的真切体验，也是无数成功者和不成功者的真切体验。非常简单朴素，却是实实在在的真理。新近又从《中华读书报》(2001年11月14日24版)上看到了中国科学院院士、著名生物学家邹承鲁先生谈到他类似的体验。他在回答记者的提问时说，他之所以走上自然科学之路，是因为在中学时培养起了对科学的兴趣，特别是在他就读的重庆南开中学，一些理科教师善于讲课，能引起学生对自然科学的兴趣。

兴趣，在一个人的事业追求和学术研究中确实是非常重要的。有兴趣，学习和工作起来才会有热情、有力量；才会在别人看来十分艰苦的工作中感受到无穷的乐趣，因而乐此不疲，废寝忘食；才会在奋斗和追求中，感到轻松愉快，而不觉得是一种沉重的负累。总之，有兴趣，才能享受学习，享受工作，享受生活，享受人生。而奠定一个人一生事业基础的兴趣，又往往是在中小学（特别是中学）时期培养起来的。没有稳固扎实的基础，不能建设起高楼大厦。抛开基础知识的传授不说，单就培养兴趣这一点来看，基础教育就具有非常重要的意义。每个人的经历都会证明这一点：一个人一生所获得的知识，只有很少一部分是从课堂上由老师直接传授的，其他绝大部分都是由个人在学校或走出学校以后主动吸取的。这种吸取需要以老师传授的知识作基础，但更需要从学习基础知识中培养起来的兴趣。兴趣会成为主动获取知识的驱动力。我们常常讲中小学作为基础教育的重要意义，这意义不仅在传授基础知识上，更在培养学生的学习兴趣上。

以我个人的经验来看，从对语文课产生兴趣，到对文学产生兴趣，到报考大学中文系，再到毕业以后从事文学的教学和研究工作，都是由中学时期培养的这一点兴趣发展起来的。语文课本中选有不少文学作品，形象性比较强，说起来培养起学生的学习兴趣好像不太难。但实际情况并非如此。能不能引起学生对这门学科的兴趣，从而进一步培养起他们钻研和扩大有关专业知识的兴趣，对任何一门课都不是一件容易的事情。就语文课来说，教材编得不好，课文选得不恰当，或虽然教材编得不错，但教师讲课枯燥乏味，也同样引不起学生的学习兴趣。

语文课能不能培养起学生的兴趣，课本的编选十分重要。我上中学是在20世纪的50年代初期，那时已经相当强调突出政治，为无产阶级政治服务，衡量作品要政治标准第一、艺术标准第二，但还没有发展到1957年“反右”以后特别是“文化大革命”中那么严重。现在回想起来，也有一些教训很值得我们总结和记取。那时期的语文课本，确实选入了不少历代经过考验的名篇佳作、文章范本，但从突出政治出发，也选入了一些表面上看起来政治性很强，而语文表达方面却比较平庸的文章。几十年过去了，现在能在我的记忆中留下不灭印象的课文，也就是曾在培养我的语文兴趣中起了重要作用的课文，是那些经过时间考验的经典性的文学作品和在语文表达上确实称得上典范的文章，如古代的从《左传》《战国策》《史记》《庄子》《孟子》等经典著作中节选的精彩章节，李白、杜甫、白居易等历代诗人的传世诗歌，以及陶渊明的《五柳先生传》《归去来兮辞》、欧阳修的《醉翁亭记》、范仲淹的《岳阳楼记》、苏轼的《石钟山记》《日喻》《赤壁赋》等散文名篇，现代的如鲁迅先生的《藤野先生》《祝福》《药》《为了忘却的纪念》《纪念刘和珍君》、朱自清的《荷塘月色》《背影》等。而那些为了突出政治，实际上只是为应付上级审查，装点门面而选入的语文表达上一般或相当平庸的文章，当时引不起学生的兴趣，至今则连一点点印象也没有留下了。当代的文学作品和文章具有时代感，当然也应该适当选一些，但要慎重，应该多方面听取语文专家们的意见。我念高中的时候，记得语文课本上就选入了当时非常年轻的作家刘绍棠的《青枝绿叶》。那时刘绍棠刚刚崭露头角，还只是一个高中生，在思想和文学上都很不成熟，在此情况下将他的作品选到课本中去让他和他的同辈人一起学习，这显然对他本人的成长和对整个语文教学都是不合适的。

关于中华人民共和国成立17年那段时期语文教学的经验教训，一些长期从事语文教学和研究工作的老一辈专家如叶圣陶先生、吕叔湘先生、朱德熙先生等都发表过非常重要的意见，概括起来是两句话：语文课不能讲成政治课，语文课也不能讲成单纯的文学课。这一经验的总结，是曾经付出过沉重代价的。语文课当然不能只是语文知识的传授和阅读与表达能力的训练，同时也要承担思想教育方面的任务，这是毫无疑义的。但对思想教育如何理解，对语文教学产生的影响就很不一样。语文课的课文，都反映了特定的社会内容，表现了特定时代作者的思想观点和感情，因此必然会对学生的思想产生这样或那样的影响。严格把握选文的思想观点要正确，感情要健康，是非常必要的。但语文课就是语文课，入选文章首先要看它在语文表达上是否典范，同时也顾及思想内容是否正确、积极、健康，而不能倒过来，只简单抽象地看内容是否突出了政治，而忽略了语文表达的典范性。由语文课的特殊性质决定，课文必然会对学生产生诸如道德情操、人文精神和审美趣味等多方面的感染教育作用。政治教育方面的内容当然也会有，但不是主要的，而且其内容和特点也应该不同于政治课。不能简单地认为，只要按上级的指示选进了一些政治性很强的文章，就是加强了语文课的思想性。不恰当地让语文课去承担本来应该由政治课担负的思想教育任务，既不利于语文课教学，也不利于政治课教学。老一辈语文教育专家们总结出的经验教训，他们的一些基本认识，我们应该牢牢记取。

单有好的教材，老师讲得不好，也不能培养起学生的兴趣。我非常有幸，在四川崇庆中学念书时，初中和高中遇到了两位很好的语文老师。他们的讲课充满激情，富于魅力，引人入胜，给同学们留下很深的印象。初中阶段令我难忘的语文老师叫周济民。他戴一副深度近视眼镜，身着长衫，有点不修边幅，加上说话文绉绉的，人们都认为他有点迂阔。实际上他有非常深厚的旧学修养，对传统典籍和历代名篇不但非常熟悉，而且理解很深，很有感情。在他身上表现出中国传统文人那种高雅不俗的风致。他讲起课来很动情，总是眉飞色舞，一唱三叹，能用极精练生动的语言，讲出课文中最精美动人之处，极富韵味。除了很有吸引力的课堂教学之外，他还能细心地发现和肯定学生的优点，以激励他们的信心和引发他们学习语文的兴趣。有一次他在我的一篇作文上用红笔画了很多圈，在末尾批了这么两句："骧首前进，千里名驹。"这篇作文的内容我已经记不清楚了，印象中虽然有一些优点，却算不得非常出色，但这个批语对我的激励可非同寻常，由此而受到极大的鼓舞，对学好语文有了充足的信心。适当的鼓励在培养学生的兴趣中也会产生很大的作用。

另一位令我难忘的语文老师是高中阶段的范伯威先生。他的讲课不仅生动，而且很有深度，总能从课文中发掘出一些我们看不出来的东西，使我们受到启发。他讲的《藤野先生》和《五人墓碑记》等，至今仍有深刻的印象。他还是一位民间文学和地方曲艺的爱好者，能创作也能演出，常常在四川的曲艺刊物上发表一些如"金钱板"一类的通俗文艺作品。学校里有什么晚会，他经常来一两段"金钱板"，节目都是他自己创作的，内容大家又都很熟悉，因此总能博得热烈的掌声。他讲课也带进演唱曲艺的风格，声音很洪亮，抑扬顿挫，生动活泼，很吸引人。但非常遗憾，还没有等到我们毕业，他就因为我们当时怎么也弄不明白的什么"历史问题"而被解职了。他后来的遭遇很不好，为了维持生计，竟沦落到在成都的一间茶馆里说评书。同学们听说后，心里很不是滋味。有一次我和一位同学相约，专门到那间茶馆去看了看，真的看见范老师在那里摆一张桌子讲评书。我们不敢进去，只是远远地在街面上往里窥视。当时我们的心里很难受，眼泪差一点就流了出来。从旧社会来的知识分子，哪能找不出一点所谓的"历史问题"呢？但他那么尽职尽责地给我们上课，讲得那么好，在思想和知识两方面都使我们获益很大，受到同学们的普遍欢迎，这就说明他并没有什么"现实问题"，是一个合格而且优秀的语文老师。这样的老师，不让他讲课而让他去说评书，总算不得是人尽其才吧？几十年过去了，至今我和我的同学们想起范老师，都还情不自禁地从心中升起一份敬意。

当然，由于培养起学习兴趣从而走上有关专业道路发展的，毕竟只是少数人。但这种兴趣，对每一个学生的成长来说都是十分重要的。在我一生的学习中，除了前面提到的中学里两位我十分敬重的语文老师外，培养起我强烈的学习兴趣从而使我获益匪浅的，还有同一个中学里教数学的袁用书先生和北京大学中文系讲授现代汉语的朱德熙先生。数学课和语法课，在一般人的心目中都是比较枯燥乏味的，但他们都能讲得十分生动，令学生学起来兴味盎然。我并没有因此选择数学或语法研究作为我后来的专业方向，但我在这些方面的一些基本修养（比如缜密的逻辑思维和对语言的敏感等）对我的整体素质的提高，还是有不可忽视的意义。同样，培养起对语义课的学习兴趣，对绝大多数同学来说，并不要求他们（事实上也不会）因此就向文学方面去发展，但由此获得的基本的语文修养，对他们将来的工作和一生事业的发展，也必然会产生积极的作用。

对于语文课的学习，我很愿借此机会向年轻的朋友们多说几句。我以为，语文修养是一个人的基本素养之一，不管你将来选择什么专业，从事什么工作，语文修养都是十分重要的。因此，在中学阶段必须打好语文基础。1994 年的冬天，我和北大的几位老师曾应邀到王力先生的故乡广西博白去，向那里的中学老师和学生作过几次有关中学语文教学和学习问题的演讲。其中讲到的一些意见，我愿在这里再一次奉献给年轻的朋友，同时也提供给从事中学语文教学的老师和行政领导部门的负责同志作参考。

我认为，经过多年的实践和总结，作为基础教育中的一门学科，中学语文教学的目的和任务应该是比较明确的，这就是帮助学生掌握好语文工具，简单说就是能读、会写，而不是培养文学家和语言学家。能力的培养当然跟知识的传授有关，比如字词的知识，语法的知识，各种文体的知识，中外文学的知识，等等，也都是一个学生语文水平的表现，也会影响到他阅读能力和写作能力的高低。但就语文课来说，知识的传授不是最终目的，语文教学的主要任务是帮助学生掌握好语文工具。可以说，一个学生语文水平的高低，主要的标志就是他阅读能力和写作能力的高低。

在中学阶段打好语文基础，掌握好语文工具，是至关重要的事，是影响到一个人将来一辈子的学习、生活和工作，影响到他将来在事业上的发展和创造的大事。因此，不论学生的志向在哪一方面，都一定要纠正重理轻文的倾向，都一定要注意全面发展，学好语文。可是令人感到吃惊的是，最近从电视上看到人民大学一位年轻的教授发表演讲，竟主张在高中阶段就取消语文课，理由是要培养专才。这完全是不懂得专与博的关系、基础与发展的关系，不懂得现实和未来科学文化的发展，都越来越需要多学科的交叉和交流的大趋势。我们如果在中学阶段就要求或鼓励学生学得很专，实际就是多年来许多中学老师反对的偏科，那学生的基础必然不广博、不坚实，将来无论从事什么专业，对他们的发展肯定是非常不利的。而对整个教育事业来说，基础教育阶段学生知识的欠缺和结构的不平衡，不但培养不出真正的专才，而且一定会产生许多由于基础不扎实或知识上有重大缺陷，在将来事业的发展上缺乏后劲的庸才。中学阶段任何一门学科的学习，学生的学习兴趣再浓厚，也不会人人都成为这方面的专门人才；但另一方面，每一门学科的基础知识和训练，对学生整体素质的提高和将来的发展，又都具有非常重要的意义。对于将来愿意在理工方面发展的中学生，我认为，认真学好语文，在年轻时就获得比较扎实深厚的语文修养，培养起较高的阅读和表达能力，不但不会影响他们将来成为理工方面的专家，而且必定会一生受用无穷。希望大家多听听老一辈科学家和语文教育专家们的宝贵意见，而千万不要去轻信什么高中阶段就取消语文课之类的不负责任的昏话。

2001 年 12 月 16 日

（原载王丽主编《我们怎样学语文》，作家出版社，2002 年 10 月）

词语使用与文化传承

——从“文通字顺”和“入围”谈起

汉语中的许多词语，特别是一些成语典故，是在长期历史发展过程中逐渐产生和积累起来的。这些词语由于有深厚的文化积淀，非常凝练，简单的几个字，就能十分准确，甚至十分精妙地表现出丰富的思想内容。最近从一篇文章里看到，受中华文化影响很深的日本，至今也还广泛地使用着如“四面楚歌”一类的成语。许多成语典故的产生，都跟特定的历史事件和文化内容相关，因而成为中华历史文化的一种独特的载体。像“四面楚歌”，还有“雪泥鸿爪”“祸起萧墙”等等成语，实际都是一种历史文化的记录。如果我们知道它们的出典，又能领会其中的文化含蕴，那么每一次使用，都会是一次对历史文化的追念和重温。这样，在我们日常的表达和交流中，就不断地实现着传统文化的传承。传统文化就鲜活地存在于我们的口头和笔下，存在于这种自然平易的人际交流间，而不仅仅是存在于“读经”和“国学”热中。

但在词语的使用中，误写、误用和误读的情况却是屡见不鲜；而每一次，都是由于文化的缺失，其结果又都不可避免地会进一步扩大这种缺失。

我就曾有过不止一次词语使用被“改正为误”的经历和体验。1998 年北大百年校庆，我应约为散文集《青春的北大》写了一篇题为《融进一滴水》的文章，谈我在北大既当教师又当学生的体会。说到我在教写作课中自己也得到了提高时，用了“文从字顺”这个成语。但是书出来后一看，“文从字顺”被改成了“文通字顺”。心中不免有一种小小的不快。但是事情到此并没有完。几年以后，我们大学的同学要出一本书名为《那年那月》的纪念文集，其中也收入了这篇文章，稿子送去前我特意将被误改的“文通字顺”又改回为“文从字顺”。可是书出版后，又被改成了“文通字顺”。事情就有这么巧，不同出版社的两位编辑，竟然都不知道这是一个成语，是有出典，不能随便改动的。这个成语出自韩愈的《南阳樊绍述墓志铭》，是铭文中的最后两句："文从字顺各识职，有欲求之此其躅。""文从字顺"的意思是行文用字，妥帖通顺。这里的"从"和"顺"都是有序、顺畅的意思。韩愈赞扬樊绍述的文章写得好，说他所使用的词语各有自己的位置，发挥不同的作用，极其自然、流畅。在这篇文章中，韩愈还提出了另一个著名的观点，就是"词必已出"，也就是大家熟知的他一贯主张的"务去陈言"。所以我们如果知道"文从字顺"这个成语的出典和具体内容，就不但能准确地书写、使用，还能了解到相关的文化内涵与故实，增加关于唐代古文和文论方面的知识。两位编辑对工作都很认真，但由于不知道这个词的出典和文化内容，受到习用的"通顺"一词的影响和触发，便产生了这样的误操作。

另有一种情况是，不知道出典和本来的意思，用某个词时可能用是用对了，但字却写错了，而因为字写错了，实际的意思也就跟着完全错了。比如现在说某人或某部作品进入了某个评选活动的候选名单，常常用到一个词叫"入闱"。这个词在报刊上出现的频率很高，但以我所见到的，几乎是百分之百地都被误写成了"入围"。我很奇怪，连一些文化人、一些学者教授也都这么写。就这个词的出典和含义来讲，是绝对不能把"入闱"写成"入围"的。"闱"的意思本来是指宫中的小门或庙中之门，后来到了科举时代也用来指举行科举考试的场所。过去因为乡试在秋天举行，所以叫秋闱，会试在春天举行，所以叫春闱。入闱就是进入考场，也就是参加科举考试的意思。这个词和这个词的含义就是这么来的。今天有的地方还保存下来科举时代的考场叫"贡院"，在那里，进场的第一道门就叫"闱门"。"入闱"发展到现代汉语，就引申出取得了候选资格的意思。如果把"入闱"写成了"入围"，意思就完全不一样了。"围"字当作名词用的时候，最主要的意思有两个：一是指"围场"，就是打猎的地方；二是指封建帝王出行时划定的禁区，是一般的老百姓不能随便进入的。如果写成"入围"（这个词是生造的，在词典上查不出来）[①]，那么在前一个意义上就是进入狩猎场，这就不是候选，而是变成捕杀对象了；在后一个意义上，则是犯禁的意思，在封建时代，不杀头至少也是要受到处罚的。可见，把"入闱"误写成"入围"，其实际的意义，与作者想要表达的意思大相径庭。

---

① "入围"一词，在此文发表不久后，已由《现代汉语词典》修订本第六版正式作为词条收入。对此笔者有详细的介绍和分析，请参阅下面《担起我们共同的责任》一文。

这个词的使用我也经受了一次被误改的小小遗憾。去年我应约为另外一本纪念文集写了一篇文章，其中就用到了“入闱”这个词。交稿的时候有点担心，现在“入围”已经以讹传讹，非常普遍了，会不会又被误改呢？但心想这本书的编者水平很高，相信不会，因此原本想要提醒一下的，终于没有提醒。最近书出来了，拿到一看，出乎意料，却又在意料之中，“入闱”还是被改成了“入围”。这次出错，是因为大家都这么写，以致正确的好像已经变成了错误的，连水平很高的编辑也都“习焉不察”了。在这里，我们看到了“约定俗成”的力量，也看到了一旦发生偏差，“约定俗成”也可能造成不良后果。

报刊上成语被误用的例子更是常常见到。如一篇报道讲有一个贪官交代的一笔开支是不实的，说“一查那笔支出原来是莫须有的”。“莫须有”出自《宋史 · 岳飞传》，是秦桧诬陷岳飞，在回答另一个爱国将领韩世忠质问他岳飞有何罪名时说的：“其事体莫须有。”“莫须有”原意是“也许有”，后人沿用，都是专指对人凭空捏造罪名，并非凡是虚假不实的事物都可以使用的。又如最近读到一篇文章，歌颂广东省委书记汪洋在安徽工作时大胆改革开放的事迹，写到他当时主持写作了一篇呼吁改革开放的文章，产生了巨大的影响时，这样说：“此文犹如平地惊雷，由这个贫穷的皖南山区传遍了神州大地，而汪洋就是这件事的始作俑者。”“始作俑者”一词典出《孟子》，是孟子引用孔子的话：“始作俑者，其无后乎？”对首开恶例的人才能称之为“始作俑者”，用来表彰一位省委书记倡导改革，其结果，比佛头着粪还要糟糕。

这些例子，都绝不是一般意义上的用词不当。像这样只从“虚假不实”和“带头者”的层面来使用渊源有自、具有特定含义的成语典故，实际上就是抽掉了它们所承载的历史内容，必然会影响到文化的传承。如果大家都这么用，以讹传讹，到了像把“入闱”写成“入围”那样，以误代正，那保留在词语中的丰富的传统文化，就有被中断或者被搅乱的危险。

词语的读音也跟文化有关。最刺耳的莫过于几乎天天都能听到的把“标识”念成 biāo shí。其实“标识”就是“标志”（“志”有时写作“誌”，为异体），意思和读音都完全一样，应该念 biāo zhì。可是现在连对公众影响非常大的电视台的播音员和主持人，也都常常念成 biāo shí。最可怪的是有一次，电视主持人念 biāo shí，而嘉宾念 biāo zhì，字幕就分别打出“标识”和“标志”来。这不是天大的笑话吗？

“识”字有两读，当作知识、见识、认识等意思讲的时候念 shí，当作标记、记录、记住一类意思讲的时候就要念 zhì。古文里有“款识”一词，这个“识”字就念 zhì。意思一是指古钟鼎铭文的文字，阴文为款（“款”是刻的意思），阳文为识。二是指书画上的题名或题记，识也是记的意思。“标识”这个词里的“识”字，就是记号、标记的意思，自然应该念为 zhì。不过，按照文字规范，现今“标识”一词就应该写成“标志”。这样，正确读音的问题也就自然解决了。

这个误读也非常普遍，同样几乎到了以误代正的程度。据我所知，已有过学者撰文谈“标识”的读音问题，但是不见有什么效果，人们照样写“标识”，也照样读 biāo shí。

词语的误写、误用、误读，事关文化传承，也事关语言文字的规范，应该引起我们足够的重视。不然，熟悉中国传统文化的外国汉学家，看见我们普遍地把“入闱”写成“入围”，把“标识”念成 biāo shí，是会笑话我们的。但这样的问题只靠几位学者写文章呼吁是不能完全解决的，教育部和国家语委等部门在这方面应该采用恰当的方式，有所作为。

（原载《中华读书报》，2010 年 3 月 3 日）

担起我们共同的责任

——读《现代汉语词典》（第六版）两个新增词后的感言

在新修订出版的《现代汉语词典》第六版（下文简称“六版”）中，增加了许多新词。其中一些是随着社会生活的发展而产生的，另一些则是从旧有的词语中演变或衍生出来的。我这里要谈的是后一类中比较特殊的两个词：一个是“入围”，一个是“标识”（“识”字读为 shí）。说它们是新词，必须要做一点解释。

在此前的《现代汉语词典》词条中，没有“入围”而只有“入闱”。对“入闱”是这样解释的：“科举时代应考的或监考的人进入考场。”这是这个词的本义。后来广泛用来指某人或某部作品获得了被选拔的资格，是这个词的扩展义，是从词义中隐含的“候选”的意思引申出来的。最初人们使用它的引申义时，是写作“入闱”的。但是渐渐用的人多了，却有人不懂这个“闱”字的含义，也不了解这个词的来历和词义的演变过程，就想当然地误写为“入围”。“入围”实际上是“入闱”一词的误写。但因为这样写以后，它的含义似乎更明白、更容易懂，因而跟着误写的人就越来越多。渐渐地就以误代正，你就是正确地写为“入闱”，也会有编者替你改成实际上是误写的“入围”。现在“六版”正式将“入围”一词收入，并做了这样的释义：“经选拔进入某一范围。”将“围”字解释为“范围”，当然“入围”这个词就和渊源有自的“入闱”毫无关系了。因此，在书写的意义上，这个词就与原本是同一个词的“入闱”脱离了关系，而成了一个新词。

情况有些不同的是，“六版”之前的《现代汉语词典》中，“标志”和“标识”本来就是分列为两个词条的。“六版”中也仍然是两个词条，但实际内容却有了很大的改变。旧版中虽然分列，却承认它们实际上是同一个词，因此在“标识”条下的注音和释义是这样的：“biāo zhì 同‘标志’。”而在“六版”的“标识”条下却是这样全新的解释：“biāo shí ①［动］标示识别 ②［名］用来识别的记号。”这样，在读音的意义上，“标识”就同“标志”分离而变成一个独立的新词了。

这样的修订，这样的新词的确立，实际上是将语言运用中由于不懂得一个词的来源和准确含义而误写或误读，进而以讹传讹造成的普遍化，亦即群众化加以确认，并将其纳入语言的规范化之中。这种确认，其实是很无奈的，也存在明显的弊端和缺陷。

我在两年多以前曾经写过一篇题为《词语使用与文化传承》的文章，文中对“入闱”不能写成“入围”，“标识”不能读为 biāo shí 做过比较详细的辨误。在这篇文章的开头，我曾经从汉语的许多词语承载着丰富的历史文化内涵的角度，谈到我写这篇文章进行相关辨误的初衷。我是这样说的：

> 汉语中的许多词语，特别是一些成语典故，是在长期历史发展过程中逐渐产生和积累起来的。这些词语由于有深厚的文化积淀，非常凝练，简单的几个字，就能十分准确，甚至十分精妙地表现出丰富的思想内容。最近从一篇文章里看到，受中华文化影响很深的日本，至今也还广泛地使用着如“四面楚歌”一类的成语。许多成语典故的产生，都跟特定的历史事件和文化内容相关，因而成为中华历史文化的一种独特的载体。像“四面楚歌”，还有“雪泥鸿爪”“祸起萧墙”等等成语，实际都是一种历史文化的记录。如果我们知道它们的出典，又能领会其中的文化含蕴，那么每一次使用，都会是一次对历史文化的追念和重温。这样，在我们日常的表达和交流中，就不断地实现着传统文化的传承。传统文化就鲜活地存在于我们的口头和笔下，存在于这种自然平易的人际交流间，而不仅仅是存在于“读经”和“国学”热中。

如果我们大家注意多做点文化的普及工作，并在人们开始对某个富含历史文化内涵的词语出现误写、误用或误读的阶段，就能够从语言文字规范化的角度进行及时的引导和纠正，那么情况就会大不一样。当人们在使用“入闱”这个词时，懂得它是从中国古代的科举考试制度而来，在使用它的引申义时也不会忘记中国古代曾经有过这样的一段历史文化；当人们正确地将“标识”读为 biāo zhì 时，也就会从“识”字的这个不常用的读音，联想到很久很久以前中国古代的钟鼎铭文。原来钟鼎铭文上的阴文为款（“款”是刻的意思），阳文为识，这个“识”字就读为 zhì，表达的就是标记和记录的意思；更进一步，还会再联想到书画上的题名或题记，里面的那个“识”字也是记的意思，也是要读为zhì的。这样，我在文章中所说的“每一次使用，都会是一次对历史文化的追念和重温”的期待，就会变成现实。

在那篇文章里我曾说过，“入围”这个词是生造的，在词典里查不出来；又说“标识”和“标志”，原本是一个词，读音和意思都一样，“识”的读音应该同于“志”。但在《现代汉语词典》第六版出版后，我就不能再说这样的话了。在写那篇文章的当时，虽然也预感到靠少数学者的呼吁无力回天，却还是知其不可而为之，同时寄希望于有关部门的积极干预，能有挽回的余地。现在看来，当时就已经有放马后炮的意味，而现在就连马后炮都不是了。

“六版”这样的修订和处理当然也无可厚非。因为它遵循的是语言发展中的一条重要规律：约定俗成。约定俗成的规律，实际上是出于一种从众原则，它体现了语言实践中的群众观点。说白了，也就是大家都这么用、这么说，你就得承认它的合理性，即使它实际上并不合理，或者不合逻辑。最典型的例子就是“自行车”这个词，它怎么能说是自行呢？它是要用脚去蹬才走，不蹬就不走啊。南方一些地区就不说“自行车”，而说“脚踏车”，这当然是最准确、最科学的。但用的人少，终于不成气候。不合逻辑的“自行车”，反倒因为广泛流行而被大家承认了。这就是约定俗成的规律所显示出来的力量。

我对约定俗成的巨大力量是有充分估计的。说实话，写那篇文章的时候，我就是怀着一种近乎螳臂挡车、不自量力的心情的。现在“六版”按约定俗成的原则，肯定了“入围”和“标识（读shí）”，并为它们作为合乎规范的词语进入语言的流通领域开放绿灯，这并没有出乎我的意料。因为在误用、误写或误读的初始阶段，如果没有采取适当的手段进行有效的干预和引导，这样的结果是迟早总会发生的。而这样的结果一旦发生，我们就只能接受它而无法改变它。但是，接受“入围”和“标识（读shí）”这样以非正常的形态衍生出来的新词，与接受“自行车”这样的与新生事物一同产生的不合逻辑的新词，感受是完全不同的。当我们把“入闱”写成“入围”，把“标识”读成biāo shí，并承认它们的合法地位的时候，也就同时将它们原本所承载的历史文化内容完全抽掉了。一个新词的产生，付出这样的代价，实在是太高了。因此，这种接受，在我，相信还有相当多像我这样略知词语历史文化内涵的人，是会有一种无奈、遗憾，甚至是失落之感的。

问题还不仅在于这两个词的“新生”让人感到无奈和遗憾，而是还有更多的误用、误读、误写让人感到担忧。大家一定会注意到，我的上述文章中提到的如“莫须有”“始作俑者”一类包含着文化历史内容的词语的误用，在我的文章发表以后两年多来，不是越来越少，而是越来越多，越来越频繁和广泛了。不久前又在电视节目主持人的口中，听到了这样令人吃惊的表达：“我们早就在 ×× 体育项目上有染指奥运会金牌的目标了。”一个对公众使用语言有着广泛和强大影响力的电视节目主持人这样来使用“染指”一词，显然也是出于一种历史文化的缺失。这一类误用或误写的词语，如果像“入闱”被误写成“入围”和“标识（zhì）”被误读成“标识（shí）”一样，长时间以讹传讹，广泛地流行开来，最后无法可想，就有可能按约定俗成的规律，又无奈地在权威的词典里被确认为新生的词语，或产生新的释义。这种前景不是不可能出现的，不能不让人感到深深的忧虑。要是这种情景果真出现，那实在是我们这一代文化人的悲哀。

记得 20 世纪 50 年代初，整个社会都非常重视语言文字使用的规范化。《人民日报》连载了吕叔湘、朱德熙先生合写的《语法修辞讲话》，还发了社论《正确地使用祖国的语言，为语言的纯洁和健康而斗争！》。那时候还没有电视台，老百姓主要是听广播，有关部门对播音员的用词、读音要求非常高，有着严格的规范。他们的示范作用，在语言文字的规范化中产生了非常积极的影响。应该很好地向那个时代的文化人学习。我们今天的文化人，包括专业的语文工作者，一般的文字工作者，还有学者、教师、作家、编辑、记者、播音员、电视节目主持人等等，都应该担起我们共同的责任，为祖国语言的纯洁，为词语的正确使用、书写和读音，也为渗透于我们日常语言和文字交流中的文化传承，作出自己应有的贡献。但是，这种责任，主要并不应该表现在让人感到无奈和遗憾的事后的确认和规范上，而应该主要表现在敏锐地发现问题，并及时地以适当的方式进行积极的干预和正确的引导上。这样才能最大限度地避免约定俗成可能造成的不良后果。

（原载《中华读书报》，2012 年 11 月 14 日）

对恢复繁体字之我见

在今年两会上，有政协委员提出议案，建议恢复繁体字。我认为这个提案提得很好，很重要，应该引起我们的关注和重视。我支持这个建议，我认为恢复繁体字的理由，可以从三方面来分析。

第一，先要考察一下，在与20世纪六七十年代条件不同的今天，再继续推行简化字有什么必要和好处。有人认为简化字易学易认，这其实是一种误解。从大家从小学习汉字的实践和体验来看，认识并记住一个笔画多的字（如“繁”字）和认识并记住一个笔画少的字（如“乙”字、“丁”字），所花费的时间和精力应该是一样的。这正如我们认识和记住一个肤色不同、穿着不同的外国朋友一样，不会因为肤色白或穿着少就容易记住，而肤色黑或穿着多就不容易记住。只是在我们已经学习和掌握了简化字的情况下再去学习繁体字，才会感到有些困难。从小就开始学，繁简字的难易其实并没有什么不同。

繁体字是不是难写呢？这要看从什么意义上说。如果指会写不会写，这并不难。从我们过去学习繁体字的体验看，只要经常用，能认就能写，就会写。要说难，那只是写繁体字要比写简化字花更多的时间。比如写一个“广”字，当然比写一个“廣”字要快得多。但现在有了激光照排，有了电脑的输入，甚至还有了语音输入，繁简字的写入速度实际上并没有什么太大的区别。因此，可以说，简化字只有在手写的情况下做速记比较有优势，但这在电脑普及的今天已经没有什么意义了。现在中国的台湾和香港、澳门地区，一直都使用繁体字，孩子们并没有感到十分困难，更没有因此而影响到他们文化素质的提高。如果我们继续使用简化字，不仅完全没有这个必要，而且还会带来许多麻烦和弊端。

第二，从过去、现在和将来着眼来考察这个问题，使用简化字的缺点和弊端就更值得我们重视了。

从过去看历史。我们今天使用的楷书，在东汉时期就形成了，已经有了2000年左右的历史，中华民族历史上大量珍贵的文化典籍，都是由这种字体保存的。在历史发展中，特别在明清时期，民间也不断产生过一些简化字，但是数量并不多，繁体字楷书一直保持了一种总体稳定的状态。这种状态非常有利于传统文化的学习和传承。如果每个人从小就学习繁体字，这会对人们阅读古籍创造一个非常有利的条件。

再看现实情况。政府用行政命令推广和使用简化字，但繁体字并没有被废止，也不可能被废止。繁简字体的并存是无可逃避的现实，而且这种状况永远也不可能改变。这是因为我们既不可能丢弃用繁体字记载的无数珍贵的文化典籍，同时也不可能断绝跟使用繁体字的台湾和香港、澳门等地区的交往和文化交流。这就使得许多人因为工作的需要而同时要学习简化字和繁体字。因此就出现了许多本来不应该有的怪现象，造成社会文化资源的极大浪费和文化学习成本的极大提高。比如有人为此去编写《汉字简化字与繁体字对照字典》；二十四史在出了繁体字本后又要再出一套简化字本，而且更严重的是，以后还有无数的文化典籍都得走这条路；大陆出版的简化字本的著作引入中国台湾、香港、澳门还得另起炉灶变成繁体字本，反过来也一样。我们不是已经做了许多，而且还必将继续做着这种本来可以避免的浪费精力、财力和社会资源的事情吗？如果我们恢复了繁体字，让孩子们从小就学习繁体字，所有这些问题就都不存在了。

想想将来，更让人感到忧心如焚。再过30年，像我这样的从小学习繁体字后来又学了简化字的人基本上都不在了；再过50年，现在50岁左右的人，即从小学习简化字而又学过一点繁体字的人也不在了。那个时候，能认识繁体字的人就成了为数很有限的专家。由于不认识繁体字，本来有机会接触和学习文化典籍的人民大众，会因为害怕困难就望而却步。这些认识繁体字的少数的专家，他们必然要担负的任务，就是把繁体字的古籍一点点地改成简化字，以便于大家学习。但是中国的文化典籍浩如烟海，这样的工作恐怕1000年也未必能够完成。如果真的完成了这个任务，那繁体字的古籍就会没有人再去问津而只能废弃了。这是一种多么可怕的情景呀！

如果恢复繁体字，人人从小都学习繁体字，这些问题就都不存在了。

第三，中国的汉字本身不仅仅是一种符号，它还是一种精妙的艺术。古人总结出来的汉字造字的理论和原则叫“六书”，其中的象形、指事、会意和形声字，常常包含着某种生活内容和文化内涵，在认和写的时候，都会触发我们的想象，得到一种艺术的享受，而一些简化字就把这种内涵也一齐简化掉了。还有像“頭髮”的“髮”和“奮發”的“發”，“裏外”的“裏”和“公里”的“里”，本来是两个不同的字，都简化成了同一个“发”和“里”字。这种情况，在不是同时认识简化字和繁体字的青年读者中，在阅读古典文学作品时就可能出现很难理解并且也解释不清的问题。如苏轼的《念奴娇·赤壁怀古》中，有“遥想公堇当年，小乔初嫁了，雄姿英发”和“故国神游，多情应笑我，早生华发”。前一个应该是“發”字，后一个应该是“髮”字，现在都简化成了“发”字，就有点让人感到莫明其妙了。30年以后，50年以后，像这样的情况该怎么办呢？这恐怕远远不只是麻烦的问题了。

还有繁体字本身在结构上有它的合理性，比较完整、匀称，且富于变化，因此虽然简化字推行那么多年了，书法家们在创作作品时还是多采用繁体字。因为他们都懂得，用毛笔写汉字，还是繁体字更能体现汉字本身具有的那种美的特征。

当然，我并不是主张恢复所有的繁体字，而是要经过专家与群众相结合，进行具体的分析和仔细的甄别，分期分批地逐步推行。首先要恢复的，是那些将两个不同的繁体字合成一个简体字而使用时又容易造成混乱的，以及那些违背了汉字的造字规律，而破坏或消解了它所承载的文化内涵或容易造成误解的部分。总之，这是一件十分复杂的工作，需要认真审慎地进行。

为了祖国传统文化的传承和发展，为了同台湾、香港、澳门和全世界炎黄子孙的文化交流，为了祖国的统一大业，也为了节省不必要的资源浪费，殷切地希望早日恢复有必要恢复的繁体字。

2009年3月11日

一份遗落民间的教育文献

——读一册解放区编的小学《国语》课本

相比于普通的老百姓，历史学家和文献学家在观察和认识某些事物的时候，常常是别具一副眼光。一张日常购物的流水账单，过了50年，当事人在清理旧物的时候，很可能是不经意地当作废纸扔掉，但历史学家却会将它看作考察特定历史时期经济生活和人民生存状态的珍贵史料；一本不起眼的旧书，时过境迁，摆在世人面前，多数人都会不屑一顾，但文献学家却可以从不同的角度发掘出蕴藏其中的文献价值。

杜春耕先生是一位著名的《红楼梦》文献研究家和收藏家，但他所注目的范围，却是大大地超出于红学研究的领域。2006年8月我们一起在大同参加《红楼梦》的学术研讨会，他利用晚上休息的时间出去“淘宝”，在古旧书摊上购回来一册单薄而又破旧的1948年解放区编印的初级《国语》课本。我大致翻阅了一下，随口说：“这书编得很有特色，可以写一篇文章来介绍。”春耕先生说：“这任务就交给你吧。”并且在会后很快就将全书的复印件给了我。时间不觉过去了好几年，我领命却未践约；但朋友的嘱托没有兑现，在我总是一桩放不下的心事。最近稍得闲暇，就将这册复印件找出来重读一遍，觉得这书从内容到形式确是很有特色，具有一定的文献价值，值得写一篇文章来向大家介绍。

这是当年晋察冀边区政府组织编写的供初小一至四年级使用的《国语》课本，全套八册，这是其中的第四册，是小学二年级下学期的用书。书的纸质很差，学生学习时批注在书眉上的毛笔字，都浸透到了反面来。封面已经破损脱落，是用小学生习字用过的废纸重新粘糊起来的。但是，由战时经济生活的艰苦所带来的课本印制的粗陋，却丝毫也不能掩盖它内容的精粹和编排的精心。

翻看这书的内容，一股浓郁的生活气息扑面而来。课本里讲到的事，都是解放战争时期生活于解放区的农村孩子们非常熟悉的、感兴趣的，或者是他们所关心的、愿意知道也是应该知道的。其中涉及多方面的社会生活内容。有关于生产和生活常识方面的：如讲怎样锄草、沤肥；讲气候与庄稼、风与火、冰雪与水的关系；讲铁锈和铜锈是怎样形成的等；还有讲卫生，做大扫除，消灭苍蝇、虱子、臭虫和跳蚤，以及有病要相信医生，破除迷信等。也有关于学习和学校生活方面的：如讲家庭负担重的孩子们如何组织牧童识字组，一边帮家里放牛捡柴一边识字；家里卖饼子的孩子，如何一边帮爹爹卖饼子一边在沙盘里练习写字和算账；还有讲小学生演剧，以及如何利用礼拜天帮助军属干活，利用寒假组织拾粪组等。当然也有关于政治时事方面的：如介绍当地的劳动模范和战斗英雄，讲青年民兵参战立功，青年工人努力生产支援前线，以及表扬儿童团智捉俘虏，等等。课文中唯一的一篇称得上大题目的是《帝国主义和封建势力》，但也不是讲一套空洞抽象的大道理，而是结合当时正进行的解放战争的形势，讲得实实在在、浅显明白，很容易为孩子们接受。总之，书里讲到的内容，具体生动，都是孩子们的身边事、心里事，不仅能使孩子们从中学到许多生字和词，增长许多知识，而且还会因为有情有景而成为他们观察生活和认识社会的一个窗口。

贴近生活，联系实际，是这册《国语》课本最鲜明的特色。在《编者的话》中，第一条就说明本书是按春季始业编辑，内容尽量求得与季节适应，但因边区地域广阔，各地农时先后相差很大，教师使用时应因时因地加以变通。连这样细小的问题都考虑到了，足见编者对联系实际的指导思想，不仅非常自觉，而且是全面贯彻的。

应该说，在选择课文内容的时候，一般意义上的联系实际是不难做到的。但本书的编者还有一个更为重要也是更为难能可贵的指导思想，就是从学生的实际语文水平出发，联系他们生活的实际需要，让学生通过实践来掌握语文工具。这一点对我们今天编写语文教材也具有重要的启发意义。国语（语文）课文中有许多增长学生知识和富于教育意义的内容，但国语课毕竟不是科学常识课，不是政治课，也不是道德教育课。语文只是一种工具，语文课（特别是小学生的语文课）的主要目的，应该是让学生多识字，掌握语文这个工具，以提高他们的学习能力、生活能力，并为将来的工作打好重要基础。看看这册书的内容设计和练习的编排，编者在这方面确实是花费了许多心思的。课文中有一般人不会重视，而在农村却是非常实用的领条、收据、日记、书信和记账等文字形式。相应地在练习中就安排了有关的作业，如："一、写一个向村政府领十张油光纸的领条。二、写一个收到县政府送来五斗米的收据。”在练习中除了有在语文练习中常见的如问答、改错字和造句等项目之外，还有特列的一些强调实践的项目，如“谁会讲？讲一讲”，是让学生用一些新学的词或表达方式来讲话的。还有一个项目干脆就叫“做”。做什么呢？试看练习三中“做”一项所列的两条：“一、利用星期日帮助军属秋收。二、试记一记账。”“做”就是让学生实践，前一条是与课文内容相关的生活实践，后一条既是与课文内容相关的生活实践，也是掌握语文工具的写作实践。练习六中“做”所列的两条是：“一、把三十五、三十六两课的内容（相信医生，破除迷信）讲给村里人听。二、做一个寒假生产计划并把它写出来。”都是生活中实际运用语文（口头的或文字的）的实践活动。可以肯定地说，实践性，由于增强了语文学习与实际生活的血肉联系，必定会提高学生学习语文的兴趣，从而收到更好的效果。

另有一点值得注意的，是编者还尽量地注意到了课文内容和编排上的生动性与趣味性。如有一课的题目是《见了毛主席问个安》，对毛主席的崇敬和热爱是当时解放区人民的普遍感情，但课文里表现的是小学生的感情，他们是托小喜鹊飞到毛主席身边去问安的，思维、心理、语气都是孩子们特有的。在编排上，每一页在课文下面单划一栏，列出该课文中出现的生字。在全书的最后，再按笔画的多少列出全册的生字，便于学生复习和检索。有的课文还在上部或下部配有插图，做到图文并茂。

这册课本使用的效果如何，我们今天当然无法得知，但阅读的感受告诉我们：必定是非常成功的。实用，从学生的实际出发，能引发学生的学习兴趣，这些，直到今天也还应该是我们编写初级教科书的指导思想。同时，因为它贴近生活，因而也就具有强烈的现实性和时代感。书中扑面而来的生活气息，让我们具体真切地感受到，战争条件下解放区的生活虽然非常艰苦，但在共产党的领导下，一切都井然有序，充满生气，人们的心思和一切措施，都是奔向解放全中国去的。解放军为什么能摧枯拉朽般迅速解放全中国，这册课本从一个独特的角度和侧面，见证了这一段辉煌的历史。

这是一份遗落在民间的文献，教育的文献，也是历史的文献。类似的不具有“文献面貌”而实具有文献价值的文献，在民间一定还有不少。这是值得我们用心去搜集和研究的。

（原载《中华读书报》，2013年6月5日）

掘得清泉活水来

——创作漫谈

常常听到人们赞美一篇作品写得好，说它把人物写活了，把某种客观事物或生活景象写得活灵活现。这个“活”字用得准确而又传神。所谓“活”就是有生命，有血肉，有艺术感染力。这本来是文学艺术的特征，也是每个作家所努力追求的。但实际上并不是每一篇作品都写得生意盎然，活跃着生命。有一些初学写作的青年作者，很热情，很用功，写出的作品却常常不“活”——单调枯燥、苍白无力，连自己也觉得不能感动人。于是问：原因何在?

原因可能是复杂的。要写出一篇感人的好作品，必须取决于多方面的因素，诸如生活基础、思想水平、文化艺术修养、广博的知识、艺术技巧、驾驭语言的能力，等等。但是，其中最重要的、第一位的，是生活，是作者对生活的感受、体验和认识。文艺作品是社会生活在作家头脑中反映的产物。没有生活就没有文学。丰富多彩的现实生活，是文学艺术取之不尽、用之不竭的源泉。这个老生常谈的普通道理，却往往被一些青年作者所忽略，他们没有在开掘生活的清泉上用力气，却片面地在表现技巧甚至单纯在词藻上下功夫。文字或许是很美丽的，作品却干巴枯燥，没有血肉，这便是一些作品“活”不起来的根本原因。

在这方面，借鉴一下前代作家的经验教训，不无补益。我国南宋时期著名的爱国诗人陆游，从小刻苦读书，学问渊博，他自己说：“我生学语即耽书，万卷纵横眼欲枯。”(《解嘲》) 年幼时读陶渊明诗，手不释卷，废寝忘食。由读诗而写诗，在年轻的时候就写了大量的作品，颇负诗名。但他早期的诗受“江西诗派”的影响，不太重视生活，而较多地讲求模仿前人的艺术技巧，所谓“夺胎换骨”“点铁成金”。到后来他有了丰富的生活实践和创作经验，就对自己早期的作品很不满意了。他曾很有感慨地说：“我昔学诗未有得，残余未免从人乞。力孱气馁心自知，妄取虚名有惭色。”（《九月一日夜读诗稿有感，走笔作歌》）意思说，早年学诗重在模仿，乞人之余，未有所得，作品缺乏生命和感人力量，实在是徒有虚名，内心感到非常惭愧。他不止一次地总结自己的创作经验，用来教育他的儿子：“纸上得来终觉浅，绝知此事要躬行。”（《冬夜读书示子聿》）“汝果欲学诗，功夫在诗外。”（《示子遹》）他强调生活实践对于文学创作的重要意义，提出学诗要在诗外下功夫，要到诗歌的源泉——生活中去发掘诗、提炼诗，确是很有见地的经验之谈，至今对我们仍然有着十分宝贵的启示。其实，岂止写诗，写小说、写剧本，一切文艺创作乃至科学著述，无一不是离开了生活实践便会丧失其活的生命。技巧当然是重要的，但是没有生活内容，技巧再好也无所用其力。明代有些人提倡“复古主义”，秦汉文、盛唐诗，像小学生习字临帖那样刻板模拟，一时拟古习气风靡文坛，结果使一代诗文丧失了新鲜生动的时代气息。起来反对他们的人做了一个比喻，说那些模拟之作不过是“剪纸染彩之花”，而那些从生活出发反映现实之作才是“树上天生之花”。这里的区别正在于有生命和无生命：从生活的源泉里吸取来的便“活”，从书本上捡拾来的便“死”。这个教训，同样是富有启示的经验之谈。

爱好文艺的青年，在学习创作以前，总是先阅读不少优秀的文艺作品。试笔之初，又不免模仿，这是很自然也很正常的现象。不过模仿也有两种态度：一种是重在形式，不顾作品不同的生活内容和作者对生活的不同认识，从情节、人物、意境到语言，都生硬搬用；一种是重在内容，从自己的生活实践和感受出发，着重学习别人怎样把握和表现生活，学习表现生活的艺术技巧以及怎样从生活中提炼语言。这后一种，在模仿中就包含着创造。因为从生活出发，在初学创作的时候，就能写出有血有肉、富有生活气息的感人作品；因为从生活出发，在学习和继承前人传统的基础上，就能在艺术上逐步开拓新的天地，创造出自己独特的艺术风格。古今中外，许多有成就的作家，都是顺着这条正确的路，踏出一条大道来。

纸上得来终觉浅，掘得清泉活水来。生活，这是永远不会枯竭的奔腾汹涌的活的源泉。去发掘诗，提炼诗吧！在诗外多下些功夫，深深地扎根在生活的土壤之中，就一定会开出有生命的文学艺术之花来。

（此文未收入北京大学出版社 2018 年出版的《未名湖畔的足迹》，为十卷本《周先慎文集》补录。原文整理自遗存手稿，未记录写作时间，大致应为 20 世纪 50 年代。当时作者任教于北京大学中文系“写作教研室”，“写作教研室”取消后转到“古代文学教研室”）

雪泥鸿爪

二十世纪八九十年代，我曾由北大公派或对方邀请先后到民主德国的首都柏林的洪堡大学（1983 年 8 月—1984 年 8 月）、瑞典的斯德哥尔摩大学（1996 年 10 月—12 月）、汉城（后来改称首尔）的韩国外国语大学（1999 年 3 月—2000 年 2 月）讲学或作学术访问。三次出国，到了不同地域、不同社会制度、不同的文化背景的国家，除了给外国学生上课外，还进行了文化学术方面的交流，接触和学习了不同国家、民族的文化和历史，也游览和参观了一些自然风景与名胜古迹。下面的一组文章，记录了我当时的感受和游踪。

洪堡大学
——柏林的骄傲

第二次世界大战结束后，德国被分成为东西两个部分，欧洲名城柏林也因此被一道高墙分割为东柏林和西柏林两个本为一体却风貌很不相同的城市。我们任教的大学是在当时民主德国的首都东柏林。洪堡大学是一所世界著名的大学，是民主德国的最高学府。

柏林的著名大街——菩提树下大街旁的倍倍尔广场，是 1933 年希特勒焚烧进步书籍的地方，街对面，正对着广场，有一座气魄雄伟的宫殿式建筑，大门两旁矗立着德国著名科学家洪堡兄弟的塑像，那便是柏林洪堡大学。

洪堡大学，这所具有光荣历史的世界著名大学，是柏林的骄傲之一。当希特勒法西斯妄图以血与火统治世界时，洪堡大学却坚持了科学、进步、文明，她的师生中，有不少人躺倒在反法西斯的血泊里。

洪堡大学是一所规模巨大的综合大学，在我们任教的时期，除医学院外，全校还有 29 个系，共有两万多学生，其中有来自世界各地的外国留学生 700 多人，也包括来自中国的留学生。

这所大学最早是以弗里德里希·威廉国王的名字命名的，但真正的创始人实际上是语言学家威廉·洪堡和自然科学家亚力山大·洪堡兄弟。这使得洪堡大学从诞生起便富于学术传统，并在长期的历史发展中形成了自己的优良学风和学术特色。许多为人类作出巨大贡献、全世界闻名的思想家、学者和诗人，都曾先后在这所大学就读或任教。这是洪堡大学的每一个师生都引以为荣的。洪堡大学堪称德国古典哲学的发源地。200 多年前的欧洲，神学处于领导地位。但在洪堡大学，哲学居然与神学平起平坐。德国著名古典哲学家费希特，是洪堡大学哲学系的第一任系主任，继任者是世界著名哲学家黑格尔。另一位在德国恢复了唯物主义哲学权威的著名古典哲学家费尔巴哈，也曾在这里学习。著名诗人海涅也曾就读于这所大学。伟大的物理学家爱因斯坦在这里完成了他另一种形式的伟大诗篇——深刻而精练得难以想象的博士论文，对世界物理学的发展产生了极其重大的影响。

马克思主义的创始人马克思和恩格斯也都是洪堡大学的学生。马克思于 1836 年至 1841 年在此学习。在洪堡大学的校史展览馆里，我们参观了马克思当年的入学报名单、选课表和成绩单。在大学名册的第 793 号，我们找到了卡尔·马克思的名字。恩格斯在 1841 年至 1842 年曾是这里的旁听生。至今我们还珍藏着德国朋友赠送的马克思洪堡大学毕业证书的复印件。

洪堡大学还是科学家的摇篮。有一个数字足以令世人吃惊：20 世纪以来，洪堡大学先后有 27 人获得了世界科学发明的最高奖诺贝尔奖，其中化学奖 11 人，医学奖 5 人，物理学奖 10 人，文学奖 1 人。19 世纪上半叶，洪堡大学的学术成就主要表现在社会科学方面；其后，著名的生物学家、地球物理学家亚力山大·洪堡邀请了世界上许多有名的科学家来洪堡讲学，自然科学尤其是数学和化学便迅速发展起来，并取得了杰出的成就。至今，洪堡大学在医学、物理、化学等学科领域里，仍然保持着很高的学术水平。

洪堡大学在促进民主德国与中国人民的友谊和科学文化交流方面也是功绩卓著的。50 年代，她先后授予周恩来总理和郭沫若同志以名誉博士学位。在 50 年代和改革开放以后，洪堡大学和北京大学都有密切的交流关系。我们在那里任教时，东亚学院就有好几位教授是五六十年代从北京大学毕业的；而 80 年代初，中国又有包括北京大学在内的好几所大学的德语教师在洪堡大学进修。按北京大学和洪堡大学互派教师的交流协议，我们有机会到这所世界著名的大学任教，感到非常幸运和光荣。

（原载《光明日报》，1985 年 7 月 9 日）

神奇的山茶

生活里有时会意外地见到某种奇观，令你惊叹不止。在民主德国的德累斯顿，我们就有过一次这样的经历。

德累斯顿是德国东部的文化名城，匹尔尼茨宫坐落在市东郊的易北河畔，是德累斯顿市著名的游览胜地之一。这是18世纪萨克森国王奥古斯特的一座离宫，由一组具有独特艺术风格的宫殿群组成。跟位于市中心区的茨维厄尔宫一样，是典型的巴罗克式建筑。屋顶和建筑上的雕刻，檐壁间的绘画，细腻明快，色调和谐，具有强烈的艺术魅力。建筑艺术和园林艺术相结合，布局精巧别致，使这里成为景色优美的宫殿公园。特别是临易北河一边的宫墙壁画，据说反映的是中国古代的风习和生活，这对我们从中国来的游客当然具有更大的吸引力。

我们是慕名已久了。这一天柏林洪堡大学的贾腾教授和捷克朋友鲁塞克博士陪同我们乘兴而来。可真不凑巧，适逢这一天博物馆不开门。向往已久的宫内琳琅满目的壁画和珍贵的陈列品，近在咫尺而失之交臂，实在令人感到非常遗憾。我们并不甘心就此败兴而归，便在游人稀少、冷寂空旷的园林里探幽寻胜。不久，一种异样的景象就把我们吸引住了。

虽然已经是二月，又是一个难得的晴朗的好天，却没有一丝春的气息。天气预报说这一天的最低气温是摄氏零下20度。除了坚挺的寒松，凛冽中仍葱郁苍翠，其余几乎一切的花和树，都还沉眠未醒。冬将去而春未来，一片零落颓败景象中，我们突然发现一棵山茶，正生机勃勃地盛开着。这是一棵罕见的巨大的山茶树，高九米，枝繁叶茂，欣欣向荣。然而，玻璃屋顶，玻璃窗户，她被一座塔式的大圆屋严严实实地保护起来。我们只能把眼睛贴近玻璃，临窗观赏。我们看见的景象令人惊喜：数以千计的红艳艳的山茶花，在碧绿繁密的叶丛中闪亮，如团团燃烧的火苗，炽热、鲜丽。深藏在暖室之中的怒放，有什么值得矜骄的？比之中国人最喜欢的凌寒报春的梅花，她怕会羞得无地自容呢！不过她自有她值得赞美之处，她有一段神奇不凡的经历。

山茶花的故乡本是亚洲：在中国，在朝鲜，在日本。她们是远道而来欧洲落户的。这一株，祖籍乃是我们的东邻日本。日本的山茶花来到欧洲，最早是在1738年。这一株来得稍晚，在1770年。她跟匹尔尼茨宫差不多具有同样悠久的历史。据说，跟她同来欧洲的，还有另外的三株：一株在英国的伦敦，一株在奥地利的维也纳，一株在当时联邦德国境内。眼前的她，真看不出已有二百多岁的高龄了，一点也不显老态；却像一个年轻漂亮的姑娘，在这个寒气袭人的世界里，把自己打扮得花枝招展。这难道还不令人惊奇而值得我们赞赏么？

可令人惊异的还不在她的容颜，而是她的一段带有传奇性的经历。1905年2月1日深夜至2日凌晨，这株山茶突然起火。消防队迅即赶来抢救。火被扑灭了，但树干和枝叶均被灼伤，花朵败落。那天的气温大概跟我们这次遇到的一样寒冷，浇在树枝上的水，竟挂起来冻成了一条条晶莹的冰凌。没指望再活下来了，参加救火的人谁都这么想。然而，她显示出令人难以置信的顽强的生命力，她竟没有死。第二年的冬春之交，在大地上的寒气尚未退尽的时候，她竟然又开花了，出人意料地，一样娇艳，一样鲜美。她带着些矜骄与自信，开始了另一段新的生命的途程。自是迄今，又历时80年，年年盛开不败。这玻璃圆房的墙壁上，就记载着她的这一段神奇而又光荣的历史。

突然地我们觉得，这塔形的圆房似乎不是为挡风御寒而设，竟变成了一篇记载她传奇历史的书页，一座铭刻着她顽强生命力的纪念碑。这时，我们完全忘掉了她深藏于暖室之内的娇弱，而从她一年一度青春焕发的容颜里，感受到一种近似梅花的坚强品格。

我们很想知道：跟她同来欧洲的其他三位姊妹，是否都还活着？是否像她一样古老而又年轻？一样充满活力？问她，她不答；只对着我们微笑，妩媚地，热烈地。

（原载《散文》月刊1985年第8期）

艺术之宫瓦特堡

在 20 世纪 80 年代初期的民主德国，到处可以看到瓦特堡牌的汽车在奔驰。瓦特堡原本是一个古堡，号称“艺术之宫”，位于民主德国西南边远小城埃森纳赫。

我们对瓦特堡闻名已久，终于有机会来到这风景秀丽的山城埃森纳赫，参观这座迷人的艺术之宫。它是德国境内保存最完好的中世纪古堡之一。眼前看到的，是 12 世纪时扩建的一座石堡。过去它是图林根州路德维希侯爵的宫殿。传说路德维希一世一次带着许多随从出猎山野，走到一个山头，发现风景很美，于是脱口而出：“等一等，山！我将在这里修宫堡。”这便是瓦特堡（Wartburg）得名的由来。在德语里，wart 是“等”的意思，burg 是“城堡”的意思。

中世纪的欧洲文化主要反映在教会和宫廷中。整个古堡就是这样一座巨大的艺术博物馆，它向我们生动地展示了德国中世纪历史文化的风貌。

圆拱形的门窗，厚实的砖石墙，显示出瓦特堡罗马式建筑的艺术风格。堡内主楼底厅里的罗马式交叉穹窿，古朴浑厚，给人以一种庄严之感。侯爵很喜欢艺术，经常举行绘画和音乐比赛，最盛大的一次是侯爵为妻子伊丽莎白的生日而举行的歌唱比赛——据查，匈牙利公主伊丽莎白 1221 年与图林根侯爵路德维希四世成婚，那年她刚刚 14 岁，在瓦特堡居住至 1228 年（她的丈夫于 1227 年去世）。六百年之后，19 世纪著名浪漫派画家莫里茨・冯・施温德，将这次盛会绘成巨幅壁画，这就是堡内著名的《瓦特堡音乐家之战》。据说，施温德在创作过程中，精雕细琢，反复修改，历经 52 年的时间，才最后完成。这幅珍品现在就陈列在瓦特堡内的音乐厅里，凝视画面，使人有身临其境之感。古堡主楼大厅，在中世纪时是做礼堂用的；19 世纪时按浪漫派风格重建，经常在这儿举行音乐会；后来根据音乐家李斯特的建议又加了一层屋顶，取得了更加理想的音响效果。为了继承和发展瓦特堡古老的音乐传统，民主德国的广播电台每年夏季都在这里举行音乐会，向全国实况转播或播放录音。

堡内精美的雕刻和优美的绘画作品闪耀着艺术的光辉。侯爵室内石柱上几只倒悬张翅的巨鹰环列柱顶，刻技刚劲有力，传达出苍鹰凌厉矫健的气势。小教堂内石柱顶端的《驯蛇者》，不以细腻取胜，形象却十分逼真。这是1170年创作的稀世之宝。教堂内以圣经故事和人物为题材的壁画，创作于1320年，具有很高的艺术价值，可惜由于一度遗失而致画面剥落漫漶。

伊丽莎白画廊吸引着一批又一批的观赏者，画廊里出色的壁画都出自施温德的手笔。伊丽莎白是一位匈牙利的年少公主，她同情穷人，经常送给他们面包和衣服，遭到丈夫的反对。传说有一次她给贫民送食品，被丈夫发现，问是什么东西，仓猝间她回答说是玫瑰花。丈夫要看，食品竟然真的变成了玫瑰花。丈夫死后她遭到了侯爵家族的迫害，以致带着孩子离开瓦特堡去当了修女，死时年方24岁。罗马教皇封她为圣伊丽莎白，为她举行了圣葬。施温德杰出的画笔再现了伊丽莎白短促的一生，不仅绘出了她一颗善良的心，也绘出了广大贫民的爱憎和愿望。

两位世界闻名的思想和文化巨人曾先后来这里活动，给瓦特堡平添了无限的光彩。这就是著名的宗教改革家马丁·路德和伟大的诗人歌德。

马丁·路德因发表抨击教皇出卖赎罪券的《九十五条论纲》而遭到迫害，于1521年5月4日至1522年3月1日来瓦特堡避难。在古堡内的一间小屋里，路德将圣经从古希伯来语、古希腊语和阿拉米语三种语言翻译成德文，促进了德语的标准化。在路德曾伏案劳作的那张简陋的小桌上，陈列着他翻译的一部厚厚的《圣经》。由于路德在这儿完成了他具有划时代意义的工作，在1983年他诞生500周年时，民主德国政府在瓦特堡举行了隆重的纪念活动，追怀他不朽的历史功绩。

伟大的诗人歌德在1777年第一次来瓦特堡时创作的两幅瓦特堡素描，也是瓦特堡内极为珍贵的收藏品。在这儿我们才知道，歌德不仅是一位伟大的诗人，同时还是一个杰出的画家。他的素描跟他的诗歌一样，明净而优美，简淡的几笔，就勾画出了瓦特堡的神采风貌。

艺术之宫瓦特堡，你是如此宏伟，又是如此丰富和深邃。你把我们引进了遥远的年代，使我们在短短的几小时中，就跨越、漫游了悠长的历史。站在这罗马式的古堡之中，我们觉得，似乎我们已比来到这里参观之前，在感情上更加接近了德意志民族和文化。

（原载《人民日报》，1985 年 10 月 20 日）

访巴赫故居

埃森纳赫是一个人口只有6万左右的小巧而美丽的山城，坐落在民主德国的西南边境。从这里再往西走五公里，便是当时的联邦德国了。埃森纳赫属图林根州，是民主德国艾尔富特区的一部分。埃森纳赫对于外来的人们具有很大的吸引力，除了12世纪遗留下来的保存完好的古建筑瓦特堡外，巴赫故居是大家必定要去的地方。约翰·塞巴斯梯安·巴赫是德国著名的音乐大师，被人称为“近代西洋音乐的鼻祖”。每当我们听到巴赫的乐曲时，便亲切地回忆起访问埃森纳赫和巴赫故居时的情景。

柏林洪堡大学的考茨博士陪同我们访问这个城市。四月的柏林，已是暖意融融，春花待放了，可埃森纳赫的山城原野，却还铺着尚未融尽的残雪。跟柏林、德累斯顿等城市在第二次世界大战中遭受严重破坏而重建不同，埃森纳赫还完好地保留着她独特的古老风貌。这里看不到矗立的高楼，也没有千篇一律的现代化建筑，举目都是建于17、18世纪时的两层小楼。其中尤惹人注目的，是许多北德情调的木结构房屋，建筑师刻意绘饰，用不同颜色勾出木架线条，明暗对比和谐，精巧别致，使人看了感到赏心悦目。整个城市依山而建，一些街道便是漫缓的斜坡，从下往上看，树木繁茂，一片葱茏。有的人家傍山而居，后院便通向茂密的山林。山城的人本来就少，这样的构筑仿佛将整个城市融进了大自然之中，越发显出她迷人的清幽与宁静。

也许是我们事先知道这儿是巴赫故乡的缘故吧，一进入这个城市就感到这样的环境宜于产生音乐。是的，在城中的富劳恩普兰就住着一个音乐世家，300年前巴赫就诞生在这个家庭里。巴赫故居前有一个小小的广场，一座高大的巴赫塑像矗立在那里，塑像前陈放着敬仰者奉献的鲜花。

巴赫故居是一座极普通的朴素的小楼，大约建于15世纪。室内的陈设一如巴赫生前的布置。家具虽不全是原件，但大部分是巴赫生活时期的遗物。厨房不大，炊具多是风格独特的欧洲古式锡制品。照明用的蜡烛还静静地立在那里。卧室里的桌布和床帐，是一样的深蓝色蜡染花布，质地、颜色、格调，看起来都跟中国民间的蜡染纺织品几乎没有什么区别。17 世纪迄今，蜡染花布一直是埃森纳赫著名的手工艺品。图案粗看也跟中国的近似，细看才知道画的全是圣经故事。桌布上印染的是葡萄，形象逼真，谁看了都会相信它鲜美可口。据说葡萄也有宗教意义，它象征着上帝对人的恩赐。浓厚的宗教气氛，提醒我们巴赫是一个虔诚的基督教徒。床和桌椅都是木制的。挂帐子的床架，其款式同中国南方的旧式木床十分相像。这种近似或出于偶然的巧合，在我们心中唤起了对这位音乐大师的亲切感。音乐室稍大，陈列着各种乐器，其中一架是 1715 年留下来的古老钢琴；还有管风琴，那是在中国极少见而为巴赫最擅长的。楼旁有一个不大的庭院，种着花、树、草，还有一座风格别致的小巧的茶亭，我们想象出，200 多年前这位音乐巨人就常常在这风景宜人的小园内散步，休息，饮茶。

楼上有几间陈列室，陈列着巴赫各个时期的生活照片、创作手稿和出版的乐谱。巴赫生平最后的一章未完成的乐谱也陈列在这里。这是故居中十分珍贵的文物。图片和实物向人们展示出这位音乐家艰苦成长的历史。他的父亲约翰·安布洛修斯·巴赫，是埃森纳赫侯爵宫廷里的一位乐师。巴赫年仅 10 岁就不幸相继失去父母，由他的一位哥哥照顾。他开始在德国北方吕奈堡的教堂里学习音乐，以后到魏玛的宫廷乐团里拉小提琴，又先后到阿恩斯塔特、吕贝克、缪尔豪森等地的教堂里当管风琴师，并刻苦地学习音乐。1708 年又再度到魏玛的宫廷乐团里当乐师，一直在那儿生活了九年。离开魏玛后到科腾任侯爵宫廷乐队的队长。在那儿工作的共有 18 位音乐家，巴赫是他们当中最出类拔萃的一位。1723 年巴赫到了莱比锡，在那儿生活了 28 年，直到 1750 年辞世。他在莱比锡担任圣托马斯教堂的音乐教师和管风琴师，同时兼任教堂附设学校的乐长。这个音乐学校的儿童合唱团，一直延续到今天，还经常到国外演唱，在全世界都很著名。巴赫为圣托马斯教堂写了 250 多首大型合唱歌曲，他的最著名的歌曲几乎都是在莱比锡创作的。巴赫的墓，就在他为之耗尽了心血的圣托马斯教堂里。

巴赫的创作涉及了除歌剧以外的差不多所有的音乐体裁。声乐作品以宗教内容为主。他的作品比较压抑，也比较难懂。他受到资产阶级启蒙思想的影响，在音乐中反映了当时在封建割据和穷困局面下找不到出路的市民阶层的苦闷情绪。巴赫的作品极富于创造性，然而他的影响却是在他去世半个多世纪以后才开始显示出来。19 世纪初，著名音乐家门德尔松十分推崇巴赫的作品，1828 年他在柏林首次指挥演奏了巴赫的《圣 · 马修组歌》，获得了极大的成功。从此以后，巴赫在欧洲音乐史上的杰出贡献和崇高地位才逐渐被人们认识，并得到充分的肯定。巴赫的后代也有出色的音乐家，不过都不大重视他的作品，而奥地利和德国的著名音乐家如海顿、莫扎特、贝多芬和舒曼等人，却无一不受到他的影响。

故居里有一间陈设朴素的小小的音乐厅，设有简易的座席，可容百人左右。靠墙的橱窗里陈列着不同时期的各种乐器。一位体态修长的德国姑娘，用 18 世纪的两种钢琴和一种管风琴，为我们演奏了三支巴赫的乐曲。

第二天，柏林轻歌剧院乐团的几位演奏家到这儿来举行弦乐四重奏音乐会。在这间小音乐厅里常常举行音乐会，但像这样的四重奏音乐会还是第一次。感谢考茨博士的岳母洛茨太太的热情安排，我们有幸欣赏这次演奏。巴赫本人没有四重奏作品，这次演奏会演奏的是巴赫的两个儿子、莫扎特和现代作曲家安东 · 魏本的乐曲。我们本不善欣赏西洋音乐，但这次别开生面的音乐会却给我们留下了极其深刻的印象。至今，那动人的乐曲声仿佛还萦绕耳际，旋律里似乎升起了这位伟大音乐家的形象，如故居前的那座塑像，屹立在我们的心中。

（原载《逍遥游》1987 年第 3 期）

柏林的全国青年联欢节

六月初的柏林，风和日丽。我们寓所外喷泉旁的鲜花正开得灿烂夺目。早就想以鲜花喷泉为背景拍一张纪念照，可还没有来得及实现，就又被一种比鲜花更加美丽动人的景象吸引住了。数日之内，柏林突然披上了节日的盛装，到处是红旗、彩球和鲜花，装点得绚丽多姿的游乐点，像雨后春笋般出现在柏林街头，以国家宫前的马克思恩格斯广场为中心，星罗棋布。几十万年轻人从全国各地一下子汇集到首都来。柏林到处是成群结队的年轻人，到处是欢声笑语，这个古老的城市顿时充满了青春和活力。住在这个城市里的人们，包括我们在内，都觉得突然间自己也变得年轻起来。

这样一次盛况空前的全国青年联欢节，从人员的输送、生活上的安排到各种丰富多彩的活动的组织安排，其迅捷和井井有条，都令人吃惊。许多市民的家里都安排了青年去住宿（他们可以事先提出希望客人是姑娘或者是小伙子），陌生的来客不仅得到主人热情的接待和照顾，而且受到极大的信任，为了他们回“家”的方便，甚至把家门的钥匙也交给了他们。每一个游乐点都设有许多座席，青年们在那里可以自由地交谈，听各种专题演讲，观看游艺节目，也可以忘情地跳迪斯科。游乐点是按地区划分的，其布局结构和陈设装饰体现了各地的地方特色和不同的风格，精巧考究，别出心裁。游乐点内外到处是临时搭起的小吃店、日用品商店和艺术纪念品小卖部。走到哪里都可以喝到咖啡、牛奶，吃到可口的面包、香肠、烤肉等食品。活动有分有合，中心活动点马克思恩格斯广场上燃着巨大的熊熊火炬。洪堡大学对面的倍倍尔广场也举行了上万人参加的音乐会。当一辆辆各色各样装饰一新的旧式汽车载着盛装的人们从菩提树下大街开过的时候，吸引了成千上万的观众。活动的高潮是最后一个晚上的火炬游行，电视台做了现场转播，队伍像一条火的游龙，蜿蜒曲折，十分壮观。

青年们感兴趣的活动，是每人都准备一块甚至好几块尼龙布，披在肩上，请相识或不相识的朋友签名留念。我们作为肤色不同的外国人，自然成了他们注意的目标。有时我们在大街上简直无法前进，一批又一批的年轻人拥上来请我们签名。对于方块汉字，他们总是端详半天，表现出极大的好奇心。当他们知道我们是来自中国时，就更加热情友好，许多人要求我们跟他们合影留念，还把他们珍贵的联欢节纪念章送给我们。当我们回赠中国的熊猫纪念章时，他们简直欣喜若狂。

联欢节一结束，24 小时内几十万人迅速地输送出柏林；所有的游乐点、商亭、小吃店等也在三天内全部拆除，柏林一下子又恢复到平日的面貌，完全看不出几天前刚举行过如此盛大的活动。这一切都是由年轻人自己完成的。柏林的青年联欢节集中反映了民主德国青年朝气蓬勃的精神面貌。民主德国青年们那种热情友好，讲文明，守纪律以及令人惊奇的高工作效率，都给我们留下了深刻难忘的印象。

而这一切，在这次联欢节举行之前，在我们的日常生活中，也有很深的感受。

我们刚到柏林时，想找一条大街，街名没有记准，正犹豫着，一位从身边经过的女青年走上前来，热情地指点给我们。有一次，我们到洪堡大学医学院的附属医院去探视一位住院的德国教授，电梯里遇到两位年轻人，他们主动地引导我们到住院部，然后才去办自己的事情。柏林的公共汽车和电车上都没有售票员，乘客上车后主动出示月票，或将事先买好的车票在检票装置上自己去打上穿孔标志，或向无人售票机投入 20 芬尼的硬币，自己摇出一张票来。人们总是排队上下车，秩序井然。车的后部有一块空地不设座席，是专供停放小孩推车用的。一个年轻妈妈推着小孩乘车，上下汽车都不用发愁，随时都会有人上来热情地帮忙。有一位从中国到柏林来作短期访问的朋友告诉我们，他看见一个小伙子和一个年轻妇女抬着一辆小孩车上车，以为是一对夫妇，可是推车放好后，那个小伙子立刻下了车，原来他们并不相识。对这件小事，这位朋友颇生感慨，但这种事在柏林却是随处可见，不足为奇。商店里的售货员对顾客总是笑脸相迎，收完款都要道一声“谢谢”和“再见”。到饭店里去吃饭，座席已满，候餐的人总是依次在门外排队听候服务员的招呼，从来没有一拥而入，或者站在用餐者的身后用不耐烦的眼光和长吁短叹来催促别人快吃的情况。柏林市内小汽车很多，而且速度很快，因此交通规则非常严，行人过横道线必须是绿灯才能穿行。一天夜里十点，我们看见一个年轻人要过马路，在红灯前面停了下来，周围并没有车开过来，也没有警察，只有我们两个陌生的异国人在附近。但是他在红灯前耐心地等着，直到绿灯亮了才从容地穿过大街。这件小事给我们印象很深，从这位年轻人的身上我们看到了民主德国青年一代严守纪律的精神。

民主德国青年的文化娱乐生活也是丰富多彩的。全国各地办了许多青年俱乐部，年轻人在课余或业余的时间常常到那里去。他们也喜欢跳迪斯科。舞会是经常举行的。有的舞会有年龄限制，一般夜里十点以后就不让16岁以下的孩子入场了。柏林市中心的共和国宫也向公民开放。这是一座非常漂亮的现代化建筑，里面敞亮、明净、舒适，有咖啡厅、电影院、俱乐部等设施。这里吸引了成千上万的年轻人。除了看电影和跳舞，节假日这里还常常举行音乐会和报告会，还有画展。有的情侣到这里来，买上一杯咖啡，一坐就是几个小时。

骑摩托车、登山、滑雪等，是民主德国许多年轻人的业余爱好。一般年轻人在生活上都有一种自立的精神，16岁以后就不愿意依赖父母了。像摩托车这样比较高档的消费品，许多人都是靠自己劳动挣钱来购买的。他们常常骑摩托车或开汽车去旅行，随车带着简易帐篷，在森林、湖畔都可以露宿。

还有许多年轻人喜欢登山，他们的勇敢精神令人敬佩。我们曾到民主德国东南边境的著名风景区萨克森瑞士去参观，就看见许多年轻人穿着色彩鲜艳的登山服，腰上系着绳子，在没有路径的悬崖陡壁上攀登。陡直的山壁上装有许多铁环，是专供这些勇敢的登山者攀扶用的。我们站在最高的一个山头上，看见最近的孤峭峰顶上有一个金属小盒子在阳光下闪闪发光。听说每一个峰顶上都有这样的金属小盒子，攀登上顶峰的运动员都把自己的名字留在这个小盒子里。很可惜我们无法上去看看里面的光荣记录。这种攀登十分危险，一不小心随时可能跌下深谷。但它并没有吓住勇敢的年轻人。那天，我们看到的攀登者就不下20人，其中还有年轻的姑娘。

从西方来柏林的旅游者络绎不绝。西柏林和东柏林仅一墙之隔，西方对东柏林的影响是明显存在的。少数年轻人羡慕西方的物质生活和政治上的民主自由，对现实表示不满，共青团组织在这方面加强了思想教育。

两次世界大战给德国人民造成了巨大的创伤。尤其是第二次世界大战，留下的痕迹和阴影至今还没有完全消除。损失惨重的柏林和德累斯顿，还保留着战争的废墟，让人们记取血的教训。这在年青一代的身上也有反映。民主德国实行义务兵役制，不论是否是独生子女，除了身体方面的原因并有医生证明者外，都必须到部队服役，学生也不例外。逃役的人要受到法律的制裁。有一些青年是和平主义者，反对一切战争。他们也必须应征入伍服役。政府也尊重他们的思想，入伍后不参加军事训练，只从事生产建设方面的工作，即便在发生战争的情况下也是如此。这些“和平兵”穿的军装跟一般的战士一样，但佩戴一种有生产工具图案的标志。我们在德累斯顿参观时，就曾经看见过这种“和平兵”。

在民主德国信教的人并不多，但每个城市和乡村都有教堂，每个教堂都做礼拜。我们曾经到教堂去参观过人们做礼拜，教徒们都虔诚地唱着圣歌。我们奇怪地发现其中也有不少年轻人。据说他们当中有许多人是为了祈求和平才信仰上帝的，或者说他们并不相信上帝，只是到教堂里表达自己不要战争的愿望。世界范围内的军备竞争必然会影响到人们的生活和心理。在两个超级大国在欧洲加紧部署导弹的时候，一部分年轻人因对人类本身是否有力量制止现代战争失掉了信心，便自然地转而祈求上帝。这似乎有点可笑，却是完全可以理解的。

1986 年 2 月 1 日

（原载崔乙主编《世界青年的追求》，新世纪出版社，1987 年 12 月）

美丽的斯德哥尔摩

斯德哥尔摩留给我们永远也抹不掉的印象是两个字：美丽。

但其实，我们只是看到和领略到斯德哥尔摩美丽的很少一部分，大部分还只是得之口传，只存在于我们的想象和企羡之中。因为我们去斯德哥尔摩的时间只有两个月，而且不是最好的季节，准确地说是最不好的季节。谁都知道，在北欧几个国家，冬季白天一般只有四五个小时；而夏季，不仅气温宜人，而且到了白天最长的时候，还可以经历地球上的一种奇观：白夜，就是没有黑暗的夜晚。

我们是十月中旬到达斯德哥尔摩的，这已是时届深秋，算是赶上了最后一抹秋色。我们住在离学校不远的专为外国教授提供的公寓里，这地方的地名就叫“教授里”。安顿好以后，推开窗户一看，满眼是色彩斑斓的秋景：在参差错落的红色的学生宿舍之外，是一大片森林，造化使树叶变幻出各种不同的颜色，红、黄、褐、绿等等，深深浅浅，各色相间，在严冬到来之前，大自然仍在显现它顽强的生机。第二天早晨我们就迫不及待地到森林里去散步。树叶已经开始凋零了，有的地方树叶堆积了厚厚的一层，淹没了林中小径，树上的五颜六色和树下的五颜六色，交相辉映，我们就在这色彩的美的映照中，拍下了珍贵的镜头。

斯德哥尔摩位于瑞典的东南部，东临波罗的海和芬兰湾，又与梅拉伦湖入海处相交汇，是一个港湾城市。全市由 14 个大小岛屿和一个半岛组成，市内港湾纵横交错，由 70 多座桥梁连接在一起。除海湾外，还有许多湖泊，至今我们也闹不清所曾到过的那些美丽的湛蓝色的水域到底是海湾还是湖泊。瑞典的森林覆盖面占全国面积的近 60%。在斯德哥尔摩，除住宅周围种了许多树以外，到处可见大片的森林。在我们的寓所前面，穿过一片森林，就是一个开阔的海湾，在海湾的对面可望见层层叠叠的美丽的城市建筑。我们经常在森林里散步，也常常沿着海边漫游。我们上课的东亚学院的小楼，也是掩藏在一大片森林之中，而旁边又是一个非常开阔的湖泊。

刚到的当天下午，我们的朋友斯德哥尔摩大学中文系的负责人就陪同我们到东亚学院去。穿过一大片高大的树林，在中文系的小楼旁边，有一棵不高的树强烈地吸引了我们，满树的红叶，红得鲜亮，红得热烈，像一团火焰在燃烧。我们在北京的家离香山不远，每到秋天，红叶是没有少见的，但是从未见过这么鲜艳、这么纯净的红叶。虽然天色近晚，我们还是禁不住留下了一张照片。

斯德哥尔摩市内和郊外都没有高层建筑，最高的两座楼在市中心，也不过五六层，其余不管是公用建筑还是民宅，一般都只有两层。这可能和瑞典的人口少有关系，但更重要的是斯德哥尔摩的政府和市民，都追求居住和生活的舒适，并以此来显示斯德哥尔摩城市建筑的独特风格。我们的朋友斯德哥尔摩大学中文系教授盖玛雅，就住在市郊的一片森林之中。她拥有一座两层楼别墅式住宅，简朴低调，但非常舒适。房后有一个小花园，和大森林相融合，常有许多小鸟和小鹿来和他们做伴。不远就是一个大湖，男主人常到那里去垂钓，我们就曾分享过他们从那里钓回来的大虾。

可以毫不夸张地说，在斯德哥尔摩，无论你走到城市的任何一个地方，都有水，有树，有漂亮的建筑，你都会感到是置身于一个风景宜人的公园之中。

瑞　典

——一个理想主义的福利国家

瑞典是所谓北欧式社会主义的典型国家，其福利之高是闻名于世的。百闻不如一见，有些情况说起来都叫人不敢相信。

到了斯德哥尔摩，瑞典朋友和在瑞典的中国朋友都告诉我们，瑞典社会中贫富差别是比较小的。在不同阶层和职业之间，工资当然也有相当的差别，但政府有一套行之有效的调节的机制，就是征收个人所得税，工资越高征税也越高，而且在那儿逃税是不可想象的事情。有朋友开玩笑说，要想过好生活可以到瑞典来，要想发财就别到瑞典来。

在瑞典失业很少，工作和生活都有基本的保障，因此社会治安情况也就很好，社会犯罪率很低。过去在德国时，就听到过瑞典的德国朋友说，瑞典没有小偷，街上的自行车和汽车都是不用上锁的。这次我们亲眼看见，街上的自行车倒是都上了锁，但的确没有听说过有丢失的情况。一到斯德哥尔摩，瑞典朋友就告诉我们，晚上在街上行走可以放心，除了周末有的年轻人酗酒可能会闹一点小麻烦外，你不会遭到袭击和抢劫。这年的圣诞节之夜，我们应邀到一个瑞典朋友的家里去做客，黑夜里要穿过一片大森林。周围一片寂静，我们心里不免有些紧张。这时突然走过来两个高大的年轻人，用瑞典话朝我们说着什么，这时我们的心跳得更快了，便赶快加紧步伐低着头闯了过去。到了朋友家里说起来，才知道是年轻人在向我们友好地招呼："圣诞快乐！"

瑞典人养活孩子不用发愁，从幼儿园到小学都是免费的，不仅有车接送，而且还提供午餐。医疗保险更是令人羡慕，每个人交一定数量的保险金，吃药看病就有了绝对可靠的保障。一般到医院去看病，挂号费是交 100 瑞典克朗（按当时的汇率约合 110 元人民币），这个数目听起来有点吓人，但按工资比例来说，比我们今天挂10元钱一个的专家号还要便宜。药费是免交的，而且经医生检查一旦决定要你住院，不但这100克朗的挂号费全数退还给你，住院期间的一切费用，包括诊治、用药、住宿、吃饭等都全部免收。我们两人虽然在那里只待两个月，但斯德哥尔摩大学还是为我们上了医疗保险。只是我们这两个月身体都很好，没有机会享受这样优越的福利待遇。

在人与人的关系上，瑞典人是理想主义者，有着深厚的人道主义情怀。我们刚到斯德哥尔摩时，当地的报纸上正在热烈争论一件事情。因为那几年瑞典的经济情况不是太好，因而政府的有关部门决定，要削减对外国移民或到这儿来避难的外国人的生活补贴。此事引起了广大瑞典老百姓的强烈不满，纷纷对政府提出批评，不同意削减这方面的开支。有一位从中国来的攻读艺术史专业的留学生，在取得博士学位后，一时在瑞典和中国都找不到工作，瑞典政府竟为他提供失业补贴，每个月的补贴额比我们在那儿的生活费还多。在那儿我们还遇到一位从北大物理系来的年轻的访问学者，他将自己的妻儿接到这里，过了很长时间他们才听说，只要在这儿学习或工作一年以上的外国人，如果妻子没有固定工作，孩子不满12岁，就可以领到每个月300克朗的生活补贴。他的妻子凭她和孩子的居住证去有关机构填了一张表，就很顺利地领到了补发给她的2000多克朗的生活补贴。令人更为惊异的是，瑞典政府为了帮助到那儿的外国人更好地生活和工作，鼓励大家学习瑞典语，不仅学习完全免费，而且每学习一个小时，还给予60克朗的奖励。后来因为瑞典的经济情况不是太好，在我们去的一年以前才取消了这样的规定。

在斯德哥尔摩的任何一个地方都看不到在中国到处可以看见的“为人民服务”的口号，但日常生活中，你处处都能感受到政府和有关的机构，在市政设施和生活服务等各个方面都为老百姓设想得非常细致周到。比如说交通，地铁和公共汽车都有冷暖气设备，没有规定固定的日期，只要气温到了一定的程度就开启。这当然跟一个国家的经济发展水平有关，在经济比较发达的国家（比如亚洲的韩国）几乎都是如此。在斯德哥尔摩的每个公共汽车站都有时刻表，标明汽车经过此站的具体时间，在高峰期和非高峰期发车的时间间隔是不一样的。你到了一个车站，一看时刻表知道车刚刚开走，你就可以根据自己的安排确定要不要等下一班车。这为乘客节约了很多时间。我们公寓的楼下就有一路通往东亚学院的公共汽车的站牌，我们要去上课的时候，总是按车过站的规定时间提前两三分钟下去，一点也不耽误时间。仅这一点小事就会使你感到非常惬意。这当然要有一个前提，就是不堵车，能保证交通的畅通。估计欧洲的大多数城市都能做到这一点，十几年前我们在民主德国时也是这样的。以上两点都需要一定的条件，不是每一个国家想学就可以学到的，目前的中国不可能有此奢望。

但在车站的设置上，却并不需要什么条件，要的只是一颗真正为人民服务的心。在这方面他们的做法是非常令人感动的。车站的设置不像中国是基本上等距离的，其疏密完全从乘客的方便出发来考虑，居民稀少的地方可以很远才设一个站，而居民密集的地方则可以 100 米甚至 50 米就设一个站。我们居住的公寓旁边有一座小山，山上只有几户居民，汽车公司竟在上面设立了一个车站，让车绕上山去把那里的居民接下山来。但为了不造成浪费，不是每一辆车都开上山去，而是带有“B”标志的车才开上山。你如果不住在山上，见了“B”字车又不愿意到山上去绕一圈，就可以坐在车站上等待下一班车。这样山上山下的居民都感到很方便，很满意。斯德哥尔摩大学校园旁有一个地铁站，地势比较低，离坡上的公路不过 50 米左右的距离，为了节省乘客这几十米的爬坡之劳，汽车公司竟特意在地铁站口设立了一个站，汽车从坡上开下来把乘客一直送到地铁口才又绕回坡上的公路上去。车站的设立，竟如此细致地为乘客考虑，这在中国是很难想象的。每一次到这里乘车，心里都不禁响起一个声音：“这才真叫全心全意为人民服务。”地铁有时因故出现停运，在停运段两端的地铁站口马上就有早就准备好的专车来接送乘客，熟悉这种情况的斯德哥尔摩市民，一点也不会为怕耽误上班或办事而着急。如此这般细致周到地为老百姓着想，确实是很值得我们“为人民服务”口号叫得最响的中国人学习的。

斯德哥尔摩大学的汉学传统

瑞典虽然国家很小，但他们的汉学研究有很长的历史和传统，取得的成就举世瞩目，成为公认的世界汉学研究的中心之一。而斯德哥尔摩大学又是这中心的中心。斯德哥尔摩大学的汉学系比之瑞典其他的一些大学，如乌普萨拉大学、哥德堡大学等的东亚文化系或汉学系，历史要短得多，但她成立以后就充分显示了在汉学研究上的强大实力，自然地成为瑞典甚至欧洲汉学研究的中心。

斯德哥尔摩大学的汉学系成立于 1945 年，她的创始人是世界著名的汉学家高本汉。当时洛克菲勒基金会邀请高本汉给斯堪的纳维亚半岛国家的汉学家讲课，瑞典政府的教育部决定在斯德哥尔摩大学建立汉学系，高本汉成了斯德哥尔摩大学汉学系的教授，并担任第一任系主任。他在这里苦心经营，一直工作到 1965 年，才由他的高足、瑞典另一位著名的汉学家马悦然继任系主任[①]。马悦然一直工作到 1990 年退休，然后由新一代的汉学家罗多弼教授接任斯德哥尔摩大学东方语言学院的院长并兼汉学系的系主任。从高本汉到马悦然再到罗多弼，三代汉学家的学术道路，反映了瑞典汉学研究的杰出成就和特色。

高本汉（Bernhard Karlgren，1889—1978）可称为国际汉学大师，是 20 世纪全世界最具有影响力的汉学家之一。在到斯德哥尔摩大学任教之前，他先后在哥德堡

---

① 关于高本汉在斯德哥尔摩大学担任教授和汉学系主任的史料，这里是据由马悦然和罗多弼教授作序的张静如著《瑞典汉学史》，安徽文艺出版社，1995 年。另有一种说法是：高本汉只是担任远东文物博物馆的主任，并没有担任过斯德哥尔摩大学的教授和汉学系主任。他只教过少数的学生，而且也是属于博物馆方面的工作，只是在 40 年代末曾在斯德哥尔摩大学的教室授过课，这些学生也可能是在斯德哥尔摩大学注册登记的。他所教的学生中马悦然在 1965 年当了斯德哥尔摩大学的第一位汉学教授并担任了第一任系主任。由于没有直接查阅过有关的历史档案，以上说法录以备考。

大学担任教授和校长，1939 年安特生教授退休以后，他便到斯德哥尔摩来，继任远东文物博物馆的馆长，在汉学研究上已取得了累累硕果，早已是名声卓著的汉学家了。他是一位对中国和汉学充满激情的汉学家，他的学术视野非常广阔，研究的领域极其宽广。他在汉语的音韵学、训诂学、青铜器研究、古代文献的辨伪、中国古代典籍的译注与介绍等方面，都取得了极其突出的成就。他对中国和汉学的深厚感情，甚至表现在他为自己起的中文名字上。他曾幽默地对他的中国朋友赵元任说，高本汉这个名字是音义双关的:“我本来是汉人呢！”

高本汉早在 1910 年就到中国来学习，在北京、太原等地学习汉语，并进行方言调查。这为他日后的汉学研究打下了坚实的基础。1915 年，年仅 26 岁的高本汉在著名的乌普萨拉大学获得了博士学位，他的学位论文，就是后来成为他著名的汉学力作《汉语音韵学研究》的初稿。此后，高本汉经过 10 年的加工修改，终于在 1926 年出齐了这部四卷本的汉学皇皇巨著。这本书经我国著名语言学家赵元任、罗常培和李方桂的翻译，介绍到中国来，以《中国音韵学研究》为书名出版，在中国的语言学界产生了巨大的影响，得到很高的评价。著名语言学家罗常培先生说:“这部书不但在外国人研究中国音韵学的论著里是一部大成的工作，就是在我们自己所做的音韵学通论中也算是一部空前的伟著。”王力先生在他的《中国语言学史》中指出:中国的语言学家受到高本汉的影响很大，“都接受了高本汉的总原则，甚至接受了他的观点、方法”。

1923 年以后，高本汉又先后到中国和日本，进一步充实方言材料，并考察流落到日本的中国古代文物。在古汉语语音学的研究方面，他还写出了《汉语和日文汉字分析词典》《汉语语言学:中文和日文汉字的字形与读音》两部重要著作。前者分别被王国维和赵元任摘译介绍到中国来。除了古汉语音韵学，他在汉语语法方面也进行了深入的研究，取得了重要的成果。他在中国古籍的真伪考证方面也作出了重要的贡献，如《左传真伪考》，由陆侃如先生译成中文出版，胡适还写了序言，作了很高的评价。他的《周礼和左传的早期历史》《中国古籍的真实性》等论文，将古书的辨伪与对古汉语词汇变化和语法的分析结合起来，提出了一种科学的辨伪方法。他对古籍中有关记载社会和宗教情况的书尤为重视，写出了《古代中国的传说和崇拜》《周代中国的一些祭祀》《中国的宗教》等论文和专著。他在中国古代青铜器的研究上也成就卓著，他的专著《早期中国青铜镜的铭文》，以及《殷周时代的中国青铜器》《殷代的一些武器和工具》等论文，发表后在欧洲和中国都产生了广泛的影响。他的研究特点，是将青铜器的研究与古汉语的研究结合起来，论证严密，解决了不少疑难问题。他在中国古籍的译注上也下了不小的功夫，写出了系列论著《诗经注释》《书经注释》《左传注释》等，问世后都产生了广泛的影响。除了上面提到的《中国音韵学研究》外，还有多部著作被中国著名学者翻译为中文出版，如《中国古书真伪考》（陆侃如、冯沅君译）、《中国语与中国文》（张世禄译）、《汉语词类》（张世禄译）等。他的另一本力作《古汉语字典》修订本出版于 1957 年，1997 年由上海辞书出版社出版了中译本。

高本汉对斯德哥尔摩大学汉学系的建设具有开辟之功。他不仅在极为困难的条件下，从资金、教室、教材等各个方面进行了筹划建设，而且他早年所写的汉学通俗读物和汉语教材，在培养学生中起到了积极的作用。他培养出来的学生，很多后来都成为著名的汉学家，活跃在欧洲和世界各地的汉学研究界。

马悦然（Goran Malmquist，1924—　）作为高本汉的得意门生，于 1965 年继任斯德哥尔摩大学汉学系的系主任。他继承了高本汉学术视野开阔和严谨治学的传统，而又有新的开拓和变化。高本汉的研究主要集中在古代，特别是上古时期，现当代很少涉及，学科主要在语言学、考古学和文献学方面，而马悦然则兼及古今，又跨越语言和文学两个学科。马悦然在 40 年代曾到中国进行方言调查，他在重庆、成都等地辛勤工作了两年，获得了大量的方言资料，为他的硕士论文的写作打下了基础。马悦然不仅在四川吸取了学术营养，而且完成了中瑞两国的跨国婚姻，与陈宁祖女士美满结合。马悦然对四川一直充满怀恋之情，将四川看作他的第二故乡。他早期主要是进行语言分析和方言比较学的研究，发表了如《西部官话语音研究》《四川方言造句结构的限制形式》等很有特色的学术论文。在古代汉语和近代汉语研究方面，发表了《论〈左传〉中“其”字的不同功用和意义》《〈西游记〉中疑问句结构的责任形式》《论先汉及汉代文本中“嫌”字的语义》等论文。

马悦然汉学研究的另一个重要贡献，在于他将大量的中国古代和现当代文学作品翻译成了瑞典文或英文，到 1992 年为止，他所翻译的中国古今文学作品达 700 多种，这真是一个惊人的数字。其中包括古典小说名著《水浒传》《西游记》，现代作家沈从文的《边城》，当代作家张贤亮的《绿化树》、高行健的《灵山》、李锐的短篇小说集《厚土》和长篇小说《旧址》，以及郭沫若、闻一多、卞之琳、艾青和北岛等人的诗歌。他对沈从文的小说和北岛的诗歌极为推崇。1985 年马悦然当选为瑞典学院的终身院士，是 18 位院士中唯一的一位汉学家，他参加每年诺贝尔文学奖的评奖工作。他曾热情推荐沈从文和北岛作为诺贝尔文学奖的候选人。马悦然曾对我们说，在沈从文去世的那年，本来已经提名他为候选人，要不是他不幸逝世，当年诺贝尔文学奖的得主很可能就是他（诺贝尔奖规定不授予辞世的人）。足见他对中国文学的热爱和推进中瑞文化交流的高度热情。

马悦然对中国的古代典籍也有着深入的研究，他对《春秋》三传——《左传》《公羊传》《谷梁传》做了比较分析，从用词、语言结构、写作风格上确定它们的写作时间和相互关系，从而理清了董仲舒的《春秋繁露》成书的复杂情况。他还将《春秋繁露》翻译成英文。他跟他的老师高本汉一样，汉学研究的广度和深度都是惊人的。

罗多弼（Torbjorn Loden，1947—　）是斯德哥尔摩大学汉学系的第三任系主任。他是 70 年代成长起来的颇有锐气的新一代汉学家的杰出代表。他的特点，同其他许多年轻汉学家一样，非常关注当代中国的社会和政治，将古代思想文化的研究同当代中国的变革紧密结合起来。基于这样的思考，他写出了如《中国的文学和革命》《鲁迅及其革命文学》《郭沫若和中国古代史研究问题》《中国马克思主义先锋李大钊的三篇文章》等十分关注现实而富于理性思考的论文。他的博士论文《1928—1929 年中国无产阶级革命文学的论争》，对这一时期中国无产阶级革命文学的论争做了广泛而又透辟的考察和分析。

除了中国现代文学，他还对中国古代哲学有着浓厚的兴趣。他对清代思想家戴震的《孟子字义疏证》进行了译介，在材料的发掘和思想的分析方面都很有特色。与此同时，他还发表了多篇有关戴震哲学思想的文章，如《戴震哲学中“情”字的内涵》《戴震和儒家思想的社会作用》等。但他研究中国古代哲学，还是着眼于当代中国思想和文化的分析和认识。这是他同前辈学者很不一样的地方。因而他在研究古代哲学的同时，又写出如《反思传统：后毛泽东时代的马克思主义和儒学》《寻求谁的富强：后毛泽东时代国家主义的反思》等关注现实、沟通古今的学术论文，就是水到渠成，极其自然的事了。

斯德哥尔摩大学汉学系三任系主任的汉学研究，集中反映了瑞典汉学研究的杰出成就，也反映了斯德哥尔摩大学在整个瑞典乃至欧洲汉学研究中的地位。到这样一座著名的大学去作学术访问和讲学，感到十分亲切，感到在思想感情上有一种十分自然的内在的沟通。两个月的时间虽然很短，但留下的印象却是终生难忘的。

（以上三篇文章写于 2000 年，最初载于四川大学中文系 1955 级编、由内部出版的纪念文集《岁月长风》，2016 年收入本书时又做了增订和修改）

韩国外大的中国文学研究

韩国外国语大学中文系设立于1954年，是韩国设立中文系最早的大学之一。韩国外大不仅重视语言教学，而且重视文学教学，有一支精悍而实力很强的中国文学研究队伍。中文系现任四位研究中国文学的教授，他们研究的侧重点正好是中国传统文学形式的四个方面：柳晟俊教授研究诗歌，朴宰雨教授研究散文，李永求教授研究小说，姜启哲教授研究戏曲。整个布局显得均衡、合理，而分工中又有交叉和渗透。

虽然只有四位教授，研究成果却非常丰硕。他们已出版的有关中国文学和文化方面的教材与专著，达几十种之多。主要的有：姜启哲教授的《元明清戏曲选》；李永求教授的中国古代、现代和当代三种《短篇小说选》，《中国现实主义文学论》；朴宰雨教授的《中国文化的理解》《中国现代文化的理解》；柳晟俊教授的《中国王维诗与李朝申纬诗之比较研究》、《中国诗和诗论》、《中国唐诗研究》（上下，共1400多页）、《中国诗歌研究》、《清诗话研究》等。尤其难得的是，他们有多部用中文写作的学术专著在中国大陆和台湾出版，这就是柳晟俊教授的《王维诗研究》（黎明书局，台湾，1987年）、《唐诗考论》（中国文学出版社，北京，1994年）、《王维诗比较研究》（京华出版社，北京，1999年），朴宰雨教授的《〈史记〉〈汉书〉比较研究》（中国文学出版社，北京，1994年）。虽说随着中韩两国文化交流的发展，在中国出版中文学术专著的韩国学者日渐增多，但是像他们这样的成绩，仍然是屈指可数。至于有关中国文学的学术论文，四位教授也是少则十几篇、几十篇，多则上百篇。

值得注意的还不在于他们研究成果的可观数量，而在于从中显示出他们鲜明的研究特色，其中包含着可供中韩两国学者共同借鉴的可贵经验。

韩国外大中国文学研究的第一个特色，是实证的方法和严谨求实的学风。四位教授中有两人在台湾获得博士学位，两人在台湾获得硕士学位。他们又曾多次作为访问教授到大陆的北京大学、南京大学、复旦大学等校进行学术研究和交流，因而在治学方法和风格上，深受中国传统学风的影响和熏陶。他们在研究中重实证，充分掌握第一手资料，在事实的基础上立论，在平实中求创新。单从一些论文和专著的题目，就不难看出他们坚实地立足于占有资料的中国传统的学术路数。如：姜启哲教授的论文《曲学小考》《吴江派余流考》；柳晟俊教授的专著《唐诗考论》，论文《王维诗考》《李商隐诗风考》；李永求教授的《京本通俗小说体裁小考》《〈琴赋〉小考》《嵇康诗考》等。即使是现代文学方面的论著也是如此，如朴宰雨教授的《中国现代韩人题材小说发展趋势考》《中国现代小说里的韩人形象及其社会文化的情况考》等。他们对一个作家或一种文学现象、文学规律的考察与分析，都立足于材料的搜集、整理和考证，因而没有虚妄和浮泛之病。朴宰雨教授近年来开辟了一个独特的研究领域，即对中国现代文学中韩人题材小说的考察。这是过去不为人所注意，也很少有人涉足的领域，现成的材料非常缺乏，人们熟知的不过是郭沫若的《牧羊哀话》、蒋光慈的《鸭绿江上》和舒群的《没有祖国的孩子》等寥寥数篇而已。朴宰雨教授却先后在中国的北京、上海等地的大图书馆里查找资料，积数年功夫，终于钩稽出了30多篇。他已经发表了好几篇有关的论文，目前对这一课题正继续进行深入的研究。

柳晟俊教授多年来从事中国的唐诗和韩国的汉诗之间的比较研究，写出了《王维与申纬两人之诗风》等一系列的论文和专著。韩国历史上的新罗时代，同中国的唐王朝有着密切的交往和文化交流关系，两国的诗人间也存在着珍贵的诗的交谊。柳晟俊教授细致地考察了韩国汉文学的鼻祖崔致远、宾贡才子同唐诗人顾云、“三罗”和“芳林十哲”之间的交往，从这一全新的角度比较、探讨了这些诗人的作品。在《罗唐诗人交游之诗目与其诗》《〈全唐诗〉所载新罗人诗》《罗唐诗人交游考》等论文中，柳晟俊教授搜集了极其丰富的资料，不仅充分地证明了新罗诗人同唐代诗人的交游与诗谊，而且从《全唐诗》中找出20多首新罗人的诗，在唐诗研究和新罗诗人的研究上都具有填补空白的意义。他还以有说服力的事实，提出了王维诗对韩国汉文学的影响不亚于李杜、韩柳、欧苏的新结论。

这种学风的形成，同他们扎实的学术根基，以及广博的学问与修养有关。除了诗歌，柳晟俊教授还发表过《戴震与其古韵杂记》《戴震之理想与转语》《黄侃之古声疏考》等论文。而目前主要精力已转向中国现代文学研究的朴宰雨教授，也发表过颇见考据功力的《谭嗣同年谱考》。他的中文专著《〈史记〉〈汉书〉比较研究》，也是以实证为突出特色的。为了说明问题，他将两书的人物传记逐篇进行比勘，详细列表，考察了《汉书》对《史记》的承袭、取舍、增删等情况，不仅标明相关两书的卷次、篇名，而且还有“袭用情况概要”一栏，举出承袭和增删的具体内容。此表长达 80 多页，不仅是本书立论的基础，而且还为后来的《史记》《汉书》比较研究者提供了极大的方便。

韩国外大中国文学研究的第二个特色，是中韩沟通。韩国学者在考察和研究中国文学的时候，自然离不开他们的思想传统和文化背景，用的是不完全同于中国学者的眼光；同时在用这种眼光审视中国文学时，又会很自然地联系到本国的文学进行思考。因此可以说，中韩沟通是一般韩国中国文学研究者所具有的共同特点和自然优势。但对韩国外大的中国文学研究者来说，中韩沟通还是一种自觉的追求。

这种沟通表现在几个不同的方面。第一个方面也是最重要的，是韩中文学的比较。柳晟俊教授在这方面用力最勤。除了前面已提到的有关论文外，他还有《王维与李朝诗人之影响考》《王维与申纬诗之诗画趣考》，以及新近在中国出版的专著《王维诗比较研究》等。这种比较，不仅一般地涉及诗的内容和风格，而且还从诗、画、禅几个方面开掘到了更深的层次。李永求教授也致力于中国现当代文学和韩国文学之间的比较研究。

中韩沟通的第二个方面，是着眼于两国人民的交往和思想文化的交流，来对相关题材的中国文学作品及两国文学交流史进行研究。自 1996 年以来，朴宰雨教授连续发表了多篇有关中国现代文学中韩人题材小说的论文，除了上面提到的两篇外，还有《中国现代韩人小说试探》和《试论中国现代韩人题材小说》（中文）。近年来他又将研究的范围扩大到韩中两国文学的交流史方面，已搜集了大量的资料，发表了一篇论文《韩中现代文学交流上的不平衡问题》。

中韩沟通的第三个方面，是撰文总结、评述，并向中国学术界介绍韩国相关领域的研究情况。这已经成了他们学术研究的有机组成部分。这类文章写得不少，单是用中文写作并发表在中国有关学术刊物上的就有：柳晟俊教授的《1995 年以来韩国国内唐代文学研究之概况》（《中国唐代学会会刊》，台湾，1998 年）、《韩国国内中国诗歌研究之概况》（南京大学《中韩文化研究》，1999 年）、《韩国国内唐代以前中国诗歌研究之回顾与展望》（南京大学《中国诗学》，1999 年），朴宰雨教授的《韩国的中国新文学研究近十七年的情况简析》(《中国现代文学研究丛刊》，1997 年)、《韩国〈史记〉文学研究的回顾与前瞻》(《文学遗产》，1998 年)、《韩国的中国文学研究历史与动向》(复旦大学出版社，《海上论丛》，上海，1998 年)、《韩国巴金研究的历史与动向》(《中国雅俗文学》第一辑，江苏，1998 年)、《茅盾研究与其作品译介在韩国》(《茅盾研究》，1999 年) 等。这些文章都不是简单地介绍情况或罗列资料，而是表现了作者学术史的眼光和理论分析的深度，具有较高的学术品位。

中韩沟通的第四个方面，是对中国文学作品和学术专著的译介。译介是一种文学交流形式，而译介本身也是一种研究。姜启哲教授翻译出版了鲁迅的《阿Q正传》、巴金的《家》《中国戏曲史》等，柳晟俊教授翻译出版了老舍的《骆驼祥子》、巴金的《罪与罚》，李永求教授翻译出版了王安忆的《雨，沙沙沙》、叶圣陶的《倪焕之》《古代英雄的石像》、古华的《贞女》、方之的《在泉边》等，朴宰雨教授翻译出版了巴金的《爱情三部曲》、茅盾的《腐蚀》、严家炎的《中国现代小说流派史》等。

韩国外大中国文学研究的第三个特色，是古今沟通，兼顾历史与现实的联系。姜启哲教授的研究重点是中国的古代戏曲，但同时也研究现代戏剧，发表过《中国新剧论稿》《中国新剧与新月派》《中国新文学与中国新剧运动研究》《中国话剧研究》等论文。柳晟俊教授专攻中国古典诗歌，尤其在唐诗领域，辛勤耕耘数十年，硕果累累，是一位颇有影响的唐诗研究专家，但他也兼及新诗，对中国海峡两岸的现代诗歌都有很深入的研究，发表过多篇论文。李永求教授的研究重点是中国的现当代小说，但他也写过不少古代文学的论文，除了上面提到的以“考”为题的几篇外，还有《京本通俗小说研究》《嵇康研究》《嵇康之影响》《钟嵘之〈诗品〉》等。

朴宰雨教授的中国文学研究，经历了一个由古代转向现代的过程，侧重点虽有所变化，古今沟通却是一贯的。他 80 年代主要致力于《史记》文学性的研究，1990 年完成了他的博士论文《〈史记〉〈汉书〉传记文比较研究》。但与此同时，就已经开始了对中国现代文学的研究，80 年代先后发表了《鲁迅的时代体验与文学意识》《巴金的〈家〉和卢新华的〈伤痕〉》《巴金的文学与思想》等论文。90 年代以后他将主要精力和时间转到了中国现代文学中韩人题材小说及韩中文学交流史方面，但对中国古典散文的研究也并未终止。

古今沟通就是注重文学传统，将文学作为一个历史流程来考察，上可以追溯源流，下可以体察趋势，在纵的贯通中将研究引向深入。这一点，韩国外大的中国文学研究经验可以给我们有益的启发。

（原载《中华读书报》，1999 年 8 月 18 日）

汝矣岛上赏樱花

从前在国内时，只听说过在日本春天有观赏樱花的盛景，没有想到在汉城[①]也有一个观赏樱花的去处——汝矣岛。

汝矣岛在汉城的西南部，是汉江上一个不算太大的岛屿。东北面是汉江的主河道，有西江、麻浦和元晓三座大桥与市中心相通；西南面则为汉江支流，也有汝矣桥等三座小桥与南边的永登浦区连接。岛虽不算很大，却十分繁华。许多韩国著名的建筑物，如气势宏伟颇似北京人民大会堂的国会议事堂，还有号称韩国最高大厦的大韩生命 63 大厦，以及一些重要的文化单位（如韩国三大广播公司、东亚日报等）、金融机构（如韩国长期信用银行、证券交易所等）和一些大企业的总公司都在岛上。高楼大厦星罗棋布，形成一个现代化岛上城市的规模，是韩国政治、经济和文化的中心，有韩国的“曼哈顿”之称。岛上原有一个巨大的广场，现已改建为美丽的汝矣岛公园，园内有“韩国传统之林”和“自然生态之林”，岛上还有 63 海底世界（水族馆）等消闲娱乐场所，供人们假日游憩。但汝矣岛更吸引人的，是一年一度的樱花节。

汉城的春天是很美的。无论公园、街道、学校还是私人的宅院，到处可见次第开放的迎春、玉兰、樱花和稍晚一点的杜鹃、丁香。玉兰和樱花北京虽也有，但除了公园和少数地区，不是随处都可以看到的，汉城却几乎可以说是触目皆是。

最早被汉城的樱花所吸引，是在延世大学的校园内。1999 年的 4 月 15 日那天，我应邀到延世大学作学术演讲。一进校园就被优美的风景所吸引，尤其是一株株盛开的樱花，散发出浓郁的春的气息，不能不令人驻足观赏。那天阳光灿烂，天气不冷不热，十分宜人。看见阳光照耀下一丛丛繁盛的樱花，明洁亮丽，纤尘不染，真

① 2005 年 1 月，汉城正式更名为“首尔”。——编注

有一点陶醉的感觉。因为时间很短，只拍了两张照片就匆匆地离开了。心里不禁想，什么时候还要抽空再来，为了延世大学美丽的校园，为了这迷人的樱花。

后来就听说汝矣岛上有大片的樱花，便动了去观赏的念头。到汉城一个多月，因为语言不通，还没有单独出去过。但樱花的开放时间是极短暂的，要等朋友或学生抽空陪同，肯定是来不及了。于是在 4 月 18 日那天，为神往的樱花节，就我和妻子两个人，大着胆子，凭着一张地铁线路图，就乘车到汝矣岛去了。

一出地铁站，便看见一群群人涌向一个方向。其中有一对对年轻的情侣，也有携儿带女的夫妻，还有年迈的老人，一看便知道是去观赏樱花的。这倒大大方便了我们，不用说话打听，随着人流，穿过新建的汝矣岛公园，就找到了汉江边上的樱花树。到那里，才知道这年汉城的樱花节是从 4 月 9 日到 20 日，真庆幸我们的性急，糊里糊涂地竟赶上了一个尾声。

原来，汝矣岛上的樱花并不像我们想象中那样是一大片树林，而是沿汉江一条弧形的粉白色长龙。江岸上有一条不宽的人行便道，便道临江的一边是开得黄灿灿的迎春花，临岛的马路一边则是一棵接一棵望不到尽头的樱花树。熙来攘往观赏樱花的人群，就穿行在这条小道上，就穿行在花丛中。金黄的迎春，粉白的樱花，两边对照，相映成趣。我们一边漫步，一边观赏，一边拍照，在花的长龙中徜徉着，陶醉着。

因为我们来得晚了些，樱花树枝上已经长出嫩叶，微风中花瓣也开始飘落了。这景象虽不及在延世大学所见樱花盛开时的亮丽，却又别具一种情趣与风采。江风微拂，空中花瓣飞舞，地上花瓣铺地，让人生出天女散花的联想。许多人在那里拍照留念。我们也情不自禁地拿起相机，将树上开着的樱花，空中飘着的樱花，地上散落的樱花，一齐摄入镜头，摄入美的记忆中。

观赏樱花的人很多，还有卖小吃的，卖胶卷的，卖儿童喜欢的人形气球的，非常热闹。江边树荫下，到处可见铺着地席、全家在一起野餐的人们。江岸下边的大片河滩上，鳞次栉比，五颜六色，布满了许多摊点，有的是小吃，有的是卖工艺纪念品的。

樱花节的组织工作做得非常好。平日通汽车的江边马路，在樱花节期间禁止汽车通行，让游人在那里自由漫步。江边还设有免费饮水站，还有医疗救护车，不时还看到维护治安的巡警，骑着高头大马从跟前缓缓走过。

我们沿着汉江岸，在樱花树下的小道上漫步了一个半小时。开始的时候望不到樱花的尽头，一个半小时后往前看，仍然望不到尽头。虽然游兴未尽，但脚已经走疼了，只好恋恋不舍地离开汝矣岛。没有看完自然是一种遗憾，但临别时仍然望不到尽头的樱花树，却在我们的心中留下一种美不胜收、有余不尽的韵味。这又从另一个方面使我们得到了补偿。

1999 年 5 月

演讲录

关于写作教学的几个问题

中学的老师们希望我们谈谈写作教学方面的问题。因为我在60年代初曾在北京大学中文系教过几年写作课，这个任务便交给了我。谈写作教学我其实是没有资格的，因为既不了解中学生作文的实际，也不了解中学写作教学的实际，有的只是30多年前在大学中文系教写作的遥远的经验。但这个任务是不能推辞的，只好硬着头皮来讲。凭着过去那一点浅薄的经验，再尽量了解和设想中学写作教学的一些情况，讲一些带普遍性的规律性的问题。但不成系统，只是零碎地提出一些问题，杂感式地谈一点自己粗浅的想法，不一定正确，供大家参考。

语文教学的任务和写作教学

我们首先要弄清楚写作教学在整个中学语文教学中应该占据一个什么样的位置。

中学语文教学的内容是非常丰富复杂的，涉及的方面很广。既有文学，又有语言。文学又包括外国文学、中国古代文学和现当代文学；语言又包括古代汉语和现代汉语，又分别涉及语音、词汇、语法几个方面。所选课文包括各种体裁，既有文学作品，也有非文学作品，前者包括诗歌、小说、散文、戏剧等，后者包括说明文、议论文等。概括起来一句话，几乎所有用文字写成的各种体式的文章，都可能在语文课中出现，涉及的内容和知识面实在是太广泛了。在这么丰富复杂的教学内容中，我们应该突出什么呢？或者说主要应该抓住什么呢？

经过多年的实践和总结，中学语文教学的目的和任务应该说还是比较明确的，这就是帮助学生掌握好语文工具，具体地说就是培养和提高学生运用汉语进行阅读和写作的能力。不排除因为老师的语文课讲得好，影响到少数学生对文学或语言发生了浓厚的兴趣，以至个别的人后来成了文学家或语言学家。但这只是个别的特例，而且除了语文教学的原因以外，这些人成了文学家或语言学家肯定还有其他方面的因素。这就是说，作为基础教育中的一门学科，语文课的教学目的和任务不是培养文学家和语言学家，而是帮助学生掌握好语文工具，提高阅读能力和写作能力。

能力的培养当然跟知识的传授有关，比如字词的知识，语法的知识，各种文体的知识，中外文学的知识等，都是一个学生语文水平的表现，也会影到他阅读能力和写作能力的高低。但知识的传授不是目的，归根结底，语文教学的主要任务是帮助学生掌握好语文工具。可以这么说，一个学生语文水平的高低，主要的标志就在他的阅读能力和写作能力的高低。

阅读能力是一种运用语文工具接受和吸收知识的能力。前人创造和积累的知识与经验，除了口耳相传的有限的一部分外，我们都要靠阅读来接受和吸收。当然这种阅读的能力，接受和吸收的能力，还要求读者具备相关的知识。比如你要读一篇有关化学的论文，你就必须具备一定的化学方面的知识，否则语文水平再高也还是读不懂。如果单从掌握语文工具这个角度说，阅读能力就是一种接受和吸收知识的能力。写作能力则是一种表达和传播知识与经验的能力。自己有了知识和经验，有了创造和发明，要告诉别人；或者在生活中有什么体会和感受，有某种强烈的思想感情需要传达给别人，这就需要靠写作来表达。所以写作能力的提高与阅读能力的提高是同样重要的。一个人一生的生活和工作，都离不开接受和吸收别人的知识与经验，也离不开表达和传播自己的知识与经验（也包括思想精神和感情体验方面的经验）。因此，在中学阶段打好语文基础，掌握好语文工具，是至关重要的事，是影响到一个学生将来的学习、生活和工作，影响到他将来在事业上的发展和创造的大事。

不论学生的兴趣在哪一方面，一定要纠正重理轻文的倾向。老一辈的许多自然科学家，都有很好的语文修养甚至很好的文学修养，如华罗庚、钱学森、苏步青、周培源先生等，不仅文章都写得很漂亮，而且还能写作古体诗词。著名数学家苏步青先生任上海复旦大学校长时就曾经建议过，要是让复旦大学单独招生，就先考语文，如果语文不及格，别的就不用再考了。文理科都是这样。这是有经验、有眼光的科学家的认识。

阅读能力和写作能力这两方面是相关的，不能分割的。一般说来，阅读能力强的人写作水平也比较高，反过来也是如此。但对每个人来说，这两方面也不尽平衡。

一个有理想的青年，一生应有自己的终极追求，应该是有所创造发明，对祖国和人民、对人类的发展作出不同程度的贡献。在这个意义上，表达和传播的能力即写作能力是更为重要的。当然阅读能力差，不能很好地吸收和接受别人的知识和经验以丰富和充实自己，创造和发明也是谈不上的，或至少也是很有限的。我们接受和吸收知识，提高自己知识水平，最终的目的还是创造发明（包括物质的和精神的），并把这种创造发明表达出来和传播出去。因此可以说，语文工具的掌握最终是要落实到写作能力的培养上。甚至可以这么说，写作水平的高低是一个人语文水平高低的最主要的标志。一个人无论你掌握的语文知识有多么丰富，但文章写不通或写得不好，我们不能说他的语文水平是高的。语文工具的掌握基本上是一种技能的培养，知识与技能相辅相成，但知识并不等于技能。一个学生语文学得好不好，当然要看语文知识，但更重要更根本的要看写作水平；一个学校语文教学的成功与失败，同样主要不是看语文知识，而是看学生的写作水平。也就是说，学生写作水平的高低，是我们语文教学成败的根本标志。写作教学虽然不是语文教学的全部，但却是一个非常重要的方面，是语文教学的落脚点，许多教学环节，最终都要体现和落实在写作上。

写作水平是一个人综合素养的体现

一个人的文章写得好不好，不仅仅是一个语文工具掌握得好不好的问题，它还关系到其他很多方面。比如生活经验、知识水平、思想觉悟、分析能力乃至道德情操等等，都会影响到一个人写作水平的高低。因此，要写出好文章，还有赖于一个人整体素质的提高。写作的问题不单纯是一个语文表达的问题。严格地讲，我们的语文课只能解决写作水平提高的一部分问题。内容方面的问题语文老师也要管，比如思想感情健康不健康，或者对客观事物的认识正确不正确等等，我们都有责任指出来，帮助学生纠正、克服。但语文老师的主要任务，是解决语文工具的运用这方面的问题，即语文表达的问题。语文表达的问题同思想内容方面的问题分不开，后一方面的问题想不管也不可能，但要明确，写作教学重点要管的还是前一个方面。

写什么和怎么写

写作教学中不能回避的一个问题是写什么和怎么写的问题。写什么的问题，就是首先要让学生有话好说，然后才谈得上如何表达，把话说好的问题。不要说中学生，就是像我们这样几十年同语文和语文教学打交道，有一定写作经验的人，要让我们来写一篇文章，题目很陌生，没有什么真切的感受体会，无话可说，那也是很难下笔的，即使勉强写出来也不会是一篇好文章。所以写作教学中必须要解决的一个问题，就是怎样让学生作文时有话可说。

这就牵涉到作文教学如何命题的问题，这是写作教学中始终困扰语文老师的问题，是一个必须重视、必须好好研究的问题。题目太熟了，学生没有兴趣，不想写，写出来也千篇一律，一般化；太生了，虽然学生有新鲜感，但如果学生对这方面的生活内容不熟悉，没有感受体会，那就会无话可说。我在这方面没有经验，也提不出什么好主意，只是把问题提出来，引起重视和讨论。

我现在想到的有两条思路：一是不要把命题只看成是老师的事，要老师同学生一起来探讨、研究。学生可以根据自己所熟悉的生活范围和事物，自己有感受、有兴趣的事物、问题，提出一些作文的题目，同老师讨论商量，一起来确定。二是要培养学生在平日就做生活的有心人，养成观察人、观察生活和勤于思考的习惯，最好能做生活手记。即用一个小本子把生活里一些鲜明的印象感受记录下来，把自己的思考所得记录下来。这就等于有了一个写作材料的储备仓库，更重要的是培养了对生活的观察和分析的能力。这方面的储备多了，能力提高了，适应于各种题目的能力也加强了，各种题目来了，只要不是过于怪僻，总会感到有些话可说的。一个学生真正成了生活的有心人，对人、对一切事物总是怀着兴趣和热情，总是很关心，这就有了写作的重要准备。总之，作文命题问题的解决，思路不妨宽一点。

衡量文章的两个标准

从语文表达的角度看，衡量文章好不好有两个标准。一个叫“清通”，一个叫“漂亮”。“清通”是比较低的标准，“漂亮”是比较高的标准。所谓“清通”就是指文理通顺，能清清楚楚不走样子地把自己想要表达的意思表达出来，让别人一看就明白，语法上也没有什么毛病。所谓“漂亮”，很难定出一个明确的标准，一般地说是指文章不仅写得清楚明白，而且写得生动，富于文采，让人读起来有浓厚的兴味，有吸引力、感染力。过去新闻界提出过新闻写作的三条标准：准确、鲜明、生动。老一辈的语言学家也提出过准确、简练、生动的标准。三条标准实际上是两个层次的，准确就是“清通”，文理通顺，是比较低的层次；鲜明（或简练）、生动是比较高的层次，就是要求把文章写得有文采，有艺术性，写得漂亮。

我们中学的写作教学应该以什么标准作为目标呢？我认为应该是比较低的标准，即清通，文从字顺，文理通顺，培养学生能正确地使用语言，能准确地清清楚楚地将自己要表达的意思表达出来。这是所有的学生都应该达到的标准，也是经过努力、经过训练可以达到的标准。鲜明（或简练）、生动亦即漂亮的标准就不是所有的学生可能达到的了，而且也不必要求每个学生都要达到。因材施教，个别有文学才华的学生我们可以对他在写作上有更高的要求，帮助他在清通的基础上进一步提高，把文章写得鲜明、生动，有文采，使他将来能在文科乃至文学方面得到发展。这也是我们语文老师的责任。但作为中学写作教学的目标，作为对所有学生的普遍要求，我觉得还是定在清通，即文理通顺比较适宜。

清通是写作要求的低标准，但真正要把文章写得清通，文理通顺，也并不是一件容易的事情。清通有没有比较具体的要求呢？有的，主要有两个方面。

第一个要求是语言要合乎规范。

合乎规范又有两个方面。一是要合乎语法的规范。用汉语写作就要符合汉语语法的规范。汉语中主语一般在谓语的前面，宾语一般在动词的后面，你不能搞颠倒了，特殊的情况下可以，一般的情况下不行。这是一方面的规范，说话写作都得合乎汉语语法。

二是要合乎约定俗成原则的规范。所谓约定俗成，是指一种事物的名称，或一种说法，在群众长期的语言实践中，大家习惯这样使用，经过相当长一段时间以后，就成为社会公认的说法或名称。有时候说不出什么道理，但大家都这么用了，变成通例了，你就得遵守、沿用，否则看起来就很别扭。比如关于坐车就有各种说法：过去北京对城市公共交通的汽车叫“公共汽车”，不说“公汽车”，也不说“公车”；而对用电作为动力的客车说“电车”，又不说“公共电车”，这都是由习惯形成讲不出多少道理，却因为用得久了而为大家所公认的说法。可现在北京又时兴说“公交车”了，这是包括汽车和电车在内的。“公共汽车”和“公交车”都可以说，但所指范围不完全一样。又如“坐火车”，是从坐的是什么车来说的，是合乎事理的；

但“坐地铁”就不合事理了，“地铁”指的是“地下铁路”，铁路怎么能坐呢？虽然不合事理，但习惯都这么说了，也就变成合理的了。你如果偏要说“坐地下火车”，或简称“坐地火”，大家反而觉得别扭了。又如“自行车”，这个名称也是不合事理的。它哪里是自行车，你不蹬它就不走，合乎事理的说法应该叫脚踏车，中国南方有的地方就是这么叫的。但大多数中国人都习惯这么叫了，约定俗成，也就变成合理的了。又比如你问人家现在几点了，他回答说三点一刻，不说三时一刻。三时一刻和三点一刻是一样的意思，但口头上不这么说。在书面上，也因为有特殊的情味，也不是什么时候都可以说的。“三时一刻”这样的说法，只有在特殊的语言环境里如“讣告”等文体里才可以用，如说某人于某日下午三时一刻去世等。荀子在《正名》中早就指出过：“名无固宜，约之以命（命名），约定俗成谓之宜，异于约则谓之不宜。”所以在语言使用中，在写作中，我们都必须要接受约定俗成的规范。当然作为语文工作者，作为语文老师，对一些不合事理的语言现象，在它尚未成为社会公认的说法以前，我们应该有一种责任感，不要盲目跟着使用，而要努力阻止它变成约定俗成的说法。比如现在有一种已相当流行的说法叫“不尽人意”，这种说法是不通的。“不尽人意”其实是“不能尽如人意”的意思，就是说大家希望这样，但事实并不是这样或并不完全是这样。“不尽人意”这样的说法是不合事理的，如果它将来变成一种公认的说法固定下来，是会有损于汉语的纯洁与健康的。

清通的第二个要求是要合乎事理。

在实际写作中，语言表达上的问题并不全是语法上的问题，也不全是用词不当的问题，而常常是不合事理的问题。用词不当的问题中有一部分细究起来其实还是不合事理的问题。比如报纸上有一篇文章，题目叫《妻是教师》，开头一句是：“我妻清贫而清秀，因为是教师。”“清秀”一词是用得不妥的，让人感到莫名其妙。仔细推敲，是不合事理的问题。作者用了“因为”这个词，就把做教师和清贫与清秀落实为一种因果关系。说教师的工资不高，当了教师会清贫，这还勉强说得过去；但说因为是教师所以长得清秀，这就不合事理了。难道当教师的一定清秀？或者说本来不清秀的人当了教师也会变得清秀？天下没有这样的事。这就是不合事理。又比如一篇题为《一声响雷治好心脏病》的报道，第一句说：“最近，为大连旅顺索道站站长刘吉林诊治的医生惊奇地发现，他患了多年的心脏病竟然不治而愈了。”这句话中“不治而愈”也是用得不恰当的，毛病也在不合事理。因为前面明明讲了刘吉林的心脏病是有医生替他诊治的，既然诊治过就不能说“不治而愈”，只是这位医生并没有给他治好，后来突然因遭响雷而痊愈了。另外，句中的“他”指代也不明确。这句话应该改为：“最近，为大连旅顺索道站站长刘吉林诊治的医生惊奇地发现，刘吉林患了多年久治不愈的心脏病，在遭响雷之后突然痊愈了。”

培养训练学生写出文理通顺的文章，这是中学写作教学的基本目的。在这基础上，也可以对那些对语文有兴趣而确有文学才华的学生，提出更高的要求，帮助他们在清通的基础上，把文章写得简洁、鲜明、生动，富于文采，为大学中文系和社会上的作家队伍输送人才。

与写作有关的两个观念

观念问题有时候会影响到实践。这里想谈的跟写作有关的两个观念是：一、说话和写文章的关系；二、什么样的语言算是好的语言。

先谈说话和写文章的关系问题。有的学生认为作文就要“做”，跟平常说话完全不一样，这是一种误解。应该说，说话和写文章又相同又不完全相同，但总的看，应该是没有大的区别。我们作文，就是用平常说话的语言来写作，如果另外来一套，跟平常说话完全不一样，那读的人就会感到非常奇怪。记得60年代初期，北大中文系还开写作课，叶圣陶先生到北大座谈写作教学的问题，他看了当时中文系学生的一些作文，有一篇的题目是《踏进北大的第一天》。有一位学生开头是这样写的：“首先，扑入我眼帘的，是向我微笑的光明的大道，是列队欢迎的庄重的楼房……”叶圣陶先生说，这叫“怪话”。因为我们平常说话从来不这么说。这种话，我们又叫它“学生腔”，平常口头上说话是不这么说的，都是故意做文章“做”出来的。为什么会出现这种学生腔，写出这种怪话？这就是因为有一种错误的观念，以为作文同说话是完全不同的两回事儿，作文必须写平常不大有的想法，用平常不大说的话。文章要写得好，应该平常怎么说，写作时就怎么写，不要写平常从来不说的那种话。

不过这只是说话和作文关系的一面，相同的一面，此外还有另一面，即跟平常说话不完全相同的一面。不同的一面主要表现为两点：第一，写文章不能像平常说话那样散漫，想到什么说什么，说到哪儿算哪儿。写作必须有一个中心，要提炼，要围绕中心，突出中心。天南地北，漫无边际，是作文的大忌。第二，语言要简洁，避免重复和啰嗦。作文意思要经过提炼，语言也要经过提炼，要去掉平常说话中语言的杂质，使之变得纯粹、干净、简练。要说写作同平常说话有什么不同，主要就这么两点：一是要有个中心意思，二是语言要经过提炼。

再谈什么样的语言算是好的语言。有的同学喜欢用一些华丽的词藻，甚至用一些生僻的成语典故，以为这样的语言才是好的语言，用这样的语言写出的文章才是有文采的漂亮的文章。这也是一种误解。离开具体的语言环境，离开语言实践，孤立起来看，一个一个的词不存在好坏的问题；再扩大一点看，语言的基本组织结构即按语法规则组合成的一个一个的句子，也不存在好坏的问题。语言只有在运用中，亦即只有同所表达的丰富的意义联系起来时，才存在好坏的问题。不是语言（词或句子结构）本身有好有坏，而是语言的运用有好有坏。汉语是一种值得我们骄傲的语言，不仅词汇很丰富，而且每个词的含义也非常丰富，同一个词运用在不同的地方，又会产生不完全相同的含义和情味。有时候，一个词孤立起来看，意思可能很简单，很平常，但在具体运用中就变得非常丰富了。举一个例子。“蹲”字在字典里是这么解释的：“两腿尽量弯曲，像坐的样子，但臀部不着地。”但这个“蹲”字在实际运用中意义却非常丰富。比如说：“他老蹲在家里不出门。”这个蹲字是封闭、呆着、闲居一类意思。又如说：“他在三年级时蹲了一次班。”蹲班就是留级，这里的蹲字是停留的意思。又如说：“他在下面蹲了半年，什么情况都摸清楚了。”这个蹲字就包含了深入实际、进行调查研究的意思，在这个意义上派生出“蹲点”这个词。又如说：“他在里面蹲了三年，出来后旧性不改。”这个蹲字是坐牢的意思。有一些意思用得多了，有了稳固性，就成为引申义，比如《汉语大词典》中就将“呆着、停留”作为蹲的一个义项。由此我们也可以体会到，所谓好的语言，就是在实际运用中充满生活的血肉和充满作者思想感情的血肉的语言。离开语言实践，孤立的词不存在好坏的问题，有些词本身有鲜明的色彩，看起来很漂亮，用得不恰当，也是不好的语言。

下面举一些用得好的正面的例子，也就是充满生活的血肉和充满作者思想感情的血肉的例子。“文化大革命”中北大招了许多工农兵学员，有的文化基础比较差，写作有困难，有一个同学为此感到非常苦恼。我看了他写的一篇文章，内容就是讲他写作上的困难的，其中有一句是：“我写着写着就写不动了。”我告诉他，你这个“写不动了”就非常好，非常准确生动。比较一下“写不动了”和“写不下去了”两种说法，意思好像差不多，但有细微的差别，表达效果很不一样。这里改用“写不下去了”也可以，但就不如“写不动了”那么准确，那么生动。因为“写不下去了”

可能有多种原因，或者文思不畅，或者身体不舒服，或者过于疲倦，或者屋外有孩子打闹影响等等；而“写不动了”就传达出作者因为文化水平低，写作困难，提起笔来感觉有千斤之重的那种独特感受。这就是好的语言，因为它充满了生活的血肉，充满了作者思想感情的血肉，是在作者独特的生活感受基础上提炼出来的。他听了我的话以后觉得很有启发，觉得对写作增强了一点信心。由这个例子可以看出，所谓好的语言，不是看词本身是不是华丽，有没有色彩，而是看运用得恰当不恰当、准确不准确，含义丰富不丰富，凡是准确地、恰如其分地表达了作者认识和思想感情的语言，就是好的语言。含义越丰富，生活的血肉和作者思想感情的血肉越丰富，语言就越精彩。正由于这个原因，文化水平不高的高玉宝虽然写作有困难，还是写出了很好的作品，农村里有一些不识字的老太太，口头上的表达也常有很精粹、很漂亮的语言。这里再举一个例子。

《红楼梦》第四十回，写刘姥姥二进荣国府，她由许多人陪同，先在潇湘馆黛玉的卧房里坐了一会儿。后来贾母说：“这屋里窄，再往别处逛去。”刘姥姥接着说：“人人都说大家子住大房。昨儿见了老太太正房，配上大箱、大柜、大桌子、大床，果然威武。”这里用了“威武”这个词，非常准确生动。这个词普普通通，人人都懂，人人都会说，但却很少有人用来形容家具和房子。刘姥姥这句话是从贾母的一个“窄”字引出来的。刘姥姥作为一个从农村来的贫苦人家的老妇人，她对贾府里房屋陈设的感受同贾母完全不一样，可以说是两种身份，两副眼光，两种感受。在一般的情况下，箱子、柜子、桌子、床等家具再怎么大也是跟“威武”这个词联不上的，可是刘姥姥就这么用了，用得非常好，也可以说很漂亮。这是只有刘姥姥在那样特殊的环境条件下才说得出来的话。一方面，她是一个从农村来的没有见过世面的小户人家的妇女，从来没有见过像贾府这样的大房、大家具，所以自然地产生一种威压感、压迫感，“威武”这个词，就最真实、最准确、最生动地表达出了刘姥姥的这种独特感受。同时，刘姥姥又是一个虽然纯朴却又老于世故的老妇人，她到贾府来想得到一点好处，看出来贾母老祖宗的身份，有机会就抓住说点奉承讨好的话。“威武”这个词就透露出这样的意味。你看，一个普普通通人人会用的词，在特殊的语境中，表现出如此丰富的内容，既表现了人物独特的身份地位和思想性格，也表现了人与人之间微妙的关系。这就是好的语言，因为它饱含生活的血肉，饱含人物思想感情的血肉。这当然是大作家曹雪芹写出来的，但它之所以好，又是因为切合刘姥姥的身份性格，是这位不识字的农村老妇人可能说得出，或者更准确地说是处在这样特殊的环境里必然要说出来的。

再举一个类似的例子。这是叶圣陶先生在一篇文章里讲到的。他说一篇作品里描写一个人从事劳动，说那个人“感到了健康的疲劳”。用“健康的”三个字形容疲劳，是超乎常理常格的，好像不通，难道疲劳还有不健康的么？但叶圣陶先生说：“这是很生动很美感的说法。”他认为只有自己有过劳动的经验的人，才能感觉出这句话的好处。疲劳确实有两种绝然不同的感觉，劳动的因积极进取有所追求而产生的疲劳是兴奋的愉快的疲劳，有快感；而那种懒散的无所追求、无所事事所产生的疲劳则是一种萎缩的、委靡的疲劳，这种疲劳没有快感，只使人感到浑身不舒服。有了这样的劳动体验再来读“健康的疲劳”就会拍手称赏，“以为‘健康的’这个形容词真有分寸，真不可少，这当儿的疲倦必须称为‘健康的疲倦’才传达出那个人的实感，才引得起读者经历过的同样的实感”。（《鉴赏文存》第 14 页）以上两个例子都是超出于常理常情的，但都是好的漂亮的语言，因为它们都充满了生活的实感，传达出了人物在特定情景下的独特感受，恰如其分，生动准确，含义丰富。这样的语言不是僵化的死的语言，而是有生命力的活的语言。这才真正是漂亮的带有文学色彩的语言。

写作教学的三个环节——读、练、改

教写作和学写作都要紧紧抓住这三个环节——读、练、改。

先说读。我们平常读书、读文章，主要的目的是领会内容，学到知识。若从学习写作的角度看，读是为了树立学习的榜样，确定一个学习的标准。就是大家常说的选择学习的范文，读真正好的文章，看看别人是怎么写的，从中学习写作的技巧和方法。

写作教学让学生读的范文应该有两种，一种是比较高的，一种是比较低的。高的一种是指语文课本中选的文章，是真正典范的文章。这种文章对学生写作上的借鉴意义，主要在熏陶，是潜移默化的影响，不是立竿见影就可以学到的。这种范文虽然不能作为学生写作直接模仿的对象，但熏陶和潜移默化的作用却不可低估。古人强调“取法手上，仅得乎中”，是很有道理的。高的标准是真正的典范，虽然一时学不到，从长远看是必不可少的。肚子里装几十篇上百篇第一流的范文，读得烂熟，渐渐地对其中的妙处了然于心，下笔时就自然会得一些要领了。俗语所谓“熟读唐诗三百首，不会吟诗也会吟”，讲的就是这个道理。

除此以外还应该有第二种范文，比较低的，切近同学实际，容易进行比较和学习模仿的范文。这就是从学生作文中选出来的写得比较好的文章。同一次作文，题目一样，学生的年纪、生活经验和知识水平也大体一样，但总有一两位学生写得比较好，比较突出。这样的文章每次都应该选出一篇或两篇来给学生讲一讲，分析它们有哪些好处，为什么这样写就好，那样写就不好。因为这样的文章比较切近同学的实际，学习起来就比较容易理解、接受、模仿。这样的范文要认真地选，认真地讲评、分析。这是我们的老师在写作教学中应该下功夫的地方。选出来以后，也可以让学生自己去分析比较，从中得到启发和提高。对学生来说，比较是学习范文的一种好方法。读好文章时，常常这样比较：要换成我来写会写成什么样子？这样一比较，就容易看出别人的长处，看出自己的短处，就知道应该向范文学习些什么东西了。

次说练。练在写作学习中是最关键的一个环节。写作除了一个人总体素养的因素外，基本上是一种技能的培养，因此无论讲多少写作方面的知识和方法，如果不练，不实践，就不可能提高。写作同游泳很相似。游泳也有很多的方法和要领，但讲了许多这方面的知识，要是不到水里去练习，到实践中去琢磨领会，知识学得再多也不会游。要在老师的指导下加强练习，认真练习。关键还在学生自己。老师再细心指导，学生不练或不认真练，水平也不会提高；反之，如果学生有写作的自觉，认真练，并且在练的过程中不断地总结思考，即使没有老师的指导也会得到不同程度的提高，加上老师的指导，提高当然就更快了。

所以我这里要特别讲一讲提高学生写作自觉性的问题。常常听学生讲，一个学期作四五次作文，练的机会太少了。这里有一个写作的自觉性问题。有了自觉，就会发现写作的机会其实是很多的。不只是正式的作文是练笔的机会，只要动笔就是练的机会。写信，写日记，写读书笔记，甚至访问朋友他不在家给他留个条等等，都是练笔的机会，都有一个写作的问题。记得当年教写作课时，一次在北大大饭厅听报告，冬天下午5点左右天就黑了，从后面不断有人递条子要求开灯。有的写：“天黑了，看不见记笔记，请开灯！”有的写：“天黑了，请开灯！”有的写：“请开灯，谢谢！”比较起来当然是最后一种写法最好。“天黑了”不必说，“看不见记笔记”更不必说。最简单的写法是三个字：“请开灯”！但是加上了“谢谢”两个字表示了礼貌，更好一些。所以第三种写法最简明，也最得体。递个条子，简单到只有一句话，也存在写作上值得推敲的问题，何况是写别的内容更丰富、更正规的东西。这里就有一个写作的自觉性问题。朱光潜先生说他在念中学时连考史地、考化学物理都当成文章来做。如果从写作的自觉性和认真的态度这个意义上说，文章确实是做出来的，而且要提倡做。要做，但又不能太做，这就要掌握一个适宜的“度”。所谓“做”，应该理解为自觉地、认真地写，当成一回事儿来写，用词、语法、标点，都经过好好的考虑，不是随随便便、马马虎虎，但又不故意转文（zhuǎi wén），矫揉造作，失掉生活语言的自然风貌。

再次说改。作文教学中的“改”，一般的看法以为只是老师的事。这是不对的。改文章不只是老师的事，首先是学生的事。必须要求学生，在作文写好以后，至少改两遍，才交给老师。首先是学生的事，然后才是老师的事。修改，这是写作教学、写作训练中的一个十分重要的环节。不能忽视，不能由老师包下来。必须培养学生修改文章的习惯，训练和提高他们修改文章的能力，会改自己的文章，慢慢才会改别人的文章。古书里讲的所谓“文不加点”的事大抵是一种夸张。可以说，几乎没有哪一个人的文章是写出来一字不改就成为好文章的，包括文学大师鲁迅在内，他的文章也都是经过修改的，看看影印出版的鲁迅手稿就知道。所以鲁迅认为读作家的优秀作品可以知道应该怎么写，而读作家的手稿则可以知道不应该那么写。这是第一点，要改变观念，培养学生自己修改文章的自觉性和习惯，加强学生修改文章的认识和训练。学生自己改过了，交给老师，老师再改，学生看了老师的修改以后，经过比较，收获就会更大。

老师怎么批改？听说有的学校提出一个要求叫“详批详改”，或“精批细改”。如果老师们时间精力允许，能够做到，当然也不错，不过，学生那么多，老师还有别的许多工作，时间、精力有限，都要求那么详，那么细，不大可能做到，勉强做到了，质量、效果未必就一定很好。详是详了，一看学生作文满篇都是红字，但是没有批到点子上，改到点子上，功夫还不是白费了。我个人觉得还不如提“精批精改”好，强调精，而不强调详和细。不看表面，即一篇作文上有多少老师的红字，不求数量求质量。无论批或改，都要经过一番认真的思考和研究。批和改比较起来，不一定改那么多，但要重视批。你改得再多，没有批语，或批语不说明问题，学生不明白你为什么要那么改；还有改得太多了，败了学生的兴致，他连看也不好好看，怎么会有收获？不一定改那么多，但应该改、必须改的地方一定要改，而且重要的地方还要加上批语，告诉学生错在什么地方，为什么要这样改。可改可不改的地方最好不要改，要抓那些确是毛病而且具有普遍性和典型意义的地方加以批改。写得好的地方，值得肯定和赞扬的地方，也可以适当加些批语。一篇作文真正抓住两三个毛病，确确实实的毛病，具有一定的典型意义，改了，批语又能批到点子上，老师所花的时间和功夫，不一定比那种满篇红字却是无所用心、随意批改的更少，而学生所得到的启发和帮助却肯定要大得多。

有一个方法大家可以尝试，就是选出一篇有典型意义的文章来，老师和同学一起改。一句一句改，念出来，大家听听，考虑考虑，看看有没有毛病，是什么样的毛病，应该如何修改。调动学生的积极性，每个人都投入进来，老师事先作准备，起到主导作用、指导作用，这样做学生的收获比单由老师批改学生被动看肯定要大得多。当然这样做须有两个条件：一是文章要选得好，这要下功夫，毛病不一定那么多，那么大，但要典型，有普遍性，要对大多数人有启发；二是老师必须事先研究，做到心中有数。因此这并不是一个省事的办法，而是一个费事的办法，但却是一个有成效有作用的办法。不一定经常做，但不妨试一试。

批改应该包括哪些方面的内容？这不好死板规定，要根据具体的文章而论，可以每次有不同的重点。大体说来有以下几个方面：

第一是思想内容方面的问题。思想认识正确不正确、深刻不深刻，感情健康不健康。这是写好一篇文章的基础和前提，有问题就要指出来。

第二是篇章结构方面的问题。这是个思路问题，条理问题。思路清晰（议论文）和条理明畅（叙事文）的文章，即使语言表达上有些毛病，好改，反之则很难改。所以条理和思路方面的训练是写作训练中一个不可忽视的重要环节。

第三是语言表达方面的问题。这方面，除了前面讲到的合乎规范（语法的规范和约定俗成的规范）和合乎事理的问题以外，这里还想补充一个语言的情味问题，即感情色彩的问题。大体相同的意思，但在不同的场合，根据不同的对象和具体内容，可以选择不同的词。情味不对也是用词不当的一个重要方面。比如有一篇关于审判禹作敏的报道，文章中竟然称他是“干了蠢事”。读这篇文章时，“蠢事”这两个字真扎眼，看了叫人很不舒服。禹作敏目无党纪国法，干了那么多坏事，犯了罪，怎么能说他是干了“蠢事”呢？又如一篇文章的开头这样写：

你要是一个穷人，说钱的作用是有限的，人们就不信你，以为是嫉妒。你要是一个富人，说同样的话，人们不但信你，还要赞你高风亮节。

“高风亮节”这个词分量是很重的，一般指一个人品德很高尚，风格节操都是人人应该崇敬和仿效的典范。一个人很有钱，不把钱的作用看得很重，哪里就能当得起这个词?

培养敏锐的语感

要克服语言运用方面的毛病，包括事理、规范、情味方面的问题，除了要具备必要的语文修养，掌握必要的语法、词汇、逻辑方面的知识以外，很重要的就是要在语言实践中（写文章和修改文章的实践中）培养起对语言的敏感。这种敏感对于学习写作的学生和从事写作教学的老师都是很重要的。所谓敏锐的语感，就是一读就能敏锐地感觉出语言表达有没有毛病，然后经过思考分析就知道毛病出在什么地方，应该如何修改。例如吕叔湘先生写过一篇《论基本属实》的短文，已经选入中学语文课本中。他所论的那个“基本属实”的毛病，就是要具有敏锐的语感才能发现，才能抓住的，吕先生抓得很准，而且分析很深透。“基本属实”这个结构在我们的报刊和文件中是见得很多的，但实际上并不是什么地方都可以用的。人们反映了某种问题、某种情况，进行调查以后，有的情况可以说“基本属实”，有的情况就不能说。吕先生所举的那个例子是不能说的。读者给报纸写信反映在某餐馆吃饭时吃出了苍蝇，记者去调查时老板说“基本属实”。这个“基本属实”，粗心地读过去觉得没有问题，细想就会发现不妥当。吕先生凭着他的语言敏感，准确地指出问题所在：“基本属实”是有苍蝇还是没有苍蝇？或者说读者反映吃出了三只，一核实是两只，所以说是“基本属实”？可是读者并没有反映是吃出了几只苍蝇，只是说吃出了苍蝇；再说已是一个多月以前的问题了，谁也记不清是几只苍蝇。因此，这里不能用“基本属实”，有苍蝇就属实，没有苍蝇就不属实，不存在“基本属实”的问题。然后进一步指出：只有存在数量多少的情况下才能说“基本”如何，比如说“他基本上不出门”“基本上不上电影院看电影”“基本上不看外国小说”等，都有个数量问题，只是偶尔出现某种情况，很少很少，所以说“基本上如何如何”。可是却不能说“他基本上不结婚”“基本上不生孩子”等。有就有，没有就没有，是就是，不是就不是，没有数量问题，就不能用“基本”如何这种说法。显然，没有吕先生敏锐的语感不能发现这种似是而非的毛病，没有吕先生那样深厚的语文修养，也不能分析得如此透辟。

与此类似的有这样一个例子，也是需要敏锐的语感才能发现的。在《北京晚报》上我读到一条短讯，题目叫《梅兰芳金奖获得者刘淇在京收徒》，其中一句是："刘淇是我国著名武旦演员，早年曾拜京剧四小名旦之一宋德珠先生为师，深得乃师的真传实授。"这里的表达也是粗看没有问题，细想就会发现不妥："深得……真传实授"是不能说的。真传实授就是真传实授，实实在在，并不存在深浅程度的问题。如果真有什么与"深"相对的"浅得……真传实授"的话，那这个"真传实授"就是要打问号的。正像用"基本上"如何这个格式必须存在一个数量问题一样，用"深得……"这种格式，必须有一个深浅、强弱等程度问题，比如"深得老师的喜爱""深得观众的赞赏"等。

这种对语言的敏感和分析能力是要靠培养的，而且要在阅读和写作实践中来培养。一是要留心，无论读别人的文章还是自己写文章，都要做有心人，注意语言表达上的问题。二是要多动脑子，勤于思考，勤于比较分析，慢慢也就会有敏锐的语感了。

（1995 年 2 月 10 日在广西博白王力中学的学术报告，原载《语文修养与中学语文教学——北大四教授广西博白讲学录》，北京大学出版社，1996 年 10 月）

多元与互补
——21 世纪与中国文化

旧的世纪即将结束，新的世纪就要到来。21 世纪的中国文化在全世界将处于一种什么样的位置？中国文化本身又将呈现为什么样的格局？这是中国文化界及世界上所有关心中国和中国文化发展的人都十分关注的。我们现在来展望即将到来的 21 世纪的中国文化，带有预测和期待的性质。预测如果是科学的预测，其依据主要有两个方面：一是对中国文化传统的回顾和完整把握；二是对中国和世界的现状与未来的发展趋势有正确的分析。

世界文化的发展，长期处于西方中心论的影响之下。20 世纪中国文化的发展亦不能例外。中国为了摆脱贫穷和落后状况而向西方学习，在这一背景之下，在 20 世纪初期和 70 年代改革开放以后，有两次西学东渐的高潮，都形成了对中国传统文化的冲击。但 20 世纪后半期以来，虽然还有一些西方的学者出于某种利益和偏见，仍然固守着西方中心论，但同时也有一些很有眼光或者说很有远见的西方理论家反对这种认识，不仅对中国的传统文化评价很高，并在创建他们的学说和理论时还从中吸取智慧。实际上，随着冷战的结束，世界政治格局发生了深刻的变化，虽然仍有少数国家在谋求霸权，但由一两个大国主宰世界的时代已经不会再来了。世界政治呈现出一种多元化的态势。而随着信息时代的到来，全球经济一体化的呼声越来越高。和平共处和共同发展成为 21 世纪人类的明智选择。在这一大的世界发展的总背景之下，文化上的西方中心论是不可能再维持下去了。

最近我回北京休假时，从中国的报纸上看到一条令人欣喜的消息：第 48 届威尼斯双年展在意大利的威尼斯举行（这是一个国际性的视觉艺术的大型展览，与著名的圣保罗双年展和卡塞尔文献展并称为世界三大视觉艺术展），破天荒第一次竟有 20 位中国的青年艺术家被邀请参展，他们的美术作品被安放在最好、最显著的位置，展出中令人瞩目，并得到很高的评价。最值得注意的是本届展览会的著名策划人瑞士的希曼先生，在开幕式的发言中所说的一段话，他说："在展览前夕有人问我，为什么这次参展的中国艺术家这么多。我回答，最近两年我在网上看到了很多对中国当代艺术家的介绍，我认为他们很好，有中国人自己的幽默和智慧，我们没理由拒绝他们。"他这段话引起的是经久不息的掌声。（见《南方周末》1999 年 8 月 6 日《是非的威尼斯双年展》一文）可见，由中国传统文化中生长出来的具有中国特色的新的艺术，已经引起了西方有识之士的重视。他所说的虽然只是中国当代的艺术，但传达的却是世界关注整个中国文化的信息。威尼斯双年展没有理由拒绝中国的青年艺术家，世界同样没有理由拒绝中国文化。

中国是世界上文明发源最早的国家之一，在几千年的长期历史发展中，创造了灿烂的古代文化，对世界文化的发展作出了自己应有的贡献。但除了亚洲（主要是东亚），中国文化（特别是儒家文化）产生了广泛的影响以外，在相当长的时期内，中国文化在西方却是难觅知音，除了少数人（他们对中国有较多的接触，因而产生了浓厚的兴趣和深厚的感情）之外，反应都比较冷落。但到 20 世纪的后半期，情况就有了相当令人欣喜的变化。中国的古代典籍和古代的思想家，特别是《易经》和道家的学说，日益受到西方思想界的重视。据说，连最先锋的理论家也从中吸取智慧和营养，如创立存在论哲学和诗学的海德格尔，就翻译了老子的《道德经》，创立解构理论的德里达也从道家思想中吸取了营养。（参见郑敏文《对 21 世纪中华文化建设的期待》，载《文艺研究》1999 年第 3 期）儒家学说的现代意义也受到不少西方学者的重视，并进行多方面的探讨和阐释。

中国传统文化越来越受到国际上的重视，这是事实，同时也反映了一种趋势。中国学者对于中国传统文化在未来 21 世纪世界文化中的地位和作用，有不完全相同的看法。有的学者认为，21 世纪是东方文化的世纪，在世界文化的格局中，东方中心将取代西方中心。但也有学者认为，在 21 世纪，东西方的文化都将不可能再处于中心的地位。对话将取代对抗，吸收和消融将取代冲突和排斥。世界文化的格局应该是多元和互补的。中国学者（当然也应该包括东方学者）的任务，不是抬高东方文化，以自己为中心，甚至排斥西方文化，而是既发扬自己的文化传统，宣传自己的优秀文化，同时又向别的国家（包括西方国家在内）学习，取长补短，实现真正的多元互补。有学者提出，中国学者不仅要重视和整理中国的传统文化，而且有责任向世界特别是西方宣传中国的传统文化，但不是输出，更不是强加于人，而是一种友好的“馈赠”。更有学者指出，21世纪的世界文化应该如中国古代思想家提出的那样，是“和而不同”。孔子曾说：“君子和而不同，小人同而不和。”（《论语·子路》）意思是，要承认事物的多样，不能强求一律，有差异但不对抗，而是形成一种互补的关系，达到融合与和谐，事物才能不断发展。只看到同，只强求同，而看不到异；或虽然看到异但不承认异，或者虽然承认异，却立足于对抗和排斥，世界文化就不可能得到很好的发展。应该看到，世界上每一个国家和民族，不论大小，都在自己长期的历史发展中形成了各具特色的民族文化，都有各自的优长之处，都可以在世界文化的发展中作出自己的贡献。而且每一个国家或民族的文化，在发展过程中也都必然地曾经吸收过别的国家和民族的文化养料来丰富自己。历史证明，真正有生命力的文化，是善于吸收别的文化精华而又加以改造、融合从而丰富自己传统的文化。中国传统文化对从印度传来的佛教文化的吸收、改造和融合，证明了中国传统文化是富于生命力的文化。我很赞同“和而不同”的主张，这应该是21世纪世界文化发展的正确之路。（参见汤一介文《中国文化对21世纪人类社会可有之贡献》，载《文艺研究》1999年第3期）未来的中国文化，也只有在这种格局中，并在这样的思想的指导之下，才可能得到长足的发展。

从中国国内来说，自身文化的发展，也存在一个多元与互补的问题。有中国学者在提到20世纪中国文化发展的历史教训时，认为最重要的教训之一，是文化生态的被破坏。从基本的认识来说，中国人对待自己的传统文化，历来有两种极端的态度：一个是全盘肯定的保守主义，一个是全盘否定的虚无主义。要么是排外，要么是全盘西化。片面性导致的偏激，使20世纪的中国人吃够了苦头。很显然，我们应该采取一种科学的、开放的态度，既保持自己的传统，又吸收别人的长处来补充和提高自己，改造并丰富自己的传统。这就是鲁迅所说的“拿来主义”。但“拿来”不是取代，而是吸收、融合。单从保存传统和发展传统的角度看，中国未来文化的发展也不应该是单一的，而应该是多元的。在中国古代，多元互补的文化格局，曾经带来空前的思想活跃和举世瞩目的文化繁荣。这就是战国时期的百家争鸣的时代。争鸣是基于差异和分歧，争鸣就是一种学术竞争，这当然有对抗的一面，但更重要的是互补和吸收，每一学派在争鸣中扬长避短，实质上就是一种互补和吸收，在这一过程中求得共同的发展。后来的汉唐时期，乃至包括宋代文化的繁荣发展，都同多元互补分不开。中华人民共和国成立以后，在科学文化的发展上有过不少值得记取的教训，其中最值得记取的是虽然提出百家争鸣的口号，但却在实践中将这一口号解释为无产阶级和资产阶级两家争鸣，而最终却是无产阶级专资产阶级的政，变成了一家独鸣，变成了舆论一律，思想一律。文学艺术上虽然提出了百花齐放的口号，同样也只是允许一种创作方法、一种艺术风格、一种创作模式的存在。改革开放以来，中国的思想文化面貌有了很大的改观，文学艺术创作也出现了前所未有的繁荣局面，这是全世界有目共睹的，但离真正的百家争鸣和百花齐放，也还有不小的距离。一个国家，一个民族，要在政治上求得发展，文化上求得繁荣，都不能只允许一种声音存在。一种声音是专制主义的统治基础，也是专制主义的统治结果，它不会给一个国家和民族带来真正的幸福和安宁。文化上的多元互补格局的出现，应该与政治上的法制化与民主化是同步的。中国将继续改革开放，中国将在法制与民主的轨道上继续前进，中国真正的百家争鸣和百花齐放的时代一定会到来，这是毫无疑义的。我们充满信心地期待着。

即将到来的21世纪的世界文化和中国文化，都将是一种多元互补的格局。这种格局的出现，有赖于全世界（无论东方和西方）每一个有人类使命感和社会责任感的文化人的共同努力。

（原载韩国淑明女子大学《二十一世纪与地域文化国际研讨会论文集》，1999年12月）

陆游的爱国诗歌

在讲陆游的爱国诗歌之前，我想先讲两点相关的意思。

第一，在中国古典诗歌的思想传统中，爱国主义是一个重要内容。文学作为一种语言艺术，我们可以在艺术欣赏中得到一种审美的愉悦；但同时，文学作品又是一种载体，它承载着一个民族在长时期历史发展过程中形成的思想、文化、道德情操等等方面的内容，从而构成一条绵延不绝的精神血脉，滋养着我们的民族，也滋养着我们每一个人。因此读文学作品，我们还能从中吸取精神营养，得到思想教育，了解我们自己民族的文化和思想传统。在中国古典诗歌所反映的思想传统中，爱国主义精神是一个非常重要的内容。最早从《诗经》开始就有歌颂人民群众爱国精神的作品，以后历代诗人屈原、杜甫、陆游、辛弃疾、文天祥、于谦、顾炎武、龚自珍、黄遵宪，直到现代诗人闻一多、郭沫若、艾青等等，都写作了不少爱国诗歌，当代的诗人如舒婷也有像《祖国啊，我亲爱的祖国》这样的作品，可以说从古至今形成了一个优秀的源远流长的传统。陆游是中国诗歌这个爱国主义思想传统中一个非常重要的诗人。

第二，国家和爱国主义都是一个历史范畴，随着时代的变化和演进，在不同历史时期有不完全相同的内涵。屈原所处的战国时代，那时的国家概念指的是诸侯国，他热爱的祖国是楚国（有人因为屈原与楚贵族是同宗，强调屈原爱国感情中的宗族因素，因此不称祖国而称宗国，这实际上是不必要的），而杜甫、陆游、辛弃疾、文天祥、顾炎武等人的爱国，是与不同时期的汉族政权联系在一起的，实际上反映的是一种民族矛盾的时代内容。他们反对当时统治、压迫或侵扰、掠夺汉民族和其他民族的少数民族政权，这些政权所代表的民族，今天都是我们中华民族大家庭中的成员。因此，不同时期所指的祖国和爱国主义，与我们今天所指的内涵是不完全相同的。但爱国主义和爱国感情，作为一种意识形态和道德情操，经过长时期历史的发展和积累，不仅一脉相承，而且已经成为我们各民族共同的精神财富。我们今天所讲的祖国，它的内涵是指多民族组成的民族大家庭；所讲的爱国主义，它的最主要的内容和精神是：热爱自己的祖国，建设自己的祖国，保卫自己的祖国，反对外来民族的侵扰、侵占、压迫和掠夺。生活在当今时代，作为一个中华人民共和国的公民，或者更广泛一点，作为一个龙的传人，中华民族的一分子，不论是属于哪个民族，生活在哪个地区，都应该在这个意义上来接受在中华民族历史上形成的爱国主义的思想遗产。

下面为了更好地理解陆游爱国诗歌的思想内容，先简单介绍一下陆游生活和创作的时代条件。

北宋末年，北方的女真族建立的贵族政权金逐渐强大，终于在靖康元年（1126）攻陷了北宋的京城汴梁（今河南开封）。第二年，徽、钦二宗被金人掳去，钦宗的弟弟康王赵构在南京（今河南商丘）即帝位，是为高宗。这就是宋朝历史上著名的“靖康之变”，标志着北宋的灭亡，南宋的建立。宋高宗对金贵族政权的入侵，采取妥协投降的政策，放弃中原，向南方逃跑，经过几年的逃难生活，终于在绍兴二年（1132）定都临安（今浙江杭州），维持半壁江山，过一种屈辱苟安的生活。

整个南宋时期，民族矛盾十分尖锐。北方广大沦陷区人民在女真贵族政权的统治下，生活于水深火热之中；而在金统治者不断南侵的威胁面前，南宋统治集团却一味屈膝投降，称臣纳贡，把从人民那里搜刮来的大量的金银绢帛奉献给侵略者。广大人民群众强烈反对金贵族统治者对汉族和其他兄弟民族的压迫，奋起反抗金兵的侵扰和掠夺，力图恢复中原，实现统一。当时人民自发组织的抗金义军活跃在全国各地，尤其是沦陷的北方地区。一些反对民族压迫的士大夫，在人民抗金斗争浪潮的推动下，也力主抗战和北伐，反对民族投降主义的路线。因此，民族压迫和反民族压迫、民族投降和反民族投降，就成为南宋时代生活的中心内容。在这一历史条件下，爱国主义成了这一时期进步文学的基调和中心主题。陆游是主战派中最坚决的人物之一，他的诗歌反映了当时社会的主要矛盾，反映了鲜明的时代特色，表现了激越高昂的爱国主义精神。

陆游（1125—1210），字务观，号放翁，越州山阴（今浙江绍兴）人。他出身在一个有文学教养的官僚家庭。他的祖父陆佃是王安石的学生，很受王安石的器重，会作诗，曾和王安石讨论诗作，有著作行世。《陶山集》中有诗200余首，以七言近体见长。他父亲陆宰官至直秘阁，是一位藏书家兼学者，著有《春秋后传补遗》。

这样的家庭，自然从小就使陆游受到很好的文化和文学的教育。他在诗中曾写到他自幼的学习生活："我生学语即耽书，万卷纵横眼欲枯。"（《解嘲》）又说："少小喜读书，终夜守短檠。"（《幽居记今昔事十首以诗书从宿好林园天俗情为韵》之十）他从小就很喜欢读诗，大概十一二岁时就开始写诗了。

陆游爱国思想的形成，除了历史传统的影响外（比如屈原和杜甫对他就有很大的影响），主要是由于他所处的时代条件、家庭的影响和所受到的教育。

陆游是在民族矛盾尖锐的动乱岁月中诞生的，他出生于1125年，第三年（1127年）北宋就灭亡了。他在诗里说："少小遇丧乱，妄意忧元元。"（《感兴》）"我生学步逢丧乱，家在中原厌奔窜。"（《三山杜门作歌》）民族压迫和侵扰造成的广大人民的苦难，他从小就有极为深切的体会。这就成为他爱国主义思想产生的生活基础。

家庭的影响也非常重要。他的父亲陆宰是一个具有爱国思想的知识分子，跟他来往的多是些主张抗战的忠君爱国之士。陆游在后来写的一篇文章中回忆当时的情景：

绍兴初，某甫成童，亲见当时士大夫，相与言及国事，或裂眦嚼齿，或流涕痛哭，人人自期以杀身翊戴（辅助拥戴）王室，虽丑裔方张，视之蔑如也。（《跋傅给事帖》）

陆游20岁时，主战派的重要人物李光被罢归乡，常到陆游家与其父"剧谈终日"。提到秦桧时"愤切慨慷形于色辞"，谈到被排斥罢官，陆游描写他"目如炬，声如钟，其英伟刚毅之气，使人兴起"①。

他青年时代曾从曾几学诗，曾几也是一位具有爱国思想的诗人，对他在思想上也产生了积极的影响。就是在这种生活实践和家庭环境的影响下，形成了陆游反对民族投降、坚持统一祖国的爱国主义思想，20岁时即立下了"上马击狂胡，下马草军书"（《观大散关图有感》）的雄心壮志。陆游诗中那种英伟刚烈之气，正是他从小形成的爱国主义思想的一种表现。

陆游的政治命运同当时主战主和的政治斗争是交织在一起的。陆游原想通过科

① 《渭南文集》卷二十七，《跋李庄简公家书》。

举考试的道路，登上政治舞台，去实现自己的政治抱负。但由于南宋统治阶级的腐败，信用权奸，执行一条投降主义路线，使他的这一理想未能实现。陆游虽经人推荐得到了宋孝宗的重视，赐他进士出身，并在中央做官，但他一贯的坚决的抗金主张和立场，使他遭到投降派的忌恨，因而他的仕途很不顺利，他从政前后 30 年，四次被罢免，大多以主张恢复中原而获罪，杀敌报国的雄心壮志一直不得实现。

陆游是中国古代文学史上少有的高龄作家，也是中国古代文学史上少有的多产作家。陆游的诗歌创作，据他自己提供的材料，可能有几万首之多，由于他自己的严格的删汰和丢失，今存诗作也有将近一万首。这在中国文学史上是非常少见的。

陆游的诗歌，反映了广阔的社会生活，内容丰富多彩，但是最突出的内容还是表现他抗金复国的爱国主义思想。这是陆游诗歌创作的一个中心主题，贯穿了他一生的整个创作过程。《新春》一诗有两句说："忧国孤臣泪，平胡壮士心。"这两句诗很好地概括了陆游爱国诗歌的主要内容。具体分析，他的爱国诗歌又可以分为如下几个不同的方面：

第一、表现他想做一名战士的理想，抒发他杀敌报国的雄心壮志。

陆游跟许多爱国诗人不同的是，他不只是抒发内心爱国忧时的思想感情，而且要求直接投身于火热的抗敌斗争，成为一个跃马操戈、报国立功的战士。陆游的人生观，他的人生的追求，就是做一个抗敌复国的战士。这个理想一生都没有改变。也就是说，陆游的爱国主义带有实践的特色，是要付诸行动的。请看他早年写的《夜读兵书》：

孤灯耿霜夕，穷山读兵书。平生万里心，执戈王前驱。战死士所有，耻复守妻孥。成功亦邂逅，逆料政自疏。陂泽号饥鸿，岁月欺贫儒。叹息镜中面，安得长肤腴。

这是陆游一首早期的诗歌，作于 32 岁时，表现了诗人刻苦钻研兵书，为恢复中原而不惜牺牲自己生命的决心和坚强意志；同时表现了他以厮守妻孥为耻的崇高的人生态度，也流露出岁华易逝、壮志难伸的内心苦闷。"平生万里心，执戈王前驱。战死士所有，耻复守妻孥。"诗中所表达的爱国感情和献身壮丽事业的人生观，是十分崇高感人的。这首诗写诗人杀敌报国的理想，是从正面，用直接的明朗的方式表现出来的；有时候这种志向受到压抑，在诗中这种理想的表现就显得深沉而隐曲，但同样强烈而执着。如那首著名的《剑门道中遇微雨》：

> 衣上征尘杂酒痕，远游无处不消魂。
> 此身合是诗人未？细雨骑驴入剑门。

这首诗很容易被当成一般写旅途感受的作品来读，但实际上是表现了诗人想做战士而不得的内心深沉的苦闷，是他爱国思想的一种既含蓄而又非常强烈的表现。为了能更好地理解这首诗深刻丰富的内容，这里介绍一下陆游是在什么样的背景下写作这首诗的。

宋孝宗即位以后有恢复中原的意思，开始起用主战派人物。陆游也得到孝宗召见，并被赐以进士出身，还称赞他“力学有闻，言论剀切”。他非常高兴，积极提出了一系列抗金复国的政治和军事主张，表现出高度的爱国热情和杰出的政治眼光及军事才能。后来宋孝宗起用张浚准备北伐，陆游积极支持。但这时陆游因为在朝中反对深得孝宗信任的曾觌和龙大渊“招权植党”，触怒了孝宗而被贬为镇江通判，不久又改为隆兴（今江西南昌）通判。后来由于宋朝军队的软弱无力，加上朝中主和派的干扰破坏，张浚北伐失败。于是主和派抬头，孝宗对金屈膝投降，签订耻辱的“隆兴和议”。张浚死后，陆游被投降派诬陷打击，以“交结台谏，鼓唱是非，力说张浚用兵”的罪名，于乾道二年（1166）42岁时罢官还乡。

“一从南昌免，五岁嗟不调。”（《将赴官夔府书怀》）他在家一住五年，生活十分穷困。在《通判夔州谢政府启》中这样写道：“儿女忽其满前，藜藿至于并日。”他多次向朝廷申请授官，希望能以禄代耕。在“贫不自支，食粥已逾数月”的情况下，终于给了他一个夔州（今重庆奉节县）通判的职务。乾道六年（1170）陆游46岁，入蜀任夔州通判。诗人入蜀对他的思想和创作都产生了很大的影响。他有诗云：“道路半年行不到，江山万里看无穷。”（《水亭有怀》）他写了六卷《入蜀记》，记述了沿途的见闻和感受。但夔州通判这样一个“实类闲官”的职务，是不能实现他杀敌报国的雄心壮志的。他曾写诗表示愿意参军杀敌：“残年走巴峡，辛苦为斗米。……但忧死无闻，功不挂青史。……士各奋所长，儒生未宜鄙！复毡草军书，不畏寒堕指！”（《投梁参政》）他以一介书生向往着火热的战斗生活。

乾道八年（1172），陆游48岁，驻陕西汉中的四川宣抚使王炎，请他做干办公事，襄赞军务，于是诗人从夔州至南郑（今陕西汉中一带）（正月起程，三月抵南郑）。

南郑地处宋金边境，陆游亲临前线，参加军队生活，精神十分振奋。他向王炎提出进取中原的积极建议："经略中原，必自长安始；取长安，必自陇右始。当积粟练兵，有衅则攻，无则守。"（《宋史·本传》）南郑的军中生活，是陆游一生中最为意气风发的时期，他身穿军衣，戍守边防，雪中出猎，提剑刺虎。军中火热的战斗生活，前线热情的爱国军民，使他的生活和感情都有很大的变化，大大地开拓了他诗歌的境界，使他唱出了更加激越高昂的调子。这以后，他写出了不少战斗性很强的、风格豪迈的诗歌。他后来曾写过不少诗歌来怀念这段难忘的生活，如："昔者戍南郑，秦山郁苍苍。铁衣卧枕戈，睡觉身满霜。"（《鹅湖夜坐书怀》）又："投笔书生古来有，从军乐事世间无。"（《独酌有怀南郑》）他还在《九月一日夜读诗稿有感走笔作歌》中总结自己的创作道路，称这段生活使他得到了诗家三昧："诗家三昧忽见前，屈贾在眼元历历。天机云锦用在我，剪裁妙处非刀尺。"

但陆游在南郑也并没有真正实现他抗金复国的理想，他的生活不过是习武打猎而已，并没有直接投身于抗金的战斗。即使是这样的生活也并不长，还不到一年，王炎就被调离川陕，陆游也随之改除成都安抚司参议官（十一月二日自南郑起程）。他怀着壮志难伸的悲愤心情离开南郑到成都赴任，他在一首诗中深沉地感叹道："渭水岐山不出兵，却携琴剑锦官城。"（《即事》）这两句诗可以说是非常真实地表现了陆游当时悲愤沉痛的心情，是理解《剑门道中遇微雨》这首绝句的关键。

就在乾道八年（1172）初冬的一个细雨蒙蒙的日子，诗人怀着抑郁愤懑的心情，由陕入蜀，在经过剑门的途中，写下了这首绝句。

诗很短，含意却十分丰富。"衣上征尘杂酒痕"，开头由细处着笔，写得具体、形象。我们似乎看见一位狂放潦倒的诗人，风尘仆仆地迎面走来，衣上染着旅途飞扬的尘土，苦闷时醉饮洒下的斑斑酒痕还隐约可见。这里从衣服写出诗人内心的苦闷和失意，抓住特点，手法是极精练的。"远游无处不消魂"，这句写途经剑门时的感受。剑门山在今四川剑阁县北，上有剑门关，形势险要，为川陕之间的要隘。面对着唐代大诗人李白曾歌咏过的峥嵘而崔嵬的剑门关，诗人放眼望去，高崖峭壁，奇峰峻岭，处处是壮美的风光，令人不禁心荡神驰。蜀中雄奇的山水，曾经哺育过像李白和杜甫那样为陆游所景仰的前辈诗人，要说写诗，到四川去该是最好不过的了。然而此时的陆游却是从火热的前线撤退下来，携带着琴剑，要到风景如画的锦官城去过一种闲散的生活了。因而，眼前的风光愈美，便愈是触动他心中的隐悲。"消魂"两个字，是喜悦？是惆怅？是愤懑？其中蕴含的复杂感情，很值得我们反复吟咏。“此身合是诗人未？细雨骑驴入剑门。”这两句诗一气吟出，在意思上是一个不可分割的整体。第三句自问是全诗的命意所在。第四句“细雨骑驴入剑门”该是写眼前景，却又包含着诗人丰富的联想和深沉的感慨。它像是前一句自问的自答，实际却是那感慨所由产生的依据。陆游一生志在沙场，连做梦也想着跃马横戈，恢复中原。他要做一个战士，而不甘心于仅仅做一个诗人。前代不少诗人如李白、杜甫、郑綮、李贺等，都有过骑驴赋诗的逸事，这时正在微雨中骑驴山行的陆游，便自然地由眼前情景联想到他们，并进而想到自己未来的生活，于是情不自禁地发出这样的感叹和自问：我这个人大概是注定了合该只能做一个诗人的吧？弦外之音就是：不能做一个报效祖国的战士是极大的遗恨。

陆游从年轻时一直到老年，都热切地盼望能做一个保卫祖国、恢复中原的战士，而不愿只是做一个单纯的诗人。这首即景抒情的小诗，通过写旅途中的感受，曲折地抒发了因受投降派的打击，渴望做战士而不能的苦闷心情，寄慨是很深的。近代诗人陈衍对这首诗评价极高，他说“剑南七绝，宋人中最占上峰。此首又其最上峰者，直摩唐贤之垒”。但他认为：“然此诗若自嘲，实自喜也。”却说得并不准确。细细揣摩，不难体会到，实际上是正好相反：“看似自喜，实则自嘲，寓沉痛悲愤于幽默机趣之中，写得婉曲含蓄，读来耐人寻味。”

这一类的诗句还有很多，如：

报国计安出？灭胡心未休。（《枕上》）

逆胡未灭心未平，孤剑床头铿有声。（《三月十七日夜醉中作》）

不仅中年时期如此，即使到了老年，仍然壮心不减：

老病虽惫甚，壮气颇有余！
长缨果可请，上马不踌躇！（《夜读兵书》）

壮心未与年俱老，死去犹能作鬼雄。（《书愤》）

丹心自笑依然在，白发将如老去何！

安得铁衣三万骑，为君王取旧山河！（《纵笔》其二）

82岁时，虽老病在家，仍然时时想着要投身战斗：

一闻战鼓意气生，犹能为国平燕赵。（《老马行》）

他始终以一个战士来要求自己，用战士的眼光来看待生和死：

诸人但欲口击贼，茫茫九原谁可作！
丈夫可为酒色死？战场横尸胜床第！（《前有樽酒行》其二）

男儿堕地志四方，裹尸马革固其常。（《陇头水》）

丈夫不虚生世间，本意灭虏收河山。（《楼上醉书》）

把人生的意义，人生的价值，人生的幸福，归结为做一个保卫祖国而牺牲的战士，这在700多年以前，一个封建时代的士大夫，能有这样的生死观、人生观，确实是十分难能可贵的。

第二、抒发他壮志难伸的满腔悲愤。

《书愤》就是最有代表性的一首：

早岁那知世事艰？中原北望气如山。楼船夜雪瓜洲渡，铁马秋风大散关。塞上长城空自许，镜中衰鬓已先斑。出师一表真名世，千载谁堪伯仲间？

这首诗作于淳熙十三年（1186）春天，诗人62岁。这时他已被罢官闲居山阴五年之久。诗中充满悲愤沉痛的感情。明代郎瑛在《七修类稿》中说："《晓叹》一篇，《书愤》一律，足见其情。"这"情"就是爱国之情，也是被压抑而壮志难伸的悲愤之情。这种悲愤之情，在他的爱国诗篇中比比皆是，又如：

醉中拂剑光射月，往往悲歌独流涕。（《楼上醉歌》）

胸中磊落藏五兵，欲试无路空峥嵘。（《题醉中所作草书卷后》）

丈夫五十功未立，提刀独立顾八荒。（《金错刀行》）

夜视太白收光芒，报国欲死无战场！（《陇头水》）

这些诗句都表达了他内心因报国无门而产生的无比悲愤的心情。

第三、通过追怀、凭吊古人，或歌颂当代的抗金英雄来寄托自己的爱国感情和恢复中原的雄心壮志。

如《屈平庙》：

委命仇雠事可知，章华荆棘国人悲。
恨公无寿如金石，不见秦婴系颈时！

这首诗是淳熙五年（1178），诗人54岁，东归途经归州（今湖北秭归）时游屈平祠（“在州东南五里归乡沱”）为怀念屈原而作。“委命仇雠”一句指屈原生活时代的楚怀王和楚襄王，他们不听屈原联齐抗秦的劝告，将意欲消灭自己的秦国当成自己的朋友，结果当然是可想而知的。这是引古喻今，说的是楚国的事，影射的却是陆游生活的南宋。“章华”句，章华是楚灵王所修建的一座台，秦灭楚后就长满荆棘，一片荒芜了，而亡国给广大人民带来了沉重的苦难和悲痛。后两句说，秦国很快亡国，可惜屈原未能如金石般长寿，没有能亲眼看到秦国在刘邦攻入咸阳时秦王子婴素车白马，系颈以组（丝制的绳索）败亡的景象。诗中总结了楚被秦所灭的历史经验，指出向敌人妥协投降是一条亡国之路，只能使人民陷于悲痛之中。屈原的路线不被人理解和采用，含愤而死，未能看见秦国败亡，这是屈原和陆游都引以为恨的。诗中充满了现实感，完全是针对现实而发，借凭吊屈原而抒发自己内心的悲愤之情。

其他如《楚城》：

江上荒城猿鸟悲，隔江便是屈原祠。

一千五百年间事，只有滩声似旧时。

楚城就是楚王城，在归州境内长江南岸。也是诗人经过屈原祠，感怀屈原而作。所抒发的感情也与上一首诗相似。为什么城称“荒城”，而写猿鸟也悲鸣呢？就是因为楚国亡是悲剧，屈原不被理解而遭受放逐也是悲剧。他从这千古悲剧中，看到的是南宋的悲剧和自己的悲剧。

他对诸葛亮也十分敬仰，时时怀念。《书愤》中有：“出师一表真名世，千载谁堪伯仲间？”《病起抒怀》中有：“出师一表通今古，夜半挑灯更细看。”《游诸葛武侯书台》中有：“出师一表千载无，远比管乐盖有余。”诸葛亮出山前常以管仲、乐毅自比。管仲是春秋时期的著名贤相，他辅助齐桓公，使齐国得以称霸诸侯。乐毅是战国时期燕国的大将，乐毅帮助燕昭王打败齐国，为以前被齐战败复仇。在陆游看来，诸葛亮要比管仲、乐毅高出许多。他三次提到诸葛亮的《出师表》，追怀敬佩之情溢于言表，从中可以看出诗人的爱国感情和雄心壮志。

另一个景仰的人物是伟大的诗人杜甫。他集中凭吊和追怀杜甫的诗很多，如《游锦屏山谒少陵祠堂》《草堂拜少陵遗像》《隆兴寺吊少陵先生寓居》《读杜诗》。《读杜诗》一首尤其值得注意：

城南杜五少不羁，意轻造物呼作儿。
一门酣法到孙子，熟视严武名挺之。
看渠胸次隘宇宙，惜哉千万不一施！
空回英概入笔墨，生民清庙非唐诗。
向令天开太宗业，马周遇合非公谁？
后世但作诗人看，使我抚几空嗟咨！

这首诗是庆元元年（1195）诗人 71 岁时所写。时诗人闲居在家乡山阴。首句的“杜五”是指杜甫的祖父杜审言，居住在长安东南的杜陵，所以说是“城南杜五”。第二句包含了一个关于杜审言的典故，说杜审言性格狂放，病重将死时，诗人宋之问等去看望他，他说：“甚为造化小儿相苦，尚何言！”把造物的大自然称作小儿。第三句又包含了一个典故，说是南北朝时宋衡阳王刘义季非常喜欢喝酒，常常整夜喝酒不绝，长醉少醒。宋文帝批评他说：这样喝酒不但妨碍你的事业，也有损于你的性命。“一门（我家）无此酣法，汝于何得之！”这里是说杜甫从他祖父那里继承了狂放不羁的性格。第四句就具体地写杜甫狂放不羁的性格。严武镇成都时，曾推荐杜甫任节度参谋、检校尚书工部员外郎，同杜甫的关系很好。有一次杜甫喝醉酒以后，登上严武的床，指着严武说：“严挺之乃有此儿！”严挺之是严武父亲的名字。古人直呼别人父亲的名字是很不礼貌的。这件事可见杜甫那种不拘礼法、狂放不羁的性格。五、六句是说杜甫是一个伟大的政治家，他的胸襟气度非常广阔，相比之下，宇宙也显得狭小了。但是令人叹息的是，他的政治才能得不到重视，连千万分之一都不能得到施展。在这种不得志的情况下，只好将他的政治抱负、他的英雄气概都写到他的诗篇中去了。因此他认为杜甫的诗继承了《诗经》的优良传统（《生民》和《清庙》分别是《诗经》中《大雅》和《周颂》中的篇名，以泛指《诗经》），不能当作一般的唐诗来读。七、八两句用了一个唐太宗时的典故。唐太宗时一个中郎将叫常何，他的一个朋友叫马周，到长安去就住在他的家里。正好唐太宗下诏要群臣言朝政得失，常何是一个武将，不懂得经学，提不出什么意见来，马周就替他草拟了二十多条，太宗听后非常欣赏，但不太相信常何能够想得出来，就问常，常老老实实回答说“此非臣所能，家客马周具草也”。太宗即日召见，后来马周官至中书令（掌朝中机要，一般由皇帝的亲信担任，相当于宰相）。两句意思是说，如果杜甫当时的帝王能够有唐太宗那样的事业，那他一定会像马周一样得到皇帝的赏识和任用。但是最后两句意思一转，发出深长的感叹：后世的人不了解杜甫的政治才干和伟大理想，只单纯把他看作一个诗人，真是令人感到遗憾啊！这里，写的是历史上的杜甫，吐露的完全是自己的心声。他深切地希望后世的人，能将他看作一个为恢复祖国统一而战斗的战士，而不愿意只把他看作一个诗人。

其他如《秋风亭拜寇莱公遗像》是歌颂和悼念当代人物寇准的。《感事》其二，则热烈地歌颂南宋的抗金名将韩世忠和岳飞：“堂堂韩岳两骁将，驾驭可使复中原。”《夜读范至能〈揽辔录〉言中原父老见使者多挥涕感其事作绝句》云：“公卿有党排宗泽，帷幄无人用岳飞。遗老不应知此恨，亦逢汉节解沾衣。”也是借歌颂悼惜当代名将来表达自己的爱国情怀和悲愤感情的。

第四、对卖国求和、苟安享乐的投降派进行愤怒的谴责和揭露。

最著名的如《关山月》：

和戎诏下十五年，将军不战空临边。朱门沉沉按歌舞，厩马肥死弓断弦。

戍楼刁斗催落月，三十从军今白发。笛里谁知壮士心，沙头空照征人骨。
中原干戈古亦闻，岂有逆胡传子孙？遗民忍死望恢复，几处今宵垂泪痕！

这首诗写于淳熙四年（1177）的春天。当时诗人在成都。从南郑前线撤到成都，本来心中就十分苦闷，加上在写这首诗的前一年，当时在嘉州（今四川乐山市）任知州的诗人又被指斥“燕饮颓放”而被免官，改为主管台州桐柏山的崇道观。在这样残酷的打击面前，诗人并没有消极颓放，沉溺于个人的不幸之中，而是更深切地关心国家，关心人民，怀着更强烈的爱和恨，发出更加高昂的爱国主义歌唱。这首《关山月》就集中地反映了诗人的这种崇高的思想感情。

《关山月》是乐府旧题，属于西域军乐中的横吹曲，一般用来表现边塞战士的怀人思乡之情，声调悲凉哀怨。陆游却运用来抒发爱国愤世的思想感情，内容丰富充实，情调悲壮激越，在艺术上表现了很大的创造性。

全诗十二句，从内容上可分为三段。前四句为第一段，从大的方面写统治阶级屈膝投降政策所带来的严重后果。以对比的手法，对只知享乐、屈辱苟安的统治阶级提出愤怒的谴责。“和戎诏下十五年，将军不战空临边。朱门沉沉按歌舞，厩马肥死弓断弦。”因张浚北伐失败，宋孝宗于隆兴二年（1164）下诏与金议和，签订了屈辱投降的“隆兴和议”，到此诗写作时是十四年，取成数是十五年。“和戎诏”三个字从思想上统摄全篇，点出一切问题和后果都由此产生出来。全诗一开头就鲜明地把揭露和谴责的矛头指向最高统治者，由此可见陆游当时反对妥协投降路线的锐气和无所畏惧的精神。戍守边疆的将军本来是应该进行战斗的，如今却没有机会进行战斗，一个“空”字包含着无限的感慨和愤怒。醉生梦死的投降派们在高楼深院里歌舞享乐，而战马却因不战而肥死，弓箭因不用而朽坏。这种景象对一个一心想为国戍边和恢复中原的战士来说，是多么的沉痛。

中间四句为第二段。“戍楼刁斗催落月，三十从军今白发。笛里谁知壮士心，沙头空照征人骨。”边防线上，戍楼里传出刁斗的悲凉之声，一次又一次催促着月亮西沉，战士们由壮年入伍，如今已是白发苍颜，然而既不能为国建立战功，又不能回乡与亲人团聚。这样的苦闷和悲愤，无处可以诉说，只有从悲凉的笛声里传达出来，可是又有谁能真正理解呢？为国捐躯的战士们的白骨，在清冷的月光下依然横陈在沙场上。“谁知”跟“空照”相呼应，把壮士们悲愤难言的心情表现得十分强烈，同时与前一段相关联，又包含了对投降派的愤怒谴责。

最后四句为第三段。“中原干戈古亦闻，岂有逆胡传子孙？遗民忍死望恢复，几处今宵垂泪痕！”诗人在这里将视野扩大到沦陷区的中原大地，写出了苦难中人民悲痛的感情和盼望恢复的殷切期待；同时又从历史发展的角度表达了对收复失地的坚强信念和对入侵者的强烈仇恨。作者一方面表现了不能容忍异族统治者侵占祖国大地的坚定信心，同时又沉痛地提出一个问题：沦陷区的人民正含泪等待恢复，可是这样的愿望何时才能实现呢？诗人没有作出回答，但与第一段遥相呼应，作者强烈的爱和恨，他的批判的锋芒所指都是十分鲜明的。

这首诗的内容非常丰富，表现了诗人杀敌报国的雄心壮志，对遭受外族入侵者蹂躏的苦难人民的深切同情，对外族入侵者的强烈憎恨，对屈膝投降的统治阶级的愤怒谴责。可以说，概括了陆游爱国诗歌思想内容的所有重要方面。内容丰富深厚，而艺术表现则凝练集中，将多方面的内容融聚在一起，浑化为一个严整而又富于变化的整体。声情苍凉激越，风格沉郁悲壮，无论从思想和艺术上看，都堪称陆游爱国诗篇的代表作。

其他谴责投降派的诗歌尚多，如：“诸公尚守和亲策，战士虚捐少壮年！”（《感愤》）“战马死槽枥，公卿守和约。穷边指淮淝，异域视京雒。于乎此何心，有酒吾忍酌？”（《醉歌》）他还明确地指出，坚持投降路线的不止一两个人，而是有一个投降派：“诸公可叹善谋身，误国当时岂一秦！”（《追感往事》其五）他竟怒斥投降派为“无血”的动物：“看渠皮底元无血，那识虞卿鲁仲连！”（《叹俗》）

以上我们讲了陆游爱国诗歌四个方面的内容，大家可以看出，这四个方面是互相联系，不可分割的。往往在一首诗里同时包括了几个方面。我们只是为了分析的方便，从主要倾向或主要方面来大致划分而已。

从以上讲到的陆游爱国诗歌几方面的内容，我们可以看出，陆游的爱国诗歌在思想上具有几个鲜明的特色。前面已经提到的有：

第一，他的爱国思想具有很强的实践性，也就是说，他的爱国不是只停留在口头上，也不只是停留在思想感情上，而是始终非常迫切地希望自己成为一个战士，而不只是一个诗人；而且也不希望后世把他仅仅看作一个诗人，不了解或者忘记了他首先是一个战士。也就是说，他不仅是一个用诗歌的形式对爱国的思想感情的抒发者，而且是一个决心用自己的生命保卫祖国、恢复祖国统一的实践者。这一点在陆游的身上是非常突出的，也是非常宝贵的。

第二，他初步地突破了忠君思想的束缚。在封建时代，爱国总是同忠君思想结合在一起的，因此陆游的诗中也不免有“千年史策耻无名，一片丹心报天子”（《金错刀行》）这样的诗句。但陆游对祖国的强烈的爱，对统一祖国的执着的追求，对投降派的强烈仇恨，已经使他有时突破了忠君思想的束缚，竟然将揭露批判的矛头指向了皇帝（如前面所讲的《关山月》）。这是需要很大的勇气的，在封建时代是一个非常了不起的突破。

第三，与此相关联，他的爱国思想同热爱和关心人民的思想感情是相融合的。他在《夜读范至能〈揽辔录〉言中原父老见使者多挥涕感其事作绝句》中云：“公卿有党排宗泽，帷幄无人用岳飞。遗老不应知此恨，亦逢汉节解沾衣。”在对投降派的痛恨中，融进了对沦陷区人民的深切同情。前面分析过的《关山月》中，有这样的句子：“遗民忍死望恢复，几处今宵垂泪痕！”

他除了在爱国诗篇中表现出对人民生活和命运的深切关怀外，在平常生活中也表现出与人民同悲喜、共哀乐的思想感情。我这里特别要推荐一首他写农村生活的诗《秋旱方甚七月二十八夜忽雨喜而有作》：“嘉谷如焚稗草青，沉忧耿耿欲忘生。钧天九奏箫韶乐，未抵虚簷泻雨声。”这首诗作于淳熙七年（1180），时在抚州做官。“耿耿”是夜不能寐的样子。“箫韶”是传说中虞舜时的音乐，这里指最美好的音乐，《尚书·益稷》里说：“箫韶九成，凤凰来仪。”“九成”即“九奏”的意思。

第四，他对恢复中原始终怀着坚定的信念。他虽然在抗敌复国的道路上遇到重重障碍，受到当权的投降派的排挤打击，但由于他不是将希望全部寄托在统治者的身上，而是很看重人民的思想、人民的力量，因而对祖国的统一大业始终抱着坚定的信念，从不动摇，也从不失望。如《关山月》：“中原干戈古亦闻，岂有逆胡传子孙？”《金错刀行》：“呜呼！楚虽三户能亡秦，岂有堂堂中国空无人！”在愤激中也透出战胜敌人的坚强信心。

第五，是他“寤寐不忘中原”（林景熙《王修竹诗集序》引）。这就是说他对祖国的爱，他的抗敌复国的决心，是热烈的、深沉的、执着的、坚定的，贯穿一生，矢志不移。这一点非常突出，我们下面再举一些例子来说明。

他一腔报国之志时刻存于胸中，客观环境中的某些景象或声音，一经触发，诗人便产生联想，或抒发爱国情怀，或幻化出浴血战斗的雄壮场面来。例如他曾写过：“忽闻雨掠蓬窗过，犹作当时铁马看。”（《秋雨渐凉有怀兴元》其三）就是把风雨之声当作金戈铁马的杀伐之音的。在他的诗中，无论是饮酒看花，夜里失眠，枕上闻雨，冬夜闻雁，提笔作书等等，本来写的都只是日常生活的内容，但都会触动他“寤寐不忘中原”的爱国之心，写出悲壮的杀敌复国的主题。例如，天上大雪纷飞，一片银白，他便联想到出征战士所穿的白色衣甲，写出威武雄壮的军队阵容：“壮哉组练从天来，人间有此堂堂阵。”夜里听到风吹窗户的声音，在他听来也如披着铁甲的战马在奔驰：“夜听簌簌窗纸鸣，恰似铁马相磨声。”因而激荡起为国战斗的激情：“起倾斗酒歌《出塞》，弹压胸中十万兵。”（以上均见《弋阳道中遇大雪》）夜里听着雨声，久不成眠，看着昏灯，听着虫鸣，一片愁绪涌上心头，想着有什么好方法能实现灭胡报国的心愿：“虫声憎好梦，灯影伴孤愁。报国计安出？灭胡心未休。”（《枕上》）他住在南方，冬夜听见北来的飞雁鸣叫，便又唤起他对当年军中生活的回忆，不禁发出北方尚未恢复的叹息：“夜闻雁声起太息，来时应过桑乾碛。”（《冬夜闻雁有感》）陆游在诗中表现出的爱国感情，是那样的热烈、执着，到死都是不能放下的。他在《感兴》其一中曾写道：“常恐先狗马，不见清中原！”（《史记》《公孙弘传》：“恐先狗马填沟壑”）但即使生前没有亲眼看到祖国的统一，死后也要为杀敌复国献出自己的力量：“壮心埋不朽，千载犹可作！”（《醉歌》）

著名的还有《秋夜将晓出篱门迎凉有感》其一：

三万里河东入海，五千仞岳上摩天。
遗民泪尽胡尘里，南望王师又一年！

这首诗写于绍熙三年（1192），当时诗人已 68 岁，退休后闲居于家乡山阴。秋夜迎凉这样的小题目，诗人却写出了深刻的主题和伟大的胸怀。在一个秋天的晚上，诗人想到祖国的半壁河山沦于敌手，广大人民生活于水深火热之中，而统治者却年复一年依旧坚持可耻的妥协投降政策，便不禁悲愤填膺，思绪万千，竟至夜不成寐，步出篱门，写下了这首诗。“三万里河东入海，五千仞岳上摩天。”开头两句气势磅礴，借对祖国河山壮伟形象的摹写和歌颂，表达出对祖国的强烈的爱，并寄托了对国土沦陷而产生的痛惜之情。这里的“河”指黄河，“岳”指五岳，即东岳泰山、西岳华山、中岳嵩山、南岳衡山、北岳恒山。黄河和五岳是中华民族的象征，这里借以概括出伟大祖国的形象：三万里长的黄河，浩浩荡荡，奔流入海；五千仞高的五岳，巍峨峭拔，直入云霄。从这无比雄伟高大的形象里，传达出一种凛然不可侵犯的威严与气势。其中蕴含的感情，与《关山月》中“中原干戈古亦闻，岂有逆胡传子孙？”是一脉相通的，包含了对外族入侵者的藐视和仇恨。但同时其中也暗含了对国土沦丧的深沉悲痛，因为当时黄河流域已经失陷，而五岳中除南岳衡山外，其余四岳也都沦入敌手。因而接下来就直接抒发内心的悲痛："遗民泪尽胡尘里，南望王师又一年！"这两句看似转折而实相承，感情由昂扬变为沉痛。沦陷区的人民在敌人的蹂躏下，经受了无数的苦难，日夜盼望着南宋的军队去解救他们，但是眼泪流尽，眼睛望穿却仍不见来。"又一年"三个字，说明时间过了很久，年复一年，暗含了没有尽头之意，生动地表现出沦陷区人民的失望情绪，其间也就传达了诗人对投降派的谴责与批判。这是一首绝句，全诗只有四句，诗人将他的满腔爱国激情，经过高度提炼，凝聚在一首小诗之中。跟古体《关山月》一样，写得悲壮豪迈，深沉有力，表明诗人经过长期的探索、实践，在诗艺上已达到了很高的造诣。

又《十一月四日风雨大作》其二：

僵卧孤村不自哀，尚思为国戍轮台。
夜阑卧听风吹雨，铁马冰河入梦来。

这首诗写于跟上一首诗同一年的冬天，仍在家乡山阴闲居。"僵卧孤村不自哀，尚思为国戍轮台。"开头两句是明志，却先从当时所处的境况写起。陆游以垂暮之年，闲居乡里，在一个寒冬的风雨之夜，独卧孤村，在一般人是会感到十分孤寂凄哀的。但一生忧国忧民的老诗人，此时却不以个人的悲苦为念，也不顾自己已近70岁的高龄，年迈力衰，仍然热切地渴望着去为祖国戍守边疆。由于写出了"僵卧孤村"的处境，下句又用了一个"尚"字作转折，写出身处哀境而不自哀，一心只想着报效祖国，诗人的雄心壮志和爱国感情，就更具有感人的力量。把曹操《步出夏门行·龟虽寿》中的四句诗："老骥伏枥，志在千里；烈士暮年，壮心不已。"移用来评论爱国诗人陆游，是最恰当不过的了。"夜阑卧听风吹雨，铁马冰河入梦来。"这两句写梦中北征的情景，完全是想象之词。陆游在现实中没有机会实现杀敌报国的理想，就常常托之于梦，写在梦中戎装出征，驰骋沙场。在这两句里，寒夜里的急风骤雨，不但没有引起这位孤苦老人的悲哀和恐惧，反而触发了他爱国忧民、渴求战斗的豪情壮志，竟幻化成奔腾的战马踏着北国的冰河、追击敌人的雄壮的战斗之音。但"卧听"二字又传达出报国无门的悲哀和难言的愤慨。陆游年老而志不衰，一心献身祖国的精神是感人至深的。这首诗写得豪迈沉郁，悲壮感人。另一首记梦的诗，写他恢复中原的梦想已经实现，充满胜利的喜悦，题目是《五月十一日夜且半，梦从大驾亲征，尽复汉唐故地，见城邑人物繁丽，云：西凉府也。甚喜，马上作长句，未终篇而觉，乃足成之》，诗中有这样的句子：

熊罴百万从銮驾，故地不劳传檄下。筑城绝塞进新图，排仗行宫宣大赦。冈峦极目汉山川，文书初用淳熙年。驾前六军错锦绣，秋风鼓角声满天。……

据有人统计，陆游的记梦之作竟多达100多首，而内容多是写梦中出征收复中原的。这真是时代的悲剧。

而最感人的是他的绝笔诗《示儿》。在他离开人世之前，他想到的仍然是祖国的统一：

死去元知万事空，但悲不见九州同。
王师北定中原日，家祭无忘告乃翁。

这首诗写于宋宁宗嘉定二年（1209）十二月二十九日（实际已是1210年的1月26日）诗人辞世之前。这首诗不只是写给他的儿子的，也是写给世世代代的炎黄子孙的。一首小诗，在我们的面前展现出一颗伟大的灵魂。诗人活了86岁高龄，快要离开人世了，他心里想的是什么呢？他要嘱咐儿子几句话，他说："死去元知万事空，但悲不见九州同。"人死了，原是一种彻底的解脱，什么事也不知道了，什么事也跟自己不相干了，因而并没有什么值得悲哀和遗憾的。但是唯独没有亲眼看见祖国的统一，是诗人最大的悲哀和遗憾，是死后在九泉之下也放不下的。陆游是临终前对自己的儿子说话，而不是对皇帝或官府说话，是不会公之于众的，他倾吐的是内心最真实的思想感情，没有半点粉饰和虚假。一般人的遗嘱不外是儿孙的立身处世或遗产问题，而陆游念念不忘的却是恢复中原、实现祖国的统一。他的思想是多么崇高，他热爱祖国的感情是多么炽热、深挚和执着啊！这一终生遗憾怎样弥补呢？他接下去嘱咐儿子："王师北定中原日，家祭无忘告乃翁！"诗人不仅不能忘怀于祖国的统一，而且相信祖国总有一天一定会实现统一，表现了诗人对抗金复国事业必胜的坚定信念。爱国诗人陆游，在高昂的爱国主义音调中结束了他一生的歌唱。《示儿》一诗，是陆游一生爱国精神的一个诗的总结，光辉的总结。这首诗和诗人其他的爱国诗篇，700多年来曾引起无数爱国者的共鸣，激励过无数中华民族的优秀儿女为祖国献身。现代著名爱国诗人朱自清先生，曾对陆游的这首《示儿》诗作了崇高的评价，他说："这是他爱国热忱的理想化；这理想便是我们现在说的'国家至上'的信念的雏形。……过去的诗人里，也许只有他才配称为爱国诗人。"①我们今天学习陆游的诗歌，就要像他那样热爱自己的祖国，为祖国的繁荣富强和实现统一而献身。

陆游的爱国诗篇充满着战斗精神，他把自己看作一个战士，他的诗是战士的诗。他不希望后人仅仅把他看作一个诗人，也不希望把他的诗当作一般的诗歌来读。前面曾引述过，他在评论杜甫的诗歌时说："看渠胸次隘宇宙，惜哉千万不一施！空回英概入笔墨，生民清庙非唐诗。……后世但作诗人看，使我抚几空嗟咨！"（《读杜诗》）和杜甫一样，陆游也是壮志难酬才"空回英概入笔墨"的，想做战士而不能，这已经是诗人一生极大的遗憾了，所以我们今天也应该像他认识和评论杜甫一样，不能只是把他看作一个诗人，而应该首先将他看作一个爱国的战士，这样才符合他的愿望，也才符合他的实际。清人梁启超正是从这个意义上来认识和评价陆游的，他在《读陆放翁集》中写道："集中什九从军乐，亘古男儿一放翁。"又说："辜负胸中十万兵，百无聊赖以诗鸣。"这种评价是真正理解陆游，也是真正懂得陆游诗歌的思想和艺术价值的。

（2006年8月12日在国家图书馆"文津讲坛"的演讲稿，载《文津演讲录》之七，北京图书馆出版社，2008年1月版）

① 《爱国诗》。

书和读书人

主持人：各位老师、同学，晚上好！非常感谢大家来到由校团委和《北大讲座》编委会主办的“青春北大，燕园韶华”系列讲座现场。今天我们非常荣幸地请到了周先慎老师，为我们做以《书和读书人——漫谈读书》为题的讲座。

周老师自1959年进入北大中文系任教，到2001年退休，传道授业40余载。他长期从事宋元明清文学史的教学和研究工作，并著有《古典小说鉴赏》《古诗文的艺术世界》《古典小说的思想与艺术》等多部论著。今天周老师特地应邀前来与北大学子漫谈，谈他的读书经验、心得和人生感悟。下面我们以热烈的掌声，欢迎周老师演讲。

周先慎：同学们好！非常高兴有机会来给同学们做这样一个关于读书的讲座。我今年77岁，年近八旬了。我已经很久没有给同学们上过课了，但是这一次，团委的讲座中心请我来给同学们做这个有关读书的报告，我马上就欣然答应，因为我喜欢跟年轻的同学们接触、交流。你们充满了青春的活力，你们青春的气息会感染我，让我也变得年轻起来。所以做这样一次讲座，对我来说是一件很愉快的事情。

我的讲座的题目是《书和读书人》。我跟主持讲座的同学讲了，我采取漫谈的形式来讲。所谓“漫谈”，就是随便聊聊。随便聊聊有一定的随意性，那么就有两种可能：第一是可能讲得琐碎，随兴而发，甚至可能东拉西扯；第二是可能讲得亲切，结合具体的例子，讲出我自己读书里边的一些切身体验和我的人生感悟，可能会对同学们有启发。我尽量避免前一种可能而体现后一种可能。

我准备分十个小题目来讲：

第一个是“书是什么”；

第二个是“何谓读书人”；

第三个是“考试与读书”；

第四个是“专业与博览”；

第五个是“泛读与精读”；

第六个是“记忆与理解”；

第七个是“眼勤与手勤”；

第八个是“藏书与读书”；

第九个是“读书、思考、写作”；

第十个是“提高语文修养”。

最后做一个简单的小结：“读书苦，读书乐”。

先讲第一个题目：“书是什么？”

这个问题听起来好像提得没有什么意思，提得太幼稚，提得很笨。谁还不知道书是什么呢？图书馆里边的，书店里边的，家里边的书架上摆的，供人阅读的不就是书吗？这个连三岁的孩子都知道。这个回答当然没有错。我们再去翻翻《新华字典》，字典上的解释是：书是“成本的著作”。这个解释同样也没有什么问题。但是我们如果再往深处想一想，联系到新的科学技术的发展，我们就会对这个解释产生怀疑。因为随着科学技术的发展，现在我们读的书已经远远不只是一本一本装订成册，摆在书架上的那一种了。我在退休以前，我们北大图书馆就有微缩胶卷阅览室，就已经看不出是一本一本的了。而现在的图书已经大量的数字化、网络化，我们通过电脑、网络、光盘、U盘等等手段或者载体，在网上、在电脑上，甚至在手机上都可以看书。所以说书是成本的著作，这样的解释在今天就不是太准确的了。那么，我们就会发现，所谓“成本的著作”这样的说法，只是着眼于书的物质形态。物质形态不能充分反映书的本质。承载书的介质变了，书的概念就会跟着改变。那么从本质上来看，从书的内涵来看，书是什么呢？我觉得可以这样来概括：书是人类知识和智慧的结晶；同时，书又是人类知识和智慧借以传承的工具。当然，我这个说法是就书的总体而言，因为书里边也是良莠不齐、鱼龙混杂的，有好书，也有坏书，但是正面的、好的总是多数，是占据主流的。

说起来，书这个东西真是非常奇妙，我们读书也是一件非常奇妙的事情。书上除了文字以外，什么都没有（除了少数的书里边有一些插图或者照片）。但是，在文字的背后，或者说在文字的里边，那可是什么都有。世间的万事、万物、万象，从宏观到微观，从具体到抽象，宇宙天体，山川风物，一直到近于玄虚的哲学思维和宗教意识，以及我们人内心里有的时候很难说清楚的那种复杂的思想感情，包括喜怒哀乐等等，这些我们都能够在书里边看到，认识到，感受到。我们也许都曾经看见过，常常有人读书读得热泪盈眶。我是教中国古代文学的，我知道中国古代的一些文学作品，具有很强的艺术感染力，甚至有人读了以后，愿意为书里边的人物去死，去赴汤蹈火。想想看，书的力量有多大！

对在座的各位来说，从小学念到大学，甚至更高，念到硕士、博士，对书、对读书的种种感受应该是非常深切的。这种体验，每个人都有的这种体验，说明了什么呢？或者说证明了什么呢？我觉得我们每一个人的读书的体验，都说明了，都证明了，对我们每一个人来说，书就是一座宝库，知识的宝库，思想的宝库。我们读书就是要从这个宝库里边去获取知识，吸取精神的养料，加深和丰富我们的学养，提高我们的思想水平和精神境界。一句话，就是从书里边去培养、提高我们的品德和能力。

我在这里特别讲到“品德和能力”，不只是能力，而是包括品德，是两个方面。当然，我们读书培养提高我们的品德和能力以后，可以改善我们自己的社会地位，改善我们家里边的社会地位、经济状况、生活状况，这些都没有问题，都是应该的、可以理解的。但是，我讲的从读书得到培养和提高的“品德和能力”，关系到的不仅仅是我们个人的地位和家庭的生活状况。品德的问题，我下面还要讲到，这里先说两句。我们读了书以后，至少在品德上，应该是干干净净、清清白白、堂堂正正地做人，最起码应该是这样。更进一步讲，我们读书获取了很高的品德和能力以后，应该能够为社会，为养育我们的人民，为祖国的繁荣和富强贡献我们的力量。所以我讲的是两方面，一方面是品德，一方面是能力。哪方面都不能少。

对于我们每个人来说，书就有这么重要，就是这么富于魅力；而对于整个社会和历史的发展来说，书的意义那就更加重大了。我们现在看到的书，是某一个人写的，或者是几个人，或某一个小集体写出来的；但是这个作者，或者是这一个小集体的作者，如果他们不读别人的书，不吸取前人的或者当代人的智慧和研究成果，我可以断言，他们是写不出这本书来的。我自己有体会，我也写过书，我的书也是参考别人的著作，吸取别人的研究成果，经过思考、融会、丰富、提高，这才写出来的。因此，在这个意义上，应该说每一本书都是人类的集体创作，都是全人类的共同财富。

今天我们的科学、技术发展到了一个非常先进的水平，有些地方先进到不可思议。在几十年以前，连想都不敢想的事情，现在都一一实现了。比如说 20 世纪 80

年代初期，有人就告诉我，以后你在北京讲课，在云南省、贵州省，千里之外，他们就同时都可以看，可以听。我当时听了觉得很新奇，“这怎么可能呢？”现在这算什么？现在网上通过视频，又有可视电话，两个人远隔千里，打电话也可以当着面，我看见你，你看见我，既通了话又见了面。又比如说这次联系讲座，李君然同学给我发 E-mail，我给她回 E-mail，然后具体的事情就打手机，一直到今天开讲之前都没有见过面，就把事情全办妥了。如果是过去，要联系一个讲座，我家住得很远，家里又没有电话，你们想想看是一个什么情况。所以科学技术的进步非常快，将来还要发展，而且越来越快。那么，这样一种发展，这样一种了不起的成果，是怎么来的呢？这都是靠人类的知识的积累和传承，靠集体智慧，一代接一代的不断的研究、开发，才有可能取得这样的成果。在这个过程中，书就产生了非常重要的作用。大家想想看，如果没有书，没有借助于书的人类知识和智慧的传承，我们今天能有这些科学技术的发展，是不可想象的。

我们知道了书是什么，书对于我们每一个人，对于我们整个人类社会的进步和文明的发展，有多么重要，我们就会有一个比较明确和自觉的认识，就是：我们一定要好好地读书。

但是，在这里我还要补充一句。书虽然非常重要，但是书并不是我们获取知识的唯一的途径，只能说书是我们获取知识的非常重要的途径之一。为什么呢？因为书提供给我们的主要是间接经验，而不是直接经验，我们要把间接经验转化为直接经验还要靠什么呢？靠实践。我举一个简单的例子。可能大家都会有这样的体会，说我没有到过北京，但我看过很多有关北京的书，这些书上还有插图、照片，颐和园、长城、天安门等等都介绍了。但是这个时候，你心目当中的天安门、颐和园和整个北京城的面貌，对于你来说，也还只是一种想象。你要真正获得关于北京的直接的知识，比较可靠的知识，你还必须亲自到北京来看看。亲自来北京看过以后，你就会发现，同你从书上看来的，同你想象中的，并不完全一样。还有，譬如说学摄影，你去买一个照相机，比较复杂一点的单反相机，他会给你一本说明书，你看了说明书就会明白怎么使用，这个没有问题。但是你要真正学会摄影，你还必须在实践当中来不断摸索、总结，你才会真正知道怎么用，真正掌握摄影的技艺。这是生活当中最简单的例子。在我们学习的学科里边，离开了实践，我们也不可能把书上讲的间接经验变成直接经验。而且实践之于我们的重要性，还不只是印证书本知识，我们自己在实践当中也可以总结新的经验、新的知识。所以我们一定要把读书和实践结合起来，不要只是重视读书，而轻视实践。这是我讲的第一个问题。

第二个问题：“何谓读书人？”

就是什么样的人才叫读书人？这个问题听起来跟第一个问题一样，好像没什么意思，好像人人都懂。读书的人不就是读书人吗？但这样说是不对的，至少是不完全准确的。读书的人不一定就是读书人。我们现在通常把知识丰富和文化水平比较高的人称为知识分子。在中国古代没有知识分子这个说法，我估计这个词可能是外来的。古代称我们现在的知识分子这种人叫什么呢？书面上称为士人，口头上就叫读书人。但是古人并不把凡是读书的人都看成是读书人，他们对读书人应该具备什么样的品格是有要求的。有一句古话叫“知书达礼”，知书达礼就概括了古人对读书人应该具备的两方面的品格要求。“知书”就是有知识，就是读过书，读了很多的书；“达礼”就是有教养、有道德、讲文明。当然，知书达礼的这个“礼”是礼仪的意思，这个“礼”应该是个历史的概念，是有时代内容的，每一个时代，它所讲的“礼”不完全相同。古人讲的知书达礼的这个“礼”，主要是指以儒家为代表的中国传统的一套文化、思想、伦理、道德这些东西，这个当然跟我们今天讲的这种教养、道德、文明不完全一样。不过总的来讲，不管是古代还是现代，所谓礼仪，也就是说这个教养、道德、文明，都是指在思想和精神方面，要达到的一种符合时代要求的境界。读书人要“达礼”，就是他的教养、道德、文明，要在思想和精神上提升到一种比较高的境界。这种境界和读书的多少有关系，但又并不完全是一回事。我们看见历史上不少这样的人，这种人读书很多，知识很丰富，但是没有这种思想和精神的境界，甚至表现出种种的恶德和恶行。所以严格讲，这种人虽然读了很多书，是不能称为读书人的，是不够真正的知识分子的资格的。

在我们今天，思想和精神方面的标准，既有继承我们传统文化的一面，就是有历史的继承性，同时也有我们今天新的时代内容，时代特色。所以这个“礼”是一个历史的概念，属于历史的范畴，它是有发展的。在现代社会，在今天的中国，我自己个人认为，真正的读书人，也就是我们今天所谓的知识分子，最重要的品格，除了知识丰富以外，最主要的就是要有良知，有社会责任感。这个良知和社会责任感，说得具体一点，就是他们的思想和行为，随时体现的应该是最大多数人的利益，是社会的进步，是人类科学文明的发展。他们的思想和行为，体现的应该是这些方面，而不只是个人的或者是小集团的利益。当然，我不是说个人的利益不可以考虑，小集团的利益不可以考虑，但是更重要的，他们首先考虑的，应该是我前面提到的那些方面。这是第一。

第二，我讲的这种良知和社会责任感不是虚的，不只是一种态度，一种感情，更重要的还要有付诸行动的勇气和敢于担当的精神。光是有这个责任感，没有勇气去变成行动，这也不行。这样的读书人，这样的知识分子，我们现在称他们为“社会的精英”，这种人古代叫作“仁人志士”，就是我们大家都读过的范仲淹的《岳阳楼记》里边所讲的“先天下之忧而忧，后天下之乐而乐”的那种人。我们的历史和社会的发展，就是靠这样的读书人和最广大的劳动人民相结合来推动的。大家注意，我在这里特别提到，要和最广大的劳动人民相结合，读书人、精英、仁人志士才能够真正地发挥出他推动社会历史前进的这样一种积极作用。我特别强调了要和最广大的劳动人民相结合，这个不是空话，不是随便说的，这是被历史的实践所证明的真理。所以我对今天的读书人应该具备的品德，除了“知书”和“达礼”这两个方面之外，我还要补充一点，就是还有第三点要求，或者说是第三条标准。这个要求和标准，就是要懂得尊重下层的普通的劳动人民，并且要虚心地向他们学习。

我下面讲讲我的一些亲身的感受。在“文革”当中，曾经非常广泛地流行过一句话，可能在座的年轻朋友大部分都不知道，叫作“卑贱者最聪明”。这个话当然说得有点绝对，要是说成“卑贱者也很聪明”，就比较准确，比较合乎实际了。但是这句话值得我们重视，还在于它广泛流行的背景。这个背景是什么呢？就是同“文革”当中对知识分子的蔑视和打压，是联系在一起的。在“文革”当中有一个非常荒唐的观念，是什么呢？就是知识越多，思想越反动。这个大家现在很不可理解，怎么会知识越多思想越反动呢？当时就是这么讲的，大多数人也就这么相信，而且也就这么去指导自己的行动。因此，当时北大老一辈的专家，就是我的老师那一辈人，基本上，也就是大多数都被打成了反动学术权威，都被关进了牛棚。什么叫作牛棚呢？北大没有养牛，哪来的牛棚呢？当时《人民日报》发表过一篇社论叫作《横扫一切牛鬼蛇神》，反动学术权威就属于“牛鬼蛇神”之列，把这些人关在一起，所以这个地方就叫“牛棚”。著名的学者，我们原来的副校长季羡林先生，他就是当时的“牛鬼蛇神”之一，被关进了牛棚。他后来写了一本书叫《牛棚杂忆》，同学们可以去找来看看，了解一下当时的社会是怎么样对待知识分子的。这就是“卑贱者最聪明”这句话流行的背景。当时的知识分子叫“老九”，而且不是一般的

"老九"，还是"臭老九"。前两年我问过跟我同辈的从"文革"过来的人，我们当时都是臭"老九"，我就问他们，我说这个"老九"的名字是怎么来的，为什么叫"老九"？大部分的人都回答不上来。后来经过好多人询问、查对，最后搞清楚了，为什么叫"老九"呢？因为当时的阶级敌人"地、富、反、坏、右"叫"五类分子"，"地、富、反、坏、右"就是指地主、富农、反革命、坏分子、右派分子，加上"文革"当中揪出来的新的三类人，所谓的叛徒、特务、走资派（后来历史证明这些人绝大部分都没有什么问题，但是当时是当作敌人来对待的），这是八类了，八类之外知识分子垫底，所以叫"老九"。这是快50年以前的事情了。我们中文系一位老先生，现在也去世多年了，他在"文革"刚刚结束的时候，回想起"文革"时的情况，他用了一个成语叫"毛骨悚然"，但是当时为了这个成语，批判他批判了很久。现在我们经历过"文革"的人回想起来那时的情况，还会是毛骨悚然。但愿这样的历史不再重演。

今天的知识分子社会地位有了很大的改变，成了工人阶级的一部分，国家很重视，可以充分地发挥我们的作用。但是，我们要成为一个真正的读书人，我们一定不能瞧不起下层的劳动人民，就是所谓的"卑贱者"。这个"卑贱者"，是一个不好的、带有轻视意味的历史性的称呼。我们一定要尊重他们，尊重他们的劳动和创造，要向他们学习。他们当中有很多人确实是非常聪明的，如果社会对他们很公平，他们也能像我们一样有机会上大学，得到深造，那么他们也很可能会做出非常高的成就。

我常常看见一些下层的劳动者，一些工匠、艺人、师傅这样的下层的劳动人民，他们都有很高的技艺，叫作绝活。譬如有一次，我在山西开会，一个国际性的学术会议，有好多外国人。山西不是有那个刀削面吗？我们在那个宾馆里面看一个刀削面的师傅表演。他揉好一团面搁在头上，两只手用两把刀轮流地削这个面团，一米之外就是锅，削得非常薄、非常匀，而且很准确地掉到锅里去，把当时在那儿参观的外国人，一个一个看得目瞪口呆。真是绝活。还有，譬如那个抻面的，一大团面可以抻出来不断，非常非常长，非常非常细。还有剪纸，还有捏面人的，甚至裁缝、理发师等等，他们都有他们的绝活。我每一次看到这样的绝活的时候，就在心里边萌生了一种想法，就觉得每一个人的聪明才智，都是差不多的。不是在这一方面表现出来，就会在另外一方面表现出来。换一个位置，如果要我去学他们的这种手艺，很大的可能是我大大地不如他们。所以我就想，我虽然在大学里当老师，但是实际上我一点都不比他们聪明。

我再举一个例子。我在刚参加工作的时候，北大是每年都有一批干部下放劳动，我是第三批的下放干部，到北京的门头沟区，斋堂公社的那个养猪场，在那个地方劳动。当时是困难时期，1960 年，但我们喂猪还是配有一定的粮食的指标，主要是高粱。当时就把这个高粱先拿来酿酒，酿了酒以后呢，把这个酒糟拿来喂猪。我们就请了一个造酒的师傅来，教我们造酒。这个师傅非常高明，他教给我们怎样造酒的方法以后，对我们说："你们学造酒，要听我的，又不要完全听我的。"他还说："我的这一套，是我造酒造出来的，你们也应该在造酒的过程当中，造出你们自己的一套来。"这个话，我觉得说得绝顶聪明，对我的启发非常大，我一辈子都不会忘记。这个话，后来对我的教学工作也有很大的帮助。我在指导我的研究生的时候，我就运用了、实践了他的这样一个非常高明的教育思想。他没有什么文化，就是一个普通的造酒师傅，但是他的这个教育思想确实非常高明。按照他的这个思想，我从来不要求我的研究生完全向我学习，不要求他们亦步亦趋地走我的路子，学我的治学风格；我也从来不代我的研究生拟定论文题目，由他们自己来选择，我只是启发他们，帮助他们，指导他们，但是由他们自己来决定。而且我还常常学这位造酒师傅，对他们说："我指导你们学习，你们要听我的，但是也不要完全听我的。"这样一个造酒师傅，对我有很大的教育，对我的教学工作，起到了很好的指导作用。

最近有一件事情，对我也有触动，也跟这个"卑贱者"聪明的话题有点关系。中央电视台派记者拿着话筒到处去采访，问人家"你幸不幸福？"不知道你们遇到过没有，据说这样一种采访是为了调查所谓的幸福指数。我在电视上看见的画面，绝大多数都说自己幸福，也有说"我非常幸福"的。但是据我所知，有两个人是例外。一个就是诺贝尔文学奖的获得者莫言。记者采访他，到最后也问他"你幸福不幸福"，莫言回答说"我不知道"，然后他补充说："如果我说我得了诺贝尔文学奖以后，还不幸福，你会说我是装的。"我相信莫言的话是实话，他的这句实话赢得了我对他的尊敬。他的意思很清楚，"我得了诺贝尔文学奖以后也不幸福"，但是他不直接说"我不幸福"，他说"我不知道"，就是用一种委婉的方式来表达，不让提问题的记者感到尴尬。但是我们听起来，从他的委婉当中，我们听出了一种无奈。什么意思呢？就是，你一定要问我幸福不幸福，我实际上没有感到幸福，所以我只好说"我不知道"。莫言的这个话，是我从电视上亲眼看见、亲耳听见的。还有另外一个人，是我从网上看来的。据说记者去采访一个农民工，他先说："我是到城里来打工的，你不要问我。"其实这个意思已经非常明白了，但是记者还追着问："你幸福吗？"他怎么回答呢？他说"我姓曾"。这个回答非常巧妙。同样也很委婉，甚至可以说非常含蓄，含蓄到你要是急转弯一下子转不过来的话，你可能一时还没有弄明白，他这个话是什么意思。比起莫言来，从他的委婉当中，我们没有听出无奈，我们听出的是他的机智和幽默。我心里就想，这个农民工如果有机会上大学，让他去学文学创作，我相信他写出来的作品，水平不会低。大家相不相信？我进而又想，这样的幸福调查实在是没有意思，能说明什么问题呢？因为每个人对幸福的感受、理解、标准都不一样，他说他幸福，或者说他不幸福，能说明什么问题呢？我前两天刚刚看见早些年莫言的一篇文章，说到他后来当作家，跟他饿肚子还有点关系，其中涉及他年轻时候的幸福观。莫言得了诺贝尔奖以后，他感到不幸福，他主要是说压力太大，忧心忡忡，所以不幸福。但是在他小的时候，年轻的时候，就是我们常说的三年困难时期，饥饿，没有吃的，他说他们那个时候吃树叶，树叶吃光了吃树皮，树皮吃光了吃树干，练就了铁嘴钢牙，什么都能吃。他说那个时候跟一个人在一起劳动，这个人是个大学生，但是被打成右派，遣返回乡务农，在家里劳动。因为他是大学生，见多识广，就告诉莫言说："作家的生活过得好。"莫言问他为什么。他说因为有稿费。他的生活过得有多好呢？他说这个作家一天可以吃三顿饺子，而且还都是肥肉馅儿的。当时莫言的感受是什么呢？就说"哎呀，一天能吃三顿肥肉馅儿的饺子，这可比神仙过得还要好"。你看，在那个时候莫言的心目当中，能一天吃三顿肥肉馅儿的饺子，就是最幸福的了。原来是因为饥饿，才激发了他要当作家的梦想。而在他成了作家，并且得了诺贝尔文学奖之后，他却说他不知道自己幸福不幸福。你调查幸福指数，你统计的时候，你是统计哪一个呢？对不对？所以我进而就想，这一位农民工，这一位用传统的历史性称呼所谓的"卑贱者"，比设计去采访问人家幸福不幸福的新闻策划人更聪明。我相信这个策划人也是个知识分子，但是是不是一个真正的"读书人"，我不知道。这位农民工，他要比这个策划人高明得多，聪明得多。

我还要讲一点意思。就是我们这个社会的发展和科学文明的进步，是一个漫长的历史发展的过程，是一个长期积累和延续的过程。我们今天能过这样的生活，是经过无限长的时期，无数人的创造发明，无数人的辛勤劳动，也才有我们今天的文明，才有我们今天的科技进步。对我们每个人来说，我们的一生都只经历很短很短的一段时间，你活四五十岁、五六十岁、七八十岁，或者更长一点，长寿活到一百多岁，对人类社会的进步，科学文明的发展过程来说，都只是一个长长链条当中的一个小小的环节。那么我们今天科技的发展，像我们现在用的手机，特别是电脑、网络，还有飞船可以登月等等，都是不可思议的事情。这些发明真是非常了不起。这些今天的成就，是经过非常非常长的历史发展的积累，是我们的前人、我们的先辈，一代接一代地发挥他们的聪明才智，经过艰苦的努力创造出来的。所以我曾经在不同的场合讲过，我们这一辈人所享受到的现代生活，就像是一座越来越豪华、越来越先进、越来越舒适的大厦，我们生活在这样一个大厦当中，但是我们每个人不能够只是享受，只是坐享其成。我们每一个人活一辈子，不管这一辈子有多长，不管我们能力大还是能力小，我们总得多多少少要为这个大厦的进一步发展和完善添砖加瓦，多多少少要为这个世界留下一点什么。我觉得这就是我们读书的意义，这就是我们作为一个读书人的意义。

明白了这层道理以后，我觉得我们每一个人都会很自然地有一个非常自觉的定位，把我们自己摆在一个合适的位置——我们为什么要读书，我们读书以后干什么。当然我前面讲了，我完全能理解有很多从农村来的同学，祖祖辈辈受苦，现在家里边非常困难也供他读书，希望他读了大学以后改换门庭，希望父母亲不再受苦，这些都是没有问题的，都是可以理解的，理所当然的。但是我们一定不要只是这样一个目的，特别是不要只是为当官而读书，为发财而读书。读了书可能当官，读了书可能发财，但是不能把它作为目的，尤其不能作为唯一的目的。我是提倡为人生而读书，就是要通过读书来让我们的人生变得充实，变得有意义；为社会而读书，为祖国的繁荣富强而读书；再提高一点——刚才我讲添砖加瓦，就是要为人类的进步和科学文明的发展而读书。这个话可能有的人不喜欢听，会说这是说大话，说空话，是唱高调，是自命清高。说什么都可以，都没有关系。但是我要说，在商业化的、充满势利的社会环境当中，在世风不好的时候，我们能够不同流合污，不跟着干坏事，不昧着良心说假话，能够保持和坚守一份清高，我觉得这正是读书人的本色。

这是第二个题目。第一、二个题目是讲思想方面的问题，我讲的时间多一点。下面我讲操作层面的问题，比较具体，就讲得简单一点。

第三个题目："考试与读书。"

这个题目我只讲两句话。第一句，不要为考试而读书；第二句，但是同时也千万不要轻视考试。

我下边做一点解释。考试是什么呢？考试就是检验、检查我们学习的成绩。这种检查当然是合理的，也是必要的。问题出在把考试放在一个什么位置，还有你怎样去命题，怎样命题就会引导人怎样去学习。当前很多人指出我们中国现在教育的一个很大的弊端，就是应试教育。应试教育就是把考试从本来是一种检测的手段，变成了我们教育的目的，变成了教育的中心。在座的从小学开始一直考试考上来的，考上大学以后，以为可以松一口气，对不对？但是事实上还有不断的考试等着你们。这个高考，它本来是从中国古代的科举考试制度沿袭下来、发展下来的，虽然也有很多弊病，但是相对来讲，还是一个比较公平的制度；也有作弊的，也有腐败，但是在我们整个社会当中，这还算是一个比较干净的领域。

应试教育培养出来的学生，一个最大的弱点、最大的问题是什么呢？就是高分低能。高分低能对于我们每一个人来讲，对于整个社会来讲，都是非常不好的。所以我们一定要非常明确，不要只是为了应付考试，才去读书。考试只是检验我们学得好不好，学得怎么样。而且这个检验可能准确，也可能不准确，所以不要把它看得那么重要。你如果明确了这一点，我不是为考试而读书，那么你就不会被考试牵着鼻子走，这样你在学习上，在读书上就有了一种主动的、一种比较自由的空间。

当然这个应试教育的问题，很多方面是属于体制方面的问题，属于教育指导思想的问题。这个要靠政府的有关部门去考虑，去解决。我们个人，学生也好，老师也好，都是无能为力的。体制如此，但是我们可以有一个正确的应对态度。

我要说的第二句话，是你千万不要轻视考试。即使它很不合理，即使它出的题是偏题、怪题，但是你也得想办法，想恰如其分的办法、适度的办法来对付它。千万不要轻视它，轻视它也是要吃亏的。做应试教育的奴隶要吃亏，你完全不重视考试也要吃亏。

据我在岗的时候了解的情况，那个时候每一届本科毕业都要推荐一部分硕士研究生。现在大概也是如此。而推荐研究生是有指标的，其中有硬指标，首先要查你这几年的考试成绩。我知道我们中文系有一个年级，推荐的研究生，几乎清一色都是女生。女生的考试能力比较强，当然我并不是说她们的水平就不高；我只说另一面，没有推荐男生。我了解这个年级里边有几个男生水平很高，读了很多书，知识面很广，能力很强，但是考试成绩不理想。没有办法，它有硬指标，吃亏啊，对不对？所以对考试与读书，我就这两句话，一句话是不要为考试而读书，另一句话是千万不要轻视考试。要学会恰如其分地对付考试。当然这个话说起来容易，做起来就不那么容易了。

第四个题目：“专业与博览。”

这个题目我讲两点意见。第一点就是在我们整个的从本科到硕士到博士的阶段，都要围绕专业来读书。中学阶段，我是从来反对分文科班和理科班的。因为中学阶段是打基础的阶段，一定要全面发展，过早分文科班和理科班是不好的。偏科对一个人将来的发展会产生不好的影响。对一个将来从事理工方面工作的人来说，文科课程好像对他没有什么太大的用处，其实不然，对他非常有用，这种用处常常是看不见的，但是是他人生必备修养的重要组成部分，是他在理工科方面发展的潜在力的基础。反之，对于将来从事人文和社会科学方面工作的人来说，数理化方面的知识也是同样重要，同样是一种基础和潜能。我是学文的，中学时数理化的成绩也很好，今天那些具体的知识早已忘得一干二净，现在要是让我去参加高中学生的数学考试，我肯定会得零分。但早年这方面的学习，至少在思维能力的培养上，就使我受益无穷。

现在大学本科比较好，就是有通选课，理工科可以选文科的，文科也可以选理工科的。这个非常好，我很赞成。这个对同学们将来的发展，有很大的好处。不要短视，要看得远一点。这是一方面，要全面发展，不要偏科。

但是另一方面，分科、分专业又是学术发展的需要，是科学进步的表现。所以我们一到大学本科以后，就分配在不同的专业学习，有了专业方向。我们从本科开始，首先就一定要把我们的专业学习搞好，读书就首先要围绕专业来。围绕专业读书的问题，有两点意见我简单说一说。

第一点，就是老师指定的专业的参考书一定要好好读。这些书一般都是这门课的最基础的、最重要的、入门的参考书，一定要好好读。当然刚开始的时候，可能觉得比较难，读不太懂。读不懂也要硬着头皮读，慢慢地就会从不懂到懂，或者从懂得少一点到懂得多一点。不懂的时候可以请教同学，请教老师。这是一点。

第二点，就是除了老师指定的参考书以外，还要学会自己去找参考书。这一点非常重要。这是一个主动学习的问题。自己学会找书读，知道我要研究一个什么问题，应该去读什么书，这是一个基础性的学术训练。这个训练，到了硕士和博士阶段就更加重要了。如果一个博士生，他做一个题目，他不知道找什么书来读，要去找老师给他开参考书，那么这个博士生的水平一定很低。自己知道找书读，知道研究某一个问题去找什么样的书来读，这是表明这个同学在读书上是逐渐地走向成熟了。这个训练我们从本科生开始就要注意。我指导博士研究生的时候，学校有一个规定，就是学生一进校，导师就要按这个专业的要求，给学生一个书单子，就是基本的阅读书目。但是我从来不先给学生书单子。我都是叫学生来，跟他谈话以后，叫他两个礼拜、三个礼拜以后，给我交一份他要从事的这个专业的参考书的书目来。他跑图书馆，查各种书目、资料，他给我交一个书单子来。我从这个书单上，就可以大致看出这个同学的知识面，他对这个专业的当前的研究状况的了解程度，以及他的思维能力等等，我对他就会有一个初步的印象。然后我在他提供的书单子的基础上，加以调整、补充，再把这个书单子返回给他。我自己觉得这个办法，比直接开一个书单子给他要好。这是第一点意见，要读专业书，要围绕专业来读书，要以专业为中心来读书。

第二点意见，只要时间和精力允许，就要尽量博览。读书在我看来不要怕杂，杂一点好，面宽了，眼界和思维也会跟着开阔。这样可以做到触类旁通，常常会得到意想不到的收获。年轻人精力很旺盛，可以多读书，等到像我这样的年纪读不动的时候，就不好办了。年轻，年富力强，要多读，不要只把自己紧紧地圈在这个专业书里边。世间的万事万物都是互相关联的，有的时候读的书好像是跟自己的专业八竿子打不着，但是不知道什么时候，忽然之间就用上了，派上用场了。但这还只是一个方面。另一个方面，我读的这个书，跟我的专业没有关系，永远都派不上用场，读不读呢？也要读。在我看来，读书有两种类型，一种是实用型的读书，一种是学养型的读书。现在看见马路边摆的书摊子，那上面的书，大部分是那些实用型读书的人去买的，如怎么样炒股？怎么样注意营养？吃什么东西好？就是这一类的。就是我有了什么问题，我就针对这个问题去买一本书来，或借一本书来，就看书上说怎样解决这个问题。这是实用型的读书。另一种学养型的读书，我读了这本书有什么用，说不出来，但是它提高了我的学养。学养深厚不深厚，这是关系到一个人一生当中，你的生活质量，特别是精神生活质量的一个非常重要的问题。在营养学里边，老北京有一句话，叫作“你缺什么，你就吃什么，你吃什么，你就补什么”，你的肝不好，你就多买点猪肝炒来吃。你们读书要切忌这样一种实用型的读书。特别是我们大学里边，大学生、硕士生、博士生，绝对不能只是实用型的读书，我们要更加重视学养型的读书。

第五个题目：“泛读与精读。”

世界上的书多得不得了，不要说一辈子读不完，八辈子也读不完。所以我们读书，虽然要广，不怕杂，但是也要有一个大体的规划，不管你是专业的书也好，还是广泛阅览的书也好，都要把它分成泛读和精读两种。

泛读就是一般的翻一翻，了解一下这个书大概是什么内容，不一定仔细看。这有两种情况，一种就是大概了解一下这本书讲了些什么，以后需要的时候再找来仔细读。这是一种。第二种，这本书我翻了几页、十几页或者看了一章，没有什么意思，水分很多，不值得仔细读，随便翻翻就过去了。这也是一种泛读。

那么精读呢？就是要认真地读，仔细地读，甚至反复地读。过去的读书人都有自己的所谓“案头之宝”，什么叫“案头之宝”呢？就是我认为最有用的书，最好的书，或者是我最喜欢的书，我就放在我的案头，随时都可以拿起来翻阅。苏东坡有一句诗叫作“旧书不厌百回读”，百读不厌的书当然应该放在案头。还有另外一种，就是这本书读一遍，读两遍，甚至读三遍，都还不可能完全深入领会它的意思，那就要反复地读，这样才能够领会它的意蕴。这种书也是要不厌百回读的。这里的这个“不厌”，我觉得可以理解为“经得起”的意思，是从书的一面说的；前面那个“旧书不厌百回读”，是从读者的一面说的，是说读一百遍都不会厌弃、厌倦。经得起百回读的书，读一百回也不会厌倦的书，就是常读常新的书，读一次会有一次新的体会。譬如说《红楼梦》和鲁迅先生的作品，就是这样的书，需要精读的书。

我们刚进入大学的时候，不知道该读什么书，哪些书需要精读，这就要靠老师或者有经验的人给我们推荐。譬如说我们北大有位老师李常庆先生，他就编了一部书，书名叫作《北京大学教授推荐我最喜爱的书》，是陕西师范大学出版社出的，我也在里边写了我所推荐的我最喜爱的十本书，其中一本就是《红楼梦》。我希望大家去看看，我推荐《红楼梦》的推荐语，就特别说了《红楼梦》是常读常新的一本书。就是要读很多遍，才能够挖掘出来，体会出来里边内在的丰富的含义。我知道过去我们中文系有少数同学读《红楼梦》读不下去，为什么呢？觉得都是一些琐琐碎碎的日常生活，婆婆妈妈的，讲什么喝茶、饮酒、猜谜、吵架，好像没有什么意思，但是你仔细读，仔细体会，就会发现它有非常丰富的内容。当然除了别人推荐之外，最好还是要自己去发掘，去寻找。自己能够去发掘好书，这就说明你的书已经读得很多，已经有相当丰富的经验了。

泛读的一个好形式，就是去逛书店，或者到开架的书库里边去，随便翻翻。这可以了解很多的情况和知识。

第六个题目：“记忆与理解。”

对于读书来说，记忆重要还是理解重要？在我看，是两个都重要，但是更重要的是理解。读过的书如果能够记住又能够理解，这是最好的、最不吃亏的。但是如果理解力差，读的书只会死记硬背、囫囵吞枣，读了书不会用书，这是最不好的、最吃亏的。还有一种理解力比较好，甚至于很好，但是记忆力很差，这种情况也会吃亏。因为你看过的书很多，但是记不住，那么你要用的时候，常常还需要再去翻查，这就会耽误很多的时间。我自己就是记忆力非常差，因为年轻的时候睡觉就很不好，吃了无数的安眠药。当时有位老先生也是吃了一辈子安眠药，他就告诉我："没有关系，吃了安眠药除了记忆力差以外，别的没有什么影响。"我吃了很多，所以吃成了记忆力很差，什么都记不住。我常常对人家说："我这个人，读的书不少，但是记住的不多，所以没有什么学问。"但是我要说记忆力差，理解力强，记忆力差是没有办法改变的，是很难提高的，如果有比较好的理解力，也可以弥补，弥补你记忆力差的不足。你手勤一点，下笨功夫多记一记，就会得到弥补。但是理解力差，就很难弥补；不过理解力是可以提高的，你经过多读书、多思考，慢慢就可以得到提高。关于记忆与理解就讲这么一点。

第七个题目："眼勤与手勤。"

眼勤就是我们爱书，喜欢书，抓紧一切时间来多读书。这个我不多说。我主要说一说手勤的问题。手勤讲两点意思，第一点，就是写读书笔记的问题。读书要有成效，就不能够偷懒，要养成写读书笔记的习惯。因为写读书笔记可以促进我们思考问题，可以加深我们对书的内容的理解，在理解的基础上，才会有自己的创获。而且会读书的人，一边读书一边思考，常常会受到书的内容的启发而产生一种新的思想，这种新的思想往往是一闪而过。我们常常说读书可以产生灵感、触发灵感，就是指的这种一闪而过的在读书中产生的一些新鲜的思想。

根据我的经验，读书笔记可以有三种形式。第一种形式就是摘录，摘录的内容因人而异，你可以把你认为是警句或者精彩的段落摘录下来；或者感到这一段对你将来研究某一个问题可能有用，你事先把它记下来，备用。

第二种形式就是记下读书时的感想，特别是我刚才说的那种一闪而过的灵感式的新鲜思想。你要是不把它记下来，很快就忘掉了，记下来将来可能是很有用的。我的经验是，这种一闪而过的所谓灵感，就是受到书的启发而产生的一种思想的火花，在做学问里边非常有用，是非常重要的。我有一个习惯，只要是我自己的书，读书的时候有心得、有感受，就在书上写批语，很简短，但是很有用。我现在举一个例子。我读《聊斋志异》有一篇叫《王桂庵》，就在十二卷本中的第十二卷，你们可以找来看一看。在《聊斋志异》中，这是一篇篇幅相当长的小说，写爱情的。它开头有这么一句："王樨，字桂庵，大名世家子。"开头就这么一句，简单的十个字。这部书当然是我精读的书。我读第一遍的时候，对这个开头没有什么特别的感觉。就是介绍一个人物嘛，《聊斋志异》里的不少小说，像写传记一样，里边这样介绍人物的开头有的是。但是我读了一遍以后，再回过头来看这个开头，我就发现，这"大名世家子"五个字里边有文章，不是随便写的。所以当时有这个感受以后，我就在"大名世家子"的旁边，批了两个字："着眼。""着眼"是什么意思呢？就是作者写小说的时候很重视这句话，是他构思的一个着眼点；那么，我们读小说的时候也要重视这句话，也要把它看作分析这篇小说的一个着眼点。这五个字为什么这么重要呢？因为"大名"是河北的一个府，在北方；"世家子"就是世代富贵显赫的富家子弟。这两点，既关系到这篇小说的情节发展，又关系到人物的思想性格。后来我就由这两个字的批语所包含的意思，生发开来，加以丰富、提高、深化，就写成了一篇文章，题目叫作《〈王桂庵〉的人物塑造和艺术构思》。这篇文章，收在我的一本书叫《古典小说鉴赏》（第二版）里，有兴趣的同学可以找来看看。你们读书也一定要手勤，把读书时的感受、闪光的思想及时地记下来，以后再加以丰富、充实、提高，写成一篇文章，就成为学术研究的一个成果。这是我自己读书的一条很重要的经验。这是写读书笔记的第二种形式。

第三种形式，就是写比较长的读书笔记，像给老师写读书报告一样，把它当作完整的一篇文章来写。我在"文革"的后期，就到图书馆去借外国名著来读，那时候这些书都是禁书，但是有朋友帮助我，从里边借出来了。我每读一本，都写一篇完整的读书笔记，把它当作一篇文章来写，不光是有中心思想，还讲究条理，讲究谋篇布局，讲究语言文字的表达。这一段时间写的这种读书笔记，对于训练我思考问题的能力、分析的能力、表达的能力，都起到了很重要的作用。

这就是我要介绍的写读书笔记的三种形式，一个是摘录，一个是比较简短的评语或者感想式的，一个是比较完整的文章式的读书笔记。

我要讲的手勤的第二点，就是在数字化时代和互联网时代，我们怎样做到手勤。这个不光是说的要多上网，勤于在网上去查资料。现在有了互联网以后，比我们那会做学问方便多了，很多资料都可以在网上找到。但是我要提出来，就是这些资料你可以用，甚至可以写到文章里边去，但是你要正式发表之前，一定要到图书馆里面去，找到正式出版的纸质文本来核对，一句一句核对，一定不能马虎。也就是说，互联网时代、数字化时代，要做到两个手勤，一个是多到网上去搜集资料，一个是使用的时候要去核对，要用正式出版的纸质文本去核对。这是一个关系到我们的学风和文风的问题，一定要从本科的时候就对自己有这样的要求，培养起这样的好习惯。

第八个题目："藏书与读书。"

这个题目我只是简单地讲一讲。古代有藏书家，现代学者也有藏书家，我这里讲的"藏书"，不是指藏书家的"藏书"，是指我们每个人爱书，喜欢读书，常常到书店去看见好的书就买回来，日积月累，家里面也有不少书，是指这种情况。就我个人的经验来讲，逛书店买书，是我们读书人的一大乐趣。前面我讲了泛读的书，也可以到书店里面去看一看，随便翻一翻，会了解很多情况和信息，有哪些新书出版了，都是些什么内容。好的、自己喜欢的书就买下来，当然要根据自己的经济能力。但是买一点书，自己有书，用起来非常方便。当然，自己有书也有不好的一面，有的时候你会觉得这个书反正是我自己的，什么时候读都可以，往往很久很久都不去读它。就像住在北京的人，北京有很多景点，很多年他都没有去过，反正他住在北京，什么时候都可以去，结果老不去，倒是外地人到北京来参观，很短的时间什么景点他都去了一样。相反，你到图书馆去借书，借的书很快要还，就赶快看。当然我们也不要因为这个因素，就觉得不必要买书，买书没有什么意思。买书藏书不是为了装点，不是为了附庸风雅，而是为了阅读的方便。有三种情况：一种是很重要的书，我要反复读的书，自己有当然非常方便。第二种情况是我专业方面的书，我手边有最重要的、最基本的参考书，我要备课，我要写文章，不到图书馆去也可以完成。还有第三种情况就是，自己家里的书，经常看看，经常翻翻，就像老朋友一样，很熟悉，很亲切，没有陌生感。这样的对书产生一种像老朋友一样的感觉，也是一种很不错的感觉。所以我劝大家，在经济条件许可的条件下，还是要买一点书，做一个藏书人。其实根本不用劝，真正喜欢书的人，爱读书的人，你劝他不要买书都是不可能的。

第九个题目："读书、思考、写作。"

这六个字，是我一生治学经验的总结，也是我指导研究生的经验的总结。过去我招收的研究生，第一次跟我见面的时候，我就要送给他们这六个字。我说这六个字非常重要。孔子有一句话，叫作"学而不思则罔，思而不学则殆"，意思是说"你只读书而不会思考，就会被蒙蔽，就会受骗；而你只空想而不读书，那是很危险的”。孟子也有一句同样著名的话，叫作“尽信《书》，则不如无《书》”，这个《书》是《尚书》，是指的一部专书，因为孟子读《尚书》里面有一篇，记周武王伐纣这场战争，他产生了疑问，他不相信，认为里边的记载是不真实的，他就说了这么一句话。那么，我们今天可以扩大开来，灵活一点，把他所讲的《尚书》的这个《书》，理解为“一般的书”，就是说如果书上讲的所有的一切，你都相信，深信不疑，从来不去思考，不去怀疑，那就不如无书。

对我们来说，读书思考还不仅仅是受骗不受骗的问题，更重要的是我们读书经过思考，才会得到积极的思想成果。因此，我们读书一定要养成思考的习惯，在经常不断思考的过程当中，来提高自己的认识能力、认知能力、分析能力。而思考所得——真正的思考，真正深入的思考，是必有所得的。你真有所得，有深入的体会，有创见、有价值的东西，你一定要把它写出来，写成文章，这就是我们第一批的学术成果。在我看来，硕士生和博士生在学校念书的这段时间，是一定要出成果的，是应该出成果的。我跟我指导的研究生讲，研究生就要注重“研究”这两个字。你不思考怎么研究呢？对本科生我们不做这样硬性的要求，但是我们也要提倡思考和研究。我们本科生自己也不要妄自菲薄，以为自己不可能写出有价值、有创见的文章来，或者做出什么发明来。这不一定。我念初中的时候，同校的一位高中二年级的同学，也就十七八岁吧，在当时全国最高权威的文学杂志，现在也还是最权威的《人民文学》上面发表了小说，在我们的学校引起轰动，很了不起。还有更了不起的，大作家曹禺，知道吧？曹禺的《雷雨》是现代文学的经典之作，他写出《雷雨》的时候是清华大学的学生，23 岁。他自己说，他这个《雷雨》构思了，酝酿了五年时间，才写出来，也就是说从 18 岁，他就开始酝酿写《雷雨》了。所以我们在座的十七八岁、十八九岁、二十一二岁的同学们，都不要妄自菲薄，我们一样可以创造，一样可以写出好作品来。

怎样思考才会更有成效呢？我有一个经验可以告诉大家。就是我们年轻的同学，还没有经验，还不成熟，你在写文章的时候，你在写一个题目，或者要写一篇作品的评论的时候，你一定要重视读原始资料，重视读原著。先读原著，先读原始资料，一边读一边思考，想想问题，自己去分析，从思考当中得出自己的看法。然后再去看参考书，再去看别人的研究成果。这一条非常重要，为什么呢？如果你没有好好地研究原著，没有好好地思考，你就去看参考书，如果你看的是专家写的水平很高的研究著作，那么我敢肯定，你一看就会觉得他这个观点是最好的，你就再也跳不出这个框框来，被他震服住了。所以你一定要先看原著，一定先自己思考，一定先拿出自己的看法来。这样做有两种可能。一种可能是你有看法了，再去看那些专家写的优秀的学术著作，你一看，一比较，“哎呀，我经过思考以后得出的看法，还是不成熟，还是比较幼稚，他的看法很深刻，很圆满”，这样一对比以后，那你受到的启发、你的收获就会更大。这是一种情况。第二种可能，你经过独立思考，你再去看别人的著作，你一看别人说的和你思考的一样，你说这叫“英雄所见略同”。这个时候你就会非常高兴，非常兴奋，原来你的看法竟然和这个专家的看法是一样的。这样的情况是完全可能出现的。我告诉大家我的一个体会，就是只有自己思考所得的东西才是鲜活的，有血有肉的。我们上课教书的人，特别是讲基础课，主要讲有关的基础知识，我们写讲稿，并不是每一句话都是自己的，我跟大家说老实话，也有一些是从参考书里面借鉴来的，当然也不是原话照抄。你在讲课的时候，如果你的这些意思、这些话，是从别人的书里面借鉴来的，不是你自己思考所得，讲出来味道就不一样，不要说听的人，自己就会觉得这个味道不一样。这是我自己的一个很重要的读书体会和教书、做研究工作的感受。所以你们一定要做到这样，先不要去看别人怎么讲，先认真地读原著，读原始资料，思考、分析，有了看法以后再去看别人的。我现在比起你们来说，算是比较成熟了，但我现在也还是用我的这个经验，也还是这个办法。还是先看原著，先不看参考书。我从来不马马虎虎看一遍原著就去看参考书，我都是要认真地看了并且研究了原著以后，有了自己的想法，再去看参考书。当然可能有一点和年轻的朋友不同的是，我现在的眼光高了，我看了许多参考书以后，常常发现有一些参考书没有什么意思，没有参考价值，水分太多。所以你们经过自己的思考以后，你们的眼光也会慢慢变高、变亮，你们的标准也随着变高，你们就会有能力判断，这些参考书有没有参考价值。所以这一点我特别提出来，介绍给大家，这是我自己的一个读书和做研究工作的体验。

第十个题目：“提高语文修养。”

我们读书就是借由语言文字去吸收别人的知识和经验，我们写书就是把我们自己的知识和经验借由语言文字表达出来，传播出去。所以我们读书、写书，都和我们的语文修养有关系。什么是语文修养呢？简单地说，就是运用语言文字的阅读能力和表达能力。但是说能力，可能只是单纯指的一种技能，而我说的“语文修养”，是要把它提到一种素质、素养的高度。就是说，一个人，你的阅读能力强不强，你的表达能力强不强，不是一般的技能问题，而是你作为一个读书人，作为一个文化人的基本素养的问题。阅读能力强，表达能力强，在我们的工作当中、事业当中、生活当中，都会表现出很有力量的一面。如果我们的阅读能力差，我们的接受能力就差；我们的表达能力差，我们自己即使有了研究成果、很好的成果，也不能够很好地传达给别人。所以一定要注意提高这样的一种能力、一种素养。

老一辈的自然科学家，他们都有很高的语文素养，甚至有很高的文学素养，像钱学森、华罗庚，还有我们北大原来的周培源校长等等一系列的科学家，他们的语文修养都很高。过去的复旦大学校长苏步青是一个非常著名的数学家，他曾经讲过，“如果允许我们复旦大学单独招生的话，我就先考语文，语文不及格，别的都不要考了，文理科都一样”。这是很有经验、很有眼光的一个自然科学家的话。所以我们一定要注意——过去要注意，现在要注意，一辈子都要注意提高自己的语文修养。提高语文修养，也就是提高我们吸取、接受别人的知识和经验的能力，也就是提高我们有了创造发明、有了体验、有了经验和新的知识的时候，能表达出来、传达给别人的这样一种能力。关于提高语文修养的问题，就讲到这儿。

最后简单一句话，做一个小结：“读书苦，读书乐。”

人们通常会用两个字来形容某一个人读书很用功，哪两个字呢？一个是“勤”字，一个是“苦”字。有两句诗，我不知道大家知道不知道，也是对仗很工稳的一副对联，叫作：“书山有路勤为径，学海无涯苦作舟。”读书像登山一样，这个书山是有路的，路在哪儿呢？“勤为径”，勤奋就是登山的路；而学习，就像无边无际的大海一样，但是你只要能够吃苦，你就有了到达彼岸的船。照我的体会，读书勤，这是肯定的，也是必须的；但是要说苦，那却未必。读书苦，是苦中有乐，乐在其中。我相信读书之乐，在座的各位都是会有所体验的。人们常说“活到老，学到老”，我们有幸成为一个读书人，不只是读书的人，我们将一辈子与书为伴，读一辈子书，也就是说苦一辈子，也乐一辈子。

好了，我就讲到这儿。谢谢大家！

主持人：有没有什么问题要提的？有很简短的，我们可以交流一下。

学生1：老师，您好！我是12级的一个本科生，刚刚进入大学，感觉很忙，有时候也很迷茫。自己也很喜欢读书，但是就是因为各种专业课也好，还是其他一些必须修的课也好，一周的时间都拆得七零八落的，但是我觉得读书是需要一个比较固定的时间，是有连续性的这么一个事情。所以自己在读书时间的安排上有一些疑问，想问问您怎么样能在这种时间不是很完整的情况下，还能达到很好的读书效果？

周先慎：这个是要靠计划，也要靠自己的毅力。我给大家举一个例子。我在“文化大革命”当中，和中文系我的老师王力先生住在一起，我们系里常常下午开会，开完会回去的时候五点钟。我呢，回去以后就觉得马上就要做饭了、吃饭了，就干一些零碎的事情，就把时间浪费掉了。而王力先生，他一回去，哪怕只有半个小时，他马上就到他的书桌前面去读书或者写作。就是说，你要有一个意识，一个是不要乱，要有条理，安排一下；另外一个，就是要抓紧时间，要见缝插针。这个慢慢来，你一下子从中学到大学里面来，一下不会适应，就会觉得很忙、很乱，慢慢有一个适应的过程。但是你要有一个意识，要抓紧一切的时间，另外就是要有一个计划。还有什么问题？

学生 2：读书的时候总是觉得很慢，读书的感觉挺好的，就是读得挺慢的，我对这个挺苦恼的。

周先慎：我读书也很慢。

学生 2：就比如说写论文什么的，您不是说要看一些参考书吗？我读得挺慢的，时间不太够，您是靠什么时间来读这些书的呢？

周先慎：我读书也很慢，不像有的人读得很快。读书的习惯每个人不一样，有的人读得快，有的人读得慢；有的人不仅读得快，他还都能记住，都能理解，这是他本事很高，很敏捷。我的经验是，慢没有关系，但你要区别哪些地方可以快、应该快，哪些地方可以慢、应该慢。知道吧？慢慢解决这个问题，慢不怕，要知道怎样去调节。

学生 3：老师是怎么培养自己对一些很好的但是离自己的领域比较远的书的的兴趣的这个书很好，对我们很有意义，但这可能离我们的生活比较远，不在自己的兴趣范围之内，但是很有用，你是怎么样去亲近它，或者怎么样对它有兴趣，吸取其中的精华，对我们的人生起到帮助，培养兴趣？

周先慎：这个问题刚才说了，有两种情况，就是专业的书和博览的书。每个人喜欢的书不一样，兴趣也不一样。你当然是除了你专业方面的书，就是不管你有兴趣没有兴趣都必须读的以外，别的书，所谓博览的这部分的书，常常都是凭兴趣。但是你的兴趣无疑是应该广泛一点，不要太窄。我讲我们应该是学养型的读书，不要那么实用，就是我读了一本什么书，一定对我在哪方面有什么用处，不一定。就像吃营养一样，身上的哪一块肉是吃什么营养长出来的，谁也说不出来。你的学养是读什么书读出来的，也说不清楚，但是你读的书多了以后，它就会自然地把你的整体素质、素养提高了。

主持人：由于时间的关系，我们今天讲座就到这里，有同学有问题可以课下跟周老师进行交流。我们再次感谢周老师的精彩演讲。如果大家想了解我们“北大讲座”的动态，欢迎关注“北大讲座”、新浪微博，还有人人主页。谢谢大家。

（2012 年在北京大学团委主办的《北大讲座》的演讲稿）

后　记

我于1959年到北京大学工作，迄今已经58年，接近一个甲子。这是一段漫长的岁月。我曾经在不同的场合和不同的时间多次说过，我虽说是在北大任教，其实是既当老师又当学生。我在北大得到了实实在在的教育和培养。几十年间我在这里从知识、学养、思想、情操等方面都有了很大的提升。我现在已经到了耄耋之年，而且身体也不好，但俗话说“活到老，学到老”，只要一息尚存，我还会不停地从北大吸取知识和养分，还要继续在北大当学生。

我在课堂上的全部授课和我所有的学术著作，都渗透着北大的传统精神，打下了北大思想的深深印记。正如在北大工作的每一位教师一样，我也首先是北大思想精神的接受者，而后才有资格成为教育者和传承者。只是在这一意义上，我在北大漫长岁月中所体现的全部的知识和思想精神的接受与传承，才成为我在未名湖畔留下的人生足迹。

这本小书是我在北大工作、生活点点滴滴的记录，是一份历史的见证，同时也是一份我对北大感恩的表达。

谨以此书献给北京大学建校120周年。

感谢北京大学出版社总编辑张黎明先生和北大培文的周彬先生对此书出版的热情支持。本书的责任编辑于铁红女士是一位资深的编辑，她不仅有丰富的编辑经验，而且工作非常认真，对她为此付出的辛勤劳动，谨表示我衷心的谢意。

2017年10月1日

《周先慎文集》总后记

我与母亲钟必琴和弟弟周闰开始编辑整理十卷本《周先慎文集》，是在《周先慎先生纪念文集》出版（国家图书馆出版社，2019年9月）之后。这一工作实际上早在一年前的2020年8月就已基本完成，然而，由我负责撰写的后记却因心情难以平静而迟迟未能动笔。待到终于落笔时，恰值2021年8月8日东京奥运会闭幕。此次中国奥运代表团创下了境外参赛规模的历史之最，同时也追平了在伦敦奥运会取得的境外参赛最好成绩。然而，我在“观战”期间却有着前所未有的孤独，因为失去了一个最最亲近的人“共同观战”——就在上届奥运会，我们还面对同样的屏幕，凝视同一个瞬间，一起兴奋、激动，一起遗憾、惋惜。这个最最亲近的人，就是我的父亲周先慎先生。

周先慎先生爱看体育比赛，甚至不顾神经衰弱、长期失眠而凌晨爬起来看足球世界杯。实际上，他小时候身体十分瘦弱，后来靠毅力坚持锻炼，不仅身体慢慢好起来，竟然还成了大学的长跑运动员。这其中已经显示出了周先慎先生的一种品质，那就是坚韧，而这一品质日后也贯穿在他的整个学术生涯中。

早在1996年，周先慎先生就检查出患有心脏二尖瓣脱垂，2012年5月第一次出现心力衰竭，并且随着时间的推移，发作频度也不断增加。但是他一直顽强地想要健康地生活——能够读书、思考和写作的生活，他说：“如果不读书，不写作，我活着就没有意义。”这不是冠冕之词，而是肺腑之言。经过毕生教学与研究的积累，周先慎先生对于中国古代文学经典有很多想法、很多独到的理解，他想要分析出来，呈现出来。2015年7月上海三联书店出版的《周先慎细说聊斋》（收入本文集第六卷）只是这一理想的第一步，实际上他计划连续撰写四集《细说聊斋》，每集“细说”三十到四十篇，说完《聊斋》之后还计划继续写作《细说红楼》等，为了这一学术目标，他坚决选择做手术。这几年周先慎先生的一句话总是萦绕在我耳畔："如果不把这些想法写出来，就永远带走了，不能留给社会了，那样会对不起后人。"谁料一语成谶，上天竟真的未能假以时日！

在编辑《周先慎文集》的过程中，我看到了很多以前未曾关注到的周先慎先生的侧面，切身体会到了周先慎先生学术视野的开阔，其研究既能在文本细节处深挖，又能于文学史高处俯瞰。他虽然长期从事中国古代文学，特别是宋元明清文学的教学和研究工作，但并不专注于一种文体，也不专注于一书一人，而是广泛地涉及诗歌、散文、小说、戏曲等各个方面，比较起来用力较多的是中国古典小说和古典戏曲，以及宋代诗歌和苏轼研究。

另一方面，周先慎先生秉持了北京大学教学先于学术、研究辅助教学的传统，其研究著述大多与他长期的教学实践有着十分密切的关联，是课堂教学的直接成果，由此可以看出一个教师对本职工作发自内心的热爱，以及真正把教学当作"天职"的赤诚。

周先慎先生的古典文学研究以微观为主，而又能与宏观的审视相结合；长于鉴赏，又能将考证、评论和鉴赏结合起来；论析精细，学风严谨，处处表现出敏锐的艺术感受力与冷静的理性思考相结合的特点。他的论著以深入独到的艺术分析见长，文笔简洁细腻。周先慎先生曾对我说："研究文学，需要勤奋刻苦，也需要感悟能力。因为文学是艺术，艺术是需要感悟的。"那时候，我刚刚考入大学中文系，可以说，这句话启蒙了我对文学艺术之美的感悟和追求，而在文集的编辑过程中，我也对此有了尤为深刻的体会。对文学审美的重视，在思想挂帅的年代，亦更显其深远的价值和意义。

除写作专著和学术论文外，周先慎先生还写作散文随笔，这些散文随笔也往往与历史、学术相结合。先发表在《人民日报》，后被选入高中语文课本的文艺随笔《简笔与繁笔》就是典型的一例。这部分主要收录于文集第十卷。

在整理《周先慎文集》的过程中，还从周先慎先生的书房中发现了一些未曾收录发表的手稿。陈年稿纸的绿色格子中，细密娟秀的小字，使儿时为周先慎先生誊抄文章的情景屡屡浮现在眼前。我从那时就开始懵懂地感受到，文章是需要反复修改的。比如此次发现的《〈阿Q正传〉的意义》一文，就有看似相同的两份手稿，对照阅读后发现，第二稿比第一稿增加了更具学理性的分析和评述，又删除了第一稿中的文本引用约700字，使文章整体更为简洁，层次更加分明，同时在逻辑结构、标点符号上也都做了细致的调整。实际上，周先慎先生撰文，大到文章的立意、论述的逻辑、见解的创新，小到字词的拿捏、语气的把握、标点的运用，始终坚持一遍又一遍地用心修改。在电脑普及之后，周先慎先生曾经不无遗憾地说："电脑确实带来方便，但是修改的过程都消失了。"

在查找、整理未刊稿的过程中，从周先慎先生的日记本里发现了一幅书法小品。流丽娟秀的毛笔字竖行书写在宣纸上，有姓名落款和白文篆书印：

观历史风云　品人生百味　享审美愉悦

与这些墨迹相遇时，周先慎先生已经离开了我们，因而无从知晓这是何时书写的，但可以肯定的是，它表达了周先慎先生一生治学的追求和境界。

无论是在编辑《周先慎先生纪念文集》之时，还是在整理十卷本《周先慎文集》期间，多少次，当我为某个问题所困扰时，会下意识地拿起电话拨出熟悉的号码，却紧接着在下一个瞬间怆然醒悟，我已永远无法再向周先慎先生请教；多少次，看到网上热议的社会事件，我会不由自主地想要转发，却同样在下一个瞬间错愕地发现，我已无法再与周先慎先生交流；多少次，在看到大自然的神奇造化或被某件艺术作品感动时，我又不自觉地试图联系倾诉，却在下一个瞬间猛然意识到，我已不能再与周先慎先生一起赞叹……整理文集，成为我们与父亲周先慎先生最后的、最珍贵的交流。

希望这十卷本的文集，也能够成为周先慎先生与广大学界同仁和读者朋友永远的、最真诚的交流。

周阅

2021 年 8 月 8 日初稿

2021 年 9 月 13 日二稿

周先慎著作编年目录

（一）著作

1982 年

《历代小说选》（第一册）（合著），中国青年出版社 1982 年

1986 年

《聊斋志异欣赏》（主编），北京大学出版社 1986 年

《中国文学》（二　古代部分），北京大学出版社 1986 年

《中国文学讲稿》（二　古代部分），北京大学出版社 1986 年

1989 年

《中国文学史参考资料简编》（下册），北京大学出版社 1989 年

1991 年

《历代小说选》（第二册）（合著），中国青年出版社 1991 年

1992 年

《古典小说鉴赏》，北京大学出版社 1992 年

《聊斋志异评赏大成》（合著），漓江出版社 1992 年

《中国古代白话短篇小说选注》（合著），华语教学出版社 1992 年

1993 年

《中国四大古典悲剧》，新华出版社 1993 年

1994 年

《中国文学答问总汇》（合著），北京十月文艺出版社 1994 年

《简明中华百科全书》（合著），中国大百科全书出版社 1994 年

《苏轼散文赏析集》（主编），巴蜀书社 1994 年

1996 年

《语文修养与中学语文教学——北大四教授广西博白讲学录》（合著），北京大学出版社 1996 年

2001 年

《简明中国文学史》（合著），北京大学出版社 2001 年

2002 年

《中国古代文学作品选注》（合著），北京大学出版社 2002 年

《古诗文的艺术世界》，北京大学出版社 2002 年

2003 年

《明清小说》，北京大学出版社 2003 年

《〈明清小说〉导读》，北京大学出版社 2003 年

《中国文学十五讲》，北京大学出版社 2003 年

2004 年

《古典小说鉴赏》（增订版），北京大学出版社 2004 年

2006 年

《中国文学的十五堂课》，台北：五南图书出版股份有限公司 2006 年

2007 年

《中国语文》（大学理科版）（合著），重庆出版社 2007 年

2009 年

《中国语文》（新型大学语文教材）（合著），北京大学出版社、重庆出版社 2009 年

2011 年

《古典小说的思想与艺术》，北京大学出版社 2011 年

2013 年

《中国古代文学作品选注》（第二版）（合著），北京大学出版社 2013 年

《明清小说》（第二版），北京大学出版社 2013 年

2014 年

《中国四大古典悲剧》，漓江出版社 2014 年

《中国文学十五讲》（第二版），北京大学出版社 2014 年

2015 年

《简明中国文学史》（第二版），北京大学出版社 2015 年

《周先慎细说聊斋》，上海三联书店 2015 年

《中国四大古典悲剧》，中国书籍出版社 2015 年

2018 年

《未名湖畔的足迹》，北京大学出版社 2018 年

（二）论文·散文·随笔

1958 年

《读“鲍照研究”》，载《四川大学学报》（哲学社会科学版）1958 年第 1 期

1959 年

《论苏轼和他的创作》，载《四川大学学报》（哲学社会科学版）1959 年第 1 期

1973 年

《关于鲁迅的〈在现代中国的孔夫子〉》，载《北京大学学报》（哲学社会科学版）1973 年第 1 期

1979 年

《要让人还手——关于百家争鸣的一点感想（文艺随笔）》，载《人民日报》1979 年 1 月 10 日

《陆游的一首自嘲诗》，载《中国青年报》1979 年 12 月 15 日

1980 年

《武松打死老虎以后》，载《人民日报》1980 年 1 月 5 日

《黄筌改画及其他》，载《人民日报》1980 年 2 月 20 日

《略论贾宝玉林黛玉的爱情悲剧》，载《北京师范学院学报》（社会科学版）1980 年第 1 期

《忠于生活逻辑的性格描写——谈谈〈霍小玉传〉》，载《甘肃文艺》1980 年第 2 期

《同中见异》，载《中国青年报》1980 年 6 月 21 日

《“许攸问粮”给我们的启示》，载《人民日报》1980 年 7 月 23 日

《从〈范进中举〉谈〈儒林外史〉的讽刺艺术》，载《北京大学学报》（哲学社会科学版）1980 年第 5 期

《谈谈〈林教头风雪山神庙〉》，载《中学语文教学》1980 年第 12 期

1981 年

《找回来——古典小说艺术琐谈》，载《中国青年报》1981 年 2 月 1 日

《简笔与繁笔》，载《人民日报》1981 年 2 月 18 日

《〈牡丹亭〉散论》，载《文史知识》1981 年第 3 期

《质朴自然，情思绵邈——读归有光〈项脊轩志〉》，载《大学生》1981 年第 5 期

《写出差别来——古典小说艺术琐谈》，载《中国青年报》1981 年 11 月 29 日

《汤显祖和〈牡丹亭〉》，载《古典戏曲十讲》，中华书局 1986 年

1982 年

《〈东坡志林〉初探》，载《北京大学学报》（哲学社会科学版）1982 年第 2 期

《析张岱〈西湖七月半〉》，载《文史知识》1982 年第 6 期

《〈老残游记〉评介》，载《中学语文教学》1982 年第 7 期

《穷形尽相　入木三分——〈儒林外史〉片断“范进中举”赏析》，载《阅读和欣赏》（古典文学部分五），北京出版社 1982 年

《典型的暴露文学——略说〈官场现形记〉》，载《中学语文教学》1982 年第 9 期

《明晰·精炼·逼真——读〈聊斋志异·地震〉》，载《写作学习》1982 年第 1 辑

《酒与英雄——古典小说艺术漫笔》，载《名作欣赏》1982 年第 5 期；又收入《名作欣赏精华读本》（明清文学卷），北京大学出版社 2012 年

《精魅的人化——谈〈任氏传〉在古小说发展中的意义》，载《文史知识》1982 年第 12 期

《细节的容量——古典小说艺术漫笔》，载《红楼梦学刊》1982 年第 4 辑

1983 年

《〈三侠五义〉评析》，载《文学遗产》1983 年第 3 期

《以景写情　融情入景——苏轼〈浣溪沙〉赏析》，载《唐宋词鉴赏集》，人民文学出版社 1983 年

《幻实相生　以貌写神——〈阿绣〉赏析》，载《聊斋志异鉴赏集》，人民文学出版社 1983 年

1984 年

《访柏林造船厂》，载《人民日报》1984 年 4 月 17 日

1985 年

《柏林的养狗之风》，载《旅游天府》1985 年第 2 期

《爱国诗人陆游》，载《中华人物志》，中华书局 1985 年

《洪堡大学——柏林的骄傲》，载《光明日报》1985 年 7 月 9 日

《关于〈繁笔和简笔〉》，载《中学语文》1985 年第 7 期

《神奇的山茶》，载《散文》1985 年第 8 期

《怎样学好中国文学古代部分》，载《电大语文》1985 年第 9 期

《中国文学（古代部分）思考题》（合作），载《电大语文》1985 年第 9 期

《艺术之宫瓦特堡》，载《人民日报》1985 年 10 月 20 日

《论〈水浒〉的思想倾向和艺术构思》，载《北京大学学报》（哲学社会科学版）1985 年第 5 期

《幽梦话凄凉——苏轼〈江城子〉赏析》，载《文史知识》1985 年第 11 期

1986 年

《奇情奇事　痴女痴郎——〈闹樊楼多情周胜仙〉赏析》，载《古代白话短篇小说鉴赏集》，人民文学出版社 1986 年

《千层百折　婉曲情深——杜甫〈又呈吴郎〉赏析》，载《中州大学学报》1986 年第 1 期

《〈聊斋志异欣赏〉前言》，载《聊斋志异欣赏》，北京大学出版社 1986 年

《〈聊斋志异〉短文三篇赏析》，载《聊斋志异欣赏》，北京大学出版社 1986 年

《汤显祖和〈牡丹亭〉》，载《古典戏曲十讲》，中华书局 1986 年

《中国文学学习要点（宋元明清部分）》，载《电大语文》1986 年第 10 期

《怎样分析古典小说》，载《电大语文》1986 年第 11、12 期合刊

《吴承恩》《长篇小说〈西游记〉》《董说》，载《中国大百科全书·中国文学》，中国大百科全书出版社 1986 年

1987 年

《诗情与哲理的融合：苏轼〈前赤壁赋〉欣赏》，载《古典文学知识》1987 年第 2 期

《尚真的文学观和明代民歌》，载《文史知识》1987 年第 3 期

《访巴赫故居》，载《逍遥游》1987 年第 3 期

《民主德国青年印象》，载《世界青年的追求》，新世纪出版社 1987 年

1988 年

《说苏轼〈记承天寺夜游〉》，载《古典文学知识》1988 年 2 期

《漫说苏轼〈纵笔〉诗——兼谈诗人在惠、儋时期的创作心态、生活和思想》，载《北京大学学报》(哲学社会科学版)1988年第5期

《宋濂〈送东阳马生序〉》《施耐庵〈水浒传·武松打虎〉》《姚鼐〈登泰山记〉》《张岱〈西湖七月半〉》《归有光〈项脊轩志〉》，载《历代名篇赏析集成》(下册)，中国文联出版公司1988年

1989年

《李孝光〈大龙湫记〉》《刘基〈活水源记〉》《钱邦芑〈游南岳记〉》《罗文俊〈游岳麓记〉》《吴敏树〈君山月夜泛舟记〉》《杨基〈岳阳楼〉》《庐山诸道人〈游石门诗序〉》《恽敬〈游庐山记〉》《王材任〈南昌即事〉》《刘大魁〈游三游洞记〉》《孙原湘〈西陵峡〉》，载《中国名胜诗文鉴赏辞典》，北京大学出版社1989年

《一篇情、景、理相结合的游记——麻革〈游龙山记〉赏析》，载《名作欣赏》1989年第5期

《范仲淹〈太湖〉》《赵抃〈次韵孔宪蓬莱阁〉》《文同〈望云楼〉》《曾巩〈甘露寺多景楼〉》《王安石〈泊船瓜舟〉》《刘攽〈雨后池上〉》《程颢〈秋月〉》《米芾〈垂虹亭〉》《张耒〈福昌官舍〉》《韩驹〈夜泊宁陵〉》《汪藻〈春日〉》《李弥逊〈云门道中漫步〉》《董颖〈江上〉》《杨万里〈宿灵鹫禅寺〉》，载《中国古代山水诗鉴赏辞典》，江苏古籍出版社1989年

《杜牧〈遣怀〉》《杨万里〈闲居初夏午睡起二绝句·梅子留酸软齿牙〉》《杨万里〈闲居初夏午睡起二绝句·松阴一架半弓苔〉》，载《古代诗歌精粹鉴赏辞典》，北京燕山出版社1989年

《欧阳修〈画眉鸟〉》《王安石〈钟山即事〉》《苏轼〈法惠寺横翠阁〉》《范成大〈四时田园杂兴·新筑场泥镜面平〉》，载《诗词曲赋名作鉴赏大辞典：诗歌卷》，北岳文艺出版社1989年

1990年

《直中见曲　寄慨深长——苏轼〈满庭芳〉赏析》，载《文史知识》1990年第7期；又以《满庭芳(归去来兮，吾归何处)》为题收入《苏轼词赏析集》，巴蜀书社1990年

《论苏轼散文的创作特色》，载《淄博师专学报》1990年10月增刊；又收入《苏轼散文赏析集》，巴蜀书社1994年

《政治家的散文——读苏轼〈教战守策〉》，载《写作》1990年第5期

《论〈聊斋志异〉清官作品的思想基础》，载《中州学刊》1990年第6期

《直里有曲　喜中藏悲——白居易〈新丰折臂翁〉评赏》，载《古典文学知识》1990年第6期；又以《〈新丰折臂翁〉》为题收入《白居易诗歌赏析集》，巴蜀书社1990年

《思乡念国两情深——说丘逢甲〈得颂臣台湾书却寄〉》，载台湾《国文天地》第5卷11期、《文史知识》1990年第4期"台湾专号（上编）"（《文史知识》编辑部、《国文天地》杂志社合办）

《历史的眼光　辛辣的讽刺——苏轼〈郿坞〉诗赏析》，载《古典文学知识》1990年第1期

1991年

《刘义庆〈世说新语·过江诸人〉》《刘义庆〈世说新语·谢安〉》《刘义庆〈世说新语·周处〉》，载《历代文言小说鉴赏辞典》，江苏文艺出版社1991年

《雨色寄情思：陆游〈雨〉诗及其他》，载《名作欣赏》1991年第4期

《侠肝义肠，仙姿玉质：〈聊斋志异·红玉〉评赏》，载《文史知识》1991年第9期

《琐碎中有无限烟波——〈红楼梦〉艺术漫笔》，载《群言》1991年第9期

《宋代话本小说繁荣的市民文化背景》，载《国际宋代文化研讨会论文集》，四川大学出版社1991年

《关于中国古代文学史教学的一点粗浅的体会》，载《北京大学1990年、1991年教学优秀奖获得者教学经验与心得体会选编》

1992年

《放荡其表　玉洁其质——〈飞烟传〉赏评》，载《古典文学知识》1992年第2期

《谈〈碾玉观音〉的思想、人物和情节》，载《名作欣赏》1992年第2期

《〈赵氏孤儿〉的审美特征》，载《文史知识》1992年第7期

《〈赵氏孤儿〉对历史素材的改造》，载《文史知识》1992年第11期

《曹雪芹和〈红楼梦〉》，载《古典小说十讲》，中华书局1992年

《满执中〈石屏路〉》《满执中〈明月溪〉》《杨杰〈西湖参寥山房〉》《杨杰〈东嶂白云院〉》《杨杰〈遥碧亭〉》《江公著〈玉泉庵〉》，载《中国禅诗鉴赏辞典》，人民大学出版社1992年

《欧阳修〈醉翁亭记〉》《苏轼〈题凤翔东院王画壁〉》《苏轼〈游沙湖〉》《苏

轼〈游白水书付过〉》《苏轼〈陈氏草堂〉》《苏轼〈书临皋亭〉》《苏辙〈黄州快哉亭记〉》，载《中外散文诗鉴赏大观》（中国古代卷），漓江出版社 1992 年

《苏轼〈题西林壁〉》《苏轼〈惠崇春江晓景〉》《苏轼〈江城子·密州出猎〉》《苏轼〈江城子·乙卯正月二十日夜记梦〉》，载《中国诗词曲艺术美学大百科》，四川人民出版社 1992 年

《〈罗祖〉评赏》《〈刘姓〉评赏》《〈邵女〉评赏》《〈巩仙〉评赏》《〈二商〉评赏》《〈沂水秀才〉评赏》《〈梅女〉评赏》《〈郭秀才〉评赏》《〈死僧〉评赏》《〈阿英〉评赏》《〈橘树〉评赏》《〈赤字〉评赏》《〈牛成章〉评赏》《〈青娥〉评赏》《〈镜听〉评赏》《〈牛瘟〉评赏》《〈金姑夫〉评赏》《〈梓橦令〉评赏》《〈鬼津〉评赏》《〈仙人岛〉评赏》《〈阎罗薨〉评赏》《〈颠道人〉评赏》《〈胡四娘〉评赏》《〈僧术〉评赏》《〈禄数〉评赏》《〈柳生〉评赏》《〈冤狱〉评赏》《〈鬼令〉评赏》《〈甄后〉评赏》《〈宦娘〉评赏》《〈阿绣〉评赏》《〈杨疤眼〉评赏》《〈小翠〉评赏》《〈金和尚〉评赏》《〈龙戏珠〉评赏》《〈商妇〉评赏》《〈阎罗宴〉评赏》《〈役鬼〉评赏》《〈细柳〉评赏》，载《聊斋志异评赏大成》（下），漓江出版社 1992 年

1993 年

《〈聊斋志异〉清官作品的思想评价问题》，载《蒲松龄研究》1993 年第 1 期

《蜀相》，载《杜甫诗歌赏析集》，巴蜀书社 1993 年

《冯延巳〈鹊踏枝（谁道闲情抛掷久）〉》《晏殊〈浣溪沙（一曲新词酒一杯）〉》《苏轼〈西江月（照野㳽㳽浅浪）〉》，载《历代小令词精华》，岳麓书社 1993 年

《寿安公主出降》《病中早访招国李十将军遇挈家游曲江二首》《无题（照梁初有情）》，载《李商隐诗歌鉴赏集》，巴蜀书社 1993 年

《乡音·乡酒·乡情》，载《蜀州报》1993 年 12 月 3 日

1994 年

《丘逢甲〈得颂臣台湾书却寄〉》《敦敏〈赠曹雪芹〉》《敦诚〈寄怀曹雪芹〉（霑）》，载《历代抒情诗分类鉴赏集成》，北京十月文艺出版社 1994 年

《关于北大藏本清代小说〈红风传〉》，载韩国《中国小说研究会报》第 17 号 1994 年 3 月

《关于指导研究生的两点体会》，载北京大学研究生院编《研究生工作》第 53 期 1994 年 6 月

《刘基和他的〈郁离子〉》，载《文史知识》1994 年第 7 期

1995 年

《做精神富有的人》，载《中学生阅读》(高中版)1995 年第 2 期

《说范成大〈后催租行〉》，载《古典文学知识》1995 年第 2 期

《吴组缃先生的古典小说研究》，载《文学遗产》1995 年第 1 期；又收入《吴组缃先生纪念集》，文字略有修改，北京大学出版社 1995 年

《淡泊为人　严谨治学——怀念吴组缃先生》，载《吴组缃先生纪念集》，北京大学出版社 1995 年

《〈聊斋志异〉：继承与总结》，载《文史知识》1995 年第 7 期

《物境与心境的交融：说秦观〈如梦令〉》，载《文史知识》1995 年第 8 期

《〈简笔与繁笔〉的写作体会》，载《语文学习》1995 年第 7 期

《漫谈古典小说的鉴赏》，载《中学语文教学》1995 年第 8 期

《论潘金莲悲剧》，载《中国文化研究》1995 年第 4 期

《论〈聊斋志异〉的意境创造》，载《蒲松龄研究》1995 年第 1 期

1996 年

《运用语言要合乎逻辑》，载《语文学习》1996 年第 1 期

《一部文学鉴赏的佳品——阮温凌〈艺术形象探赏集〉再版序》，载《艺术形象探赏集》增订本，北岳文艺出版社 1996 年

《漫谈古典诗歌的鉴赏》(上)，载《中学语文教学》1996 年第 5 期

《漫谈古典诗歌的鉴赏》(下)，载《中学语文教学》1996 年第 6 期

《温州杂剧与中国古典戏曲》，载《文史知识》1996 年第 10 期

《山外青山楼外楼——谈〈虬髯客传〉的艺术构思》，载《古典文学知识》1996 年第 6 期

1997 年

《说冯延巳〈鹊踏枝〉》，载《文史知识》1997 年第 4 期

《〈聊斋志异〉的艺术美》，载《名作欣赏》1997 年第 4 期

《蒲松龄的劝世婆心——读〈聊斋志异·瞳人语〉》，载《蒲松龄研究》1997 年第 3 期

《说杜甫〈又呈吴郎〉》，载《古典文学知识》1997 年第 4 期

1998 年

《融进一滴水》，载《青春的北大：〈精神的魅力〉续编》，北京大学出版社

1998年

《古典小说的概念、范围及早期形态》，载《文史知识》1998年第10期

《蒲松龄的艺术个性》，载《蒲松龄研究》1998年第4期

1999年

《唐代的传奇小说》，载《中华文明之光》第2辑，北京大学出版社1999年

《宋词艺术》，载《中华文明之光》第2辑，北京大学出版社1999年

《蒲松龄和〈聊斋志异〉》，载《中华文明之光》第3辑，北京大学出版社1999年

《〈莺莺传〉的叙事艺术和写情艺术》，载《名作欣赏》1999年第2期

《韩国外大的中国文学研究》，载《中华读书报》1999年8月18日

《略说苏轼的传神论》，载《中国典籍与文化》1999年第3期（又见台湾《宋代文学研究集刊》1999年第5期）

《本色人生——来之先生印象》，载《季镇淮先生纪念集》，北京大学出版社1999年

《中国古典诗歌的意境与读者的接受》，载韩国《中国语文学志》第6辑，1999年

《〈聊斋志异〉的手稿本及其价值》，载韩国《国际中国学研究》第2辑，1999年

《多元与互补——二十一世纪与中国文化》，载韩国淑明女子大学《二十一世纪与地域文化国际研讨会论文集》，1999年12月

《琐碎中有无限烟波——〈红楼梦〉的欣赏》，载韩国延世大学《人文科学》1999年第81期；又收入《名作欣赏》2002年1、2期

2000年

《王桂庵的艺术构思和人物塑造》，载《蒲松龄研究》2000年3、4期合刊

《〈莺莺传〉的文化意蕴和审美特征》，载《文化的馈赠——汉学研究国际会议论文集》（语言文学卷），北京大学出版社2000年

2001年

《苏轼诗歌选讲》（《六月二十七日望湖楼醉书》五首其一、《饮湖上初晴后雨》二首其二、《题西林壁》、《惠崇春江晓景》）、《千古传唱的名篇——〈岳阳楼记〉赏析》，载《新讲台：学者教授讲析新版中学语文名篇》，中央编译出版社2001年

《〈聊斋〉的版本与〈聊斋〉的欣赏》，载《聊斋学研究论集》，中国文联出版社

2001 年

《草棚大学纪事》，载《北大遗事》，青岛出版社 2001 年；又收入《鲤鱼洲纪事》，北京大学出版社 2012 年

《解读和欣赏古典诗歌的津梁》，载《光明日报》2001 年 11 月 29 日

《千言万语锁住舌尖头——陆游〈钗头凤〉赏析》，载《文史知识》2001 年第 12 期

《推荐我最喜爱的十种书》，载《北京大学教授推荐我最喜爱的书》，陕西师范大学出版社 2001 年

2002 年

《论苏轼的人格魅力》，载《北京大学学报》（哲学社会科学版）2002 年第 2 期

《学问与童心——忆念一新先生》，载《陈贻焮先生纪念文集》，北京大学出版社 2002 年

《论苏轼对儒、佛、道三家思想的吸收与融合》，载《中国典籍与文化论丛》第七辑，2002 年

《培养兴趣》，载《我们怎样学语文》，作家出版社 2002 年

2003 年

《〈西游记〉的艺术魅力》，载《西游记文化》2003 年第 2 期

《走进古诗文的艺术世界》，载《中华读书报》2003 年 3 月 12 日

《段江丽〈《醒世姻缘传》研究〉序》，载《〈醒世姻缘传〉研究》，岳麓书社 2003 年

《侠客精神漫议》，载《寻根》2003 年第 4 期

《让心灵和生活同样美好——关于审美教育的随想》，载《北京教育》2003 年第 12 期

2004 年

《陈玄祐〈离魂记〉》《沈既济〈枕中记〉》《许尧佐〈柳氏传〉》《白行简〈三梦记〉》《李公佐〈南柯太守传〉》《李公佐〈谢小娥传〉》《元稹〈莺莺传〉》《李景亮〈李章武传〉》《陈鸿〈长恨歌传〉》《陈鸿祖〈东城父老传〉》《薛调〈无双传〉》《袁郊〈红线〉》《裴铏〈裴航〉》《裴铏〈昆仑奴〉》《裴铏〈聂隐娘〉》，载《古代小说鉴赏辞典》（上册），上海辞书出版社 2004 年

《林庚先生与〈西游记〉》，载《中华读书报》2004 年 11 月 24 日

《都穆〈四明陈子经〉》《祝允明〈长桥美人〉》《陆采〈神相〉》《潘镜若〈假托熟骗人妇女〉》《冯梦龙〈杨评事〉》，载《古代小说鉴赏辞典》(下册)，上海辞书出版社 2004 年

《古诗文的艺术世界》，载《名作欣赏》2004 年第 6 期

《从林冲看〈水浒传〉的人物描写》，载《品读〈水浒传〉》，山东画报出版社 2004 年

2005 年

《〈唐求诗探〉序》，载《金盆地文苑》2005 年 1 月总第 4 期

《〈红楼梦〉的欣赏》，载《北大讲座》第 8 辑，北京大学出版社 2005 年

《陆游的爱国诗歌》，载《文史知识》2005 年第 11 期

2006 年

《〈三国演义〉描写战争的艺术》，载《插图本纵论三国演义》，山东画报出版社 2006 年

《学术规范与学术品格——刘心武“秦学”论争访谈录》，载《红楼梦学刊》2006 年第 2 期

《人们为什么认可并欣赏〈空城计〉？》，载《文史知识》2006 年第 8 期

《亦真亦幻的孙悟空》，载《插图本话说〈西游记〉》，山东画报出版社 2006 年；又收入《乡镇论坛》2007 年第 4 期

《孙悟空形象的时代精神和文化意蕴》，载《东南大学学报》(哲学社会科学版) 2006 年第 5 期

《圆融的自叙说给我们的启示》，载《红楼梦学刊》2006 年第 5 期

2007 年

《不平等的偷情——古典小说艺术漫笔》，载《文史知识》2007 年第 4 期

《中国古典小说人物描写对形神关系的处理》，载《文艺研究》2007 年第 7 期；又收入《中国古代、近代文学研究》2007 年第 11 期

《一篇悲壮感人的复仇故事——〈干将莫邪〉鉴赏》，载《中华活页文选》(教师版) 2007 年第 8 期

《妙趣横生　耐人寻味——〈狂生〉鉴赏》，载《中华活页文选》(教师版) 2007 年第 12 期

《周先慎说满执中〈明月溪〉》，载《名作欣赏》(鉴赏版) 2007 年第 12 期；又

收入《名作欣赏》2007年第23期

《以史衡文:〈三国演义〉的误读》,载《现代语文》(文学研究)2007年第7期;又收入《曹魏文化与〈三国演义〉研究》,河南人民出版社2009年

《潘金莲形象的悲剧意义》《西门庆形象的典型意义》,载《插图本点评金瓶梅》,山东画报出版社2007年

2008年

《陆游的爱国诗歌》,载《文津演讲录》之七,北京图书馆出版社2008年

《〈聊斋志异〉的诗意美》,载《插图本评聊斋志异说儒林外史》,山东画报出版社2008年

《〈聊斋志异〉中的人才问题小说》,载《文史知识》2008年第7、8期;又收入《插图本评聊斋志异说儒林外史》,山东画报出版社2008年;修订后收入《重读经典——中国传统小说与戏曲的多重透视》,香港牛津出版社2009年

《我的古典小说研究》,载《北京大学学报》(哲学社会科学版)2008年第5期

《吴组缃先生的文品与人品》,载《财富时报·文化副刊》2008年10月

2009年

《漫谈治学》,载《古典文学知识》2009年第1期

《重温吴组缃先生论〈三国演义〉》,载《文史知识》2009年第10期

《戴复古〈望江南(石屏老)〉》《范成大〈忆秦娥(楼阴缺)〉》《陆游〈钗头凤(红酥手)〉》,载《宋词鉴赏》,长江文艺出版社2009年

《难忘最是师生情》,载《文学七七级的北大岁月》,新华出版社2009年

2010年

《词语使用与文化传承》,载《中华读书报》2010年3月30日;又收入《秘书工作》2012年第2期,转载时作者增补附记《担起我们共同的责任》

《试解开宗明义的〈考城隍〉:读〈聊斋〉札记》,载《北京大学学报》(哲学社会科学版)2010年第4期

《世事沧桑话住房》,载《筒子楼的故事》,北京大学出版社2010年

《雏形期小说的文体意义:以〈搜神记〉中的两篇小小说为例》,载《古典文学知识》2010年第5期

《蒲松龄对志怪体小说的加工》,载《蒲松龄研究》2010年第3期

2011 年

《适性》，载《老年文学》2011 年 9 月（总第 60 期）

2012 年

《论张毕来“红学四书”》，载《红楼梦学刊》2012 年第 1 期

《说〈王六郎〉》，载《文史知识》2012 年第 4 期

《说〈香玉〉》，载《文史知识》2012 年第 8 期

《担起我们共同的责任——读〈现代汉语词典〉（第六版）两个新增词后的感言》，载《中华读书报》2012 年 11 月 14 日

《宋词二首赏析（晏殊〈浣溪沙〉、苏轼〈西江月〉）》，载《文史知识》2012 年 12 月;《晏殊〈浣溪沙〉》又收入《红旗文摘》2013 年第 5 期

2013 年

《“卑贱者”的高明》，载《中华读书报》2013 年 1 月 30 日

《蒲松龄的反贪小说》，载《中华读书报》2013 年 2 月 27 日

《幻由人生和以幻写实——说〈聊斋·画壁〉》，载《文史知识》2013 年第 4 期

《寓讽刺于叙事之中——说〈聊斋·种梨〉》，载《文史知识》2013 年第 5 期

《小说家的散文——说〈聊斋·偷桃〉》，载《古典文学知识》2013 年第 3 期

《书里和书外：关于曹学与红学的断想》，载《曹雪芹研究》2013 年第 1 期

《遗落民间的文献——一册解放区编的小学〈国语〉课本》，载《中华读书报》2013 年 6 月 5 日“文化周刊”

《思想在艺术中得到升华——说〈聊斋·劳山道士〉》，载《文史知识》2013 年第 6 期

《形式的结合与内质的融合：论中国古典诗歌对小说文体与艺术的影响》，载《北京大学学报》（哲学社会科学版）2013 年第 4 期

《人间真善美的诗意呈现——说〈聊斋·娇娜〉》，载《文史知识》2013 年第 10 期

《鲜为人知的隐逸诗人唐求》，载《中华读书报》2013 年 11 月 6 日“文化周刊”

《〈三国演义〉人物塑造的得与失》，载《成都师范学院学报》2013 年第 9 期

《论〈聊斋志异〉中的婚恋问题小说》，载《明清小说研究》2013 年第 4 期

2014 年

《一篇辛辣隽永的讽刺小说——说〈聊斋·三生〉》，载《文史知识》2014 年第 2 期

《天道酬勤更酬德——说〈聊斋·王成〉》，载《文史知识》2014年第3期

《镜象之美——读〈李镜散文集〉》，载《中华读书报》2014年3月5日

《为文章吐气　为不遇痛哭——说〈聊斋·叶生〉》，载《文史知识》2014年第4期

《人之圣者与鬼之仙者的美满结合——说〈聊斋·聂小倩〉》，载《文史知识》2014年第5期

《双重训诫　两面镜子——说〈聊斋·画皮〉》，载《文史知识》2014年第6期

《人鬼狐三角恋中的真情挚爱——说〈聊斋·莲香〉》，载《文史知识》2014年第7期

《书和读书人》，载《秘书工作》2014年第7期

《苏轼崇尚自然的创作观》，载《中华读书报》2014年8月20日

《精诚所至　金石为开——说〈聊斋·阿宝〉》，载《文史知识》2014年第9期

《摄影的魅力——益智、健身、娱心》，载《老年文学》2014年第9期

《〈山花子〉与婴宁形象》，载《蒲松龄研究》2014年第3期

《断续即离　楚楚有致——说〈聊斋·连琐〉》，载《文史知识》2014年第10期

《从笔记体提升为小说品格——说〈聊斋·林四娘〉》，载《古典文学知识》2014年第5期

《超越生死的知己之爱——说〈聊斋·连城〉》，载《文史知识》2014年第12期

《阴曹不与人世等：说〈聊斋·李伯言〉》，载《古典文学知识》2014年第6期

《吴组缃先生古典小说研究的学术特色》，载《徐州工程学院学报》（社会科学版）2014年第6期

《复仇女神的颂歌——说〈聊斋·商三官〉》，载《蒲松龄研究》2014年第4期

2015年

《写幻如真　笔意灵动：说〈聊斋·妖术〉》，载《古典文学知识》2015年第1期

《天籁之音寄孤愤——重读〈聊斋自志〉》，载《蒲松龄研究》2015年第1期

《神凡两界皆崇德：说〈雷曹〉》，载《古典文学知识》2015年第2期

《看浪子怎样回头——说〈聊斋·翩翩〉》，载《文史知识》2015年第6期

《寓言+杂文：相得益彰　别具一格：说〈聊斋·黑兽〉》，载《古典文学知识》

2015 年第 3 期

《人鬼之间的恩怨情仇和人伦道德——说〈聊斋·水莽草〉》，载《文史知识》2015 年第 7 期

《神龙见首不见尾——说〈聊斋·侠女〉》，载《古典文学知识》2015 年第 4 期

《堪与千古烈丈夫匹俦的女英杰——说〈聊斋·庚娘〉》，载《蒲松龄研究》2015 年第 2 期

《〈细说聊斋〉的写作动因》，载《中华读书报》2015 年 9 月 11 日（又见《古典文学知识》2015 年第 3 期）

《义烈发于血诚——说〈聊斋·于江〉》，载《蒲松龄研究》2015 年第 3 期

《讽刺辛辣　意味隽永——说〈聊斋·潍水狐〉》，载《古典文学知识》2015 年第 5 期

《我的书房》，载《秘书工作》2015 年第 9 期

《仙凡相通的一个美丽的精灵——说〈聊斋·婴宁〉》，载《文史知识》2015 年第 11 期

2016 年

《话本小说的叙事艺术——从〈勘皮靴单证二郎神〉说起》，载《名作欣赏》2016 年第 4 期

《互联网时代的学术研究》，载《蒲松龄研究》2016 年第 2 期

《走近蒲松龄——祝贺〈蒲松龄研究〉创刊 100 期》，载《蒲松龄研究》2016 年第 2 期

《性格决定命运　命运表现性格——说〈聊斋志异·青梅〉》，载《蒲松龄研究》2016 年第 3 期

《漫谈古典小说的鉴赏》，载《中华活页文选》（教师版）2016 年第 6 期

2017 年

《迟到的回应——答余绍秋先生〈《简笔与繁笔》的语病〉》，载《语文学习》2017 年第 6 期